U1071336

中国文库
文学类

秋瑾诗文选注

郭延礼　郭　蓁　选注

中国出版集团
人民文学出版社

图书在版编目(CIP)数据

秋瑾诗文选注/郭延礼,郭蓁选注. -北京:人民文学出版社,2011
(中国文库)
ISBN 978-7-02-008481-4

Ⅰ.①秋… Ⅱ.①郭…②郭… Ⅲ.①文学-作品综合集-中国-清后期 Ⅳ.①I215.22

中国版本图书馆CIP数据核字(2011)第027369号

责任编辑:宋　红
责任校对:陈　莎
整体设计:翁　涌　李　梅
责任印制:王铁生

秋瑾诗文选注
Qiujin Shiwen Xuanzhu
郭延礼　郭　蓁　选注

人民文学出版社　出版
http://www.rw-cn.com
北京市朝内大街166号　邮编:100705
北京瑞古冠中印刷厂印刷　新华书店经销
2011年9月第1版　2011年9月第1次印刷
开本:880毫米×1230毫米　1/32　印张:10.875
字数:273千字　印数:1-4500
ISBN 978-7-02-008481-4
定价:24.00元

秋　瑾

秋　瑾

“中国文库”出版前言

“中国文库”主要收选20世纪以来我国出版的哲学社会科学研究、文学艺术创作、科学文化普及等方面的优秀著作。这些著作，对我国百余年来的政治、经济、文化和社会的发展产生过重大积极的影响，至今仍具有重要价值，是中国读者必读、必备的经典性、工具性名著。

大凡名著，均是每一时代震撼智慧的学论、启迪民智的典籍、打动心灵的作品，是时代和民族文化的瑰宝，均应功在当时、利在千秋、传之久远。“中国文库”收集百余年来的名著分类出版，便是以新世纪的历史视野和现实视角，对20世纪出版业绩的宏观回顾，对未来出版事业的积极开拓，为中国先进文化的建设，为实现中华民族伟大复兴做出贡献。

大凡名著，总是生命不老，且历久弥新、常温常新的好书。中国人有“万卷藏书宜子弟”的优良传统，更有当前建设学习型社会的时代要求，中华大地读书热潮空前高涨。“中国文库”选辑名著奉献广大读者，便是以新世纪出版人的社会责任心和历史使命感，帮助更多读者坐拥百城，与睿智的专家学者对话，以此获得丰富学养，实现人的全面发展。

为此，我们坚持以邓小平理论和“三个代表”重要思想为指导，深入贯彻落实科学发展观，坚持贯彻“百花齐放、百家争鸣”的方针，坚持按照“贴近实际、贴近生活、贴近群众”的要求，以登高望远、海纳百川的广阔视野，披沙拣金、露钞雪纂的刻苦精神，精益求精、探赜索隐的严谨态度，投入到这项规模宏大的出版工作中来。

“中国文库”所收书籍分列于6个类别，即：(1)哲学社会科学类

(哲学社会科学各门类学术著作);(2)史学类(通史及专史);(3)文学类(文学作品及文学理论著作);(4)艺术类(艺术作品及艺术理论著作);(5)科技文化类(科技史、科技人物传记、科普读物等);(6)综合·普及类(教育、大众文化、少儿读物和工具书等)。计划出版约1000种,分辑出版。自2004年以来,已先后出版四辑,每辑约100种,分精平装两类。2011年时值辛亥革命100周年,特将"中国文库"第五辑作为"纪念辛亥革命100周年"特辑推出,主要收选民国时期原创性人文社科类名著。

"中国文库"所收书籍,有少量品种因技术原因需要重新排版,版式有所调整,大多数品种则保留了原有版式。一套文库,千种书籍,庄谐雅俗有异,版式整齐划一未必合适。况且,版式设计也是书籍形态的审美对象之一,读者在摄取知识、欣赏作品的同时,还能看到各个出版机构不同时期版式设计的风格特色,也是留给读者们的一点乐趣。

"中国文库"由中国出版集团发起并组织实施。收选书目以中国出版集团所属出版机构出版的书籍为基础,并邀约其他数十家出版机构参与,共襄盛举。书目由"中国文库"编辑委员会审定,中国出版集团与各有关出版机构按照集约化的原则集中出版经营。编辑委员会特别邀请了我国出版界德高望重的老专家、领导同志担任顾问,以确保我们的事业继往开来,高质量地进行下去。

"中国文库",顾名思义,所收书籍应当是能够代表中国出版业水平的精品。我们希望将所有可以代表中国出版业水平的精品尽收其中,但这需要全国出版业同行们的鼎立支持和编辑委员会自身的努力。这是中国出版人的一项共同事业。我们相信,只要我们志存高远且持之以恒,这项事业就一定能持续地进行下去,并将不断地发扬光大。

"中国文库"编辑委员会

“中国文库·第五辑”
编辑委员会

顾　问

（以姓氏笔画为序）

于友先　邬书林　刘　杲　杜导正　李从军　李东生　杨牧之
宋木文　柳斌杰　徐惟诚　龚心瀚　蔡名照

主　任　聂震宁

副主任　刘伯根

委　员

（以姓氏笔画为序）

于殿利　王大可　王兴康　马五一　王明舟　王瑞书　孙月沐
刘晓明　肖启明　李　岩　李　峰　李声笑　吴尚之　罗争玉
徐　岩　吴　斌　吴江江　宋焕起　宋一夫　陈庆辉　林国夫
贺圣遂　贺耀敏　祝君波　陶　骅　郭义强　黄书元　常汝吉
龚　莉　靳立华　樊希安　潘凯雄

“中国文库·第五辑”编辑委员会办公室

主　任　刘伯根
副主任　张贤明

成　员　（以姓氏笔画为序）
于殿利　刘晓东　李红强　李　昕　汪家明　林　阳
莫蕴慧　徐　俊　管士光　臧永清

编辑组
乔先彪　唐　俭　何　奎　杜　宇　董　易

印制组
王铁生　兰本立　陆南宸　何　奎　杜　宇

中国文库

(第五辑)

【哲学社科类】

孙中山著作选编　陈铮选编 ………………………… 中华书局
黄兴集　湖南省社会科学院编 ………………………… 中华书局
宋教仁集　陈旭麓主编 ………………………… 中华书局
廖仲恺集　广东省社会科学院历史研究所编 ………… 中华书局
朱执信集　广东省哲学社会科学研究所历史研究室编 … 中华书局
中国政治思想史　陶希圣著 ……………… 中国大百科全书出版社
民国政制史　钱端升等著 ………………………… 上海人民出版社
民国政党史　谢彬撰　章伯锋整理 ………………… 中华书局
经学历史　皮锡瑞著　周予同注释 ………………… 中华书局
清代学术概论　梁启超著　朱维铮校订 ……………… 中华书局
新唯识论　熊十力著 ………………………… 上海书店出版社
逻辑　金岳霖著 ………………………… 中国人民大学出版社
科学与玄学　罗家伦著 ………………………… 商务印书馆
中国古代经济史稿　李剑农著 ……………… 武汉大学出版社
中国近代经济史　汪敬虞主编 ………………… 人民出版社
中国交通史　白寿彝著 ………………………… 团结出版社
中国经济原论　王亚南著 ……………… 中国大百科全书出版社
中国经济思想史　唐庆增著 ………………… 商务印书馆
财政学　何廉、李锐著 ………………………… 商务印书馆
货币与银行　杨端六著 ………………………… 武汉大学出版社
刑法学　蔡枢衡著 ………………………… 中国民主法制出版社
乡土中国　费孝通著 ………………………… 人民出版社
文化人类学　林惠祥著 ………………………… 商务印书馆
优生概论　潘光旦著 ………………………… 北京大学出版社
西洋文化史纲要
　　雷海宗撰　王敦书整理导读 ……………… 上海古籍出版社
西学东渐记　容闳著　徐凤石　恽铁樵等译
　　钟叔河导读、标点 ……………… 生活·读书·新知三联书店
中国现代语法　王力著 ………………………… 商务印书馆
语言学史概要　岑麟祥编著　岑运强评注 …… 世界图书出版公司

蔡元培教育论著选　高平叔编 ………………………… 人民教育出版社
陶行知教育论著选　董宝良主编 ……………………… 人民教育出版社
中国报学史　戈公振著 ……………… 生活·读书·新知三联书店
陆费逵文选　陆费逵著 ……………………………………… 中华书局
张元济论出版　张元济著　张人凤　宋丽荣选编 …… 商务印书馆
韬奋文录新编　邹韬奋著 ………… 生活·读书·新知三联书店

【史学类】

国故论衡　章太炎撰　庞俊　郭诚永疏证 ………………… 中华书局
国史大纲　钱穆著 ……………………………………… 商务印书馆
通史新义　何炳松著 …………………………………… 商务印书馆
台湾通史　连横著 ………………… 生活·读书·新知三联书店
武昌革命史　曹亚伯著 ………………… 中国大百科全书出版社
辛亥革命与袁世凯　黎澍著 …………… 中国大百科全书出版社
北洋军阀史　来新夏等著 …………………………… 东方出版中心
中国国民党史稿　邹鲁编著 ………………………… 东方出版中心
中华民国外交史　张忠绂编著 ………………………… 华文出版社
西洋史　陈衡哲著 ……………………… 中国大百科全书出版社
欧化东渐史　张星烺著 ……………………………… 商务印书馆
清末立宪史　高放著 ………………………………… 华文出版社

【文学类】

秋瑾诗文选注　郭延礼　郭蓁编选 ………………… 人民文学出版社
邹容集　张梅编注 ……………………………………… 人民文学出版社
陈天华集　刘晴波　彭国兴编　饶怀民补订 …… 湖南人民出版社
于右任诗词选　杨中州选注 ……………………… 河南文艺出版社
南社诗选　林东海　宋红选注 ……………………… 人民文学出版社
鸳鸯蝴蝶派作品选　范伯群编选 ………………… 人民文学出版社
文学研究会小说选　李葆琰编选 ………………… 人民文学出版社
创造社作品选　刘纳编选 …………………………… 人民文学出版社
太阳社小说选　李松睿　吴晓东编选 …………… 人民文学出版社
湖畔派诗选　刘纳编选 ……………………………… 人民文学出版社
浅草－沉钟社作品选　张铁荣编选 ……………… 人民文学出版社
《语丝》作品选　张梁编选 ………………………… 人民文学出版社
未名社作品选　黄开发编选 ………………………… 人民文学出版社
新月派诗选　蓝棣之编选 …………………………… 人民文学出版社

象征派诗选　　孙玉石编选 …………………… 人民文学出版社

新感觉派小说选　　严家炎编选 ………………… 人民文学出版社

现代派诗选　　蓝棣之编选 …………………… 人民文学出版社

论语派作品选　　庄钟庆编选 ………………… 人民文学出版社

京派小说选　　吴福辉编选 …………………… 人民文学出版社

东北作家群小说选　　王培元编选 …………… 人民文学出版社

七月派作品选　　吴子敏编选 ………………… 人民文学出版社

西南联大文学作品选　　李光荣编选 ………… 人民文学出版社

九叶派诗选　　蓝棣之编选 …………………… 人民文学出版社

荷花淀派小说选　　冯健男编选 ……………… 人民文学出版社

山药蛋派作品选　　高捷编选 ………………… 人民文学出版社

红楼梦辨　　俞平伯著 ……………………………… 商务印书馆

中国诗史　　陆侃如、冯沅君著 ……………… 百花文艺出版社

中国文学发展史　　刘大杰著 ………………… 复旦大学出版社

【艺术类】

万木草堂论艺　　康有为著 ……………………… 荣宝斋出版社

中国绘画史　　潘天寿著 ……………………………… 团结出版社

中国绘画理论　　傅抱石著 ……………………… 江苏教育出版社

中国雕塑艺术史　　王子云著 ………………… 人民美术出版社

中国陶瓷史　　吴仁敬　辛安潮著 ……………… 团结出版社

中国戏剧史　　徐慕云著 ………………………… 东方出版中心

洪深戏剧论文集　　洪深著 ……………………… 东方出版中心

焦菊隐戏剧论文集　　焦菊隐著 ………………… 华文出版社

中国古代乐论选辑　　吴钊　伊鸿书　赵宽仁　古宗智

　　吉联杭编 ………………………………………… 人民音乐出版社

素月楼联语　　张伯驹编著 ……………………………… 华文出版社

中国书法理论体系　　熊秉明著 ……………… 人民美术出版社

夏衍电影论文集　　夏衍著 ……………………… 东方出版中心

银幕形象塑造　　赵丹著　赵青整理 ………… 东方出版中心

【科技文化类】

自然辩证法在中国　　龚育之著 ……………… 北京大学出版社

科学家谈21世纪　　李四光等著 ………… 中国大百科全书出版社

继承与叛逆——现代科学为何出现于西方

　　陈方正著 ……………………… 生活·读书·新知三联书店

中国医学史　　陈邦贤著 ………………………………… 团结出版社
化学史通考　　丁绪贤著 …………………… 中国大百科全书出版社
科学概论　　王星拱著 …………………………………… 武汉大学出版社
竺可桢科普创作选集　　竺可桢著 ………… 中国大百科全书出版社

【综合普及类】

书林清话　　叶德辉著 ………………………………………… 华文出版社
文坛五十年　　曹聚仁著 …,……………… 生活·读书·新知三联书店
张菊生先生七十生日纪念论文集
　　胡适　蔡元培　王云五等编 ……………………………… 商务印书馆
佛教常识问答　　赵朴初著 ……………………………… 华文出版社
词心笺评　　邵祖平著 …………………………………… 复旦大学出版社
西潮与新潮　　蒋梦麟著 ………………………………… 东方出版社

目　　录

诗选

第一期　出国前(1904年春之前)

第二期　留日时期(1904年夏—1905年)

第三期　归国后直至就义(1906年—1907年)

词选

歌选

弹词

附录

前　言

秋瑾是中国近代杰出的资产阶级女革命家和女英雄，为了中华民族的解放事业她献出了自己的青春和生命，留在中国近代革命史上的业绩是史有定论的；在她短暂而闪光的一生中，她还写了许多文学作品，其中有诗、词、文和弹词，尤以诗歌的成就最高。在她这些抒情诗词中，响遏行云的声音是爱国忧民的悲歌和英勇战斗、献身革命的誓词，诗中闪烁着爱国主义和革命理想的光辉，风格雄丽、豪放，具有浓郁的浪漫主义特色。秋瑾的文学创作内容丰富，色彩鲜明，有自己独特的风格，在中国近代文学史上占有一定的地位。

一

秋瑾，原名闺瑾，乳名玉姑，字璿卿，号旦吾，别署鉴湖女侠；留学日本时易名瑾，字竞雄，又署汉侠女儿、秋千，浙江山阴（今绍兴市）人。

1877 年夏历十月十一日，秋瑾诞生于福建南部某县。秋家是世代官宦的书香门第。她的祖父秋嘉禾是一位举人，长期在福建任知县、知州一类的官，为官正直清廉。1878 年他调任云霄厅同知，“在任内省讼简政，治绩卓然”，1881 年农历四月初十离开云霄时,“全城家家户户门口都悬挂‘官清民乐’的纸灯笼,沿途爆竹欢送,并于五里亭立去思碑,以志甘棠遗爱”①。父亲是一个举人,官至桂阳直隶州知州,因生性耿介,不善于钻营,仕途上并不十分得志,他还与朝鲜爱国志士金士龙有深厚的友情。母亲单氏,有一定的文化素养,且深晓大义,是一位慈母而兼师保。秋瑾生在这样的家庭环境里,逐渐养成了她正直、豪侠的性格,同时也培养了她爱诗书、喜吟咏的文学兴趣,再加上她秉性聪慧,十多岁即能吟咏,“偶成小诗,清丽可诵”②,“流播人间,一时有女才子之目”③。

秋瑾幼年在家塾中读书时,塾师有“过目成诵”之誉。她如饥似渴地读书,孜孜不倦地学习,不仅增长了知识,加深了学业;更重要的,中国古代文化典籍中所阐发的那种爱国忧民、重侠尚义、坚贞不屈的优良传统,对于她日后豪侠性格和爱国思想的形成有着积极的影响,所以后来她曾教育自己的侄儿秋复说:“但凡爱国之心,人不可不有,若不知本国文字、历史,即不能生爱国心也。”(《致秋壬林书》)

秋瑾生性豪爽,在她还是一位闺阁小姐时,她对封建礼教就深表不满,常常为之不平,她写于少女时代的《题芝龛记》有云:

> 莫重男儿薄女儿,平台诗句赐蛾眉。吾侪得此添生色,始信英雄亦有雌。

> 今古争传女状头,红颜谁说不封侯?马家妇共沈家女,

---

① 吴秀峰、张瑞莹《关于秋瑾烈士出生地的考据》,见《云霄县文史资料》第3辑。

② 秋宗章《六六私乘》,见郭延礼编《秋瑾研究资料》,山东教育出版社1987年版,第113页。

③ 陶在东《苗山今昔谈·秋瑾遗闻》,刊《大风旬刊》第15期。

曾有威名振九州。

重男轻女、男尊女卑是封建社会中传统的偏见,秋瑾作为一位少女敢于向千百年来视为天经地义的传统习惯挑战,喊出"始信英雄亦有雌"、"红颜谁说不封侯",确实是有胆识的。不仅如此,在另一首诗中她还批评被人誉为男中豪杰的左良玉:

谪来尘世耻为男,翠鬓荷戈上将坛。忠孝而今归女子,千秋羞说左宁南。

诗中一方面歌颂了明代两位女将秦良玉、沈云英,另方面对明末大将左良玉在大敌当前以个人恩怨为重,置清军于不顾而进攻南京讨伐马士英(所谓"清君侧")的做法深表不满。"千秋羞说左宁南",这种真知灼见,对于一个静处深闺的少女来说是何等难能可贵!正是从这里我们窥见了秋瑾日后成长为一个政治家、革命家的见识和才智。

在秋瑾少女时代的作品中,尽管内容比较单薄,多是写风花雪月,离情别绪,而这也正是她少女时代闺秀生活的反映。但我们从中仍可鲜明地看出一位在封建礼教的束缚下想冲破藩篱的坚强女性的反抗精神,像她的某些咏物诗,并非单纯地歌颂花草虫鸟,大多是借物喻人,托物言志,由此我们可以察见诗人的人格和品德,诗人的苦闷和追求,诗人的理想和信仰。她称赞菊花的"铁骨霜姿有傲衷"(《菊》),"残菊犹能傲霜雪"(《残雪》);又把自己比作出污泥而不染的荷花,"浊流纵处身原洁,合把前生拟水芝"(《独对次清明韵》);更以梅花的"侠骨棱棱"喻自己崇高的人格:"自怜风骨难谐俗,到处逢迎百不售","标格原因独立好,肯教富贵负初心"(《梅》),正是诗人高风亮节和理想的真实坦陈。

秋瑾美好的品德和崇高的人格,在当时世俗社会里很难为一般人所理解，尤其作为一个女子，她的奇才卓识和叛逆性格，正是被人们视为惊世骇俗的东西。她于是感慨自己“身不得，男儿列，心却比，男儿烈”（《满江红·小住京华》）；哀叹自己“襟怀自许同圆洁”（《满江红·客里中秋》），“俗子胸襟谁识我”（《满江红·小住京华》）。她一方面由愤世嫉俗进而借“苦奔忙”的燕子，讽刺那些趋炎附势的庸俗之辈：

> 飞向花间两翅翔，燕儿何用苦奔忙？谢王不是无茅屋，偏处卢家玳瑁梁！（《咏燕》）

另方面，由鄙视世俗转而寻求知音，向往光明：“世俗惟趋利，人谁是赏音”（《咏琴志感》）；“却怜同调少，感此泪痕多”（《思亲兼柬大兄》）；她甚至为了寻求知音和理想，不惜以生命作代价：“不逢同调嗟何益，得遇知音死亦甘”（《偶有所感用鱼玄机……韵》），这是何等的勇气！

中日甲午战争这一年，秋瑾随父亲自台湾来湖南，当时她只有十八九岁，面对“东方烽火”，忧心忡忡，在她写给友人的诗中云：

> 海气苍茫刁斗多，微闻绣幕动吴歌。绿蛾蹙损因家国，系表名流竟若何？（《赠曾筱石》①）

“绿蛾蹙损因家国”，她已深深地为国事担忧，这正是秋瑾爱国主义思想所迸发出来的火花，这星星之火，闪烁于一个“养在深

---

① 曾筱石：曾广铨（1871—1940），字靖彝，号敬怡，别署筱石，曾国藩孙。广铨为曾纪鸿第四子，后过嗣于曾纪泽。他通英文，曾任驻英使馆参赞，1899年归国。使英期间曾译过英国哈葛德（H. R. Haggard，1856—1925）的小说《长生术》。1904年又以候补五品京堂任出使韩国大臣。他著有《筱吟斋诗集》。秋瑾居湖南期间，与广铨夫妇时有唱和，这首《赠曾筱石》是秋瑾写给曾广铨的。

闺人未识”的少女身上，是多么令人敬佩啊！

1900年，八个帝国主义国家联合进攻中国，这时她已结婚四年，嫁给湘乡王子芳，住在湖南湘潭。她的丈夫是一个典型的纨绔子弟，夫妇不相得。她身处深闺，受着封建礼教的种种束缚和婚姻不美满的痛苦，但她并未忘怀国事，对祖国的安危仍寄以深深的忧虑，她此时写有《杞人忧》：

> 幽燕烽火几时收，闻道中洋战未休。漆室空怀忧国恨，难将巾帼易兜鍪。

诗人遥闻中外交战未休，终日为国事担忧，但迫于封建礼教对妇女的束缚，使她无法走出闺房，去征战杀敌，因此感到无限忧虑，其爱国情感是十分真挚动人的。诗中用了“漆室女”的典故：鲁国漆室邑有一女，整天倚柱叹息说：“鲁君老，太子幼。”当别人告诉她这是“卿大夫之忧”与她无关时，她说：“不然。昔有客马逸，践吾国葵，使吾终岁不饱葵。鲁国有患，君臣父子被其辱，妇女独安所避乎？”①诗中秋瑾自比漆室女，而却赋予这首诗以新的思想意义：国家安危，人人有责，妇女焉能避其责乎？秋瑾认为，男女均有拯救祖国危亡之责，这一主张在她后来所从事的妇女解放运动中得到了更加光辉的发展。

二

1903年春，秋瑾随丈夫进京。北京是清代的国都，生活的奢侈，官场的丑恶，政治的腐败，以及下层人民的苦难与不幸，在这里都得到集中的表现。秋瑾入京后，专心致志地阅读新的书

---

① 《列女传》卷三。

报，并结识了具有维新思想的吴芝瑛等人，她视野开阔了，也更加关心国事。有一天，她去“燕京八景”之一的黄金台游览，心有所感，写了《黄金台怀古》：

蓟州城筑燕王台，招士以财亦可哀！多少贤才成底事，黄金便可广招徕。

卖官鬻爵，是清朝后期吏治腐败的典型特征之一，同时代的李宝嘉在《官场现形记》中对此有真实而深刻的揭露。这里反用黄金台招贤的历史典故，辛辣而深刻地讽刺了清王朝卖官鬻爵的官吏制度：既然黄金可以买官晋爵，真正的贤才还有什么用呢？

居京一年，使秋瑾对清王朝政治的腐败与黑暗有了更加深刻的了解，尤其是使她愈来愈加清楚地认识到清政府投靠帝国主义、充当洋人走狗的反动本质，诚如她在弹词《精卫石》中所写：“矿山铁路和海口，一齐奉送与洋人。……年年赔款如斯巨，亦是搜罗百姓身。”在祖国危亡日深的现实面前，她开始考虑自己的生活道路：是屈服封建礼教之下做“官太太”；还是另找出路？她意识到：“人生处世，当匡济艰危，以吐抱负，宁能米盐琐屑终其身乎？”①于是她从对封建家庭和社会黑暗现实的不满出发，毅然与封建家庭决裂，开始寻找一条新的生活道路，迈开了走向革命征途的第一步。

1904年夏历五月，秋瑾冲破种种阻力，典质簪珥，抛儿别母，毅然只身东渡扶桑留学，临行前，她写有《宝刀歌》，对灾难深重的祖国表示了深深的依恋：“几番回首京华望，亡国悲歌泪涕多。北上联军八国众，把我江山又赠送。”诗中概括地叙述了庚子事变以来祖国惨遭瓜分的现实，她决心联络革命志士，共同

---

① 徐自华《鉴湖女侠秋君墓表》，见《秋瑾集》，中华书局1962年版，第186页。

拯救祖国的危亡。途中她写有《日人石井君索和即用原韵》：

漫云女子不英雄，万里乘风独向东。诗思一帆海空阔，梦魂三岛月玲珑。铜驼已陷悲回首，汗马终惭未有功。如许伤心家国恨，那堪客里度春风？

她还有词《鹧鸪天》：

祖国沉沦感不禁，闲来海外觅知音。金瓯已缺总须补，为国牺牲敢惜身？　　嗟险阻，叹飘零，关山万里作雄行。休言女子非英物，夜夜龙泉壁上鸣！

这两首诗词一扫古典诗歌离别题材中哀伤悲凉的调子，在昂扬奋发的旋律中抒写了一位女革命志士只身万里、寻求真理的英雄气概，以及她献身祖国、甘赴国难的爱国精神。“金瓯已缺总须补，为国牺牲敢惜身”，“休言女子非英物，夜夜龙泉壁上鸣”，一位英姿飒爽的女杰报国杀敌的豪气直干云霄。调子朗丽高亢，风格豪放雄浑，和古代荆轲出国前所唱的“风萧萧兮易水寒，壮士一去兮不复还”相比，我以为秋诗有其豪放悲壮，而没有它的伤感凄凉。诗中乐观昂扬的基调，正是秋瑾勇往直前、奋发进取的革命乐观主义和人无畏精神的艺术体现。

日本是革命人才荟萃的地方，在这里，秋瑾一面在中国留学生会馆补习日语，一面积极参加各种政治活动。这年秋天，她在横滨参加了三合会，这是一个以“推翻满清，恢复中华”为宗旨的洪帮组织，她此次加盟后被封为“白扇”（俗称军师），和同时被封为“草鞋”（俗称将军）的刘道一、被封为“洪棍”（立坛执家法）的刘复权，合称“洪门三及第”①。她又结识了爱国志士鲁

① 王时泽《回忆秋瑾》，全国政协文史资料委员会编《辛亥革命回忆录》第四集，中华书局1963年版，第225页。

迅、陈天华、王时泽、冯自由、陶成章、宋教仁、何香凝等人。他们一起阅读书报、开会演说，探索拯救祖国危亡的真理。同时，秋瑾又组织演说练习会，主编《白话》杂志，宣传妇女解放和民主革命，她的脍炙人口的散文《敬告中国二万万女同胞》、《警告我同胞》都是最初发表在这上面的。

这年冬天，她还与陈撷芬等人重组了共爱会，名之曰“实行共爱会”。“宗旨是反抗清廷，恢复中原，主张女子从军，救护受伤战士，一面通信国内女学，要求推广。”①她热切希望唤起国内的女同胞，共同走上革命的道路。

1905 年春，秋瑾带着动员女生赴日留学的任务回到祖国，在上海，她持陶成章介绍函拜见了光复会会长蔡元培；不久她回绍省亲，又会见了徐锡麟，后由徐锡麟介绍在上海参加了光复会。

夏历六月，秋瑾冒着盛暑，乘三等舱，再次赴日，途中作《泛东海歌》，诗云：

> 登天骑白龙，走山跨猛虎。叱咤风云生，精神四飞舞。大人处世当与神物游，顾彼豚犬诸儿安足伍！不见项羽酣呼钜鹿战，刘秀雷震昆阳鼓。年约二十馀，而能兴汉楚；杀人莫敢当，万世钦英武。愧我年廿七，于世尚无补。空负时局忧，无策驱胡虏。所幸在风尘，志气终不腐。每闻鼓鼙声，心思辄震怒。其奈势力孤，群才不为助？因之泛东海，冀得壮士辅。

诗人以丰富的想象力，通过天上人间神奇非凡的境界，抒发自己的雄心壮志，从而联想到历史上的英雄豪杰，青年时代就功

---

① 转引自徐双韵《记秋瑾》，《辛亥革命回忆录》第四集，第 209 页。

勋卓著,名震四海:“不见项羽酣呼钜鹿战,刘秀雷震昆阳鼓。年约二十馀,而能兴汉楚;杀人莫敢当,万世钦英武。”而自己年已廿七周岁,对祖国尚无贡献,思之惭愧。此时的秋瑾,主要活动于知识分子中,她看不到广大人民中蕴藏的革命力量,因之感到“其奈势力孤,群才不为助”,这是当时资产阶级革命家共同的认识局限。但秋瑾正像当时战斗的、激进的资产阶级革命派一样,意气风发,斗志昂扬,并毅然肩负起历史的使命,以拯救祖国危亡为己任。“每闻鼓鼙声,心思辄震怒”,正是诗人这种积极进取、奋发乐观的精神面貌的反映。于是再次东渡:“因之泛东海,冀得壮士辅。”于此可见秋瑾留日旨在联络革命同志,从事推翻清王朝的革命斗争,这种思想在她二次东赴时已更加明确。

秋瑾再次抵日后,入青山实践女学校附设师范班学习,她在校异常用功,经常阅读革命书籍,每每写作至深夜。同时,她还经常身着和服,手持倭刀,到东京麴町区神乐坂武术会练习剑击和射击技术,又学习制造炸药①,此时她已预见到国内革命形势的发展,为日后从事武装斗争做必要的准备。

夏历六月二十八日(7 月 30 日),同盟会成立,把过去分散的地方性组织——兴中会、光复会、华兴会改建成为统一的全国性的近代资产阶级革命政党,提出了比较完整的资产阶级民主革命纲领,标志着资产阶级领导的民主革命运动进入了一个新阶段。这之后的半个月,秋瑾由冯自由介绍在黄兴寓所入会,并被推为浙江分会主盟人和评议部评议员。

秋瑾在短短的两个月内,先后参加了光复会和同盟会,政治水平有很大提高,她此时已由一个具有真挚的爱国热忱和勇敢

---

① 王时泽:《回忆秋瑾》,《辛亥革命回忆录》第四集,第 227 页。

抗争精神的女青年,成长为一个坚强的资产阶级民主主义革命战士。反映在文学创作上,这之后她的诗文可以说篇篇都铭记着一个坚强的革命者勇往直前、献身革命的誓言;响彻着一个勇敢的革命战士为争取民族独立解放、号召人民起来战斗的呼唤。为了革命,为了推翻清王朝,她不惜牺牲一切,请听:

好将十万头颅血,一洗腥膻祖国尘。(《赠蒋鹿珊先生言志……》)

卢梭文笔波兰血,拚把头颅换凯歌。(《吊吴烈士樾》)

朅来挂壁暂不用,夜夜鸣啸声疑鸮。英灵渴欲饮战血,也如块磊需酒浇。(《红毛刀歌》)

英雄身世飘零惯,惆怅龙泉夜夜鸣。(《柬志群》)

不论是直抒胸臆,还是托物言志、借物喻人,都表现了诗人与鞑虏势不两立的民族仇恨和大无畏的战斗精神。当然在这类诗篇中也往往杂有狭隘的民族主义倾向,这是应当指出批判的。

1905年夏历十月,日本文部省颁布《取缔清韩留日学生规则》,留日学生对此异常气愤,并于十一月八日开始罢课。在当时的留学生中,对此事的意见明显地分成两派:一派主张退学回国,以示抗议;一派主张暂时妥协,忍辱求学。双方争论激烈,秋瑾属前一派。她大约在十二月上旬回国。

秋瑾回国后,自上海写给尚留在日本的同学王时泽一信云:"吾归国后,亦当尽力筹划,以期光复旧物,与君相见于中原。成败虽未可知,然苟留此未死之馀生,则吾志不敢一日息也。吾自庚子以来,已置吾生命于不顾,即不获成功而死,亦吾所不悔也。”日本之行，更加提高了她的认识水平，坚定了她的革命信念，至此，她已把全部精力乃至生命，都献给了为争取民族解放和妇女解放的伟大事业。信中又说，“且光复之事，不可一日缓，而男子之死于谋光复者，则自唐才常以后，若沈荩、史坚如、吴樾诸君子，不乏其人，而女子则无闻焉，亦吾女界之羞也，愿与诸君交勉之。”很显然，她是想做中国第一个为资产阶级民主革命流血的女英雄。这种敢于首先发难、勇于为祖国自我牺牲的革命精神是永远值得我们称赞和崇敬的。

三

秋瑾回国后，1906 年夏历二月至四月，曾在湖州南浔镇浔溪女学任教，在这里她结识了浔溪女学校长徐自华（字寄尘，浙江石门人，女诗人），两人一见如旧相识，还有自华的妹妹蕴华（字小淑，号双韵），当时是浔溪女学的学生，后徐氏姊妹均与秋瑾成莫逆交。在秋瑾的感召与帮助下，姊妹二人进步很快，徐自华后来还参加了同盟会；而在经济方面，徐氏姊妹于秋瑾所从事的革命事业也有很大帮助。尤其难能可贵的，秋瑾殉国后，在清王朝的淫威下，自华冒着种种风险为亡友秋瑾营葬，并成立“秋社”，秘密纪念秋瑾。辛亥革命之后，她又主持为纪念先烈而开设的“竞雄女学”，这已成为中国近代革命史上传诵已久的佳话。

秋瑾离开浔溪后，来到上海，在虹口祥庆里和虹口北四川路厚德里，以“蠡城学社”为名，联系会党首领，进行革命活动，并与陈伯平等人制造炸药。同时，她开始筹创《中国女报》。

《中国女报》是中国妇女早期刊物之一，它的宗旨是提倡男女平权，宣传民主革命。为创办《女报》，秋瑾不辞一切劳苦，在她的惨淡经营下,《中国女报》创刊号于是年夏历十二月初一问世。这份《女报》,在当时的新闻界是独树一帜、别开生面的。它的进步的、革命的言论,在社会上产生了广泛的影响。秋瑾在《中国女报发刊辞》中说:

> 世间有最凄惨、最危险之二字曰:黑暗。黑暗则无是非,无闻见,无一切人间世应有之思想行为等等。黑暗界凄惨之状态,盖有万千不可思议之危险。危险而不知其危险,是乃真危险;危险而不知其危险,是乃大黑暗。

作者在这里指出,中国人民身处地狱,而不知其黑暗,身处危境,而不知祖国前途的危险。而年轻一代,又不思奋然自拔,以拯救祖国为己任,他们不是"养成翻译、买办之材料",就是以"东瀛为终南捷径"。秋瑾说,这种种坏风气,绝不能让它传染女界,为此全国妇女应当团结起来,努力奋斗,振兴女界。最后秋瑾充满信心地说:

> ……使我女子生机活泼,精神奋飞,绝尘而奔,以速进于大光明世界;为醒狮之前驱,为文明之先导,为迷津筏,为暗室灯,使我中国女界中放一光明灿烂之异彩,使全球人种,惊心夺目,拍手而欢呼。

这些激情洋溢的词句,表达了秋瑾对妇女解放的热切期望和坚定信念,尤其文中的要"使全球人种,惊心夺目,拍手而欢呼",这是充满着多么强烈的民族自尊心、自信心、自强心的语言,这些话出自一个旧中国弱女之口,是多么令人感到欣慰、振奋和鼓舞啊!联系她的歌《叹中国》所云:"我同胞赋性本完美,为何难把白人超?只因囚在这黑暗牢狱里,把这神圣遗裔尽磨销。"勇于自信,敢于超过列强,这些见解蕴寓着秋瑾强烈的爱国主义和民族自豪感,它出现在"国弱民贫而外侮迭起"的近代中国社会，具有突出的进步意义。

在《中国女报》第二册上，发表了秋瑾的歌词《勉女权歌》：

吾辈爱自由，勉励自由一杯酒。男女平权天赋就，岂甘居牛后？愿奋然自拔，一洗从前羞耻垢。若安作同俦，恢复江山劳素手。

旧习最堪羞，女子竟同牛马偶。曙光新放文明候，独立占头筹。愿奴隶根除，智识学问历练就。责任上肩头，国民女杰期无负。

秋瑾所主张的男女平权，不仅主张男女享有平等的权利，而且还要女子担负与男子同等的义务。“若安作同俦，恢复江山劳素手”；“责任上肩头，国民女杰期无负”，表达了秋瑾关于妇女解放的正确主张——投身于当前的革命洪流，为“驱除鞑虏，恢复中华”，与男子并肩战斗。这点在她的弹词《精卫石》中表现得尤为突出。弹词《精卫石》是她从事妇女解放运动的纲领，书中的主人公黄鞠瑞，就是秋瑾的艺术化身。《精卫石》鲜明地表露了她有关妇女解放的理论主张，即把妇女解放与民族解放结合起来。弹词第一回：

扫尽胡氛安社稷，由来男女要平权。人权天赋原无别，男女还须一例担。女的是生前未展胸中志，此去好各继前心世界间，务使光明新世界，休教那毒氛怨气再迷漫。男的是胡虏未灭遗恨在，今番好去报前冤。男和女同心协力方为美，四万万男女无分彼此焉。唤醒痴聋光睡国，和衷共济勿畏难。锦绣江山须整顿，休使那胡尘腥臊满中原。

秋瑾这一闪烁着时代光辉的高见卓识，不仅直接影响与推动了辛亥革命时期女子从军参政的热潮，而且在中国乃至世界妇女解放运动史上均有突出的进步意义。

1907年夏历正月，大通学堂公举秋瑾主持校务。大通学堂是徐锡麟、陶成章于1905年创办的暗中培养革命干部的学校。秋瑾利用校董合法的身份，一方面联络地方官吏，以掩盖大通的革命面貌，另方面又暗中联系浙江会党。上年冬和本年春，她三次亲走内地，发动会党，到过金华、处州、绍兴三府之诸暨、义乌、兰溪、金华、武义、缙云、永康、新昌、嵊县等十多个县，餐风饮露，不畏险阻，不惧艰苦，为革命日夜奔波，其革命精神实在令人敬佩！

夏历三月，秋瑾为统一浙江的秘密军事组织，决定组成光复军，她着手拟定光复军制。四月初，她复制各洪门部下为八军，用“光复汉族，大振国权”八字分别表记，同时与各军干部约定了起义路线和起义日期，皖浙同时进军。

五月二十六日，徐锡麟在安庆乘巡警学堂甲班学生毕业典礼之际，枪击安徽巡抚恩铭，宣布起义；不幸，安庆起义失败，锡麟殉国。

安庆起义失败的消息，秋瑾于六月一日始从报上看到，这时距离清军围剿大通学堂还有三四天，秋瑾本来可以逃走，为了保存浙江数千义军的革命实力，在生命垂危的关头，她没有首先考虑个人的安危，而是把安全让给同志，把艰险留给自己，表现了一个革命者临难不苟、甘赴国难的大无畏的自我牺牲精神。而这种精神不仅在当时达到了传统道德的最高境界，在今天乃至遥远的将来，都是光彩夺目、令人钦佩不已的。秋瑾这种崇高的精神境界，在她此时写的《致徐小淑绝命词》中也有充分的体现：

> 痛同胞之醉梦犹昏，悲祖国之陆沉谁挽。日暮穷途，徒下新亭之泪；残山剩水，谁招志士之魂？不须三尺孤坟，中国已无干净土；好持一杯鲁酒，他年共唱摆仑歌。虽死犹

生，牺牲尽我责任；即此永别，风潮取彼头颅。

壮志犹虚，雄心未渝，中原回首肠堪断！

秋瑾悲叹祖国危亡而无人拯救，甘愿用青春的鲜血唤醒尚未觉醒的同胞。“虽死犹生，牺牲尽我责任”，这是何等忘我的革命精神；“即此永别，风潮取彼头颅”，又是多么旺盛的革命斗志。这篇绝命词充分地表现了一个革命者无私无畏、勇于为国牺牲的高贵品质和崇高的思想境界。

秋瑾将《绝命词》寄给此时在上海爱国女学学习的徐小淑后，她便从容指挥大通师生掩藏武器，焚毁名册，疏散学生，而她自己和一部分愿共存亡的师生留在大通。六月四日下午，清军包围大通学校，学生劝秋瑾从后门逃走，瑾神色自若，不许。秋瑾与程毅等人被捕。六月六日晨四时，她英勇就义于绍兴古轩亭口。

秋瑾以战斗的青春和圣洁的鲜血，谱写了她革命的一生。她殉难后，赢得了中国人民普遍的悼念和崇敬。革命的、进步的诗人和文学家柳亚子、章太炎、陈去病、宁调元、吴梅、鲁迅、夏衍等人先后赋诗、撰文、编剧、写小说来歌颂秋瑾；许多著名的革命家和学者如孙中山、周恩来、吴玉章、郭沫若、范文澜、宋庆龄等人也都给予秋瑾很高的评价。吴玉章同志在《辛亥革命》一书中说：“秋瑾是中国近代史上一位伟大的女英雄，她为民族解放和妇女解放事业付出了自己的生命，从而成为旧民主主义革命时期中国妇女的楷模。”

四

秋瑾是中国近代史上一位杰出的女英雄和女革命家。她为了中华民族的解放事业，成仁取义，大义凛然，其业绩可与日月争辉，即不以诗人著称亦足以不朽；然即以文学创作而论，她的作品，文词雄丽，音调高亢，颇有渐离击筑之风，而一唱三叹，慷慨悲壮，宛如公孙大娘舞剑，光芒夺目，不可迫视，她的文学作品，特别是诗词具有相当高的艺术成就。

秋瑾诗词风格刚健遒劲、浑雄豪放，带有浓郁的浪漫主义色彩。像我们上面所举的脍炙人口的佳篇《宝刀歌》、《红毛刀歌》、《日人石井君索和即用原韵》、《赠蒋鹿珊先生言志……》等，诗中那种献身祖国的爱国激情和对革命理想的热烈追求，正是她作品中浪漫主义的灵魂；而磅礴的气势，高亢激越的调子，又是这种风格的艺术体现。请看她的《秋风曲》：

> 秋风起兮百草黄，秋风之性劲且刚，能使群花皆缩首，助他秋菊傲秋霜。秋菊枝枝本黄种，重楼叠瓣风云涌。秋月如镜照江明，一派清波敢摇动？昨夜风风雨雨秋，秋霜秋露尽含愁。青青有叶畏摇落，胡鸟悲鸣绕树头。自是秋来最萧瑟，汉塞唐关秋思发。塞外秋高马正肥，将军怒索黄金甲。金甲披来战胡狗，胡奴百万回头走。将军大笑呼汉儿，痛饮黄龙自由酒。

诗人笔下的秋一扫过去封建文人萧瑟、悲凉之感，成为她抒发豪情壮志、寄托革命理想的好题材。在这幅“秋”的画面上，是“劲且刚”的秋风，“傲秋霜”的秋菊，“风云涌”的菊瓣，“照江明”的秋月，显得多么的生机盎然，虎虎有生气！诗人由此联想到“塞外秋高马正肥”，正是将军征战杀敌、报国雪耻的好机会。诗人驰骋着她丰富的想象力，期待与享受着未来“将军大笑呼汉儿，痛饮黄龙自由酒”时的幸福与欢愉。从这一幻想世界里，我们好像看到了一个雄姿英发的革命战士，披甲戴盔，驰骋疆场的动人场景：将军怒气冲冲的情态，金枪铁马、刀剑相击的音响，以及

"胡奴百万"丢盔弃甲大败而逃的狼狈相,勾画得那样生动形象、诱人遐想。而这,正是诗人革命理想的艺术体现。

秋瑾许多浪漫主义诗篇,简直很难令人想象到是出于旧时代女子的手笔。徐小淑赞秋瑾云:"隐娘侠气原仙客,良玉英风岂女儿。"这两句诗不仅道出了秋瑾平生的仪采与人格,由此也颇可以说明秋诗的风骨。惊心动魄,汹涌澎湃,确可以概括地说明她诗词艺术风格的特点。我们再看她一首短诗《对酒》:

> 不惜千金买宝刀,貂裘换酒也堪豪。一腔热血勤珍重,洒去犹能化碧涛。

这首诗大有"对酒当歌"、"拔剑起舞、叱咤不平"的英雄气势,全诗只四句,然而抒情主人公豪侠的爱国者形象已跃然纸上。这类作品,我们只能在屈原、李白、龚自珍的诗中看到,在苏轼、辛弃疾的词中读到。然而秋瑾,以自己的诗歌创作丰富了我国浪漫主义的艺术宝库,这是值得我们珍视的。

秋瑾诗词的语言豪爽明快而又清丽雄健,饱含着真挚的感情,具有很强的艺术感染力。

> 不惧仇人气焰高,频倾赤血救同胞。海人思涌粲花舌,化作钱塘十丈涛。(《赠蒋鹿珊先生言志……》)

> 宝刀如雪光如电,精铁熔成经百炼。出匣铿然怒欲飞,夜深疑共蛟龙战。入手风雷绕腕生,眩睛射面色营营。山中猛虎闻应遁,海上长鲸亦见惊。(《日本铃木文学士宝刀歌》)

读这类诗句,深深感到其语言的雄健有力,似觉豪气扑面而来,倘誉之为有"惊风雨"、"泣鬼神"之力,亦不为过。秋瑾有的诗句,即使是一般的豪言壮语,如"饥时欲啖仇人头,渴时欲饮匈奴血"(《宝剑歌》),"拚将十万头颅血,须把乾坤力挽回"(《黄海舟中日人索句……》)，一但出现在秋瑾的笔下，便令人感到它是诗人发自肺腑的深情，是她心声的真实流露，这是因为它饱和着诗人的爱憎，燃烧着诗人的感情；而这写在纸上的诗句又为她战斗的实践所证明。

秋诗形式系旧体，但灵活多变，革新的旧形式中注入了革命的内容，这些地方明显地看出她接受了“诗界革命”积极方面的影响。特别是她的七古，奔腾澎湃，一泻千里，随着激情的波涛，句式多变化，如《宝刀歌》、《宝剑歌》、《剑歌》等长篇，在七言中杂有四言、五言，以至十言、十二言的长句，读起来跌宕回旋，有一种起伏错落的节奏感和音韵美，请读：

> 宝刀侠骨孰与俦？平生了了旧恩仇。莫嫌尺铁非英物，救国奇功赖尔收。愿从兹以天地为炉、阴阳为炭兮，铁聚六洲。铸造出千柄万柄宝刀兮，澄清神州。上继我祖黄帝赫赫之威名兮，一洗数千数百年国史之奇羞！(《宝刀歌》)

综观秋诗，内容坚实，跳跃着时代的脉搏，吞吐着历史的风云，形式优美，具有强烈的艺术感染力；个别的急就之章，虽难免有不够成熟的地方，但白璧微瑕，丝毫也不影响其在中国近代文学史上应有的重要地位。

五

秋瑾是一位具有多方面创作才能的作家，除诗词外，还有文和弹词。秋瑾现存文十三篇，全是1904年东渡后的作品。这些文章同她的诗词一样，是适应革命斗争的需要而写的，是“真理火炬”(高尔基语)和“革命传单”(列宁语)。像《普告同胞檄稿》、《光复军起义檄稿》，既是声讨清王朝的檄文，又是组织武装起义的宣言。这些作品，当秋案发生时，清王朝绍兴府曾搜去作"罪状"公布，由此便可以看出它们强烈的政治色彩。此外，秋瑾还写过几篇杂文，像《敬告姊妹们》、《敬告中国二万万女同胞》，其中心内容是宣传妇女解放，这点上面已作过较详细的分析，这里不再重复了。

秋瑾的文，就体裁而论，多数属于政论性的杂文。一般说，层次分明，说理透辟；感情充沛，笔带锋芒，富有鼓动性，有雄辩家的气概。读她的文章，仿佛使人感到这不是用笔墨而是用沸腾的热血写成的。我们选的几篇文章均可作为这方面的代表。

秋瑾的文，同样也表现了她文学上的革新精神。她的部分散文深入浅出，采用生动形象、明白晓畅的白话宣传民主革命和妇女解放。形式的通俗化、大众化和革命的思想内容，正代表了近代散文发展的进步方向。

本书选入的长篇弹词《精卫石》，这是一部带有自传体性质的作品，原计划写二十回。它以主人公黄鞠瑞逃出闺房、东渡留学、返国从事革命实践活动为线索，形象地体现了秋瑾妇女解放的主张；主人公黄鞠瑞（留日后改名为黄汉雄）是秋瑾的艺术化身。《精卫石》是中国俗文学上第一部宣传民主革命的长篇弹词，现存的六回（第六回残缺），仍是值得我们珍视的宝贵史料。

六

秋瑾在居湘时，自信而又自豪地写过带有预言性的两句诗："他年书勒燕然石，应有风云绕笔来。"（《题郭诇白（宗熙）〈湘上题襟集〉即用集中杜公亭韵》）秋瑾在历史上的业绩，她已用自己的鲜血书勒在中国革命烈士纪念碑上；她的文集，近一个世纪以来据我所知所见的也有十多个版本①。笔者怀着对这位近代杰出的女革命家、女诗人的崇高敬意,六十年代初就选注过《秋瑾诗文选》(1982 年由人民文学出版社出版),今天重加增订,改名为《秋瑾选集》,希望它能反映秋瑾文学创作的全貌;读者倘能通过这个选本,从秋瑾的笔端看到那个时代风云变幻的一个侧面,这便是选注者最大的欣慰了。

《秋瑾选集》分文选、书信选、诗选、词选、歌选和弹词六部分,尝试采用大体编年的方式。诗选部分,在大体分期内再按古诗(先五言,后七言,下同)、律诗、绝句依次编年排列。但,由于秋瑾的作品多未注明作期,有些虽大体可判定属于何期,但难以确考其写作年月,因此《秋瑾选集》中诗词部分的系年难称完全可靠。尽管如此,我以为这种编次,对读者了解秋瑾思想的发展、创作的变化,以及生活与创作的关系,仍会有些帮助。

本书的文字主要以《秋瑾集》(1962 年修订本)为底本,参以诸本及有关史料,互相比勘,择善而从。选本的注释,绝大部分篇章都有题解,说明写作年代、地点、历史背景、思想内容等,或详或略,视需要而定。对读者感到有困难的词语、典故,注释力求简明准确,某些语意较深的句子也时有串讲。书末附有"秋瑾年谱简编",供参考。

《选集》中的"前言"由我执笔,其他是我和郭蓁共同完成的。

《秋瑾选集》的出版得到人民文学出版社的大力支持,在成

---

① 主要有王芷馥编《秋瑾诗词》(1907)、龚宝诠编《秋女士遗稿》(1910)、长沙秋女烈士追悼会编《秋女烈士遗稿》(1912)、秋社编《秋女侠诗文稿汇编》(1913)、王绍基编《秋瑾遗集》(1929 年 7 月)、王灿芝编《秋瑾女侠遗集》(1929 年 10 月)、中华书局上海编辑所编《秋瑾史迹》和《秋瑾集》(1960、1962、1979 年)。

书过程中，责编宋红女士又提出了具体的修改意见，谨在此一并表示深切的谢意。由于自己的水平所限，该书从选目、编年到注释，仍有不妥之处，恳请专家和广大读者赐教为幸。

郭 延 礼

2010 年 12 月修改于山东大学

文　　选

敬告中国二万万女同胞[1]

唉！世界最不平的事，就是我们二万万女同胞了。从小生下来，遇着好老子，还说得过；遇着脾气杂冒、不讲情理的[2]，满嘴边说："晦气，又是一个没用的。"恨不得拿起来摔死。总抱着"将来是别人家的人"这句话，冷一眼、白一眼的看待；没到几岁，也不问好歹，就把一双雪白粉嫩的天足脚，用白布缠着，连睡觉的时候，也不许放松一点，到了后来肉也烂尽了，骨也折断了，不过讨亲戚、朋友、邻居们一声"某人家姑娘脚小"罢了。这还不说，到了择亲的时光[3]，只凭着两个不要脸媒人的话，只要男家有钱有势，不问身家清白，男人的性情好坏、学问高低，就不知不觉应了。到了过门的时候[4]，用一顶红红绿绿的花轿，坐在里面，连气也不能出。到了那边，要是遇着男人虽不怎么样，却还安分，这就算前生有福今生受了。遇着不好的，总不是说"前生做了孽"，就是说"运气不好"。要是说一二句抱怨的话，或是劝了男人几句，反了腔，就打骂俱下；别人听见了还要说："不贤惠[5]，不晓得妇道呢[6]！"诸位听听，这不是有冤没处诉吗？还有一桩不公的事：男子死了，女子就要带三年孝，不许二嫁。女子死了，男人只带几根蓝辫线[7],有嫌难看的,连带也不带;人死还没三天,就出去偷鸡摸狗[8];七还未尽[9],新娘子早已进门了。上天生人,男女原没有分别。试问天下没有女人,就生出这些人来么?为什么这样不公道呢?那些男子,天天说"心是公的,待人是要和平的",又为什么把女子当作非洲的□□一样看待[10],不公不平,直到这步田地呢?

诸位,你要知道天下事靠人是不行的,总要求己为是。当时那些腐儒说什么"男尊女卑"、"女子无才便是德"、"夫为妻纲"[11],这些胡说,我们女子要是有志气的,就应当号召同志与他反对。陈后主兴了这缠足的例子[12],我们要是有羞耻的,就应当兴师问罪;即不然,难道他捆着我的腿?我不会不缠的么?男子怕我们有知识、有学问、爬上他们的头,不准我们求学,我们难道不会和他分辩,就应了么?这总是我们女子自己放弃责任,样样事体一见男子做了,自己就乐得偷懒,图安乐。男子说我没用,我就没用;说我不行,只要保着眼前舒服,就作奴隶也不问了。自己又看看无功受禄,恐怕行不长久,一听见男子喜欢脚小,就急急忙忙把他缠了,使男人看见喜欢,庶可以藉此吃白饭[13]。至于不叫我们读书、习字,这更是求之不得的,有什么不赞成呢?诸位想想,天下有享现成福的么?自然是有学问、有见识、出力作事的男人得了权利,我们作他的奴隶了。既作了他的奴隶,怎么不压制呢?自作自受,又怎么怨得人呢?这些事情,提起来,我也觉得难过。诸位想想总是个中人[14],亦不必用我细说。

但是从此以后，我还望我们姐妹们，把从前事情，一概搁开[15]，把以后事情，尽力作去，譬如从前死了，现在又转世为人了[16]。老的呢，不要说"老而无用"，遇见丈夫好的要开学堂，不要阻他；儿子好的，要出洋留学，不要阻他。中年作媳妇的，总不要拖着丈夫的腿，使他气短志颓，功不成、名不就；生了儿子，就要送他进学堂，女儿也是如此，千万不要替他缠足。幼年姑娘的呢，若能够进学堂更好；就不进学堂，在家里也要常看书、习字。有钱作官的呢，就要劝丈夫开学堂、兴工厂，作那些与百姓有益的事情。无钱的呢，就要帮着丈夫苦作，不要偷懒吃闲饭。这就是我的望头了[17]。诸位晓得国是要亡的了，男人自己也不保，我们还想靠他吗？我们自己要不振作，到国亡的时候，那就迟了。诸位！诸位！须不可以打断我的念头才好呢！

〔1〕 这篇文章发表于《白话》（秋瑾1904年在日本创办的刊物，月出一册）杂志第二期（1904年10月）。文章是用白话写的，语言流畅，它出现在"五四"之前，十分值得珍视。文章表达了秋瑾妇女解放的主张。她一方面批判了封建宗法制度对妇女的迫害，另方面着重指出，妇女要想取得解放首先要"自立"、要靠自己，勇敢地站起来砸烂封建礼教束缚妇女的种种锁链，要自己起来解放自己，这种见解是十分光辉的。当然，秋瑾没有认识到，妇女解放是一个社会问题，不改变封建社会制度，不推翻人剥削人、人压迫人的阶级社会，妇女解放就是一句空话。在当时的旧中国，靠少数人的斗争也难以实现真正的妇女解放。这是时代和历史的局限。

〔2〕 杂冒：暴躁。

〔3〕 择亲：给女儿找婆家。

〔4〕 过门:女子结婚。

〔5〕 贤惠:善良而明大义,多指女子。

〔6〕 妇道:妇人当行之道。

〔7〕 蓝辫线:清代男人蓄发,梳成辫子,在辫梢上扎几条蓝色的线,以示哀悼。

〔8〕 偷鸡摸狗:喻行为不端,这里特指与妇女偷混或嫖娼。

〔9〕 七:七七的简称。人死后每七天设奠,至七七四十九日停止,谓尽七。七还未尽,在四十九天之内。

〔10〕 此处的两个□□,意思大约是"黑奴"二字。

〔11〕 夫为妻纲:封建伦理中的三纲之一。三纲:君为臣纲,父为子纲,夫为妻纲。

〔12〕 陈后主:南朝陈皇帝陈叔宝,他生活奢侈淫靡,日与宫妃制艳曲寻欢作乐;但缠足的始作俑者并不是他,而是南唐李后主李煜,秋瑾写成陈后主,为一时误记。据传说李煜令宫嫔窅娘以帛绕脚,令纤小作新月状,后人皆效之,自此始有缠足。

〔13〕 庶:幸,希冀之词。

〔14〕 个中人:犹言此中人、局中人。

〔15〕 搁开:意为搁起(放下)不说。

〔16〕 转世为人:佛家说,人死了,果得善报,来生可以再做人。

〔17〕 望头:希望、盼头。

警告我同胞〔1〕

我于今有一大段感情,说与列位听听。我昨天到横滨去看朋友,在路上听见好热闹的军乐,又看见男男女女、老老小小都手执小国旗,像发狂的一样,喊万岁,几千声,几万声,合成一声,嘈嘈杂杂,烟雾冲天。我不知做什么事，有这等热闹。后来一打听，那(哪)晓得送出征的军人，就同俄国争我们的东三省地方，到那里打仗去的[2]。俄国，我们叫他做俄罗斯，日本叫他做露西亚，这就叫征露的军人，所以日本人都以为荣耀，成群结队的来送他。最奇怪的就是我中国的商人，不知羞耻，也随着他们放爆竹，喊万岁。我见了又是羡慕，又是气愤，又是羞恼，又是惭愧：心中实在难过，不知要怎样才好，只觉得中国样样的事，色色的人，都不如他们。却好[3]我也坐这次火车走的，一路同走，只见那送军人的人越聚越多，万岁、万岁、帝国万岁、陆海军万岁，闹个不清爽。到了停车场[4]，拥挤得了不得。那军人因为送他的人太多，却高站在长凳上，辞谢众人。送的人团团绕住，一层层的围了一个大圈子。一片人声、爆竹声夹杂，也辨别不清。只见许多人执小国旗，手舞足蹈，几多的[5]高兴。直等到火车开了，众人才散。每到一个停车场，都有男女老幼、奏军乐的、举国旗的迎送。最可羡是那班小孩子，大的大，小的小，都站在路旁，举手的举手，喊万岁的喊万岁，你说看了可爱不可爱？真正令人羡慕死了。不晓得我中国何日才有这一日呢？

唉！列位，你看日本的人，这样齐心，把军人看得如此贵重，怎么叫他不舍死忘生去打仗呢？所以都怀了一个不怕死的心，以为如果我们不能得胜，回国就无脸去见众人。人人都存了这个念头，所以回回打仗都是拼命攻打，不避炮火。前头的死了，后头又上去。今日俄国这么大的国，被小小三岛的日本[6]，打败到这个样子，大约就是这个缘故呢。并且当军人的家眷,都有恤费。这家人家如有丈夫、儿子、兄弟出征,就算这家人家很荣耀的;若是做贸易的人家,门前就挂了出征军人的牌子。各处旅馆、酒馆、照相馆及卖买各铺店,都大书特书的,写道:“陆海军御用品”,“军人优待半额[7]”。明明是一百钱的东西,军人去买,只要半价。可怜我们中国的兵,每月得了尅扣下来的几钱口粮,又要顾家,又要顾己,够得什么呢?见了营官统领[8],就是老鼠见了猫的一样。当差稍不如意,就骂就打。有点声名的人,见了兵勇[9],把他当做是什么贱奴一样,坐都不愿意同他坐在一处。富贵的人家,自己尊得了不得,锦衣玉食,把自己看得同天神一样,把兵卒轻视得同什么贱人都不如。及等得有战事起来,又要他去打仗,不管餐风宿露,忍饿受寒的辛苦,只叫他舍死忘生的去打仗,你说能够做得到做不到呢?纵然打了胜仗,那些锦衣玉食的营官、统领来得功,兵的身子上并没有好处;而且那官并没有到过战场,不费丝毫力气,反占了功劳,得了保举[10],你说怎么叫人家心服呢!怪不得这些兵勇要贪生怕死,见了敌人,就一溜烟跑了。中国如今一说起这些兵丁,都说是没有受过教育,所以如此。一提起我们中国人没有受过教育的害处,千言万语,我也叙不完,三天两日,我也说不尽。众同胞们不要性急,待我下回再仔细说给你们听听罢。[11]

唉,就是受了教育,也要那些做官有钱的人,把良心摸一摸就好。我说这个话,人家必定要驳我的。说兵丁有了教育,那些官吏一定也有教育,自然都文明了,待人也平等,断不是从前这样野蛮的。这话驳得何尝不是。但我想起来,我们中国今日不是俄人占了东三省么?那日本人不是为争东三省,同俄人打仗么?虽然今日日本胜了,也是日本占去的,那(哪)肯归还中国?并且还想占福建呢!德国也想占山东,英国也想长江,法国也想广西,就是素守门罗主义〔12〕的美国,亦想来占这些地方。其馀欧洲的那些小国,也都要分点肥儿。列位想想,我们中国地方虽大,那(哪)里禁得各国的分瓜剖豆手段,你一块他一块地来抢么?这眼前就要亡国了,那(哪)等得到教育普及呢!万来不及的,只有趁如今尚未亡的时候,大家想个主意,挽回过来,免得做那亡国的贱奴才好。但是这个事情,却不是一个人做得出来的,须要大家丢了自私自利的意见,结个团体,方能做得到。唉,这个结团体的话,也不知有多少人说过了的,到如今尚是这样,可见是很难的事情了。但是依我想起来,却没有什么难处。列位只把那亡国后的惨状想一想,那时财产都归乌有了,无分妻子姊妹弟兄,或做人婢妾,或为人奴隶。而且自己的身子,也不知是死于枪炮,死于刀斧。就是外国人不将我当时弄死,把我去受种种凌虐,也不过多做得几天亡国的贱奴,多受些苦楚。究竟有什么好处呢!还落了一个骂名千载。倘是都同俄国虐待那东三省的人样子,尽把你们往水中一赶〔13〕,任你有千万贯家财,却不能带了去呦。即或侥幸不死,你还能安享尊贵么?那外国人抢了你们的财产,又恐怕你们这些人，后来生复仇的思想，必不准你读书，必不准你管事，必不准你说本国的话。恐怕你们有了智识，又要开会提议，生出那报仇的事与那独立的事来。到这个地位，不怕你子子孙孙不永世当他的奴隶。你看那些印度人，头上包了几人长的红布，站在街上，不是做奴隶的样子么？并且还要想出毒法子，使这异他的种族，慢慢的灭亡呢。等到种已灭了，根已除了，报仇的人，就再没有了，土地是外国的了，从此中国的名字，及中国的人，再不能在地球上出现了。列位想想，可惨不可惨呢！如今大家还趁早好好想个法子，救救自己的中国，将来懊悔也来不及了。所以奉劝列位，切不可学我们从前懵懵懂懂在世界上混。到如今晓得了，忍不住的要痛哭流涕了。列位如不甘心做那亡国的贱奴，不如真真的大大的结起一个极坚固的团体来。有钱的出钱，有力的出力，大家都存个毁家拼命的念头，同外人去争去打。若是胜了，我中国就强起来。就是不胜，也不过是一死。轰轰烈烈死了，比受外人凌辱死了，有百倍的荣耀呢！后来编在战史上，中国也有大大的名誉。就是子孙不肖，愿做那亡国的贱奴，他念起祖宗的威名，也可以把他的志气激发起来的。宁死不辱，这是我中国的古话。如今能够个个都存个毁家拼命的念头，今日死一千，明日死一千，宁可将中国人死尽了，再把空旷地方与外国人。外国人得了空旷的地方，没有人替他当奴隶做苦工，他也就不能安享的。况且我中国四万万人，人人都怀了这个念头，与他死斗，断没有不胜的道理。趁此一刻，舍得身子与他争，到后来，子子孙孙享不尽的幸福呢！你说便宜不便宜！何苦白白的把这土地财帛，去送把外人，又讨不得外人好处。所以我劝列位醒醒吧！譬如日本人，他就怀的这个心思，宁可没有了人，断不肯没有了国的。所以如今强到这个地步，威震全球。走出来的日本人，随便到了那（哪）一国，人都欢迎他，说他是英雄豪杰。并且日本国随他什么人走出来，都是意气扬扬的。可怜各国把我们中国人看得一钱不值，遇事讥诮，什么“拖猪尾巴的奴才”，“三等的奴隶”，“忘了自己汉人祖宗的贱奴”，“只晓得奉承满洲及外国人，无一毫自强独立性质的贱货”。种种的话，我们觉得羞愧得了不得。列位想想，如今就是这样。后来的情景，真是不堪设想了。唉，列位想想，趁这时候，尚来得及。大家组织起来，快快组织起来哟，有钱的呢，把钱拿出来养兵，或做些兴学堂、开矿山、修铁路、造轮船的事，把自己国中的东西都保住了，免得把[14]外人得了去。一边练起雄赳赳的兵来。奉劝富家子弟、官宦儿郎，再不要自尊自贵了，与其他日做亡国的贱奴，反不如在今日做一个轰轰烈烈的丈夫。只要有当兵的标格[15]，却不能论贫富的呢。实实在在练起来，这练兵的法子，也照各国的样子，把当兵的看得极尊重。如有出去打仗的，家眷须也立个抚恤的会，免得他再有家累。优待军人，这是第一要紧的事。就是军人也愿意拼命去打仗，这是一定的道理。学堂也是要紧的，因为养成国民的智识，教育后起的人才，都在学堂呢。铁路轮船是不必说了，就同那一个人身上的血脉一样的,如果让外国人得了去,就像断了血脉一样,可就不能免死的。并且是运送兵卒、东西,又快便,又灵通。今天要霸占这块地方,他的兵来了,列位怕还在梦中呢。我们若想做事,又不快便,又不灵通,你说败不败呢!所以铁路航路,归自己中国开通建筑,这是很要紧的。矿是列位都是知道的,我们中国不晓得有多少呢?金银铜铁锡煤各种,那(哪)样是没有,那(哪)样不是要用的呢。为什么明明自己有这样好产业,不晓得用,反去送把〔16〕外人!你就送他,他未必感你的情。用了我的钱,反来害我们。你说可恨不可恨呢!如今声声口口说中国穷,放着钱,白白的送把外国人,可惜不可惜呢!何不自己来受享受享的。只要拿一百万二百万的本钱出来,就可以开出无数的金银铜铁来。俗话说的一本万利,这个还算不上一本万利么?处处都自己开起来,怕不做富翁么!随便办什么,都不必愁没有钱了。列位以为我的话是不是呢?劝列位样样办起来试试看,那时间家也富了,国也强了,岂不好么?若不肯毁家,不肯拼命,就是做一万年,都是不行的。列位请你细细把我说的话想一想,看到底如何呢!

〔1〕 这是秋瑾于1904年秋在横滨一个中国留学生"演说练习会"上的演说稿。演说稿除了供演说之外,还会刊登在演说练习会的会刊《白话》杂志上。此文发表于《白话》杂志第三、四期。此前,其前半部分(到"待我下回再仔细说给你们听听罢")上海古籍出版社(原中华书局上海编辑所,1960年)已收入《秋瑾集》中,而缺其后半部分。2009年末,郭长海

先生在一个偶然的机会发现了《白话》杂志第四期,上面刊有《警告我同胞》后半部分,遂成完璧。此佚文刊于2010年3月8日《绍兴日报》第3版上,兹据《绍兴日报》所提供的文本补上,并对郭长海先生深表谢意!《警告我同胞》写日本百姓欢送日俄战争中日本军人出征的热烈场面,反映了日本各界、全国百姓对出征军人的仰慕与关爱。作者由此联想到中国政府对军人的贱视,长官不关心军人,自然军人也不可能为国家拼命、流血,在战争中打败仗就是必然的了。本文通过二者对比,表达了作者深厚的爱国主义情感。

〔2〕“那(哪)晓”三句:指1904至1905年爆发的日俄战争。

〔3〕却好:这里是正好的意思。

〔4〕停车场:这里指火车站。以下均同。

〔5〕几多的:多么的。

〔6〕三岛:日本是由北海道、本州、四国、九州四岛组成;但在诗文中也以“三岛”称日本。

〔7〕半额:即半价。

〔8〕营官:营一级的长官。《清史稿·兵志三》:“二年,乃改仿湘军成规,以五百人为一营,设营官、哨队官及亲兵。”统领,清代有各式统领,如步军统领、护军统领等。按照清制,各地防营有两名以上武官者,部属称为统领。这里是指营一级的官员。

〔9〕兵勇:普通士兵。

〔10〕保举:原意是指大臣推荐人材,以供朝廷征用。这里是指军官因军功而得到升迁。

〔11〕以下刊登于《白话》杂志第四期。

〔12〕门罗主义(Monroe Doctrine):是美国总统门罗于1823年提出的,宣称“今后欧洲任何列强不得把美洲大陆已经独立自由的国家当作将来殖民的对象”,同时美国也不干涉欧洲各国的事务。

〔13〕“倘是”两句:这里指1900年的“庚子俄难”,即发生于这年7月的海兰泡大惨案和江东六十四屯惨案。在海兰泡大惨案中,残暴的俄国军队把居住在海兰泡(位于黑龙江左岸、精奇里江右岸,原为中国的一

个村庄。1858年被沙皇俄国强行霸占,改名布拉戈维申斯克)的中国居民赶到黑龙江中屠杀,死亡约五千人。发生于同时的江东六十四屯惨案,中国居民同样被赶入水中,死亡两千多人。这两次惨案后,沙皇俄国占领了这些地方,阿穆尔省军管省长格里布斯基宣称:“根据《瑷珲条约》规定,一直归中国当局管辖的前满洲外结雅地区(即江东六十四屯)及阿穆尔河右岸为我军占领之满洲土地,已归俄国当局管辖。凡离开我方河岸的中国居民,不准重返外结雅地区。”

〔14〕 把:这里是让的意思。

〔15〕 标格:标准、资格。

〔16〕 送把:送给。

中国女报发刊辞〔1〕

世间有最凄惨、最危险之二字曰:黑暗。黑暗则无是非,无闻见,无一切人间世应有之思想行为等等〔2〕。黑暗界凄惨之状态,盖有万千不可思议之危险〔3〕。危险而不知其危险,是乃真危险;危险而不知其危险,是乃大黑暗。黑暗也,危险也,处身其间者,亦思所以自救以救人欤?然而沉沉黑狱〔4〕,万象不有〔5〕;虽有慧者〔6〕,莫措其手〔7〕。吾若置身危险生涯,施大法力;吾毋宁脱身黑暗世界,放大光明〔8〕。一盏神灯,导无量众生,尽登彼岸〔9〕,不亦大慈悲耶?

夫含生负气〔10〕,孰不乐生而恶死〔11〕趋吉而避凶?而所以陷危险而不顾者,非不顾也,不之知也〔12〕。苟醒其沉醉,使惊心万状之危险〔13〕,则人自为计〔14〕,宁不胜于我为人计耶[15]？否则虽洒遍万斛杨枝水，吾知其不能尽度世人也[16]。然则曷一念我中国之黑暗何如[17]？我中国前途之危险何如？我中国女界之黑暗更何如？我女界前途之危险更何如？予念及此[18]，予悄然悲[19]，予忨然起[20]，予乃奔走呼号于我同胞诸姊妹，于是而有《中国女报》之设[21]。

夫今日女界之现象，固于四千年来黑暗世界中稍稍放一线光矣[22]；然而茫茫长路，行将何之[23]？吾闻之："其作始也简，其将毕也巨。"[24]苟不确定方针，则毫厘之差，谬以千里[25]。殷鉴不远[26]，观数十年来，我中国学生界之现状，可以知矣。当学堂不作[27]，科举盛行时代[28]，其有毅然舍高头讲章[29]，稍稍习外国语言文字者，讵不曰"新少年，新少年"[30]？然而大道不明，真理未出，求学者类皆无宗旨[31]，无意识，其效果乃以多数聪颖子弟，养成翻译、买办之材料[32]，不亦大可痛哉！十年来，此风稍息，此论亦渐不闻；然而吾又见多数学生，以东瀛为终南捷径[33]，以学堂为改良之科举矣。今且考试留学生，"某科举人"、"某科进士"之名称[34]，又喧腾于耳矣。自兹以后，行见东瀛留学界，蒸蒸日盛矣[35]。

呜呼！此等现象，进步欤？退步欤？吾不敢知[36]。要之[37]，此等魔力必不能混入我女子世界中[38]。我女界前途，必不经此二阶级[39]，是吾所敢决者。然而听晨钟之初动，宿醉未醒；睹东方之乍明，睡觉不远[40]。人心薄弱，不克自立[41]；扶得东来西又倒，于我女界为尤甚。苟无以鞭策之，纠绳之，吾恐无方针之行驶，将旋于巨浪盘涡中以沉溺也〔42〕。然则具左右舆论之势力〔43〕，担监督国民之责任者，非报纸而何？吾今欲结二万万大团体于一致〔44〕，通全国女界声息于朝夕〔45〕，为女界之总机关，使我女子生机活泼，精神奋飞，绝尘而奔〔46〕，以速进于大光明世界；为醒狮之前驱〔47〕，为文明之先导，为迷津筏〔48〕，为暗室灯，使我中国女界中放一光明灿烂之异彩，使全球人种，惊心夺目，拍手而欢呼。无量愿力〔49〕，请以此报创〔50〕。吾愿与同胞共勉之〔51〕！

〔1〕 此文原载《中国女报》创刊号，作于1906年（光绪三十二年）冬或1907年初。《中国女报》是秋瑾1907年1月14日（光绪三十二年十二月初一日）在上海创办的早期妇女刊物之一，旨在宣传民主革命和妇女解放。因经费不足，出版两期便告停刊。本文是发刊辞。秋瑾在文中沉痛地指出，中国人民身处地狱，却不知其黑暗，不知祖国和个人前途的危险；而年轻一代，又不思奋然自拔、以拯救祖国为己任，他们不是充当翻译、买办，便是借留学为升官发财的捷径。作者说：这种种坏风气决不能污染女界。为此，全国妇女应当团结起来，努力奋斗，积极向上，振兴女界，使其“为醒狮之前驱，为文明之先导，为迷津筏，为暗室灯”。要达此目的，必须有自己的舆论阵地，所以要创办这个《中国女报》。

〔2〕 人间世：即人世间。

〔3〕 不可思议：佛家语，意为神秘奥妙的境界不能用心意思忖，也不能用语言表达。《维摩经·不思议品》：“诸佛菩萨有解脱，名不可思议。”这里是难以想象的意思。

〔4〕 黑狱：此指当时中国黑暗的封建社会。

〔5〕 万象不有：佛家语，意为天地间各种景象都被黑暗吞没。

〔6〕 慧者:佛家语,指能观达真理的人。

〔7〕 莫措其手:无从下手的意思。

〔8〕 “吾若”四句:我与其在危险环境里生活,施展法力,解救自己;倒不如离开黑暗世界,放大光明,引导群众前进。若,假设之词,此可译为“与其”。毋宁,亦作“无宁”,不如。法力,佛家语,指佛法的力量。

〔9〕 “一盏”三句:有了革命的真理,便能引导群众,脱离苦海,进入光明世界。神灯,佛寺中昼夜不熄的灯,这里指引导人们前进的革命真理。众生,佛家语,指众多有生命的、有情识的生物,包括天、人、阿修罗、地狱、饿鬼、畜生六种,所谓“六道”。此借指群众。彼岸,佛家语,指涅槃的境界。佛经中称有生有死的境界为此岸;烦恼惑业为中流;证正果得涅槃者为彼岸。这里彼岸指理想的、光明的世界。

〔10〕 含生负气:具有生命血气的东西。含生,佛家语,泛指一切有生命的。这里指人类。

〔11〕 恶(wù 物):厌恶。

〔12〕 不之知:即不知之。之,指示代词,代指危险的境界。

〔13〕 “苟醒”二句:假如能把人们从沉醉中唤醒,使他们看到各种危险而惊心动魄。

〔14〕 人自为计:指人人为自己打算,这里以译为人人都知设法解救自己较顺妥。计,《广韵》训为筹策,准此,可引申为打算。

〔15〕 宁:岂。

〔16〕 “否则”二句:从反面申述“人自为计”的道理。意为假使人们不觉醒,你再用多高明的手段,也无法超度她们。斛(hú 胡),古代以十斗为一斛,南宋末年改为五斗。这里“万斛”是喻其多。杨枝水,又称杨枝净水,佛家语。据说石勒的儿子有病,佛图澄(西晋末后赵的名僧,西域龟兹人)取杨枝沾水洒病人,病人遂苏。所以佛家说,杨枝水能超度众生(见《法苑珠林》)。度世人,佛经中称把人救出苦海为度人。世人,佛家语,指世界上的人,或世俗之人。

〔17〕 曷:疑问副词,何不。

〔18〕 予:通“余”,我。

〔19〕 悄然:形容寂静无声音,此可引申为暗暗地。

〔20〕 怃然:怅然失意的样子。

〔21〕 设:此为创办意。

〔22〕 固:副词,本来。

〔23〕 “行将”句:将要走向哪儿去呢?

〔24〕 “其作”二句:语出《庄子·人间世》:“其作始也简,其将毕也巨。”是说事情开始做时比较简单,但在做的过程中会出现新问题,所以到将近结束时就感到复杂了。

〔25〕 毫厘之差,谬以千里:语出《礼记·经解篇》:“易曰:‘君子慎始,差若豪(毫)厘,缪(谬)以千里。’”意思是开始时一厘一毫的小差错,发展下去,也会造成极大的错误。

〔26〕 “殷鉴”句:《诗经·大雅·荡》:“殷鉴不远,在夏后之世。”殷,商朝后期的称号。鉴,镜子,此引申为教训。意思说不久前被灭亡的夏朝帝王的往事,可以作为殷朝的教训。后“殷鉴不远”变为成语,意在警戒今人不要忘记前人的教训。

〔27〕 不作:未兴办。

〔28〕 科举:唐以来设科取士,谓之科举。后来宋朝用帖括,明清两代用八股文试士,亦沿科举之称。

〔29〕 舍:抛弃。高头讲章:科举时代作八股文必备的参考书。八股文的题目出之于“四书”、“五经”,有些文人,把“四书”、“五经”中的文句,加以详细地讲述、阐发,批注在书的上端。又因这种书的版本格式分上、下两栏或上、中、下三栏。下栏是“四书”、“五经”的原文,字体较大;上栏或中栏都是批注,字体很小,且高度超过下栏,故称“高头讲章”。

〔30〕 讵:反诘副词,岂,此可译为怎能。

〔31〕 类:大都,大抵。宗旨:主要的目的,此可解为一定的目的。

〔32〕 翻译、买办:此指京、沪、广同文馆、广方言馆,以及福州船政学堂、武昌自强学堂所培养的从事洋务工作的人员。其中一部分对中国的近代化建设做出了一定的贡献,也有一部分做了“翻译”、“买办”。这些学校所招收的学员均在十三四岁,故上文中的“新少年”,亦当有年龄上的

含义。

〔33〕 东瀛:东海,指日本。终南捷径:终南,终南山,在陕西省西安市西南;捷径,近便的路。唐代卢藏用想做官,但不被任用,于是隐居终南山,因此山在当时的京都长安附近,容易被皇帝召用。后卢氏果然被召去做了官,他指着终南山对另一个隐士司马承祯说:"此中大有佳处。"承祯说:"依仆视之,仕宦之捷径耳!"(见《新唐书·卢藏用传》)这里用此典故讽刺当时的留学生,以留日作为猎取社会声誉、升官发财的手段。

〔34〕 "今且"三句:1906年(光绪三十二年)10月2日,清廷宣布自本年始,每年八月举行考试游学毕业生。考列最优等者,给予进士出身,考列优等及中等者,给予举人出身。又,毕业生准给出身者,并加某学科字样。习文科者,准称"文科进士"、"文科举人",习法科、医科、理科者仿此(参见《光绪朝东华录》第五册,总第5573页)。举人、进士,明清两代科举,凡省试考中者称举人;举人会试考中者,殿试一甲三名,赐进士及第,二甲若干名,赐进士出身,三甲若干名,赐同进士出身,统称进士(见《清史稿·选举志》)。

〔35〕 蒸蒸日盛:此为日渐增多意。

〔36〕 不敢知:不敢断定的谦词。

〔37〕 要之:犹今言"总而言之"。

〔38〕 魔力:这里指学界的坏风气。

〔39〕 二阶级:两个阶段的意思。其一指"养成翻译、买办之材料";其二指"以东瀛为终南捷径,以学堂为改良之科举"。

〔40〕 "然而"四句:是说革命的声音(理论)刚刚传播,人们尚未完全觉醒,但已看到了希望,离觉醒不太远了。晨钟,佛寺中击以报晓的钟,这里喻启迪人们觉悟的声音。杜甫《游龙门奉先寺》诗:"欲觉闻晨钟,令人发深省。"宿醉,本指隔夜的馀醉,此喻人们生活在黑暗中不觉悟。睡觉(jué 决),从睡梦中醒来。

〔41〕 克:能够。

〔42〕 "苟无"四句:从反面说明创办《中国女报》之必要。鞭策,督促的意思。纠绳,"纠"与"绳"同义,即纠正。《书经·冏命》:"绳愆纠

谬。"孔颖达疏:"绳谓弹正,纠谓发举。有愆过则弹正之,有错谬则发举之。"方针,这里指船上指示航行方向的罗盘。

〔43〕 左右:用为动词,支配,影响。

〔44〕 二万万:指全国女同胞。当时中国的人口约为四亿。

〔45〕 声息:声音,此可解为音信。朝夕:一早一晚,这里喻音信传播之迅速。

〔46〕 绝尘而奔:奔跑时脚不沾尘土,喻速度之快,语本《庄子·田子方》:"夫子奔逸绝尘,而回瞠若乎后矣。"此处形容妇女急起直追,进步很快。

〔47〕 醒狮:当时人们多用"睡狮"喻沉睡的中国,故这里用"醒狮"喻觉醒了的中国。

〔48〕 迷津:佛家语,指迷妄的境界,此处用来比喻中国妇女尚未觉醒的状态。迷津筏,佛经中比喻引导人们走出迷津达到彼岸的先知先觉者。津,渡口。筏,筏子,用竹木编造或用牛羊皮做成的渡水工具。

〔49〕 愿力,也叫"本愿力",佛家语,是说志愿的力量。《智度论》:"庄严佛界事大,独行功德,不能成,故要须愿力。"这里指由革命理想所产生的巨大的革命力量。

〔50〕 创:创始,开始。

〔51〕 共勉之:为达此目的共同勉励。

敬告姊妹们〔1〕

我的最亲爱的诸位姊姊妹妹呀,我虽是个没有大学问的人,却是个最热心去爱国、爱同胞的人。如今中国不是说有四万万同胞吗?但是那二万万男子,已渐渐进了文明新世界了,智识也长了〔2〕,见闻也广了,学问也高了,身名是一日一日的进步了:这都亏得从前书报的功效嘘[3]！今日到了这地步，你说可羡不可羡呢？所以人说书报是最容易开通人的智识的呢。唉！二万万的男子，是入了文明新世界；我的二万万女同胞，还依然黑暗沉沦在十八层地狱[4]，一层也不想爬上来。足儿缠得小小的，头儿梳得光光的；花儿、朵儿，扎的、镶的，戴着；绸儿、缎儿，滚的、盘的，穿着；粉儿白白、脂儿红红的搽抹着。一生只晓得依傍男子[5]，穿的、吃的全靠着男子。身儿是柔柔顺顺的媚着，气虐儿是闷闷的受着，泪珠是常常的滴着，生活是巴巴结结的做着：一世的囚徒，半生的牛马。试问诸位姊妹，为人一世，曾受着些自由自在的幸福未曾呢？还有那安富尊荣、家资广有的女同胞，一呼百诺[6]，奴仆成群，一出门，真个是前呼后拥，荣耀得了不得；在家时，颐指气使[7]，威阔得了不得[8]。自己以为我的命好，前生修到，竟靠着好丈夫，有此尊享的日子。外人也就啧啧称羡[9]，"某太太好命"、"某太太好福气"、"好荣耀"、"好尊贵"的赞美，却不晓得他在家里何尝不是受气受苦的！这些花儿、朵儿，好比玉的锁、金的枷，那些绸缎，好比锦的绳、绣的带，将你束缚的紧紧的。那些奴仆，直是牢头、禁子看守着[10]。那丈夫不必说，就是问官、狱吏了[11]。凡百命令皆要听他一人喜怒了。试问这些富贵的太太奶奶们，虽然安享，也有没有一毫自主的权柄咧[12]？总是男的占主人的位子，女的处了奴隶的地位。为着要依靠别人，自己没有一毫独立的性质。这个幽禁闺中的囚犯，也就自己都不觉得苦了。

啊呀！诸位姊妹，天下这奴隶的名儿，是全球万国没有一个人肯受的，为什么我姊妹却受得恬不为辱呢[13]？诸姊妹必说："我们女子不能自己挣钱，又没有本事，一生荣辱，皆要靠之夫子[14]，任受诸般苦恼[15]，也就无可奈何！"安之曰"命也"这句没志气的话了。唉！但凡一个人，只怕自己没有志气；如有志气，何尝不可求一个自立的基础，自活的艺业呢？如今女学堂也多了，女工艺也兴了，但学得科学工艺，做教习[16]，开工厂，何尝不可自己养活自己吗？也不致坐食，累及父兄、夫子了。一来呢，可使家业兴隆；二来呢，可使男子敬重，洗了无用的名，收了自由的福。归来得家族的欢迎，在外有朋友的教益；夫妻携手同游，姊妹联袂而语[17]；反目口角的事[18]，都没有的。如再志趣高的，思想好的，或受高等的名誉[19]，或为伟大的功业[20]，中外称扬，通国敬慕[21]。这样美丽文明的世界，你说好不好？难道我诸姊妹，真个安于牛马奴隶的生涯，不思自拔么？无非僻处深闺，不能知道外事，又没有书报，足以开化智识思想的。就是有个《女学报》[22]，只出了三、四期，就因事停止了。如今虽然有个《女子世界》[23]，然而文法又太深了[24]。我姊妹不懂文字又十居八九，若是粗浅的报[25]，尚可同白话的念念；若太深了，简直不能明白呢。所以我办这个《中国女报》[26]，就是有鉴于此。内中文字都是文俗并用的，以便姊妹的浏览[27]，却也就算为同胞的一片苦心了。惟是凡办一个报，如经费多的，自然是好办；如没有钱，未免就有种种为难。所以前头想集万金股本(二十元做一股),租座房子,置个机器,印报编书,请撰述、编辑、执事各员,像像样样、长长久久的办一办:也不枉是《中国女报》,为二万万女同胞生一生色;也算我们不落人后,自己也能立个基础,后来诸事要便利得多呢。就将章程登了《中外日报》〔28〕,并将另印的章程,分送各女学堂,想诸位姊妹,必已有看过的了。然而日子是过得不少了,入股的除四五人以外,连问都没有人问起。我们女界的情形,也就可想而知了,想起来实在痛心的呢!

我说到这里,泪也来了,心也痛了,笔也写不下去了。但这《中国女报》,不就是这样不办吗?却又不忍使我最亲爱的姊妹,长埋在这样地狱中,只得勉强凑点经费,和血和泪的做点报出来,供诸姊妹的赏阅。今日虽然出了首册,下期再勉力的做去,但是经费很为难呢。天下凡百事,独立难成,众擎易举〔29〕。如有热心的姊妹,肯来协助,则《中国女报》幸甚,中国女界幸甚。

〔1〕 此文载《中国女报》第一期,作于1906年(光绪三十二年)冬或1907年初。文中秋瑾分析了妇女在旧社会所处的奴隶地位,而这种地位,即使一些出身上层的妇女也不例外。她认为:妇女之所以受压迫,为社会所轻视,主要因为自己不能独立,事事依靠男子,所以秋瑾提出,妇女要想求得解放,必须“求一个自立的基础,自活的艺业”,要“自己养活自己”,即首先做到经济上的独立,然后才能求得政治上的解放。这种见解是十分正确的。

〔2〕 智识:知识。智通“知”。

〔3〕 嗻(niā):吴语方言中的语尾助词。

〔4〕 十八层地狱：地狱的最下层。《十八泥犁经》中说，“地狱有十八”，故后有此说。

〔5〕 依傍：依靠。

〔6〕 一呼百诺：一人呼唤，百人答应。形容有权势，奴仆很多。《元曲·举案齐眉》：“堂上一呼，阶下百诺。”

〔7〕 颐指气使：以口部表情示意、以神情支使人，用来形容指挥人时傲慢的样子。颐，腮帮子。原作“目指气使”，《汉书·贡禹传》：“家富势足，目指气使。”

〔8〕 威阔：威风、阔气。

〔9〕 啧（zé 责）啧：赞叹声。

〔10〕 直：这里是表态副词，仅，犹今言“不过”。牢头：管理犯人的小头目。禁子：旧时在监牢里看管囚犯的隶卒。

〔11〕 问官：如今言“审判官”。狱吏：管理监牢的官吏。

〔12〕 权柄：权力。

〔13〕 恬（tián 甜）不为辱：心中安然，不以做奴隶为耻辱。

〔14〕 之：介词，表动作的对象，同“于”。

〔15〕 任受：不论承受……的意思。任，任凭，不论，不管。

〔16〕 教习：教师。

〔17〕 联袂（mèi 妹）：相偕。袂，衣袖。

〔18〕 反目：不和睦。旧时多指夫妻不和，《易经·小畜》：“夫妻反目。”口角：争吵。

〔19〕 受：承受。

〔20〕 为（wéi 维）：做，成就。

〔21〕 通国：全国。

〔22〕 《女学报》：中国近代出版《女学报》多种，最早的一种是上海1898年7月24日（光绪二十四年六月初六）创刊、康同薇、李蕙仙、裘毓芳、沈和卿、孙蕴华等主编的《女学报》，初刊为旬刊，第10期起，改为五日刊，现存最后一期为第12期（1898年10月29日出版）；第二种《女学报》，1907年6月在北京创刊，由善保（佐臣）主持；秋瑾此处所说的《女学报》，

是由陈撷芬主编、1903 年 2 月 27 日(光绪二十九年二月初一)在上海出版的一种妇女刊物,原名为《女报》(1899 年在上海创刊),因"苏报案"发生,主编陈撷芬(《苏报》主人陈范之女)逃亡日本,只出了三、四期便停刊了。

〔23〕《女子世界》:中国早期妇女刊物之一,1904 年 1 月 17 日(光绪二十九年十二月初一)创刊于上海,月刊,丁初我主编。宣传男女平等和爱国思想,是当时影响较大的一种妇女刊物。

〔24〕文法:作文造句之法,其义相当于文理、文势、修辞等,这里当主要指文字,当时报纸多用文言。

〔25〕粗浅:通俗、浅显。

〔26〕《中国女报》:见前《中国女报发刊辞》注〔1〕。

〔27〕浏览:粗略的阅读,这里有随手翻阅意。

〔28〕《中外日报》:是当时一家著名的报刊,其前身为汪康年创办的《时务日报》,1898 年 8 月 17 日(光绪二十四年七月初一)改称《中外日报》,经理为汪康年、汪仲阁,编辑为汪大钧、曾广铨等,该报以报道中外新闻为主。

〔29〕众擎(qíng 晴)易举:众人用力,东西就容易举起来。比喻同心合力,事情就容易办成。

普告同胞檄稿〔1〕

嗟夫〔2〕!我父老子弟,其亦知今日之时势,为如何之时势乎?其亦知今日之时势,有不容不革命者乎?欧风美雨〔3〕,澎湃逼人,满贼汉奸,网罗交至〔4〕,我同胞处于四面楚歌声里〔5〕,犹不自知〔6〕,此某等为大义之故〔7〕,不得不恺切劝谕者也〔8〕。夫鱼游釜底,燕处焚巢〔9〕,旦夕偷生,不自知其濒于危殆〔10〕,我同胞其何以异是耶[11]？财政则婪索无厌[12]，虽负尽纳税义务，而不与人以参政之权[13]；民生则道路流离[14]，而彼方升平歌舞[15]。侈言立宪，而专制乃得实行[16]；名为集权，则汉人尽遭剥削[17]。南北兵权，既纯操于满奴之手，天下财赋，又欲集之一隅[18]。练兵也，加赋也，种种剥夺，括以一言[19]，制我汉族之死命而已。夫闭关之世[20]，犹不容有一族偏枯之弊[21]，况四邻逼处[22]，彼乃举其防家贼、媚异族之手段，送我大好河山[23]？嗟夫！我父老子弟，盍亦一念祖宗基业之艰难、子孙立足之无所[24]，而深思于满奴之政策耶？

某等眷怀祖国之前程[25]，默察天下之大势[26]，知有不容已于革命[27]，用是张我旗鼓[28]，歼彼丑奴，为天下创[29]。义旗指处[30]，是我汉族[31]，应表同情也。

〔1〕 这篇文章是秋瑾为组织光复军武装起义所写的告全国同胞书，当作于1907年（光绪三十三年）夏。原文无题目，今依陶成章《浙案纪略》补。文章分析了祖国危亡的形势，指出人民已被逼到死亡的边沿。而清统治者仍然残酷地压迫、剥削人民，使人民流离失所，无以为生；他们又侈言“立宪”，实则更加专制。清王朝对外奉行“宁赠友邦，勿与家奴”的卖国政策，屈膝投降，把祖国大好河山拱手让给洋人。面对如此黑暗腐败的卖国政权，文章号召，每个有良心的中国人都应思念我汉族祖先创业之艰辛，子孙后代做亡国奴之痛苦，积极参加这次推翻清王朝的武装起义。文章感情充沛，笔带锋芒，具有很大的鼓动力量。文中把推翻封建专制的斗争简单地归结为满汉之争，这是当时资产阶级民主革命派在认识上共同的局限。

〔2〕 嗟夫:慨叹词。

〔3〕 欧风美雨:本指欧美资本主义国家政治文化对中国的影响,这里喻西方帝国主义国家侵入中国的势力。

〔4〕 “满贼”二句:意思是清统治者和汉族的奸细勾结起来,从各方面压迫人民。

〔5〕 四面楚歌:楚霸王项羽被刘邦围困在垓下,一天夜里,项羽听到汉军中尽是楚人的歌声,于是他疑心楚地已全部被刘邦占领,因而丧失斗志,失败自杀(见《史记·项羽本纪》)。后用来比喻孤立无援、四面受敌的困危处境。这里比喻中国人民处于内忧外患的危机中。

〔6〕 犹:尚,还。

〔7〕 某等:这里指秋瑾及其革命同志。

〔8〕 恺切:同“剀切”,切实,这里是恳切的意思。

〔9〕 “夫鱼”二句:喻中国人民的处境极危险。鱼游釜(fǔ 斧)底,喻身临绝境,生命危在旦夕,而尚苟且偷生。《后汉书·张纲传》:“荒裔愚人,不能自通朝廷,不堪侵枉,遂复相聚偷生,若鱼游釜中,喘息须臾间耳。”釜,锅。燕处焚巢,古代有个寓言:燕子在屋梁上造窝,子母相乐,自以为很平安。后来烟囱里起了火,房子将要被燃烧,燕子还不害怕,不知大祸将要临头(见《孔丛子·论势》)。喻身处危境而不自知。

〔10〕 频(bīn 宾):通“濒”,迫近。

〔11〕 是:此作指示代词,这,指“鱼游釜底”和“燕处焚巢”。

〔12〕 厌:通“餍”,满足。

〔13〕 与:给予。参政之权:即参政权,人民要求参与国家管理的权利。

〔14〕 道路流离:离开家乡,流转离散于途中,没有安身之地,和“流离失所”、“流离转徙”意相近。

〔15〕 彼:指清王朝。升平歌舞:即“歌舞升平”,既歌且舞,庆祝太平。此指粉饰太平。升平,太平。

〔16〕 “侈(chǐ 尺)言”二句:戊戌政变后,清廷政治更加腐败,全国人民要求改革政治的呼声也日益高涨。面此情况,1906 年(光绪三十二

年）九月一日，清王朝宣布所谓“预备立宪”，声称待数年后察看“民智”情况，再定实行年限（参见《光绪朝东华录》第五册，总5563至5564页）。这显然是为了缓和人民对清廷的不满而故意制造的大骗局。侈言，夸大其词，这里是空谈而不实行的意思。

〔17〕 “名为集权”二句：当时清王朝为了缓和民族矛盾，曾提出“满汉平等”、“大权统于朝廷”，但实际上汉人仍无实权。她的《光复军起义檄稿》云：“大其题曰‘集权’，而汉人失势，满族枭张。”可与此处互参。

〔18〕 集之一隅（yú于）：集中在一个地方，此为集中于清统治者之手。隅，角落。

〔19〕 括以一言：用一句话来概括。

〔20〕 夫：发语词，无义。闭关之世：指1840年（道光二十年）鸦片战争之前。因这之前中国实行闭关自守的对外政策，故称“闭关之世”。

〔21〕 一族偏枯之弊：指一种族独受另一种族的压迫，这里指满洲贵族压迫汉族人民。偏枯，病名，半身偏废，亦称半身不遂或偏风。

〔22〕 四邻逼处：与上文的“闭关之世”相对而言，指各国互通往来、相处如邻的时代，即指作者所处的时代。

〔23〕 “彼乃”二句：清王朝一贯奉行“宁赠友邦，勿与家奴”的卖国政策，慈禧太后甚至无耻地说：“量中华之物力，结与国之欢心。”家贼，清统治者对国内各族人民敌视的称呼。

〔24〕 盍：反诘副词，何不。基业：始创的事业。立足之无所：无立足之地。所，处所，地方。

〔25〕 眷怀：关心怀念。

〔26〕 默察：心中暗审。察，细看，详审。

〔27〕 “知有”句：知道今天的形势不允许不革命。容，允许。已，停止。

〔28〕 用是：因此。张我旗鼓：摆开战旗战鼓，表示公开讨伐。张，布置，摆开。旗鼓，《左传·成公二年》：“师之耳目，在吾旗鼓。”旗和鼓都是指挥作战进军用的东西。

〔29〕 创：首创。

〔30〕“义旗”句：起义军所到的地方。

〔31〕是：凡是。

光复军起义檄稿[1]

芸芸众生[2]，孰不爱生[3]？爱生之极，进而爱群。盖种族之不保，则个人随亡，此固大义了然，毋庸多赘者也[4]。然试叩我同胞以“今为何时”？[5]则莫不曰“种族存亡之枢纽”也。再进而叩以“何以可以免此存亡之问题”？则又瞠然莫对[6]；否即以“政治改革”为极端之进化矣。嗟夫！欧风美雨，咄咄逼人，推原祸始，是谁之咎[7]？虽灭满奴之族，亦不足以蔽其辜矣[8]！

夫汉族沉沦二百有馀年，婢膝奴颜，胁肩他人之宇下[9]，有土地而自不知守，有财赋而自不知用，戴丑夷以为主[10]，而自奴之。彼国倘来之物[11]，初何爱于我辈？所何堪者[12]，我父老子弟耳。生于斯，居于斯，聚族而安处。一旦者瓜分实见，彼即退处藩服之列，固犹胜始起游牧之族[13]，奈何我父老子弟乃听之而不问也？年来防家贼之计算[14]，着着进步，美其词曰“立宪”[15]，而杀戮之报，不绝于书；大其题曰“集权”[16]，而汉人失势，满族枭张。呜呼！人非石木，孰不爱生而爱群？逼于不获已[17]，则只能守一族之利益矣。彼既弃我种族置之不问之列，则返报之道[18]，亦所当为，奈何我父老子弟见之不早也？

某等菲薄[19]，不敢自居先知，然而当仁不让，固亦尝以此自励。今时势阽危[20]，实确见其有不容已者，为是大举报复，先以雪我二百馀年汉族奴隶之耻，后以启我二兆方里天府之新帝国。宗旨务光明而不涉于暧昧，行事务单简而不蹈于琐细。幸叨黄帝祖宗之灵，得以光复旧业[21]，与众更始。所有遗派之兵马，晓谕如左。是我汉族，自当共表同情也。

〔1〕 这是秋瑾为1907年皖浙光复军起义所写的檄文。文章从"民族生存"切入，历数汉族沉沦二百馀年来所受的民族压迫。为了恢复中华，雪洗奴隶之耻，檄文号召国人起来推翻异族统治，建立"天府之新帝国"。作者由于受历史和思想上的局限，文中存在狭隘的民族主义倾向，在革命目标上也未能够提出建立资产阶级民主共和国的政治主张。文章从"爱生"、"爱群"谈起，层层深入，洗练而清晰，亦富有感情色彩。檄：古代文体名，用以征召、晓谕、声讨的文章。此文可与《普告同胞檄稿》互参。

〔2〕 芸芸：多貌。

〔3〕 孰：谁。

〔4〕 多赘：这里是多说、多唠叨。赘，言烦。

〔5〕 叩：问。

〔6〕 瞠（chēng 撑）然：直视貌。

〔7〕 咎：罪。

〔8〕 "虽灭"二句：言其罪恶之大；但也表现了作者狭隘的民族主义倾向。蔽：覆盖。辜：罪。

〔9〕 胁肩：耸起肩膀，以示敬畏。宇下：屋檐下。

〔10〕 戴：这里是尊奉、拥戴的意思。

〔11〕 倘来之物：意外得来之物。

〔12〕 所何堪者：意为"所堪何者"，所承受痛苦者。何，疑问代名词。

〔13〕 "一旦"三句：谓一旦中国被列强瓜分，满洲贵族即使退出藩国

的地位，还是胜过他们原来游牧民族的地位。彼，指满洲贵族统治者。下同。藩服，古代天子分王畿以外的地方为九服，其封地离王畿最远的地方为藩服，后用以称藩国或藩臣。所谓藩国，犹今之所谓附属国。

〔14〕 年来：近年来。家贼：满洲贵族称呼汉人的污蔑之词。

〔15〕 立宪：见前《普告同胞檄稿》注〔16〕。

〔16〕 集权：见前《普告同胞檄稿》注〔17〕。

〔17〕 不获已：不得已。《新唐书·沈既济传》："四方形势，兵未可去，资费虽广，不获已为之。"

〔18〕 返报：回报，这里是报复意。

〔19〕 菲薄：鄙陋，自谦之词。

〔20〕 阽（diàn 甸）危：临近危险。

〔21〕 旧业：这里指汉族的天下。

致徐小淑绝命词〔1〕

痛同胞之醉梦犹昏，悲祖国之陆沉谁挽〔2〕。日暮穷途〔3〕，徒下新亭之泪〔4〕；残山剩水〔5〕，谁招志士之魂？不须三尺孤坟，中国已无干净土〔6〕；好持一杯鲁酒，他年共唱摆仑歌〔7〕。虽死犹生，牺牲尽我责任；即此永别，风潮取彼头颅〔8〕。

壮志犹虚，雄心未渝〔9〕，中原回首肠堪断〔10〕！

〔1〕 此文是秋瑾殉国前五日（1907 年 7 月 10 日）寄给她的学生徐小淑的。徐小淑（1884—1962），名蕴华，字小淑，号双韵，浙江石门（今浙江桐乡县）人，她是秋瑾在浔溪女学任教时的学生，师生间建立了深厚的友情。文中诗人悲叹祖国危亡而无人拯救，甘愿用生命唤醒尚未觉悟的

同胞，这种勇于为国牺牲的革命精神，今天仍然值得我们崇敬。然诗人虽有报国的雄心壮志，但她看不到人民群众的革命力量，感到报国无术，又不免发出“中原回首肠堪断”的哀叹。

〔2〕 陆沉，比喻国家的危亡。《晋书·桓温传》：“（桓温）慨然曰：‘遂使神州陆沉，百年丘墟，王夷甫诸人，不得不任其责。’”挽：挽救。

〔3〕 日暮穷途：即“日暮途穷”，亦作“日暮途远”。语出《史记·伍子胥列传》。谓太阳落山了，但距目的地尚远。喻计穷力尽，无前途，无办法。此喻祖国面临危境而报国无术。

〔4〕 新亭之泪：新亭，也称劳劳亭，三国时吴筑，故址在今南京市南。晋南渡后，避难江南的名士常到新亭游宴聚会。有一次，周顗在座，叹息说：“风景虽和从前一样，但祖国的河山却变样了！”在座的很多人听了都不禁流下泪来（见《世说新语·言语》）。后因称感叹祖国危难而流泪谓“新亭之泪”。

〔5〕 残山剩水：破碎的山河。因当时中国相继为帝国主义各国所瓜分，故有此说。

〔6〕 “不须”二句：是说我死后，亲友们不必为自己营造坟墓，因为在清王朝统治下的中国没有一块土地是干净的。

〔7〕 “好持”二句：希望徐小淑在革命成功后，拿杯薄酒祭奠她，并和她的魂灵同唱革命凯歌。鲁酒，鲁国的酒，《庄子·外篇·胠箧》：“鲁酒薄而邯郸围。”又《淮南子》许慎注说：楚国大会诸侯，鲁、赵二国都向楚王献酒，管酒的官吏曾私向赵国讨酒，赵不答应，官吏怒，便将鲁国的酒代替赵酒献给楚王，楚王饮，误以为赵酒薄，出兵包围了赵国的国都邯郸，故后世称“鲁酒”为薄酒。他年，此指革命成功后。摆仑，现通译为“拜伦”（George Gordon Byron，1788—1824），英国十九世纪杰出的积极浪漫主义诗人。他一生创作的许多优秀诗篇，表达了对专制压迫者的愤恨，歌颂了人民英勇的反抗斗争精神。1823年，他还参加过希腊人民的民族独立战争。他革命的一生及其充满战斗激情的革命诗篇，在中国旧民主主义革命时期有很大的影响。

〔8〕 风潮：革命的风暴。彼：指清统治者。

〔9〕“壮志”二句:革命的壮志尚未实现,报国的雄心仍始终不变。此处可与“此身拚为同胞死,壮志犹虚与愿违”(《赠徐小淑》)二句互参。虚,落空。按:此绝命词为一骈体文,“壮志”句后似应有一七字句,这样方与末句“中原回首肠堪断”对称。此系作者仓促写就,或未及注意;抑或全文未完。渝,改变。

〔10〕“中原”句:喻诗人报国无术的极度悲痛。中原回首,即回首中原。回首,回头。中原,指中国。

书信选

致琴文书[1]

琴文伯母大人妆次[2]：

前在沪江草呈寸函[3]，计可达青览矣[4]。近日稍暇，敬行再讯近况。辰维玉躬迪吉，潭第绥和，如意指挥。倾心额颂[5]。

瑾生不逢时，性难谐俗，身无傲骨，而苦乏媚容，于时世而行古道[6]，处冷地而举热肠，必知音之难遇，更同调而无人[7]。况三言讹虎，众口铄金[8]，因积毁销骨[9]，致他方糊口；幸贱躯粗适[10]，豪性犹存，诸事强自排遣，不将憎爱得失萦怀[11]。古云："且将冷眼观螃蟹，看汝横行到几时！"瑾曾有味于兹言[12]，故万事作退一步想也。惟知音渺钟[13]，未免每兴感慨，如伯母在沪晤语，意合情投，惜相见之晚，相离之速，天各一方，未卜何日得重睹芝颜耳[14]。区区数洋[15]，古朋友有通财之谊[16]，路中乏资，何人不有？谚云："与人方便，即自己方便"，分所当为，过蒙奖许，益增汗颜[17]。未卜老伯大人有升迁之喜否[18]？瑾在京假寓绳匠胡同吴宅内[19]，每月租金八两。惟京都元气未复[20]，谣言孔多[21]，近日西学盛行[22]，各处学堂无非虚应故事，何曾有一认真爱国者？可胜叹息！夫婿近日亦习洋文。京都有兴女学之言，未知章程如何？尚未见明文也。

匆匆倚灯谨泐数行[23]，敬请

坤安[24]，

诸希爱照，不尽所云。

令孙少奶奶绣安[25]

秋闺瑾三福上书　四月初九日

〔1〕 这封信写于1903年秋瑾自湖南到北京后，信末注明时间是四月初九(5月5日)。琴文，生平未详，大约系一思想较开通的中年妇女，丈夫为一后补官吏。

〔2〕 妆次：旧时书信中对妇女的敬词。

〔3〕 沪江：上海。寸函：短札。

〔4〕 青览：对收信人看到信的敬词。

〔5〕 "辰维"四句：书信常用的客气话。大意是衷心敬祝玉体安康，全家平和，指挥如意。玉躬，玉体。迪吉，吉祥，安好。潭第，韩愈《符读书城南》诗："一为公与相，潭潭府中居。"潭潭，深邃貌，后因尊称他人的住宅为潭府或潭第。绥和，平和。额颂，即额手称颂，双手合掌加额，表示诚心祝颂。

〔6〕 古道：这里是古人处世之道，即不趋附流俗，古朴、厚道。

〔7〕 "必知"二句：连同以上数句，均反映了秋瑾鄙视世俗，不愿同流合污，而又知音难觅的痛苦，她集中的许多诗词都表现了这一主题。如"世俗惟趋利，人谁是赏音?"(《咏琴志感》)"却怜同调少，感此泪痕多。"(《思亲兼柬大兄》)"走遍天涯知者稀。"(《剑歌》)

〔8〕 "况三"二句：谓谣言(此指流言蜚语)的可怕。三言讹虎，《战国策·魏策二》："夫市之无虎明矣，然而三人言而成虎。"意为谣言多次传播便使人信以为真。众口铄(shuò 硕)金，《国语·周语下》："故谚曰：'众心成城，众口铄金。'"众口一词，可以熔化金属。比喻谣言多，可以混淆是非。铄金，熔化金属。

〔9〕 积毁销骨：《史记·张仪列传》："臣闻之，积羽沉舟，群轻折轴，

众口铄金,积毁销骨。"一次又一次的毁谤,必能置人于死地。

〔10〕 粗适:身体大体安康,谦词。

〔11〕 萦怀:旋绕胸中,牵挂在心。

〔12〕 味:体会。

〔13〕 渺钟:此可引申为少遇。

〔14〕 未卜:未能预料。芝颜:信札中尊称对方容颜。

〔15〕 区区:少的意思。

〔16〕 谊:义,义务。

〔17〕 汗颜:因羞愧而出汗,谦词。

〔18〕 老伯大人:这里是尊称琴文的丈夫。

〔19〕 假寓:借住或租赁。

〔20〕 "惟京"句:秋瑾赴京在1903年,此时距八国联军之役尚近,故云。

〔21〕 孔:很。

〔22〕 "近日"句:1901年清政府颁布"新政",同年6月,张之洞、刘坤一在其著名的"江楚会奏"中提出设立文武学堂的建议,9月,清政府下令将"所有书院,于省城改设大学堂,各府及直隶州均改设中学堂,各州县改设小学堂,并多设蒙养学堂"。(见《光绪朝东华录》(四),总第4717页)

〔23〕 泐:同勒。亲手写,亲笔,书信用语。

〔24〕 坤安:对女性的问候。坤,旧时称妇女。坤,八卦之一。《易·系辞上》:"乾道成男,坤道成女。"后来便用为女性或女方的代称。

〔25〕 绣安:旧时书信中多用于对青年女性的问候。

致湖南第一女学堂书〔1〕

君居乡间〔2〕,妹游海国〔3〕,觌面无从〔4〕,相思日切。久欲上书,因无闲暇。今闻贵学堂遭顽固破坏,然我诸姊妹切勿因此一挫自颓其志〔5〕,而永永沉埋男子压制之下。欲脱男子之范围,非自立不可;欲自立,非求学艺不可,非合群不可〔6〕。东洋女学之兴〔7〕,日见其盛,人人皆执一艺以谋身,上可以扶助父母,下可以助夫教子,使男女无坐食之人,其国焉能不强也?我诸姊妹如有此志,非游学日本不可;如愿来妹处,俱可照拂一切〔8〕。妹欲结二万万女子之团体学问。故继兴共爱会,名之曰实行共爱会〔9〕。公举陈君撷芬为会长〔10〕,而妹任招待〔11〕。寄呈章程三十张〔12〕,望不妥处删改,并请推扩如何?(后略)

〔1〕 此信原刊于《女子世界》第1年第1号(1905年6月),此为信的上半篇,下半篇发表时已删去,今只存前半部分。此信秋瑾写于在日本留学时,估计当在1905年春夏之间。信中表现了秋瑾对国内女学前途的关注,同时也反映了她力主女子欲脱离男子之束缚,首在自立、求学和合群的思想。湖南第一女学堂,是1904年在长沙成立的女子学校,创办人为龙绂瑞。不久湖南封建顽固派杜某以"女学并无实用,徒为伤风败俗"为借口,向清廷上《请废女学折》,1904年9月11日(光绪三十年八月二日)清廷谕令停办湖南女学堂,信中所云"今闻贵学堂遭顽固破坏",即指此事。

〔2〕 乡闾:乡里,这里指家乡。闾,里巷。

〔3〕 海国:此指日本。

〔4〕 觌(dí 敌)面:见面。

〔5〕 颓:委靡,丧。

〔6〕 "欲脱"五句:秋瑾主张女子自立、自强。她在《敬告姊妹们》中也说:"但凡一个人,只怕自己没有志气;如有志气,何尝不可求一个自立的基础,自活的艺业呢?"艺,技艺,这里实指一种职业、技术。下文中有

“人人皆执一艺以谋身”,可互参。

〔7〕 东洋:因日本在我国之东,清代以来,称日本为东洋。

〔8〕 照拂:照料,照顾。

〔9〕 共爱会:共爱会是中国近代出现较早的一个妇女团体。1903年成立于日本东京。最初会员二十馀人。宗旨是:“拯救二万万之女子,复其固有之特权,使之各具国家之思想,以得尽女国民之天职。”(《日本留学生共爱会章程》)但共爱会成立后,绝少活动,故名存实亡。1904年秋瑾赴日后,深感妇女组织起来结成团体之必要,便与留日女同学又重兴共爱会。因过去共爱会未实行其职责,故此次称“实行共爱会”。

〔10〕 “公举”句:此据《神州女报》(创刊号)本。《秋瑾集》据《女子世界》本作“公举陈撷芬”,疑有夺字。陈撷芬(1883—1923),湖南衡阳人,生于江苏常州,近代《苏报》主人陈范之女。她擅诗文,曾主编《女学报》,是当时著名的政论文学家,先留学日本,后留学美国。

〔11〕 招待:即招待员,如同现在的公关人员。

〔12〕 章程:此指《日本实践女学校附属清国女子师范、工艺速成科招生章程》。

致秋誉章书(其四)〔1〕

大哥大人手足:

前在杭州发一函〔2〕,未知收到否?江亢虎如有可为力处〔3〕,虚与周旋可也;如无可注意者,慢慢与之绝交可也。陶大均允为谋事〔4〕,近有消息否?

二妹常有信来否?讨取百金〔5〕,不妨决裂,因彼无礼实甚〔6〕,天良丧尽,其居心直欲置妹于死地也。目我秋家以为无人,妹已衔之刺骨,当以仇敌相见,吾哥亦有以教我耶否？呜呼！妹如得佳耦〔7〕，互相切磋〔8〕（此亦古今红颜薄命之遗憾，至情所共叹），此七八年岂不能精进学业？名誉当不致如今日，必当出人头地，以为我宗父母兄弟光；奈何遇此比匪无受益〔9〕，而反以终日之气恼伤此脑筋，今日虽稍负时誉，能不问心自愧耶？父母既误妹，我兄嫂切不可再误侄女〔10〕。读书之人，虽无十分才干者，当亦无此十分不良也。母亲以妹孑身飘泊为念，妹强慰解之，抚心自问，妹亦非下愚者，岂甘与世浮沉，碌碌而终者？水激石则鸣，人激志则宏，他日得于书记中留一名〔11〕，则平生愿足矣。无使此无天良之人，再出现于妹之名姓间方快，如后有人问及妹之夫婿，但答之“死”可也。吾哥虽未目见、身受妹之魔境，但怨毒中人〔12〕，当亦不以妹为过甚，况二十世纪之人，当亦不甘受此荼毒也〔13〕。吾哥闻之，责我耶？忧我耶？笑我耶？教我耶？可明以示妹也。

岁月逼人，奈何？奈何？妹在绍，前月二十六动身，在申半月，十五日上船，二十一到东〔14〕。

偶感采薪〔15〕，草草书达，即请

暑安

伏乞珍摄

妹瑾

〔1〕 此信是1905年自日本东京寄给其长兄秋誉章的，无发信的具体月日，但从信的内容及信末“即请暑安”看，知此信写于秋瑾二次抵日后不久，当在1905年夏历六月下旬。秋誉章（1873—1909），字莱子，

秋瑾长兄。

〔2〕“前在”句：指《秋瑾集》中《致秋誉章书》其三（1905年夏历五月十七日在杭州发）。

〔3〕江亢虎（1883—1954）：原名绍铨，江西弋阳人，早年曾游历日本及欧洲，受第二国际机会主义影响。1911年辛亥革命后，他从事政治投机，标榜社会主义，在上海创办中国社会党，后又改组为中国社会民主党。抗战胜利后，他投靠敌伪政府，堕落为“汉奸”。有《江亢虎文存初编》、《江亢虎最近言论集》行世（见李新、孙思白主编《民国人物志·江亢虎传》）。秋瑾和他相识大约是在1904年的日本。因江氏“再次赴日留学，至1904年辍学回国”（见曾业英《民元前的江亢虎和中国社会党》，刊《历史研究》1980年第6期，第44页）。秋瑾在《致秋誉章书》中多次提到他，并称他为“维新中人”，因此时的江亢虎尚未暴露其真实面目。

〔4〕陶大均（1859—1910）：字杏南，浙江会稽（今绍兴）人。与秋瑾有远亲，又是老乡，故有交往。秋瑾居北京时，陶氏系一京官（任商部会计司郎中），其如夫人倪荻漪也与秋瑾相识，秋瑾赴日留学时，为筹备学费，曾托她帮助卖过一些首饰。这里“陶大均允为谋事”是指陶大均答应给秋誉章介绍工作。

〔5〕“讨取”句：从《致秋誉章书》其三看，当指误寄湖南秋瑾夫家之“百金”。为何“误寄”？原因不明。按：秋瑾妹秋闺珵，小瑾两岁，1897年秋，嫁浙江钱塘人王守廉（字尧阶），因当时王守廉的父亲王哲夫在湘潭做官，故闺珵婚后一直住在湖南。信中“二妹常有信来否？讨取百金，不妨决裂”云云，即是秋瑾叫住在湖南的妹妹帮她将误寄至王子芳家之百金讨回。

〔6〕彼：指秋瑾丈夫王子芳（字廷钧）。

〔7〕耦：通“偶”，配偶。

〔8〕切磋：即切磋琢磨。这里是商讨、帮助意。

〔9〕此比：此辈。这里指秋瑾的丈夫王子芳。

〔10〕“父母”二句：意为秋瑾的父母当日不让秋瑾进学堂读书，而今秋瑾兄（誉章）嫂（张淳芝）不可再误侄女。按：秋誉章有女二人，长女慈声

(1898—1961)、次女澹生(1900—1959),当时均已届入学年龄。

〔11〕 书记:史书。

〔12〕 怨毒:极度怨恨。

〔13〕 荼(tú 途)毒:毒害。《书经·汤诰》:"罹其凶害,弗忍荼毒。"孔颖达疏:"《释草》云'荼,苦菜',此菜味苦,故假之以言人苦;毒,谓螫人之虫,蛇虺之类,实是人之所苦;故并言荼毒,以喻苦也。"

〔14〕 "妹在"五句:此为秋瑾第二次赴日本时间,即 1905 年夏历五月二十六日(6 月 28 日)离开绍兴,在上海住了半个月,六月十五日(7 月 17 日)在上海乘轮船赴日,二十一日(7 月 23 日)到达东京。

〔15〕 采薪:自己生病的婉词。《孟子·公孙丑下》:"有采薪之忧,不能造朝。"注:"言病不能采薪。"

致秋壬林书〔1〕

壬林贤侄入青〔2〕:

接汝手书,尚为清楚,阅之甚喜,惟有白字,亦因中文程度尚浅之故。但虽入学堂,中文亦宜通达,断无丢去中文,专学英文之理。但凡爱国之心,人不可不有,若不知本国文字、历史,即不能生爱国心也。尚有二月之久,可专注意于中文,进学堂之后,即不能专习也。吾侄既兄弟二人俱喜进学堂,性情尚宜改良,不可如前之争竞〔3〕,兄弟务必互相亲爱,待尊长须有礼,勿事游嬉,学堂之规则当遵守,若能循良勉学为秋氏争荣光〔4〕,方不虚生于人世。况侄年已成童〔5〕,并非幼小,当知家计艰难,区区家产入不敷出。(下缺)

〔1〕 这封信录自秋宗章的《六六私乘》。据《私乘》云:此信是秋瑾在日本留学时所写,时间当在1904至1905年。秋壬林,即秋复(1892—1958),又名锡辰,字壬林,秋宗章长子。信中除勉励壬林兄弟好好学习外,尤注意自幼即向其灌输爱国主义教育。"但凡爱国之心,人不可不有,若不知本国文字、历史,即不能生爱国心也。"

〔2〕 入青:书信套语,意为请看信,长辈对晚辈的谦词。青,用阮籍青白眼的典故。

〔3〕 争竞:这里指不能互相谦让。

〔4〕 循良:善良,这里指向善。

〔5〕 成童:年龄大的儿童,有的说八岁以上,有的说十五岁以上。按:壬林此时已十三四岁。

致王时泽书〔1〕

吾与君志相若也〔2〕,而今则君与予异,何始同而终相背乎?虽然,其异也,适其所以同也〔3〕。盖君之志则在于忍辱以成其学,而吾则义不受辱以贻我祖国之羞〔4〕;然诸君诚能忍辱以成其学者,则辱也甚暂,而不辱其常矣。吾素负气〔5〕,不能如君等所为,然吾甚望诸君之无忘国耻也。

吾归国后,亦当尽力筹划,以期光复旧物〔6〕,与君相见于中原。成败虽未可知,然苟留此未死之馀生,则吾志不敢一日息也。吾自庚子以来,已置吾生命于不顾,即不获成功而死,亦吾所不悔也。

且光复之事,不可一日缓,而男子之死于谋光复者,则自唐才常以后〔7〕,若沈荩、史坚如、吴樾诸君子〔8〕,

不乏其人，而女子则无闻焉，亦吾女界之羞也，愿与诸君交勉之。

〔1〕 此信是1905年冬秋瑾回国后写给在日本留学的中国学生王时泽的，信由上海寄往东京。王时泽（1886—1962），湖南长沙人，1904年自费留学日本，与秋瑾同在横滨加入三合会，又同系同盟会会员，与秋瑾关系甚密。秋瑾归国后，与王时泽也有书信来往，此为其一。这封信表现了秋瑾思想的飞跃，她已从一个要求男女平等和具有爱国思想的女性发展成为自觉的、坚强的资产阶级民主革命战士。此时，她已有了做中国第一位为资产阶级民主革命流血的女英雄的思想准备。这种敢于首先发难、勇于为革命自我牺牲的精神是值得称赞的。

〔2〕 相若：相似。

〔3〕 适：正。

〔4〕 "盖君"二句：在反对"取缔清韩留学生规则"的热潮中，当时的留学生分为两派：一派主张立即退学回国，以示抗议；一派主张暂时妥协，忍辱就学。秋瑾属前一派，当时毅然返国；王时泽属后一派，暂留日本，忍辱以成其学。

〔5〕 负气：如今言"赌气"。

〔6〕 光复旧物：恢复中华意。《晋书·桓温传》："廓清中畿，光复旧京。"

〔7〕 唐才常（1867—1900）：湖南浏阳人，戊戌维新志士。戊戌政变后，他逃亡日本，一面与康有为、梁启超保持联系，一面又同孙中山、陈少白等革命党人接触，探索救国道路。1899年，与康、梁商定在长江各省起兵"勤王"，后失败被捕，从容就义。

〔8〕 沈荩（1872—1903）：湖南善化人，亦为维新志士，戊戌政变时，与谭嗣同、唐才常等交往。政变发生后，与唐才常组织正气会（又改名自立会），任干事，策划甚力，后参加自立军运动，失败后，潜逃北京，进行反清活动。1903年，因在报上揭露《中俄密约》事，被捕杖死。此事在社会上引起很大影响。史坚如（1879—1900）：广东番禺人，革命志士，兴中会员，

1900年为配合郑士良等在惠州三洲田起义，用炸药置地道中轰炸广东抚署，图谋刺杀署中两广总督德寿。后听说德寿未伤，又赴现场，被捕，英勇就义。吴樾（1878—1905），安徽桐城人，革命志士。1905年，因炸出洋五大臣，以身殉难。秋瑾认为他们三人均是为光复中华而献身的革命烈士，是男子中的豪杰。

致徐小淑书〔1〕

惠函热心溢满朵云〔2〕，聆诵之下，不胜感佩。惟敝报独立经营〔3〕，财力万分支绌，况知音寥寥，将伯谁呼〔4〕？同心缺少，臂助无人。叹同胞之黑暗〔5〕，痛祖国之无人，不图得阁下热心青眼〔6〕，赐我砭言〔7〕，感何胜言！近日因经费无着，报馆暂行中止，惟三期之报，仍拟续出，如有惠稿，即请赐寄绍兴南门内和畅堂某收为荷。草草手上，敬请学安。

秋瑾顿首

〔1〕 这封信据徐小淑致中华书局上海编辑所函（1960年3月6日）云：其时小淑致函询问秋瑾《中国女报》第3期编辑情况，根据秋瑾《致女子世界记者书》看，此信当写于1907年暮春。徐小淑，见前《致徐小淑绝命词》注〔1〕。

〔2〕 溢满：充满。朵云：对别人信书的敬词，典出自《新唐书·韦陟传》。

〔3〕 敝报：谦词，指《中国女报》。

〔4〕 “将（jiāng江）伯”句：即将伯呼谁。将伯，《诗经·小雅·正月》：“将伯助予。”毛传：“将，请也；伯，长也。”孔颖达疏：“请长者助我。”

后便以“将伯”称别人对自己的帮助或向别人求助。

〔5〕 “叹同”句:意为悲叹同胞处于黑暗中。

〔6〕 青眼:人喜悦时多正目而视,故以青眼珠看人表示对对方的敬重。晋代阮籍“能为青白眼”,见庸俗之辈,以白眼视之,而对知己的朋友,才露出青眼来(见《晋书·阮籍传》)。

〔7〕 砭(biān 边)言:针砭之言,良言。

诗　选

第一期　出国前(1904年春之前)

吊　屈　原[1]

楚怀本孱王[2],乃同聋与瞽[3]。谤多言难伸[4],虫生木自腐。臣心一如豸[5],市语三成虎[6]。君何喜谄佞[7]?忠直反遭忤[8]。伤哉九畹兰!下与群草伍[9]。临风自芳媚[10],又被薰莸妒[11]。太息屈子原[12],胡不生于鲁[13]?

〔1〕 这首诗是秋瑾居湘时期的作品,约写于1894年(光绪二十年)。屈原(前335?—前296?),名平,战国时楚国人,是我国古代第一位伟大的爱国主义诗人。在年轻时,他曾因学识渊博和长于辞令而得到楚怀王的信任,官左徒。由于他主张联齐抗秦,坚持正确的外交路线,遭到楚国统治集团中顽固派的攻击和陷害,加之怀王、襄王昏庸腐朽,屈原先后两次被逐,后投汨罗江自杀。汨罗江在湖南长沙附近,秋瑾居湘时曾到过这里,诗可能写于此时。贤良被妒,忠直遭忤,本是旧社会司空见惯的事。秋瑾有感于此,在诗中追述了这位爱国诗人的不幸遭遇,并抒发了自己的感慨。

〔2〕 楚怀:楚国的国君楚怀王。孱(chán缠):懦弱。

〔3〕 瞽:瞎。

〔4〕 "谤多"句:因毁谤多,所以直言难于申诉。伸,同申。

〔5〕 臣:此指屈原。豸(zhì志):即獬豸,神羊,能辨是非曲直。

〔6〕 "市语"句:相传有这样三个人,他们从市上回来,都说那儿有虎,人市上虎是不敢去的,而人们却信以为真(见《淮南子·说山训》)。此

喻进谗言的人很多,使人误假为真。

〔7〕 谄佞(nìng 泞):指善以巧言谄媚取宠的人。

〔8〕 遭忤(wǔ 五):获罪。忤,逆,错,引申为罪。

〔9〕 "伤哉"二句:哀伤高洁的兰花却与群草为伍。诗中意为:令人悲伤的是,古往今来,高洁而有才能的贤者,却往往生活在一群庸俗无能者之中。九畹兰,《离骚》:"余既滋兰之九畹兮,又树蕙之百亩;畦留夷与揭车兮,杂杜衡与芳芷。"这里是以"九畹兰"(众芳)比贤才。此中当有秋瑾自况,观下二句可知。

〔10〕 "临风"句:可与她的"槛鸾谁解怜文彩,长自临风惜羽翰"(《惜鸾》)二句互参。

〔11〕 薰莸(xūn yóu 勋游):《左传·僖公四年》:"一薰一莸,七年尚犹有臭。"薰,香草;莸,臭草。这里"薰莸"是偏义词,臭草,喻庸俗之辈。

〔12〕 太息:即叹息。屈子原:对屈原的尊称。

〔13〕 "胡不"句:"鲁"指鲁国,因鲁国是孔子的故乡,在秋瑾看来,孔子明礼义,重品德,爱贤才,所以这里说,屈原为什么不生在诗礼之邦的鲁国呢?

挽故人陈阕生〔1〕

阕生年方二十一,遽作古人〔2〕。回忆省垣聚首〔3〕,风雨连床,曾几何时?谁怜一别竟无会面之期,悲从中来,不胜哀惨!手挽一章,亦长歌代哭之意〔4〕。魂兮有灵,慰予梦寐〔5〕!

聚首湘垣君丱角〔6〕,掌上珠擎藏绣阁〔7〕。喜音时按玉参差〔8〕,好客每陈金凿落〔9〕。三生石上有前缘〔10〕,相见相亲两意怜。栏外同心伫皓月〔11〕,阶前携手惜流年[12]。何期一旦分飞去，催妆各赋于归句[13]。遭际相同奈命何？一水盈盈不得语[14]。从此相思相见难，沙江潭水恨漫漫[15]。鱼书欲寄何由达[16]？几度临风琴韵寒[17]。长颂锦屏春永好[18]，忽传噩耗惊相报[19]！召回天上掌书仙[20]，劈破人间比翼鸟。驾鹤催归萼绿华[21]，却教知己泣天涯。素车白马难为继，斗酒只鸡徒自嗟[22]。伤心侬欲将天问，翘首呼天何太忍？素悉卿家姊妹无[23]，高堂能不添悲哽[24]？挽卿几度暗声吞，满纸淋漓尽泪痕[25]！无地可逢怀梦草[26]，长歌聊以代招魂[27]。

〔1〕 这首诗大约是秋瑾1903年重到长沙时写的哀悼女友的作品。秋瑾1893年（光绪十九年）至1895年春曾随父侍居长沙，与长沙人陈阕生相识，二人感情很好。1895年秋瑾离开长沙至常德、湘乡，翌年又嫁至湘潭王氏。长沙湘水，虽百里之隔，但从此二人却未再见面。诗回忆与陈阕生女士交往的经过，悲叹天不佑人，二十一岁就香消玉殒。

〔2〕 作古人：人死亡之谓。

〔3〕 省垣：一省行政机关所在地，即省城，这里指长沙。

〔4〕 长歌代哭：以歌代哭，这里指用长诗来抒发对女友的悼念。

〔5〕 慰予梦寐（mèi 妹）：在梦中使我得到慰藉。

〔6〕 丱（guàn 贯）角：儿童束发成两角的样子。秋瑾与陈阕生相识时，她大约只有十三四岁。

〔7〕 掌上珠擎：谓陈氏系父母掌上托着的明珠。

〔8〕 “喜音”句：写陈氏喜爱音乐。玉参差（cēn cī），镶玉的无底排箫，一说即玉笙。这里指弹奏的乐器。“玉参差”与下句的“金凿落”相对。

〔9〕 金凿落：以镌镂金银为饰的酒盏（酒杯）。宋代叶廷珪《海录碎事·饮食》：“湘楚人以盏斝中镌镂金渡者为金凿络。”凿落，同凿络。这里

指美酒。

〔10〕 三生石：传说唐代李源与僧圆观友善，同游三峡，见妇人引汲，圆观说："其中孕妇姓王者，是某托身之所。"并约李源十二年后中秋节月夜，相会于杭州天竺寺外。这天晚上，圆观果然殁而孕妇生产。十二年后李源如约至，闻一牧童歌《竹枝词》："三生石上旧精魂，赏月吟风不要论。惭愧情人远相访，此身虽异性长存。"李源因知牧童就是圆观的前身。后人附会此说，认定杭州天竺寺后山的三生石就是李源和圆观的相会处。三生，佛教语，指前生、今生、来生。

〔11〕 伫(zhù 助)皓月：久立在皎洁的月光下。

〔12〕 惜流年：叹惜岁月的流失。

〔13〕 "催妆"句：写双方均先后出嫁。催妆，旧时女子出嫁，必多次催促，才梳妆启行。于归，出嫁。《诗经·周南·桃夭》："之子于归，宜其室家。"

〔14〕 "一水"句：《古诗十九首》："盈盈一水间，脉脉不得语。"这里是一水相隔不能见面意。

〔15〕 沙江潭水：长沙附近有汨罗江；湘潭有湘江。

〔16〕 鱼书：指书信。汉乐府诗《饮马长城窟行》："客从远方来，遗我双鲤鱼。呼儿烹鲤鱼，中有尺素书。"

〔17〕 琴韵寒：意为琴声悲伤、惆怅。

〔18〕 "长颂"句：我经常祝愿陈氏青春永远美好。长，经常，常常。《庄子·秋水》："吾长见笑于大方之家。"锦屏，指妇女的住处，闺阁。温庭筠《蕃女怨》词："年年征战，画楼离恨锦屏空，杏花红。"这里用锦屏代陈阕生。

〔19〕 噩耗：人死的消息。

〔20〕 "召回"句：典出李贺故事。贺将死，见绯衣人持玉版书召之，谓天帝白玉楼成，请为作记。见李商隐《李贺小传》。这里是说天帝召陈氏到天上掌书记。

〔21〕 驾鹤：道家称人死为驾鹤，所谓驾鹤成仙。传说王子乔学道，三十多年后人们见他乘白鹤驻缑氏山巅，数日而去。见刘向《列仙传·王

子乔》。萼绿华(huā 花):传说中的女仙名,自称是九嶷山中得道的女子罗郁。见南朝梁人陶弘景《真诰·运象》。

〔22〕“素车”二句:我难以置办素车白马为您发丧;只能以斗酒只鸡为您奠祭,徒自悲叹!素车白马,汉人范式,字巨卿,与张劭为友。张劭死,范式奔丧,未至而丧已发,既而到了葬地圹前,柩(棺材)不肯进,于是众人便停下灵柩,乃见素车白马,号哭而来。劭母望之曰:“是必范巨卿也。”范式因之执绋而引,灵柩于是前进。事见《后汉书·独行传·范式》。斗酒只鸡,曹操吊桥玄事,见《后汉书·桥玄传》。后用作吊亡友之词。

〔23〕卿:你,指陈氏。

〔24〕高堂:指父母。悲哽(gěng 耿):悲痛、呜咽。

〔25〕“满纸”句:全篇渗透着泪痕。淋漓,沾湿或流滴。

〔26〕怀梦草:神话传说中的一种草名,谓怀着这种草可以梦见自己想要梦见的人。事见郭宪《洞冥记》卷三。

〔27〕聊:姑且。招魂:慰藉死者的亡灵。

偶有所感用鱼玄机
步光威裒三女子韵〔1〕

妆台喜见仙才两〔2〕,客路飘蓬月又三〔3〕。明镜萧疏青翼鬓〔4〕,闲窗宽褪碧罗衫〔5〕。十联佳句抚膺折〔6〕,一卷新诗信手衔〔7〕。道韫清芬怜作女,木兰豪侠未终男〔8〕。高吟白雪谁能继?欲步阳春我自惭〔9〕。小院伫闻莺睍睆,旧巢留待燕呢喃。爱翻声谱常抛绣,为买图书每脱簪〔10〕。身后微名豹雾隐〔11〕,眼前事业蜮沙含〔12〕。交游薄俗情都倦〔13〕,世路辛酸味久谙〔14〕。绿蚁拚将花下醉〔15〕,黄庭闲向静中参〔16〕。不逢同调嗟何益[17]？得遇知音死亦甘。怅望故乡隔烟水[18]，红牙休唱忆江南[19]。

〔1〕 从诗末二句看，约作于1903年（光绪二十九年）寓京期间。诗表现了她"身不得，男儿列"的感慨。秋瑾具有奇才卓识、雄心壮志，无奈在当时那种重男轻女的封建社会里，这一切只能成为人们攻击、中伤的对象，不可能为世俗之辈所了解。诗人已深深地感到面前现实与自己理想的矛盾，但她又无力解决这一矛盾，故只有发出"不逢同调嗟何益？得遇知音死亦甘"的感叹。鱼玄机（约844—868）：唐代的女诗人。字幼微，一字蕙兰，长安（今西安市）人。她原为李亿妾，后出家为女道士。今存影宋本《鱼玄机诗》一卷，又《全唐诗》卷八〇四收其诗一卷。鱼玄机诗集中有《因次光威裒韵》一诗。光、威、裒（póu 抔）姊妹三人曾合吟一诗，每人一联，如是者凡十二联。玄机次她们三姊妹的韵赋诗一首，秋瑾又次玄机的韵写了这首诗。

〔2〕 "妆台"句：诗人看到镜中自己的面影，联想到镜台前有两个才女。

〔3〕 飘蓬："蓬"是菊科植物，蓬花如球，遇风被吹起，随风而飘，这里喻飘泊不定的生活。月又三：又是三个月了。按：诗人进京后，又出京回湘送儿子沅德，往返近三个月。

〔4〕 青翼鬓：即"蝉鬓"，古代妇女的一种发式。相传魏文帝宫人莫琼树最早制蝉鬓，看上去缥缈如蝉翼，故称。见马缟《中华古今注》卷中。

〔5〕 褪：脱下。

〔6〕 十联佳句：指鱼玄机次光、威、裒三女子韵的诗，全诗凡十二联。抚膺折：异常敬佩意。抚膺，如言抚心。折，折服。

〔7〕 一卷新诗：指《鱼玄机诗》。

〔8〕 "道韫"二句：谢道韫虽有文才，花木兰虽尚豪侠，可惜她们都是女子，在社会上不能发挥其才能。道韫，谢道韫，东晋王凝之的妻子，谢安的侄女，聪慧有才辩，因有"未若柳絮因风起"的佳句，人称才女。见《晋书·王凝之妻谢氏传》。清芬，原指美德，这里喻才华。未终男，没有终生

做男子，意为毕竟是女的。花木兰曾女扮男装，代父从军，后归故乡，仍着红装，故此云“未终男”。

〔9〕 “高吟”二句：赞鱼玄机的诗写得好，没人能比得上，连想步她的韵作诗自己也感到惭愧。意为自己写的诗不好，谦词。白雪、阳春，即古代歌曲名。宋玉对楚王说：“有人在郢中歌唱，开始唱《下里》、《巴人》，国中能跟着唱的有几千人，又唱《阳春》、《白雪》，国中能跟他唱的，只不过几十个人了。”见《文选·宋玉〈对楚王问〉》。后即用《阳春》、《白雪》，比喻高雅、优美，即曲高和寡之作。

〔10〕 “小院”四句：写诗人的生活，前二句写她闲听莺歌燕语，后二句写她喜爱读书作诗。睍睆（xiàn huǎn 县缓），美丽。《诗经·邶风·凯风》：“睍睆黄鸟，载好其音。”这里是形容莺叫时清脆婉转的声音。呢喃，燕子的叫声。爱翻声谱，喜欢作诗填词。绣，此泛指女红。脱簪，把首饰除下来卖掉。

〔11〕 “身后”句：言不求名传，此可与“青史不铭勋”、“祇强同族势，岂是为浮名”（《寄徐寄尘》）句互参。豹雾隐，即“豹隐”。陶答子妻说：“我听说南山有玄豹，在雾雨中七天不下来吃食，这是为什么呢？这是想使它的毛光亮而美丽，所以隐藏起来。”见《列女传·贤明·陶答子妻》。后因以“豹隐”喻隐居。这里是埋名的意思。

〔12〕 蜮沙含：即“蜮含沙”，倒置是为诗押韵的关系。水中有种叫蜮的动物，形似鳖，能含沙射人，被射者会因此得病。比喻暗中攻击或陷害。

〔13〕 “交游”句：与世俗来往应酬使我感到厌倦。

〔14〕 世路：旧时把人生比作行路，“世路”即指在社会上所经历、所遭遇的各种情态。谙（ān 安）：熟悉，此可引申为饱尝。

〔15〕 绿蚁：新酿的米酒，未过滤时，酒面上有一层浮沫，微呈绿色，细如蚁，称为绿蚁，此代指酒。按：据秋瑾传记云：瑾“善饮酒”，“自以与时多迕，居常辄逃于酒”。见陈去病《鉴湖女侠秋瑾传》、徐自华《鉴湖女侠秋君墓表》。

〔16〕 黄庭：即《黄庭经》，道家的经典。宋人张君房编的《云笈七签》有《黄庭内景经》、《黄庭外景经》、《黄庭遁甲缘身经》三种，另外道书

所载尚有《黄庭养神经》、《黄庭中景经》、《黄庭五脏六腑真人玉轴经》等数种。据《云笈七签》说:“黄者,中央之色也,庭者,四方之中也;指脑中、心中、脾中,故曰黄庭。”实为道家养生的书籍。参(cān 餐):佛家禅门有参究、参禅等语,“参”字可引申为研究意。

〔17〕 同调(diào 吊):本指音乐的调子相同,后用以喻志趣和主张相同的人。孟浩然《题终南翠微寺空上人房》诗:“儒道虽异门,云林颇同调。”

〔18〕 怅望:怅然遥望。烟水:指山河,因山头和水面上常常笼罩着烟一般的薄雾,故称。

〔19〕 红牙:红牙板,即拍板,演唱时用以调节乐曲节拍,色红,故名。这里代手执红牙板演唱的人,实为作者自指。忆江南:词牌名。此用其字面意。这句诗是说:不要再想念南方了。

剑　　歌〔1〕

若耶之水赤堇铁,铸出霜锋凛冰雪。欧冶炉中造化工,应与世间凡剑别〔2〕。夜夜灵光射牛斗〔3〕,英风豪气动诸侯〔4〕。也曾渴饮楼兰血,几度功铭上将楼〔5〕?何期一旦落君手〔6〕?右手把剑左把酒〔7〕。酒酣耳热起舞时,夭矫如见龙蛇走〔8〕。肯因乞米向胡奴〔9〕?谁识英雄困道途?名刺怀中半磨灭,长歌居处食无鱼〔10〕。热肠古道宜多毁〔11〕,英雄末路徒尔尔〔12〕。走遍天涯知者稀,手持长剑为知己。归来寂寞闭重轩〔13〕,灯下摩挲认血痕〔14〕。君不见孟尝门下三千客,弹铗由来解报恩〔15〕!

〔1〕 吴芝瑛《记秋女侠遗事》云:秋瑾在北京时曾作有《剑歌》等诗。从全诗的内容看,大约作于1903(光绪二十九年)至1904年居京期间。诗赞美了剑的非凡,而这样的剑并不能为一般人所赏识。诗人由此联想到自己困窘的处境,产生了怀才不遇、知音难寻的感慨;她把宝剑认为知己,希望它能为祖国复仇。这首《剑歌》和后面所选的《宝剑歌》、《宝刀歌》等篇,均是托物言志,抒发诗人主张用暴力推翻清王朝的革命精神,以及无法拯救祖国危亡的苦痛和感慨,也表达了她献身祖国的意愿和决心。是秋瑾前期诗歌中思想性较高的篇章。

〔2〕 "若耶"四句:写剑的非凡,是用名水、名铁、名炉铸造的。若耶,溪名,在今浙江绍兴县南若耶山下,北流入镜湖,相传为欧冶子铸造名剑的地方。见《吴越春秋·阖闾内传》。赤廑,亦作"赤堇",即赤堇山,又名鄞城山,在浙江奉化县东五十里,相传为欧冶子造剑处。据《越绝书·外传》记载,当欧冶子造剑时,赤堇山破而出锡。霜锋,本指剑刃的锋利,贾岛《剑客》诗:"十年磨一剑,霜刃未曾试。"这里代指宝剑。凛冰雪,形容宝剑白光凛凛,让人看了觉得比冰雪还冷。凛,寒冷。欧冶,即欧冶子,春秋时冶工,善铸剑,曾为越王铸五名剑,即纯钩、湛卢、豪曹(或称盘郢)、鱼肠、巨阙。见《艺文类聚》卷六十引《吴越春秋》。又与干将合作为楚王铸三名剑,即龙渊、太阿、工布(亦作市)。见《越绝书·外传·宝剑》。造化,创造化育,本指天地创造万物,此借指铸剑。凡剑,普通的剑。

〔3〕 "夜夜"句:写剑的神光。相传晋代张华见天空斗、牛二星间有紫气,后来令人于丰城狱中掘地得二剑,一名龙泉(原名龙渊),一名太阿。见《晋书·张华传》。灵光,宝剑所放的紫光。

〔4〕 诸侯:指张华。因张华在晋惠帝时做过广武侯。

〔5〕 "也曾"二句:写宝剑屡立战功。楼兰,汉代西域的鄯善国,在今新疆鄯善县东南一带。汉武帝时,曾派使臣去大宛,楼兰当道,它勾结匈奴,数次杀害汉朝通西域的使臣。汉昭帝立,遣傅介子斩楼兰王而归。见《汉书·傅介子传》。这里"楼兰",泛指敌人。诗句化用宋岳飞《满江红》"笑谈渴饮匈奴血"句意。上将楼,未详。

〔6〕 何期:哪里想到。

〔7〕 把:执,拿。

〔8〕 "夭矫"句:喻宝剑舞动时的姿态。夭矫,屈伸自如而有气势。白居易《和微之春日投简阳明洞天》诗:"船头龙夭矫。"

〔9〕 "肯因"句:胡奴,晋代陶范的乳名。王修龄在东山很贫苦,当时陶范为乌程县令,派人送一船米给王,王不受,并说:"不须陶胡奴米。"见《世说新语》。这里"胡奴"借指达官贵人。这句诗意是说,我处境虽极困难,也不向达官贵人求助。肯,这里正是不肯。

〔10〕 "名刺"二句:写诗人怀才不遇的处境。"名刺"句,怀藏名刺,希望随时有所谒见,但不遇识者。《后汉书·祢衡传》:"建安初,来游许下,始达颍川,乃阴怀一刺,既而无所之适,至于刺字漫灭。"名刺,即今之名片。古人用削木书字,汉末称"刺",后世因称之。见赵翼《陔馀丛考·名贴》。"长歌"句:战国时孟尝君的门客冯驩(一作煖),因不为人重视,便弹铗作歌:"长铗归来兮,食无鱼。"见《战国策·齐策》。

〔11〕 热肠古道:即"古道热肠"。古道,古代的道德风尚,后来又指忠厚朴实、守正不阿的品行。热肠,指有正义感、富有热情的人。这两个词常连用。此句可与她《致琴文书》"于时世而行古道,处冷地而举热肠,必知音之难遇,更同调而无人"互参。宜多毁:这里是愤慨不平的话。毁,诽谤。

〔12〕 徒尔尔:也不过如此的意思。亦含愤慨。

〔13〕 重(chóng 虫):表示不只一层。轩:窗子,门。

〔14〕 摩挲:抚摸。

〔15〕 "君不见"二句:是说孟尝君门下虽有三千客人,但只有冯煖知道报恩。冯煖因为食无鱼、出无车、无以为家,三兴弹铗之歌,孟尝君一一答应了他的要求,并十分尊重他。后冯煖便设法为知己报恩,为孟营就"三窟",使孟为相数十年,得以高枕无忧。见《战国策·齐策》。诗人用此历史故事的意谓:我把你(剑)认为知己,你应当对祖国有所贡献啊!铗,剑把。

宝剑歌[1]

炎帝世系伤中绝[2],茫茫国恨何时雪[3]?世无平权只强权,话到兴亡眦欲裂[4]。千金市得宝剑来[5],公理不恃恃赤铁[6]。死生一事付鸿毛[7],人生到此方英杰。饥时欲啖仇人头,渴时欲饮匈奴血[8]。侠骨崚嶒傲九州[9],不信大刚刚则折[10]。血染斑斑已化碧[11],汉王诛暴由三尺[12]。五胡乱晋南北分[13],衣冠文弱难辞责[14]。君不见剑气棱棱贯牛斗[15]?胸中了了旧恩仇[16]。锋芒未露已惊世,养晦京华几度秋[17]。一匣深藏不露锋,知音落落世难逢[18]。空山一夜惊风雨,跃跃沉吟欲化龙[19]。宝光闪闪惊四座,九天白日暗无色[20]。按剑相顾读史书,书中误国多奸贼。中原忽化牧羊场,咄咄腥风吹禹域[21]。除却干将与莫邪[22],世界伊谁开暗黑[23]?斩尽妖魔百鬼藏[24],澄清天下本天职。他年成败利钝不计较,但恃铁血主义报祖国[25]。

〔1〕 这首诗从“千金市得宝剑来”、“养晦京华几度秋”看,大约写于居京期间。诗通过写宝剑,抒发了诗人的爱国热忱,同时也表明了秋瑾的政治主张:用暴力推翻清朝的封建统治。这种主张,在民主革命日趋高涨的当时,是具有进步意义的。同时,这一点也鲜明地体现了作为真正的爱国主义者,在民主革命问题上,秋瑾和改良主义者、投机分子空唱高调的不同。

〔2〕 “炎帝”句：汉族正统中断。炎帝，即神农氏，因他以发明火称王，故称炎帝。他和黄帝都是中国古代最早的帝王，中国人民常称自己为炎黄的裔胄。世系，本谓一姓相承的系次，此指汉族世代相传的系统。

〔3〕 茫茫：本谓辽阔、深远，此用其引申义，喻国恨之大，国仇之深。

〔4〕 眦（zì 字）欲裂：眼眶都要裂开，形容愤怒到了极点。

〔5〕 市：这里作动词用，买。

〔6〕 赤铁：此指宝剑，兼泛指武器。

〔7〕 “死生”句：喻把生死看得很轻。此应理解作：为祖国不怕牺牲的精神。秋瑾《致王时泽书》云：“吾自庚子以来，已置吾生命于不顾，即不获成功而死，亦吾所不悔也。”鸿毛，司马迁《报任安书》云：“人固有一死，或重于泰山，或轻于鸿毛。”后便以“鸿毛”喻其轻。

〔8〕 “饥时”二句：表现了作者强烈的民族仇恨和革命精神。语本岳飞《满江红》词：“壮志饥餐胡虏肉，笑谈渴饮匈奴血。”啖（dàn 但），吃。匈奴，古代北方的一个民族，也称“胡”，此借指清统治者。

〔9〕 侠骨：侠义者的骨气。崚嶒：本形容山的高峻突兀，此喻侠骨的清高桀骜。

〔10〕 大（tài 太）刚刚则折：隽不疑对暴胜之说：“凡为吏，大刚则折，大柔则废，威行施之以恩，然后树功扬名，永终天禄。”见《汉书·隽不疑传》。用于此意为：人的性格太刚强了易于遭祸，秋瑾于此持否定态度。

〔11〕 “血染”句：《庄子·外物》：“苌弘死于蜀，藏其血，三年而化为碧。”诗用此典。

〔12〕 汉王：此指刘邦。暴：此指秦。三尺：《汉书·高帝纪》：“吾以布衣提三尺取天下。”“三尺”指剑，因剑长约三尺，故云。

〔13〕 “五胡”句：晋代自晋武帝死后，诸王为了争权，互相攻杀，国内混战，于是匈奴、鲜卑、羯、氐、羌五种胡人贵族，乘机分占了中国北部，历史上称为“五胡之乱”。西晋亡，东晋偏安江南，胡人占据江北，形成“南北朝”对峙的局面。

〔14〕 衣冠：古代士以上的人戴冠，庶人包巾，衣冠连称，是士大夫阶级以上者之服装。《论语·尧曰》：“君子正其衣冠。”后引申借指官宦之

家，此指东晋的统治阶级。文弱：文雅而懦弱。

〔15〕 剑气棱棱贯牛斗：见前《剑歌》注〔3〕。棱棱，严寒貌，此喻宝剑寒光逼人。以下十句写宝剑的神威非凡，兼自况。

〔16〕 了了：清楚。

〔17〕 养晦（huì 惠）：隐居以待时机。京华：指清王朝的京都北京。

〔18〕 落落：本喻孤独，如"落落寡合"，此为寥寥无几意。

〔19〕 "空山"二句：以龙喻宝剑，并赋予它以生命力。惊风雨，杜甫《滟滪》诗："风雨时时龙一吟。"联系上下文，此所谓"惊风雨"者，是剑鸣惊风雨。跃跃，因急切期待而心情激动的样子。沉吟，此指剑鸣。欲化龙，梁人殷芸《小说》："王子乔墓在京茂陵，国乱时，有人盗发之，都无所见，唯有一剑悬在空中。欲取之，剑便作龙吟虎吼，遂不敢近。俄而飞上天。"沈贞吉《咏剑》诗："三尺精灵夜吐辉，曾闻天上化龙飞。"

〔20〕 "宝光"二句：极形容宝剑的光泽。九天，天空，极言其高；亦谓天有九重。

〔21〕 "中原"二句：指清朝统治中国。牧羊场，少数民族多以畜牧为业，满族为少数民族之一，所以这里用"牧羊场"指满洲贵族侵占中国。咄咄（duō duō 多多），叹词，表示感慨。腥风，腥膻之风，这是对少数民族污辱之词。禹域，相传禹最先划分中国为九州，并指定名山大川为各州疆界，故后世沿称中国为"禹域"。

〔22〕 干将与莫邪（yè 爷）：干将，春秋时吴国人；莫邪，是干将的妻子。干将造剑，莫邪断发剪爪，投于炉中，金铁乃濡，铸成一对宝剑，阳曰"干将"，阴曰"莫邪"。见《吴越春秋·阖闾内传》。后"干将"、"莫邪"便成为宝剑的代名词。

〔23〕 伊：语中助词，无义。

〔24〕 妖魔、百鬼：指清朝大大小小的统治者。

〔25〕 铁血主义：即扩张军备，实行武力政策。普鲁士首相俾斯麦1862年9月曾在议会上公开宣称："当前的种种重大问题不是演说词与多数议决所能解决的……要解决它只有用铁与血。"见周一良等主编《世界通史·近代部分》上册，第377页。这里的意思是主张用革命暴力推翻清

王朝。

宝　刀　歌[1]

汉家宫阙斜阳里[2]，五千馀年古国死[3]。一睡沉沉数百年[4]，大家不识做奴耻。忆昔我祖名轩辕[5]，发祥根据在昆仑[6]，辟地黄河及长江，大刀霍霍定中原[7]。痛哭梅山可奈何[8]？帝城荆棘埋铜驼[9]。几番回首京华望[10]，亡国悲歌泪涕多。北上联军八国众，把我江山又赠送[11]。白鬼西来作警钟，汉人惊破奴才梦[12]。主人赠我金错刀[13]，我今得此心雄豪。赤铁主义当今日[14]，百万头颅等一毛[15]。沐日浴月百宝光[16]，轻生七尺何昂藏[17]？誓将死里求生路，世界和平赖武装。不观荆轲作秦客，图穷匕首见盈尺。殿前一击虽不中，已夺专制魔王魄[18]。我欲只手援祖国，奴种流传遍禹域[19]。心死人人奈尔何[20]？援笔作此宝刀歌[21]。宝刀之歌壮肝胆，死国灵魂唤起多。宝刀侠骨孰与俦[22]？平生了了旧恩仇。莫嫌尺铁非英物[23]，救国奇功赖尔收[24]。愿从兹以天地为炉、阴阳为炭兮[25]，铁聚六洲[26]。铸造出千柄万柄宝刀兮，澄清神州[27]。上继我祖黄帝赫赫之威名兮[28]，一洗数千数百年国史之奇羞！

〔1〕　这首诗从"几番回首京华望"句看，大约写于1904年（光绪三

十年)春末秋瑾离开北京时。诗写祖国的危亡,帝国主义的侵略,并抒发了诗人的政治主张。与前面的《剑歌》、《宝剑歌》为同一主题。从这几首写宝剑、宝刀的诗中,可以看出北京之行在秋瑾思想上所发生的巨大变化。这时她的思想已不同于早期在《杞人忧》中对国事所流露的那种忧虑、感伤的情调,而是充满对祖国危亡的热切关注,对清王朝媚外辱国的刻骨仇恨,并表露了她准备献身革命的坚强意志。

〔2〕 "汉家"句:汉族的天下已经危亡。相传李白有词《忆秦娥》,中有"西风残照,汉家陵阙"的词句,后便以夕阳笼罩宫阙,象征国家命运的衰落。宫阙,阙,古代宫殿、祠庙和陵墓前的高建筑物,由于"阙"多建在"宫"前,成为皇宫建筑的一部分,故常"宫阙"连称,借指朝廷。

〔3〕 五千馀年:我中华民族,从黄帝降生算起距写此诗为四千六百一十五年。据刘光汉《黄帝纪元大事表》,见《左盦外集》卷十四,又见《秋瑾集》文附录。此为约数。

〔4〕 数百年:自清兵1644年(顺治元年)入关至写此诗之年,历时已二百六十年。

〔5〕 轩辕:即黄帝,因他生在轩辕之丘,故名轩辕氏。他是古代传说中的一个人物,向来被看作汉族人民的祖先。

〔6〕 "发祥"句:在古代传说中,黄帝是夏族(又称华族,即后来的汉族)的首领,夏族曾居陕甘一带,而昆仑山的北支穿过甘肃、陕西,故诗中说"发祥在昆仑"。发祥,语出《诗经·商颂·长发》:"浚哲维商,长发其祥。"又,《后汉书·班固传》:"发祥流庆",李贤注:"言发祯祥以流庆于子孙。"后因称帝王出生和始建基业之地为发祥地。昆仑,在新疆、西藏之间,是我国西北最高的山脉之一,由帕米尔高原之葱岭发脉,其北支出青海,穿甘肃,入东北。

〔7〕 "辟地"二句:指汉族开发中原。相传黄帝曾与蚩尤打仗,战败蚩尤,由陕、甘一带逐渐向东发展,进入黄河、长江流域。霍霍,刀光闪闪发亮。刘子翚《谕俗》诗:"晚电明霍霍。"中原,此指中国本土。广义的中原也主要是指黄河中下游。

〔8〕 "痛哭"句:明末农民起义军攻入北京,崇祯帝吊死煤山。因崇

祯是汉族封建地主阶级中最后的一个皇帝，故诗人用这个历史典故旨在说明汉族统治的天下从此中断了。梅山，应作“煤山”，清代改名为景山，在北京紫禁城神武门外（今北京市景山公园内），相传明代永乐年间修建宫殿时曾在此处堆过煤，故名。按：秋瑾《某宫人传》：“……众攻陷京城，怀宗（即崇祯帝）见势不佳……自缢于梅山。”由此可佐证诗中“梅山”确系“煤山”之误写，或有意改“煤”为“梅”。

〔9〕 “帝城”句：《晋书·索靖传》：“靖有先识远量，知天下将乱，指洛阳宫门铜驼叹曰：‘会见汝在荆棘中耳。’”此指明亡于清。

〔10〕 京华：见前《宝剑歌》注〔17〕。

〔11〕 “北上”二句：1900年（光绪二十六年），帝国主义为镇压义和团的反帝爱国运动，并企图进而瓜分中国，英、俄、法、德、美、日、意、奥八国组成联军，攻入北京。次年九月，卖国投降的清王朝又与列强签订了割地赔款的《辛丑条约》，使中国加速进入半殖民地化的深渊。

〔12〕 “白鬼”二句：帝国主义侵略的炮火惊醒了沉睡的中国人民，在当时想老老实实地做国内外敌人的奴才都已不可能。这两句可这样理解：八国联军之役和《辛丑条约》的签订，惊破了许多人改良主义的幻梦，促进了人们革命觉悟的提高。白鬼，指西方帝国主义，因英、美、法、德等国都是白种人，故云。

〔13〕 金错刀：刀名，柄和环上都是用黄金雕错的，故名。此句当脱胎于张衡《四愁诗》：“美人赠我金错刀。”

〔14〕 赤铁主义：即铁血主义，见前《宝剑歌》注〔25〕。

〔15〕 “百万”句：喻把生死看得很轻，此可与“死生一事付鸿毛”（《宝剑歌》）句互参。

〔16〕 “沐日”句：写宝刀经日月光辉的照射而发出夺目的奇光异彩。

〔17〕 “轻生”句：慷慨为国献出生命的人是多么的气宇轩昂啊！七尺，古代的尺比现制短，一般男子大多身高七尺。此代指人。昂藏，仪表雄伟，气宇不凡。李白《赠潘侍御论钱少阳》诗：“绣衣柱史何昂藏，铁冠白笔横秋霜。”

〔18〕 “不观”四句：战国时著名刺客荆轲的故事。荆轲，战国时卫

人，为燕太子丹的刺客，太子丹为向秦国报仇，派荆轲以外交使臣的身份，去刺秦王嬴政。荆轲事先把匕首藏在地图里，秦王召见荆轲，他便献上地图，当秦王打开看时，在地图的尽端露出匕首。他急忙抓起匕首刺向秦王，未中，荆轲被害。事见《史记·刺客列传》。匕(bǐ 比)首，短剑。见，同"现"。盈尺，刚满一尺，指匕首的长度。专制魔王，此指秦始皇嬴政。

〔19〕 "我欲"二句：我愿只身援救祖国，无奈奴性的馀毒已遍布中原。禹域，见前《宝剑歌》注〔21〕。

〔20〕 "心死"句：人们的心已经死了，你又有什么办法呢？人人，泛指中国人民。以上三句诗反映了作者个人英雄主义和脱离群众、轻视群众的思想。

〔21〕 援笔：提起笔来。

〔22〕 孰与俦：无可与比者之意。

〔23〕 尺铁：此指宝刀。

〔24〕 收：收到功效。

〔25〕 以天地为炉、阴阳为炭兮：语出贾谊《鹏鸟赋》："且夫天地为炉兮，造化为工；阴阳为炭兮，万物为铜。"贾谊是以冶铸为喻，阐明天地间合散变化之理，这里"愿从兹"二句，是以浪漫主义的手法写铸剑，实指组织革命力量。

〔26〕 "铁聚"句：即聚集六洲之铁。六洲，指亚洲、欧洲、非洲、澳洲、北美洲、南美洲，即全世界。

〔27〕 神州：《史记·孟子荀卿列传》："(邹衍)以为儒者所谓中国者，于天下乃八十一分居其一分耳。中国名曰'赤县神州'。"后即用"神州"代称中国。

〔28〕 赫赫：声威盛大。以上六句，诗人以革命浪漫主义的艺术手法，抒发了她准备造就人才、组织革命力量，推翻清王朝的强烈的革命愿望。

水 仙 花〔1〕

洛浦凌波女，临风倦眼开〔2〕。瓣疑呈玉盏〔3〕，根是谪瑶台[4]。嫩白应欺雪,清香不让梅[5]。余生有花癖[6],对此日徘徊。

〔1〕 水仙花:多年生草本植物,一尺多高,根似蒜头,叶细长扁平,花为伞形,色白芬香,多生长于浙江、福建等地,以福建漳州蔡坡村一带的水仙最为著名。水仙花从外貌的素雅,到精神的高洁,均和荷花相似,同是出污泥而不染,故古代诗人曾赞她"丰容要是小莲花"(杨万里《咏千叶水仙花》诗)。秋瑾爱水仙,其中寄寓着诗人高洁的情愫。

〔2〕 "洛浦"二句:诗人采用拟人化的手法,把水仙比作洛浦女神,用美人临风微张的睡眼喻初开的水仙花。洛浦,洛水之滨,传说为洛神出没的地方。洛神,即宓妃,传说是宓(伏)羲的女儿,在洛水溺死,后为洛水之神。见曹植《洛神赋》。凌波,喻美人步履细碎轻盈。曹植《洛神赋》:"凌波微步,罗袜生尘。"

〔3〕 "瓣疑"句:水仙花色白圆如酒杯,上有五尖,宛然盏样,故有金盏银台之称。见《洛阳花木记》。

〔4〕 谪(zhé 哲):古代官吏因罪被降职或流放叫"谪"或"谪贬"。此处的"谪"为"谪降"意。迷信说法,谓仙家因过失或失宠降到人间。此说水仙之根是从瑶台谪降而来,喻其高贵洁白。瑶台:神仙住的地方。

〔5〕 "嫩白"二句:喻水仙花的洁白与清香。

〔6〕 花癖:对花特别爱好,犹嗜花成癖。癖,积久成习的嗜好。

咏琴志感[1]

泠泠七弦琴[2],所思在翠岑[3]。成连奋逸响[4],中散叹销沉[5]。世俗惟趋利,人谁是赏音。若无子期耳,总负伯牙心[6]。

〔1〕 诗通过咏琴抒发作者愤于世俗之辈的只知追名逐利，从而感叹自己高洁的志趣无人赏识。

〔2〕 “泠泠”句：唐刘长卿《听弹琴》：“泠泠七弦上，静听松风寒。”七弦琴，即古琴，拨弦乐器，因张弦七条，故名。

〔3〕 “所思”句：所想的是在遥远的高山上。汉张衡《四愁诗》：“我所思兮在太山。”实隐喻自己胸怀的远大和志趣的高洁。翠，远山的颜色。岑(cén 涔)，本指小而高的山，此泛指高山。

〔4〕 成连：人名，善鼓琴，是古琴家伯牙的老师。奋逸响：发出超越寻常的音响。

〔5〕 中散：即嵇康(223—262)，字叔夜，谯郡铚(今安徽宿县西)人，魏末著名的文学家、哲学家和音乐家，曾拜为中散大夫，故后人称嵇中散。叹销沉：嵇康因反对司马氏政治的黑暗，被陷害处死，临刑前奏《广陵散》，曲终叹曰：“袁孝尼曾请求跟我学此曲，我坚决不肯，《广陵散》从今绝了。”见《世说新语·雅量》。

〔6〕 “若无”二句：喻无知音的苦闷。春秋时伯牙善弹琴，他的好友锺子期善于欣赏。伯牙弹琴时，志在高山或流水，锺子期立刻能听出来。见《列子·汤问》。后来锺子期便成为知音的代称。

感　事〔1〕

竟有危巢燕〔2〕，应怜故国驼〔3〕！东侵忧未已，西望计如何〔4〕？儒士思投笔，闺人欲负戈〔5〕。谁为济时彦〔6〕？相与挽颓波〔7〕。

〔1〕 这首诗约作于1900年(光绪二十六年)。诗从祖国危亡日深、东西方帝国主义虎视眈眈的局势写起，认为国难当头，匹夫有责，妇女亦不例外，可是这时谁又能出来挽救这衰颓的国势呢？诗人至为担忧，全诗

字里行间洋溢着浓郁的爱国激情，真挚感人地表露了一位爱国诗人的忧虑情怀。

〔2〕 危巢燕：见前《普告同胞檄稿》注〔9〕，此喻处在祖国民族危难中尚未觉醒的人。

〔3〕 故国：此指祖国。驼：见前《宝刀歌》注〔9〕。

〔4〕 “东侵”二句：对东方侵略的忧虑（此指甲午中日战争）还未完，面对西方帝国主义的瓜分，又当以什么策略来对付呢？

〔5〕 “儒士”二句：文人、妇女也想卫国杀敌。投笔，即“投笔从戎”。班超幼年家贫，常替官员做些抄写工作，以维持生活。一次他正在写字，心有所感，忽然把笔摔在地上，大声叹息说：“大丈夫纵无大志，也应学习傅介子和张骞（两人均为出使西域的名人），在边疆建立功业，封侯拜相，哪能老在笔砚之间讨生活呢？”见《后汉书·班超传》。后以“投笔从戎”喻弃文就武。戎，军队。闺人，妇女。负戈，扛起武器。

〔6〕 济时彦：匡乱扶危的志士，英雄豪杰。彦，古代对有才学之士的美称。

〔7〕 颓波：下流的水势，此喻衰颓的国势。

寄 家 书〔1〕

惆怅慈闱隔〔2〕，于今三月馀。发容应是旧〔3〕，眠食近何如〔4〕？恨别长抚线〔5〕，怀愁但寄书〔6〕。秋来宜善保〔7〕，珍摄晚凉初〔8〕。

〔1〕 这首诗约作于1903年（光绪二十九年）初秋作者寓京时。秋瑾这年春随她的丈夫进京，途中曾返故乡绍兴住过一个短时间，又匆匆北上，至此已三月有馀。诗中抒发了真挚、深沉的怀母之情。

〔2〕 慈闱：母亲的代称。隔：分离。

〔3〕 “发容”句：此为诗人想象中词，别后母亲当没有增加皱纹和白发吧！

〔4〕 “眠食”句：问候起居。眠食，饮食睡眠。

〔5〕 “恨别”句：恨与母别离，故常常抚线自慰。线，孟郊《游子吟》诗：“慈母手中线，游子身上衣。”这里指母亲给她缝的衣服。此为用典寄情，未必就是写实。

〔6〕 但：只有。

〔7〕 善保：好好保重身体。

〔8〕 珍摄：珍重保养。晚凉初：即“初晚凉”，倒置为了押韵。初，指秋初。秋初易患病，故叮嘱“珍摄”。

轮船记事二首〔1〕

四望浑无岸〔2〕，洋洋信大观〔3〕：舟疑飞鸟渡，山似毒龙蟠；万派潮声迴，千峰云际攒〔4〕。茫茫烟水里，乡思入眉端〔5〕。

水天同一色〔6〕，突兀耸孤峦〔7〕。望远胸襟畅，凭窗眼界宽〔8〕。银涛疑壁立，青海逼人寒〔9〕。咫尺皇州近〔10〕，休歌行路难〔11〕。

〔1〕 这两首五律系1904年（光绪三十年）春秋瑾南下探母后由海道返京途中所作。诗描写海上壮丽的美景，以及诗人的感触；同时也表达了诗人只身万里、不畏险阻的乐观进取精神。

〔2〕 “四望”句：四面瞭望，大海茫茫无边。

〔3〕 “洋洋”句：此形容众多而丰盛的海上奇景。洋洋大观，语出

《庄子·天地》。

〔4〕 “舟疑”四句:写在行驶的轮船上所见海上广阔而奇丽的景象。蟠,盘曲而伏。万派,喻水的分流。迥(jiǒng 窘),远。此句喻船行之速,远远地把潮声丢到后边。攒(cuán 氽阳平),聚集。

〔5〕 入眉端:犹言上眉梢。

〔6〕 “水天”句:王勃《滕王阁序》:“秋水共长天一色。”秋诗由此化出。

〔7〕 突兀:高貌。孤峦:孤独的山峰。

〔8〕 “望远”二句:诗人在舱外遥望大海,顿觉胸怀舒畅,眼界开阔。

〔9〕 “银涛”二句:诗人凭窗而望,看到那海上翻滚的白色浪涛,犹如墙壁矗立,青蓝色的大海,使人感到寒气逼人。

〔10〕 “咫尺”句:望中看见北京近在咫尺。这是形容船行之速。皇州,帝都,京城。

〔11〕 行路难:本为乐府古题,因内容多写世路艰难和离情别绪,故名。这里诗人有感于现代交通工具轮船之迅速,所以说,不要再感叹行路的艰难了。此为用其字面意。

送　别

杨柳枝头飞絮稠〔1〕,那堪分袂此高楼〔2〕！阑干十二云如叠,路程三千水自流〔3〕。未免有情烟树黯,相留无计落花愁〔4〕。送君南浦销魂处,一夜东风促客舟〔5〕。

〔1〕 飞絮稠:随风飘落的柳絮多而密。飞絮,杨柳春天开花,形状如棉絮,成熟时随风飘飘落下,故称。

〔2〕 那堪:哪禁得住,哪能忍受。分袂(mèi 妹):分手,离别。

〔3〕 “阑干”二句:这两句是承“分袂”而来。上句说居者凭阑而

望,只见那白云重重叠叠;下句说行者路程很远,如同江水长流不息。十二、三千,都是泛指,言阑干之多,路程之远。

〔4〕 “未免”二句:柳树黯然,未免显得多情;相留无计,致使落花满带愁容。这两句诗表面上写自然景物的多情,实则是借此抒发诗人的惜别之感。烟树,远望树林如烟笼罩,故称。此指春天的柳树。戎昱《途中寄李二》诗:“杨柳烟含霸岸春,年年攀折为行人。”黯,黯然,心神沮丧的样子。

〔5〕 “送君”二句:送君南浦正是我为伤别而消魂的地方;一夜东风,好像在催促你所乘的行舟。君,您,第二人称的敬词。南浦,原是古代的一条水名,在今湖北武昌市南。屈原《离骚》:“送美人兮南浦。”后沿为送别地的代词。销魂,亦作“消魂”,指人们为情所感,使得神思茫茫,仿佛魂将离体,多用来形容人极度悲伤、愁苦时的情态。江淹《别赋》:“黯然销魂者,惟别而已矣。”东风,此指春风。《礼记·月令》:“孟春之月,东风解冻。”促客舟,“兰舟催发”(柳永《雨霖铃》词)意。促,催。

月〔1〕

一轮蟾魄净娟娟〔2〕,万里长空现晶奁〔3〕。照地疑霜珠结露,浸楼似水玉含烟〔4〕。有人饮酒迎杯问〔5〕,何处吹箫倚槛传〔6〕?二十四桥帘尽卷〔7〕,清宵好影正团圆〔8〕。

〔1〕 这是一首咏月诗。

〔2〕 蟾(chán 缠)魄:指月亮。古代神话中,相传月里有桂树和金蟾,又说月轮无光之处为“魄”,故月亮称“桂魄”、“蟾魄”。娟娟:姿态美好的样子。

〔3〕 晶奁(lián 联):像水晶一样的镜子,此喻月明如镜。奁,本为

镜匣,这里代镜子。

〔4〕 “照地”二句:喻月的皎洁明亮。照地疑霜,李白《静夜思》诗:“床前明月光,疑是地上霜。”诗用此意。

〔5〕 “有人”句:李白《月下独酌》诗“举杯邀明月”,秋诗化用此意境。

〔6〕 “何处”句:杜牧《寄扬州韩绰判官》诗:“二十四桥明月夜,玉人何处教吹箫。”诗用此典。

〔7〕 二十四桥:旧址在扬州,有两说:一说是隋代建造的二十四座桥,每座桥都以城门坊市为名(见沈括《梦溪笔谈·补笔谈》);一说桥名二十四,清人李斗《扬州画舫录》卷十五:“二十四桥,即吴家砖桥,一名红药桥,在熙春台后”,“古有二十四美人吹箫于此,故名。”这里指画在竹帘上的二十四桥图。

〔8〕 清宵:清幽的夜晚。

红　　莲〔1〕

洛妃乘醉下瑶台〔2〕,手把红衣次第裁。应是绛云天上幻,莫疑玫瑰水中开。仙人游戏曾栽火〔3〕,处士豪情欲忆梅〔4〕。夺得胭脂山一座〔5〕,江南儿女棹歌来〔6〕。

〔1〕 荷花为多年生草本植物,叶圆如盖,夏季开花,色艳丽,有红、白、粉三色。此诗是写红莲。诗人以丰富的想象力,用“红衣”、“绛云”、“玫瑰”、“红梅”、“胭脂山”等比喻来描绘“红莲”,突出了红莲的艳丽和光彩,诗末江南女儿划着小船歌唱采莲的喜悦,使诗篇洋溢着欢快的情调。

〔2〕 洛妃:洛水中女神。曹植《洛神赋》中说:洛妃是古代帝王宓羲的女儿宓妃,她因渡水被淹死,后成为洛水中的水神。乘醉下瑶台:醉后面成酡色,为渲染红莲,故云。瑶台,仙人住的白玉台。

〔3〕 “仙人”句:诗人由此联想到神话中的“仙人栽火”。栽火,《洞冥记》中说:“种火之山有梦草,似蒲,色红。”

〔4〕 处士:这里指孤山处士林逋。他异常爱梅,有“梅妻鹤子”的佳话。这里是说由红莲联想到红梅。因为莲花和梅花都具有高洁的品格。

〔5〕 胭脂山:即燕支山。此山古代在匈奴境内,以产燕支(胭脂)草而得名。匈奴失此山,曾作歌曰:“失我燕支山,使我妇女无颜色。”句用此典,以“胭脂山”比红莲。

〔6〕 棹(zhào 赵)歌:划船人唱的歌。

白莲〔1〕

莫是仙娥坠玉珰?宵来幻出水云乡〔2〕。朦胧池畔讶堆雪,淡泊风前有异香。国色由来夸素面〔3〕,佳人原不藉浓妆〔4〕。东皇为恐红尘涴〔5〕,亲赐寒簧明月裳〔6〕。

〔1〕 诗作赞美白莲的洁白和异香,从而反衬世俗的污浊和黑暗。“国色由来夸素面,佳人原不藉浓妆”,表现了诗人重天然、尚本色的美学观。

〔2〕 “莫是”二句:意思是莫不是天上仙女掉下来的玉耳环,一夜之间在水乡幻出了白莲。玉珰,玉制的耳饰。此喻白莲之洁白。

〔3〕 国色:姿容极美的女子,冠绝一国。《公羊传·僖公十年》:“骊姬者,国色也。”何休注:“其颜色一国之选。”素面:不加粉饰的面容。

〔4〕 不藉:不依赖。

〔5〕 东皇:古代指春神。《尚书纬》:“春为东皇,又为青帝。”红尘涴(wò 卧):被尘世污染。涴,沾污,弄脏。

〔6〕 寒簧:月宫仙子。传说她是西王母的散花女史,后来又任月宫中的侍书,曾向嫦娥学习紫云歌和霓裳舞。见明人叶绍袁《续窃闻记》。

《红楼梦》第七十八回《芙蓉女儿诔》:“弄玉吹笙,寒簧击敔。”明月裳:古代仙人穿的白色透明的衣服。

题郭调白宗熙《湘上题襟集》即用集中杜公亭韵[1]二章

江南又见贺方回[2],遮莫樽前击钵催[3]。子夜豪歌琼树腻,卯桥风月鸟声哀[4]。由来名士耽诗酒[5],从古江山助逸才[6]。领略梅花与岩翠,暗香浓绿笔端来[7]。

贾府祠前载酒回[8],新声才赋管弦催[9]。二分明月珠帘卷,十丈劳尘画角哀[10]。绣虎漫抛词客力,闻鸡好奋济川才[11]。他年书勒燕然石[12],应有风云绕笔来[13]。

〔1〕 郭宗熙,字诇(xiòng)白,湖南善化(今长沙)人。光绪二十九年(1904)进士,改庶吉士,授翰林院编修,官吉林交涉使。1893(光绪十九年)至1894(光绪二十年)年,秋瑾的父亲秋寿南在长沙后补,结识了一些当地文士,郭宗熙也是其中之一。郭氏擅诗词,著有《湘上题襟集》,秋瑾看到后,步集中一首诗的韵写了这两首诗。诗约写于1894年甲午战争中,表现了秋瑾少女时代的才华和豪情,以及她关心国事并希望将来建功立业的壮志。杜公亭,唐代大历四年(769)春,杜甫飘泊湖南,自长沙过湘潭,写有《发潭州》一诗,中有“岸花飞送客”句,后人为纪念杜甫此行,在湘江西岸筑“岸花亭”。所谓“杜公亭”,即指此事。

〔2〕 贺方回:即宋代词人贺铸(1052—1125),字方回,卫州(今河南

卫辉)人,他是宋代著名的词人,这里是代指郭宗熙。郭氏也是清代词人,著有《栖白庼词》。

〔3〕“遮莫”句:言其诗才敏捷。遮莫,任凭。击钵催,即击钵催诗,南朝齐人萧子良,常在夜间集文士饮酒赋诗,刻烛限时,规定烛燃一寸,诗成四韵。萧文琰认为此事太容易,乃与丘令楷、江洪二人改为击铜钵催诗,要求钵声一止,诗即吟成。事见《南史·王僧孺传》。后来便以“击钵催诗”指限时成诗或喻诗才敏捷。

〔4〕“子夜”二句:称赞郭宗熙诗写得好。谓郭诗如子夜高歌时之清新流美,又如卯桥两岸鸟鸣之哀婉感人。子夜,即《子夜歌》,乐府诗题,属吴声歌。子夜歌多为吴地男女恋歌和相思之辞。豪歌,放声高歌意。琼树,美女,此泛指女郎。周邦彦《黄鹂绕碧树·春情》词:“纵有魏珠照乘,未买得流年住。争如盛饮流霞,醉偎琼树。”腻,本指细腻润泽,这里喻歌喉的圆润。卯桥,卯水上的桥,浙江馀杭有“九峰三卯”之说,三卯,即三条卯水。据说,卯桥两岸鸟的叫声特别哀伤。

〔5〕耽(dān单):沉湎,爱好。

〔6〕“从古”句:自古以来江山之美就有助于才士的诗文创作。《文心雕龙·物色》:“然屈平所以能洞监风骚之情者,抑亦江山之助乎?”

〔7〕“领略”二句:说诗人领悟透了梅花与翠竹,笔端自然涌现出梅与竹高洁的品格。岩翠,这里指竹子。南方山间多竹林,翠是竹子的颜色。喑香,指梅花。林逋有写梅花“疏影横斜水清浅,暗香浮动月黄昏”的名句,后以“暗香”代梅。浓绿,喻竹。

〔8〕贾傅祠:即贾谊的祠堂。贾谊(前201—前169),洛阳人,西汉杰出的政治家、文学家。少年即以才华称,二十岁被汉文帝召为博士,后为大臣周勃、灌婴等权贵排挤,被贬为长沙王太傅,称贾太傅,后人为纪念他,在贾谊故宫建贾太傅祠。贾太傅祠,在今湖南长沙市西区太平街太傅里(即《长沙县志》所说的旧长沙县西北的濯锦坊),现仅存祠屋一间。

〔9〕“新声”句:新诗才赋就谱上曲子流播四方。新声,新诗。管弦催,谱上曲子。

〔10〕“二分”二句:由明月当空的夜景,而想到战场上的将士。此时

正值甲午中日战争，故诗人有此设想。二分明月，徐凝《忆扬州》诗有“天下三分明月夜，二分无赖是扬州。”此写月光的皎洁。十丈劳尘，这里指战士的劳累与征尘。古人多以“十丈”形容尘之多。画角，古代管乐器，相传来自西羌，形状如竹筒，本细末大，用竹木或皮革制造，因上面有彩绘，故云“画角”。古代军中用它来警昏晓，振士气，肃军容。这里“画角哀”，指夜间军中传出的悲哀的画角声。此为诗人想象中的意境。

〔11〕“绣虎”二句：不要只知讲究诗词的华美，而应当关心时事，随时准备报效祖国。绣虎，《类说》卷四引《玉箱杂记》：“曹植七步成章，号绣虎。”后来便以“绣虎”称擅长诗词、词采华美者。闻鸡，即闻鸡起舞。祖逖与司空刘琨均为司州主簿，二人感情很好，夜间同眠，听到荒野鸡鸣，就对刘琨说：“此非恶声也。”因起舞。事见《晋书·祖逖传》。后便以“闻鸡起舞”指有志之士及时奋发之意。济川才，一般泛指辅佐帝王之才，语出《书·说命上》：“爰立作相，王置诸其左右。命之曰：‘……若济巨川，用汝作舟楫。’”这里似仍指祖逖。《晋书·祖逖传》说，祖逖为奋威将军，部曲百馀家渡江，中流击楫而誓曰：“祖逖不能清中原而复济者，有如大江。”

〔12〕勒：在碑上刻字。燕然石：东汉永元年间，窦宪大破北单于，登燕然山，勒石纪功而还。见《后汉书·窦宪传》。后来便把“燕然石”作为纪功碑。

〔13〕风云：这里比喻豪情壮志。以上四句，是诗人对郭调白的祝愿，同时也隐含着秋瑾的自期自勉。

旧游重过有不胜今昔之感〔1〕

旧时景物旧时楼，今日重来宿雨收〔2〕。小庭花草犹如是〔3〕，故国亲朋好在不〔4〕？南地音书频阻隔〔5〕，东方烽火几时休〔6〕？不堪登望苍茫里〔7〕，一度凭栏一度愁！

〔1〕 这首诗从“东方烽火几时休”看，约作于1894年（光绪二十年）中日战争期间。诗人旧地重游，但物是人非，引起了她许多感慨。值得注意的是，在这种个人感慨中，还含有为国事担忧的成分，这对当时静处深闺的少女来说，是难能可贵的。也正是从这里，我们看到了秋瑾爱国主义思想所孕育的种子。

〔2〕 宿雨：前夜的雨。收：停止。

〔3〕 犹如是：还像过去一样。

〔4〕 故国：故乡。

〔5〕 南地：指何处不详。但既然上文有“故国亲朋好在不”句，疑指秋瑾故乡绍兴。秋瑾此时随父侍居湖南（见秋宗章《秋瑾与六月霜》），就湖南而言，绍兴似不应称“南地”，但亦不能称“北地”，且要与下句“东方”对仗，故云。存疑待考。

〔6〕 东方烽火：指甲午中日之战。烽火，古代边境遇到敌人侵犯时，报警的一种信号。这里指战火。

〔7〕 苍茫：旷远迷茫貌。此处“苍茫里”，当指诗人不忍登高远望的故乡绍兴一带。

寄柬珵妹〔1〕

锦鳞杳杳雁沉沉〔2〕，无限愁怀独拥衾〔3〕。闺内惟馀灯作伴〔4〕，栏前幸有月知心。数声落叶鸣空砌，一点无聊托素琴〔5〕。输与花枝称姊妹〔6〕，不堪遥听暮江砧〔7〕。

〔1〕 这首诗大约是她结婚之后的作品。柬（jiǎn 俭），书信。珵妹，她的胞妹，原名闺珵，字佩卿，后改名珵，小秋瑾两岁。

〔2〕 “锦鳞”句：诗人切盼妹妹的书信，但杳无消息。锦鳞，古乐府

《饮马长城窟行》："呼儿烹鲤鱼，中有尺素书。"后因称书信为"鱼书"。这里"锦鳞"是书信的美称。雁，《汉书·苏建传》："天子射上林中，得雁，足有系帛书。"后因称书信为"雁书"。杳杳，这里是杳无音信的意思。沉沉，与"杳杳"同意。

〔3〕 拥衾（qīn 亲）：围裹着被子。衾，被子。

〔4〕 闺内：女子居住的内室。

〔5〕 "数声"二句：树叶落在台阶上发出飒飒的声音，那孤单无聊的思妹之情，只好寄托于琴音了。砌（qì 气），台阶。素琴，不加修饰的琴，此泛指琴。

〔6〕 输与：这里有不如让……的意思。花枝：大约指诗人周围一般平庸的女子。

〔7〕 "不堪"句：不敢遥听江边传来的捣衣声，是因怕触动思妹之情。据杨慎《丹铅录》云："古人捣衣，两女子对立执一杵如舂米然。"这里用捣衣借指过去姊妹二人朝夕相处。砧（zhēn 真），捣衣石。

清明怀友

节届清明有所思〔1〕，东风容易踏青时〔2〕。看完桃李春俱艳，吟到荼蘼兴未辞〔3〕。诗酒襟怀憎我独〔4〕，牢骚情绪似君痴〔5〕。年年乏伴徒呼负〔6〕，几度临风忆季芝〔7〕？

〔1〕 届（jiè 借）：到。有所思：有所怀念。

〔2〕 "东风"句：东风吹来，很快又是踏青时节了。踏青，春天到郊外游览。旧俗以清明节为踏青日。按：古俗踏青节有三：一为正月初八；一为二月初二；一为三月初三。均见《月令粹编》。

〔3〕 "吟到"句：吟到荼蘼花开的初夏，诗兴仍在。荼蘼（tú mí 徒

迷），蔷薇科花名，即“酴醾”，初夏开花，此时春天的花俱已凋谢，故古人有“酴醾不争春，寂寞开最晚”（苏轼《酴醾花菩萨泉》）和“开到荼醾花事了”（王琪《春暮游小园》）的说法。

〔4〕 “诗酒”句：秋瑾善诗文，喜饮酒，亦豪侠爱友，史称“工诗文词，著作甚美，又好剑侠传，习骑马，善饮酒”（陈去病《鉴湖女侠秋瑾传》）。诗人这种豪爽的性格，厌恶孤独、无聊的生活，况时届清明，更增加了她对亲友的怀念。

〔5〕 牢骚情绪：这之中有个人的牢骚，但也有忧国伤时的感慨。

〔6〕 负：“负负”的省略，十分惭愧意。《后汉书·张步传》：“步曰：‘负负无可言者。’”李贤注：“负，愧也，再言之者，愧之甚。”柳亚子《哀女界》：“而赤手空拳，徒呼负负。”

〔7〕 忆：这里是想起、怀念的意思。季芝：即吴季芝，女，广东人，秋瑾婚前的好友。《秋瑾集》中另有《季芝姊以诗相慰次韵答之》（二章）、《寄季芝》（三章）、《金缕曲·送季芝女兄赴粤》诸作可参。

独对次清明韵〔1〕

独对春光抱闷思，夕阳芳草断肠时〔2〕。愁城十丈坚难破，清酒三杯醉不辞〔3〕。喜散奁资夸任侠〔4〕，好吟词赋作书痴〔5〕。浊流纵处身原洁，合把前生拟水芝〔6〕。

〔1〕 秋瑾有《清明怀友》诗（见前），这首诗便是次《清明怀友》韵，抒写秋瑾豪侠好学的性格特点，以及她高洁的情怀。次韵，古人和诗，用原诗的韵脚称次韵，这里是用她自己前诗的韵。

〔2〕 “独对”二句：诗人对着美好的春光发愁，看到夕阳下的芳草更感悲伤。断肠，形容悲痛到极点。

〔3〕 “愁城”二句：诗人重重的忧愁是难以解除的，此时若有酒可消

愁，即使会喝醉，也不推辞。此二句喻愁苦之深。愁城，喻被忧愁包围。庾信《愁赋》："攻许愁城终不破。"

〔4〕 "喜散"句：意为轻金尚侠。据吴芝瑛《记秋女侠遗事》云：秋瑾为赴日留学，在筹备学旅费时，曾把自己的首饰、衣物卖掉，经济十分困窘。临行前听说王照因戊戌事自首，被关狱中，正需钱打点，秋瑾便将学旅费的一部分托人转送狱中，并嘱勿告己名。王照出狱才知此事始末，而此时秋瑾已去日本。王照后与人谈起，感激涕零。然秋瑾与王照素不相识，由此可见秋瑾平生尚侠之一斑。奁（lián 联）资，旧时女子出嫁时，母家陪送的嫁妆。

〔5〕 书痴：沉迷于书中，成为一种癖好。《旧唐书·窦威传》："威家世勋贵，诸昆弟并尚武艺，而威耽玩文史，……诸兄哂之，谓为书痴。"

〔6〕 "浊流"二句：生在污浊的社会，仍能保持自身的纯洁，正如荷花一样，虽出污泥而不染。拟，比。水芝，荷花。

梧　叶[1]

梧叶宵来拂画栏[2]，西风已觉夹衣单[3]。十分惆怅灯无语，一味相思梦亦叹[4]。白雁声中秋思满，黄花篱畔暮愁宽[5]。却怜镜里容颜减[6]，尚为吟诗坐漏残[7]。

〔1〕 这首诗抒发了作者的悲秋之感。诗人通过飘落的梧叶、萧瑟的秋风，烘托深秋凄凉、悲愁的气氛；而那白雁的哀鸣、篱畔的菊花，更令诗人愁情满怀。此时已是夜深人静，相思之情油然而生，镜中又看到自己容颜的憔悴，故只有独对孤灯吟诗自慰了。

〔2〕 画栏：彩绘栏杆。

〔3〕 西风：秋风。

〔4〕 "十分"二句：因烦闷难遣，未免怨孤灯不能相与谈心；相思无

际，致使睡梦中也发出叹息声。惆怅，怅惘失意、烦闷。

〔5〕 “白雁”二句：白雁声中诗人充满了悲秋之感；看到篱畔的菊花，更增添了日暮的愁情。黄花篱畔，陶潜有“采菊东篱下”的诗句，诗用此意。黄花，菊花。

〔6〕 容颜减：面容消瘦憔悴。

〔7〕 坐漏残：坐到深夜。漏，古代滴水计时的器具。古代计时，用铜壶盛水，壶底穿一孔漏水，中间插上一根刻着度数的箭，人们由此知时刻。漏残，漏中的水快滴完了，指深夜或夜将尽。

赠琴文伯母〔1〕

萍踪聚首亦前缘〔2〕，一见蒙垂格外怜〔3〕。谊合芝兰同气味，情深萧艾结忘年〔4〕。欢言正好匆匆别〔5〕，愁绪无聊黯黯传〔6〕。一纸乘风凭雁足〔7〕，相思无际海无边。

〔1〕 这首诗是秋瑾来北京后不久写给琴文的，作于1903年(光绪二十九年)夏初。诗附在《致琴文书》后，并云：“俚句戏呈伯母大人粲政。鉴湖女侠秋闺瑾求正草。”见《秋瑾集》，第31页。诗抒写了秋瑾对一见如故的琴文真挚的怀念。琴文，生平未详，从秋瑾《致琴文书》看，大约是思想较开通的一旧式妇女。

〔2〕 萍踪聚首：即萍水相逢，偶然相遇的意思。

〔3〕 蒙：受。垂：自上施下，常用来表示别人(长辈或上级)对自己所施的敬词。怜：爱怜。

〔4〕 “谊合”二句：因和您志趣相投结成了友谊，而友谊的深厚又使我们成了忘年交。芝兰同气味，芝和兰都是香草，这里以芝兰同香喻两人志趣相投。萧艾，一般指草中之贱者。此处萧和艾又可分。萧，有香气，

指琴文;艾,自比。忘年,即忘年交,两人年龄相差很多而结成朋友者称“忘年交”。《后汉书·祢衡传》:“祢衡有逸才,少与孔融交,时衡未满二十,而融已五十,为忘年交。”

〔5〕 匆匆:此指相聚时间之短促。

〔6〕 黯黯:如黯然,见前《送别》诗注〔4〕。

〔7〕 一纸:指书信。雁足:古代传送书信人的代称。见《汉书·苏建传》。

秋日独坐〔1〕

小坐临窗把卷哦〔2〕,湘帘不卷静垂波〔3〕。室因地僻知音少〔4〕,人到无聊感慨多。半壁绿苔蛩语响〔5〕,一庭黄叶雨声和〔6〕。剧怜北地秋风早〔7〕,已觉凉侵翠袖罗〔8〕。

〔1〕 这首诗作于1903年(光绪二十九年)秋天寓居北京时。诗中抒写了作者秋日独坐的寂寞心情。

〔2〕 小坐:暂坐,言时间较短。把(bǎ靶)卷:手执书卷。哦:吟哦。

〔3〕 湘帘:用湘妃竹做的帘子。湘妃竹,也叫斑竹。此竹珍贵,产于湖南、广西等地。静垂波:形容湘帘下垂如平静的水波。

〔4〕 “室因”句:瑾居北京,少亲寡友,除吴芝瑛等一二人外,知己甚少。室,此指诗人的住处,并非指狭义的房子而言。

〔5〕 绿苔:地衣植物,即苔藓。蛩(qióng穷)语:蟋蟀的叫声。

〔6〕 “一庭”句:满院的落叶声和秋雨相和。

〔7〕 剧怜:甚是哀怜。北地:此指北京。

〔8〕 翠袖罗:绿罗衣袖。这里不言“罗袖”而言“袖罗”,是为了押韵的关系。

赠盟姊吴芝瑛[1]

曾因同调访天涯[2],知己相逢乐自偕[3]。不结死生盟总泛,和吹埙篪韵应佳[4]。芝兰气味心心印[5],金石襟怀默默谐[6]。文字之交管鲍谊[7],愿今相爱莫相乖[8]。

〔1〕 这首诗《小说林》第五期又题作《赠桐城女士吴芝瑛》。吴芝瑛(1867—1934),字紫英,号万柳,安徽桐城人,是著名桐城派古文大家吴汝纶的侄女,善诗文,工书法,坊间流传她的蝇头小楷,称《小万柳堂法帖》,嫁无锡廉泉(号南湖)。她和秋瑾都因随丈夫进京而得以相识,两人相处很好,并常有诗词唱和。《六六私乘》云:“女士幼承家学,尤精八法,诗文转为书名所掩,于时人少所许可,邂逅论文,独倾倒于姊,结金兰之契,女士稍长,妹之。两情爱好,不啻同怀,居处密迩,过从酬唱无虚日,惜随手散佚,稿已不可得见。”由此知秋、吴唱和的诗一定很多,可惜我们今天所能看到的却只有《赠盟姊吴芝瑛》这一首了。诗写于1904年(光绪三十年)夏历正月初八。诗中秋瑾把吴芝瑛认为“知己”,并希望她们间的友谊与日俱增。

〔2〕 “曾因”句:曾经为寻找志同道合的朋友,我访遍了天涯海角。

〔3〕 乐自偕:彼此都很快乐。偕,共同。

〔4〕 “不结”二句:意为结盟非生死之交总觉泛泛(平淡),但姊妹间情投意合,这样的友谊也是美好可贵的。盟,古代诸侯在神前立誓缔约,后结拜为弟兄也称“盟”,此指吴、秋结拜姊妹。埙篪(xūn chí 勋池),古代的两种乐器。《诗经·小雅·何人斯》:“伯氏吹埙,仲氏吹篪(同篪)。”这两种乐器声音相和,故后来用以赞美兄弟和睦。这里是指吴、秋姊妹间友情的谐和、深厚。

〔5〕 芝兰气味:芝、兰均指香草,这里以“芝兰气味”喻吴、秋高洁的志趣。心心印:心心相印,言彼此心意相通、完全一致。

〔6〕 金石:这两种东西质地坚硬、纯洁,这里喻胸怀的纯正高洁。襟怀:胸怀。默默谐:默默相合。

〔7〕 “文字”句:我们的文字交情像管鲍的友谊那样深厚。文字之交,以文字交结的友谊。管鲍,“管”是春秋人管仲,“鲍”是鲍叔牙,两人相知最深。管仲曾说过:“生我者父母,知我者鲍子也。”见《史记·管晏列传》。后便以“管鲍”喻友谊深厚的朋友。

〔8〕 乖:相背,不和谐。

申江题壁〔1〕

一轮航海又南归〔2〕,小住吴淞愿竟违〔3〕。马足车尘知己少〔4〕,繁弦急管正声希〔5〕;几曾涕泪伤时局?但逐豪华斗舞衣〔6〕;满眼俗氛忧未已〔7〕,江河日下世情非〔8〕。

〔1〕 这首诗写于1904年(光绪三十年)春。秋瑾赴日本留学前夕,为了帮助爱国青年王照出狱,出国的学费已告绌,便决定回故乡绍兴,一方面向老母告别,另方面也是为了筹集学费。于是诗人便和吴芝瑛一同南下,并在上海小住。秋瑾看到半殖民地的上海纸醉金迷的生活,面对祖国危亡的现实,心中更加烦闷与忧伤,决定离开“但逐豪华斗舞衣”的上海。诗即抒发了诗人的这种心情。申江,即春申江,今上海市境内黄浦江的别称,误传战国时楚人春申君黄歇疏凿此江而得名。题壁,把诗写在墙上。

〔2〕 南归:从上海到绍兴航行是向南。

〔3〕 吴淞:原属宝山县,今为上海市市区,它是上海的门户。这里代

称上海。

〔4〕 马足车尘:陶潜《饮酒二十首》诗:“结庐在人境,而无车马喧。”诗用此意。这里代指来往的朋友。

〔5〕 繁弦急管:原指繁杂而急促的音乐声,此指上海洋场的靡靡之音,即所谓“醉生梦死”之音。正声:此处是对“靡靡之音”而言,即能激发人们正当感情(如爱国心、积极进取心等)的乐声。希:同“稀”。

〔6〕 “几曾”二句:人们何曾为颓败的国势伤心,而只知一味地追求腐化、享乐。但,连词,犹言“只是”。逐,追随,此作追求讲。

〔7〕 忧未已:担忧不止的意思。

〔8〕 江河日下:比喻国势一天比一天坏。

题芝龛记八章〔1〕

董寅伯之王父所作传奇

今古争传女状头〔2〕,红颜谁说不封侯〔3〕?马家妇共沈家女〔4〕,曾有威名振九州〔5〕。

搘撑乾坤女土司〔6〕,将军才调绝尘姿〔7〕。靴刀帕首桃花马〔8〕,不愧名称娘子师。

莫重男儿薄女儿,平台诗句赐蛾眉〔9〕。吾侪得此添生色〔10〕,始信英雄亦有雌。

百万军中救父回〔11〕,千群胡马一时灰〔12〕。而今浙水名犹在〔13〕,想见将军昔日才。

谪来尘世耻为男[14]，翠鬓荷戈上将坛[15]。忠孝而今归女子，千秋羞说左宁南[16]。

忠孝声名播帝都[17]，将军报国有良姝[18]。可怜不倩丹青笔[19]，绘出娉婷两女图[20]。

结束戎妆貌出奇[21]，个人如玉锦驼骑[22]。同心两女肩朝事[23]，多少男儿首自低。

肉食朝臣尽素餐[24]，精忠报国赖红颜[25]。壮哉奇女谈军事，鼎足当年花木兰[26]。

〔1〕 这组诗大约是秋瑾少女时代的作品。诗通过对秦良玉和沈云英的歌颂，旨在表现作者反对重男轻女这种封建思想的馀毒。《芝龛记》，是董寅伯的祖父董榕的传奇。董榕（1711—1760），清代戏剧家，丰润（今属河北）人，字念青，一字恒岩，号谦山，又号繁露楼居士，官至九江知府。他的《芝龛记》传奇，全剧六十出，主要是叙述明代女将秦良玉、沈云英立战功的故事。按：秦良玉曾抗击过外敌，但后来她和沈云英又都镇压过农民起义，以今天的观点看，对她们自然不应毫无批判地颂扬。秋瑾由于受时代及阶级的局限，未能认识到这点。秋瑾当时极力反对重男轻女，而秦良玉、沈云英又是女中豪杰，英名盛传，故诗人对她们很敬佩。

〔2〕 女状头：女状元。状元，科举时代，经过会试考取的一甲（会试考中者分为三甲）第一名为状元。

〔3〕 红颜：女子。

〔4〕 马家妇：指马千乘之妻秦良玉。秦良玉（1584—1648），女中豪杰，明代四川忠州（今重庆）人。她系石柱宣抚使马千乘之妻，丈夫死后，

她代任其职，所部号白杆兵。明天启元年（1621）率兵北上抵御后金（清），崇祯三年（1630）又入援京师，有战功。后返回四川，与农民义军为敌。沈家女：即沈云英，明代浙江萧山人，道州守备沈至绪之女。她武艺高强，曾从父镇压过农民起义。沈至绪后为张献忠部下农民所杀，她从敌营中夺回父尸，据城抵抗，朝廷授为游击将军。

〔5〕 九州：指中国。古代中国分为九州，故称。

〔6〕 搘（zhī 支）撑：支持。女土司：指秦良玉和沈云英。土司，元明清时代，朝廷于西北、西南地区设置的少数民族首领充任并世袭的官职。

〔7〕 才调：才气。李商隐《贾生》诗："宣室求贤访逐臣，贾生才调更无伦。"绝尘姿，姿色人世无比。

〔8〕 靴刀：弯如靴形的刀。帕首：古代女子用以裹头的头巾。桃花马：桃花色的马。岑参《卫节度赤骠马歌》："君家赤骠画不得，一团旋风桃花色。"

〔9〕 "平台"句：指明崇祯（思宗）帝赋诗赞秦良玉事。《明史·秦良玉传》："崇祯三年，永平四城失守。良玉与翼明奉诏勤王，出家财济饷。庄烈帝（崇祯的谥号）优诏褒美，召见平台，赐良玉彩币羊酒，赋四诗旌其功。"平台，皇帝召见大臣的地方。蛾眉，本指女子长而美的眉毛，这里借指女子。语出《诗经·卫风·硕人》："螓首蛾眉。"蛾，以蛾的触须比拟眉毛的弯状。

〔10〕 吾侪（chái 柴）：我辈。添生色：增光彩。

〔11〕 "百万"句：赞沈云英从敌营中抢回父尸。

〔12〕 "千群"句：写敌军被沈云英的英勇夺父尸惊破了胆，脸上的颜色一片灰白。胡马，指沈云英与之为敌的少数民族军队。古代称北方的少数民族为胡。

〔13〕 "而今"句：如今浙江一带还传诵着沈云英的英名。

〔14〕 谪来尘世：从天堂来到人间。谪（zhé 哲），封建时代官吏被贬职或流放谓谪。从天上到人间也有类此性质，故云"谪来尘世"。

〔15〕 "翠鬓"句：写秦良玉登上点兵台。翠鬓，黑色的鬓发。翠，古代女子用螺黛（一种青黑色的矿物颜料）画眉，故又称眉为翠黛。翠黛近

黑色,故这里翠指黑色。荷戈,本是指扛着武器,这里指全身披挂。将坛,将台,军队中主将点兵的台子。

〔16〕 左宁南:明末将领左良玉(1599—1645),山东临清人,因镇压农民起义军有功,封为宁南伯,进侯爵,驻武昌。南明弘光政权成立,马士英等执政,起内讧,他又以清君侧为名讨伐马士英,导致南明政权危机,南京为清兵占领。诗中说"千秋羞说左宁南",是因为秋瑾看来,在国家危难之际,拥重兵的左良玉未能以国事为重共同对敌,而却参与内讧,导致清兵得以顺利南下。这种看法表现了秋瑾的卓识。

〔17〕 播:传播。帝都:帝王住的地方。

〔18〕 良姝(shū 书):美貌的女子。

〔19〕 可怜:可惜。丹青笔:画家。丹和青是中国传统绘画中常用的两个颜色,故又以丹青代称绘画。

〔20〕 "绘出"句:画出秦良玉和沈云英两位女英雄的丰采。娉婷(pīng tíng 乒亭),形容女子的姿态美。

〔21〕 结束:装束,打扮。戎妆:身披铠甲的装束。

〔22〕 个人:彼人,那人,多指所敬爱的人。陈亮《念奴娇·至金陵》:"因念旧日山城,个人如画,已作中州想。"

〔23〕 "同心"句:秦、沈二女同心同德,肩负朝政。

〔24〕 肉食:高位厚禄,指做官的人。《左传·庄公十年》:"肉食者鄙,未能远谋。"这句诗也兼用此意。素餐:俗谓无本事,白吃饭,无才无德白享俸禄。《诗经·伐檀》:"彼君子兮,不素餐兮。"

〔25〕 赖:依仗。

〔26〕 鼎足:鼎三足,故后来凡成三分之势的谓鼎立。这里是说秦良玉、沈云英与古代的花木兰可以并称女中三杰。花木兰是一个文学故事人物,最早见于北朝民歌《木兰诗》,她曾女扮男装,代父从军,战场立功。其姓氏,或姓花,或姓朱(一作木)。后成为女英雄的代词。

咏　燕〔1〕

飞向花间两翅翔〔2〕,燕儿何用苦奔忙?谢王不是无茅屋，偏处卢家玳瑁梁[3]！

〔1〕 这首诗表面上是咏燕，实则含有深刻的寓意。它借到处奔忙的燕子，讽刺趋炎附势的世俗之辈。

〔2〕 翔：鸟展开翅膀飞。

〔3〕 “谢王”二句：谢家、王家都是晋代的大贵族，后家势衰落，而燕子仍照常飞来，但所住的地方已不是王、谢华堂，而变成普通百姓的茅屋了。所以刘禹锡《乌衣巷》诗有云：“旧时王谢堂前燕，飞入寻常百姓家。”秋诗用此典而反其意。这里是说：谢、王家势虽衰，可并不是连茅草屋都没有供燕子住的，为什么偏偏去住卢家的玳瑁梁呢？“偏处”句：语本唐朝诗人沈佺期《独不见》诗：“卢家少妇郁金堂，海燕双栖玳瑁梁。”但意不同。卢家，相传是六朝的富户。玳瑁梁，用玳瑁装饰的屋梁，极言华丽。玳瑁，海产动物，甲光亮，有花纹，是珍贵的装饰品。

春　　寒[1]

料峭春寒懒启窗[2]，重帘犹是冷难降[3]。临风只有呢喃燕[4]，花外分飞小语双[5]。

〔1〕 这首诗系秋瑾少女时代的作品，于春寒中赞美不畏寒的燕子迎风飞翔、呢喃细语的自由自在。从而表现了秋瑾从少年时代就喜欢冲破困境、追求自由的性格。

〔2〕 料峭：形容春天的微寒。苏轼有词《定风波》云：“料峭春风吹酒醒，微冷。”

〔3〕 冷难降（xiáng 详）：寒冷难退去。

〔4〕 呢喃：燕子的叫声。刘季孙《题饶州酒务厅屏》诗：“呢喃燕子语梁间，底事来惊梦里闲？”

〔5〕 分飞：几只燕子在空中飞翔。小语双：指成双成对的燕子呢喃细语。

兰　花〔1〕

九畹齐栽品独优〔2〕，最宜簪助美人头〔3〕。一从夫子临轩顾〔4〕，羞伍凡葩斗艳俦〔5〕。

〔1〕 这首诗是诗人为其嫂夫人张淳芝所画兰花而题的诗，大约也是她早期的作品。秋社1913年印行的《秋女侠诗文稿汇编》题作《为嫂氏画吾乡九节兰口占》。兰为多年生草本花卉，兰花朴实无华，幽香清远，居“花草四雅”之首。兰本生在深山幽谷之中，不为俗人所赏识，但它却不因地处清寒而花不放，也不因无人赏识而气不芳，故有“花中君子”之称。唐太宗李世民有咏《芳兰》诗云：“会须君子折，佩里作芬芳。”应是君子的饰物。从诗的末句，不难看出寄托着诗人高洁的情操和羞与流俗为伍的高贵品格。

〔2〕 九畹：《楚辞·离骚》：“余既滋兰之九畹兮，又树蕙之百亩。”王逸注：“十二亩曰畹。”后以“九畹”作兰花的典故。品独优：指九节兰，品种最好。

〔3〕 簪助：插戴。簪，本是古代人用来插定发髻或连冠于发的一种长针，后来专指妇女插髻的首饰。

〔4〕 夫子：此指丈夫。

〔5〕 羞伍：羞于同伍。凡葩：普通的花。

玫　瑰〔1〕

闻道江南种玉堂〔2〕，折来和露斗新妆〔3〕。却疑桃李夸三色[4],得占春光第一香[5]。

〔1〕 此为秋瑾少女时代的作品。

〔2〕 玉堂:汉代的宫殿名,后也泛指富贵之家。

〔3〕 和露:带着露水的玫瑰,分外美丽。

〔4〕 “却疑”句:意谓桃、李不能和玫瑰一样鼎足而三。按:秋瑾不太喜欢桃花的“艳色秾芳”。她曾有“不与夭桃一例娇”(《梅》)之句,而对有刺的玫瑰倒情有独钟。

〔5〕 得:应当。

秋　海　棠[1]

栽植恩深雨露同,一丛浅淡一丛浓[2]。平生不藉春光力[3],几度开来斗晚风[4]?

〔1〕 这是一首咏物诗,从眼前的秋海棠联想起这种花虽不凭借春光之力,却能与秋风抗争。诗人一生争独立,图自强,于此可察端倪。秋海棠,多年生草本植物,茎直立,叶卵形,基部斜心形,有细刺毛,背面红色。一般栽在庭院里,秋天开花,花色淡红。

〔2〕 “栽植”二句:种植这种花,培育的工夫一样,承受的雨露相同,但花的颜色却一丛浅淡,一丛浓艳。

〔3〕 藉(jiè 借):依靠,凭借。

〔4〕 晚风:此指秋风。

读　书　口　号[1]

东风吹绿上阶除[2],花院萧疏夜月虚[3]。侬亦痴心成脉望,画楼长蠹等身书[4]。

〔1〕 这首诗写秋瑾少女时代的勤奋好学,反映了她渴求知识的强烈愿望。口号,犹“口占”,用于诗的题目上,表示信口吟成。

〔2〕 阶除:原称宫殿的台阶谓“除”,后来“阶除”也泛指台阶。

〔3〕 “花院”句:稀稀落落的花院在月夜里更显得清虚。萧疏,稀稀落落。

〔4〕 “侬亦”二句:承上两句,不管白天夜晚,我一心想变成那蠹书的脉望,在画楼上专心攻读。脉望,虫名。《酉阳杂俎·支诺皋中》:“唐何讽于书中得一发卷,规四寸许,如环而无端,用力绝之,两端滴水。方士曰:‘此名脉望,蠹鱼三食神仙字,则化为此物。’”画楼,用彩画装饰的楼阁,后泛指华丽的楼阁。蠹(dù杜),蛀蚀、侵害,此指脉望蠹书(实为刻苦钻研意)。等身书,贾黄中年幼聪慧,才五岁,他父亲每天早晨叫他立直,与打开的书卷相比,让他每天读完与他身高相等的一段卷子(古代的书籍是卷轴装帧,读书多少以卷子的长短而论),谓“等身书”。见《宋史·贾黄中传》。诗中用此典故形容每天读书之多。

踏青记事[1]四章

女邻寄到踏青书[2],来日清明定不虚[3]。妆物隔宵齐打点[4],凤头鞋子绣罗襦[5]。

曲径珊珊芳草茸[6],相携同过小桥东。一湾流水无情甚,不送愁情送落红[7]!

柳阴深处啭黄鹂[8],芳草萋萋绿满堤[9]。笑指谁家楼阁好？珠帘斜卷海棠枝[10]。

西邻也为踏青来，携手花间笑语才[11]："昨日卿经贾傅宅[12]，今朝侬上定王台"[13]。

〔1〕 这组诗从第四首的"昨日卿经贾傅宅，今朝侬上定王台"看，当作于秋瑾少女时代随父侍居长沙时。诗记述踏青情景以及与女友相戏的喜悦心情，调子是欢畅明快的；但触景生情，诗中也流露出秋瑾春怀难展的淡淡愁情。踏青，春天到郊外游览。详见前《清明怀友》注〔2〕。

〔2〕 踏青书：邀请踏青的信。

〔3〕 不虚：不空，引申为践约之意。

〔4〕 隔宵：隔夜，头天晚上。

〔5〕 凤头鞋：古代女子所穿一种绣花鞋，因鞋头多绘凤凰，故称。绣罗襦：带刺绣的纱织品短袄。

〔6〕 珊珊：妇女衣裙拂地所发出的声音。宋玉《神女赋》："动雾縠以徐步兮，拂墀声之珊珊。"茸（róng 容）：初生的纤细、柔软的草。

〔7〕 落红：落花。

〔8〕 阴：通"荫"。啭：鸟叫的声音，这里作动词用。黄鹂：即黄莺，也叫仓庚，一种黄色的鸟。

〔9〕 萋萋：草茂盛的样子。

〔10〕 珠帘：古代原指用珍珠缀成或饰有珍珠的帘子，后来多指用琉璃珠穿成的帘子。海棠枝：指春天开花的海棠树。海棠是落叶乔木，花为淡红色。

〔11〕 才（zāi 哉）：通"哉"，语气词。《庄子·列御寇》："必且有感摇而本才。"于省吾《双剑誃诸子新证·庄子二》于此句释云："按'感'读撼，'才'读哉。西周金文哉字皆以才为之。"

〔12〕 贾傅宅：即贾傅祠。王芷馥编的《秋瑾诗词》（1907 年刊）即作"贾傅祠"。详见前《题郭调白（宗熙）〈湘上题襟集〉即用集中杜公亭韵》

注〔8〕。

〔13〕 定王台:相传汉景帝之子、长沙王刘发为想望他的生身母唐姬而筑,故址在今湖南长沙市东部。左宗棠《题罗忠节公遗像》诗:"春风归咏定王台。"句下自注云:"咸丰初,公馆贺耦耕尚书里第,及门诸子假馆长沙东郭定王台……"按:贾傅宅和定王台,一在原长沙县西,一在原长沙县东,所以诗末二句说:"昨日卿经贾傅宅,今朝侬上定王台。"

去常德舟中感赋〔1〕

一出江城百感生〔2〕,论交谁可并汪伦〔3〕?多情不若堤边柳,犹是依依远送人〔4〕!

〔1〕 这首诗是秋瑾离开常德赴湘潭途中之作,约写于1895年(光绪二十一年)。诗主要抒发诗人离开常德的感慨。去,离去,离开。常德,清代为府名,治所在武陵(今湖南常德市)。感赋,心有所感而作诗。

〔2〕 江城:此指常德,因它位于沅江下游北岸,故称。

〔3〕 "论交"句:李白《赠汪伦》诗:"李白乘舟将欲行,忽闻岸上踏歌声。桃花潭水深千尺,不及汪伦送我情。"据《李太白文集》杨齐贤注云:"(李)白游泾县桃花潭,村人汪伦常酿美酒以待白。"诗人有感于现实世俗友情的淡薄,故有论友情谁可与汪伦相提并论之叹。

〔4〕 "多情"二句:此紧承上二句,如论情谊,世人还不如那堤边的柳树,杨柳尚能垂枝依依,致惜别之意呢!犹,尚且,还。依依,字面是写柳条柔弱,随风飘动的姿态,实则内含依恋不舍意。《诗经·小雅·采薇》:"昔我往矣,杨柳依依。"

重阳志感〔1〕

容易东篱菊绽黄〔2〕,却教风雨误重阳。无端身世茫茫感[3],独上高楼一举觞[4]。

〔1〕 诗表现了秋瑾重阳佳节时一种落拓茫然之感。重阳,阴历九月初九,又叫“重九”。因“九”为阳数,九月九日,日月并应,故称。

〔2〕 “容易”二句:好不容易盼来东篱下的菊花绽开黄黄的花瓣,可惜又被风雨耽误了重阳佳节的玩赏。东篱菊,见前《梧叶》注〔5〕。绽(zhàn 战),这里是开放的意思。

〔3〕 无端:无奈意。罗邺《早行》诗:“无端戍鼓催前去,别却青山向晓村。”茫茫感:言感之无边。

〔4〕 “独上”句:诗人独自登高饮酒。古俗,重阳佳节,都人皆置酒,登高赏菊,并饮菊花酒。见《续齐谐记》。觞,酒杯。

菊[1]

铁骨霜姿有傲衷,不逢彭泽志徒雄[2]。夭桃枉自多含妒[3],争奈黄花耐晚风[4]?

〔1〕 诗赞菊花的高洁并自况。

〔2〕 “铁骨”二句:菊花虽有坚强的性格和傲岸不群的天性,但不遇赏菊人也是徒然。彭泽,指陶潜。因陶氏做过彭泽县令,又称陶彭泽。他酷爱菊花。《南史·隐逸传》:“陶潜,字渊明,为彭泽令,解印绶去职。尝九月九日无酒,出宅边菊丛中坐。”

〔3〕 夭桃:鲜艳的桃花。枉自:徒然,白白的。

〔4〕 争奈:怎奈。黄花:菊花。耐:经得住。

梅（十首选二）[1]

本是瑶台第一枝，谪来尘世具芳姿[2]。如何不遇林和靖[3]？漂泊天涯更水涯[4]。

冰姿不怕雪霜侵[5]，羞傍琼楼傍古岑[6]。标格原因独立好[7]，肯教富贵负初心[8]？

〔1〕 这是一组咏梅诗。诗通过对梅花高洁、坚贞本色的赞颂，表现了诗人傲岸不群、坚强不屈的品格。组诗以梅自喻，意思很显豁，如“天涯沦落无人惜，憔悴欺霜傲雪姿”（其三）；“自怜风骨难谐俗，到处逢迎百不售”（其六）。这里选的是第一、第十两首。

〔2〕 “本是”二句：相传“瑶台”是神仙住的地方，又传百花由女夷花神掌管（见《月令广义》），所以这里说梅花是从瑶台谪降尘世。第一枝，言梅花是瑶台的第一枝花，赞美意。

〔3〕 “如何”句：诗人以梅自喻，隐含不遇知音意。林和靖，即林逋（967—1028），字君复，宋代钱塘（今杭州市）人，平生不愿做官，长期隐居西湖孤山，无妻无子，种梅养鹤以为伴侣，人称“梅妻鹤子”。不遇林和靖，是说梅花偏偏遇不到爱梅的人。

〔4〕 “漂泊”句：四处飘泊意。

〔5〕 “冰姿”句：言梅花耐寒，不畏霜雪。

〔6〕 “羞傍”句：暗喻诗人不趋炎附势、傲岸刚直的品格。琼楼，本指仙界的楼阁，此喻富贵有权势人家的楼阁。古岑，这里指孤山，爱梅的林和靖就住在这里。

〔7〕 标格：风范、风度。原因：本由于的意思。独立好：这里指不同一般，即“风骨难谐俗”意。

〔8〕“肯教”句:岂肯因贪爱富贵而改变自己的初衷呢?这里表现了诗人崇高的思想境界。

望　乡[1]

白云斜挂蔚蓝天,独自登临一怅然[2]。欲望家乡何处似[3]?乱峰深里翠如烟[4]。

〔1〕诗抒发作者登高远望而引起的思乡之情。

〔2〕“白云”二句:写诗人独自登高所见的景象,并由此引起她的思乡之感。怅(chàng 唱)然,烦闷,失意的样子。

〔3〕“欲望”句:崔颢《黄鹤楼》诗“日暮乡关何处是”,秋诗由此点化而来。似,像。

〔4〕翠如烟:指青翠掩映的山腰幽深处。此句意境近似杜牧《山行》诗:“白云深处有人家。”

季芝姊以诗相慰次韵答之[1]二章

云笺一纸忽还飞[2],相慰空劳尖笔挥[3];已拚此身填恨海[4],愁城何日破重围?

连床夜雨思当日[5],回首谁怜异昔时[6]?炼石空劳天不补[7],江南红豆子离离[8]。

〔1〕这首诗是秋瑾婚后居湖南时的作品,抒写了诗人与季芝的友

情之深和思念之切。

〔2〕 云笺:有云状花纹的信纸。

〔3〕 尖笔:亦称尖毫,毛笔。

〔4〕 “已拚”句:对自己婚姻不幸的愤词。

〔5〕 连床:并榻或同床,多形容情谊笃厚。

〔6〕 怜:爱怜,可引申为留恋意。

〔7〕 “炼石”句:诗人感叹自己无力补天。炼石补天,古代神话,相传共工与颛顼战,共工败,头触不周山,天柱折,地维缺。天塌下来一个大缺口,女娲(wā 蛙,神话传说中的女帝)便炼五色石补天,斩鳌足撑住四方的天,积聚芦草灰止住洪水,于是地平天成。见《列子·汤问》和《淮南子·览冥训》。

〔8〕 “江南”句:写对吴季芝的思念。红豆,南方(两广一带)有红豆树。此树高丈馀,结实如豆,色鲜红、光亮,称红豆。相传有一个人死在边地,他的妻子因思念丈夫,哭死在红豆树下,化为红豆,又称相思子。离离,本指粒粒红豆,形容红豆众多的样子,此处暗指诗人思念季芝的忧伤。

剪春罗〔1〕

二月春风机杼劳〔2〕,嫣红染就不胜娇〔3〕。而今花样多翻覆〔4〕,劝尔留心下剪刀。

〔1〕 春罗:一种丝织品。

〔2〕 机杼(zhù 柱):织布机上的梭子。唐贺知章《咏柳》:“二月春风似剪刀。”

〔3〕 嫣红:红色之娇艳者。

〔4〕 花样:此指衣服的款式。翻覆:变化。

寄　季　芝三章[1]

肠断魂消子野歌[2],知心锺子隔山河[3]。年来自笑无他事,缠绕愁魔更病魔。

金兰义气薄云天[4],一别迢迢又数年。欲见恨无怀梦草[5],空劳肠断衍波笺[6]。

相思不见独伤神,无限襟怀托锦鳞[7]。为问粤东吴季子[8],千金一诺等行人[9]。

〔1〕 这是一首怀友之作。诗中抒发了作者与好友吴季芝天各一方、音讯隔绝、欲见无缘的孤寂与悲伤,更可反衬出诗人对友情的珍重与笃诚。吴季芝,见前《清明怀友》注〔7〕。

〔2〕 子野歌:《世说新语·任诞》记载"桓子野每闻清歌,辄唤'奈何',谢公闻之曰:'子野可谓一往有深情。'"这里取"奈何"意。"奈何",在此表示闻歌深受感动,情意难堪,令人肠断魂销。

〔3〕 锺子:即锺子期,他善于欣赏音乐,详见《咏琴志感》注〔6〕。这里作为知音的代词,指吴季芝。

〔4〕 金兰义气:这里是形容诗人与吴季芝的友谊之深。金兰,言友情契合、深厚。语出《易·系辞上》:"二人同心,其利断金;同心之言,其臭(气味)如兰。"薄云天:喻友谊之深厚。薄,近。

〔5〕 怀梦草:见前《挽故人陈阕生》注〔26〕。

〔6〕 衍波笺:诗笺名。《诗话总龟》卷三十四引宋王直方《直方诗话》云:萧贯少时,曾梦至宫庭中,见一群妇人如神仙,十分惊愕。贯自陈

系进士,会写诗,中有一人授萧贯纸,曰:“此所谓衍波笺,烦赋《宫中晓寒歌》。”

〔7〕 锦鳞:代指书信。见前《寄柬理妹》注〔2〕。杜牧《春思》诗:“锦羽啼来久,锦鳞书未传。”

〔8〕 粤东:广东的东部或泛指广东。吴氏系广东人。

〔9〕 千金一诺:谓重信义,守许诺。《史记·季布栾布列传》:“得黄金百斤,不如得季布一诺。”行人:指在广东的友人吴季芝。

喜雨漫赋〔1〕

渊龙酣睡谁驱起?飞向青天作怒波〔2〕。四野农民皆额首〔3〕,名亭直欲继东坡〔4〕。

〔1〕 这首诗抒写了作者雨后的喜悦心情。末二句与陆游在《喜雨》诗中所写的“人言雨非雨,乃是倾玉粒”一样,充分表现了秋瑾与劳动人民息息相通的那种可贵的思想感情。漫赋,随口吟成的诗。

〔2〕 “渊龙”二句:谁赶起那沉睡的渊龙,使它飞向青天,兴狂风、作怒波呢?“渊龙”句,陆游《闵雨》诗:“我愿上天仁,顾哀民语悲;鞭龙起风霆,尚继丰年诗。”古代迷信说法,龙懒不行雨,故称沉睡的渊龙。渊龙,深渊里的龙。

〔3〕 四野:野外各地。额首:如“额手”,以手加额,表示尊敬、庆幸。

〔4〕 “名亭”句:苏轼(字东坡)有《喜雨亭记》。苏轼在扶风(今陕西省凤翔县)任判官时,久旱不雨,后连降大雨三天,人们欢庆喜雨,适值官舍旁所建亭子落成,遂命名“喜雨亭”,苏轼作《喜雨亭记》,表示他欢庆、喜悦的心情。诗即用此事。

杞人忧[1]

幽燕烽火几时收[2]，闻道中洋战未休[3]。漆室空怀忧国恨[4]，难将巾帼易兜鍪[5]。

〔1〕 这首诗约作于1900年（光绪二十六年）庚子事变时期。诗表现了作者对祖国命运的热切关注，以及她迫于封建礼教的束缚无法卫国杀敌的抑郁心情。杞（qǐ 起）人忧，《列子·天瑞》："杞国有人，忧天地崩坠，身无所寄，废寝食者。"这里指徒作无益的忧虑。

〔2〕 幽燕：指中国北部（偏东）古幽州、古燕国地区。《尔雅·释地》："燕曰幽州。"《周礼·职方》："东北曰幽州。"按幽、燕所辖地区，历史上变化不一，大体相当于今天河北省北部及辽宁一带。烽火：见前《旧游重过有不胜今昔之感》注〔6〕。

〔3〕 中洋战未休：可能指1900年中国人民和清军抵抗外国侵略者的战争。

〔4〕 漆室：即漆室女。鲁国漆室邑有一女，久未出嫁，一天倚柱叹息说："鲁君老，太子幼。"一邻妇说："此卿大夫之忧也。"女对曰："不然。昔有客马逸，践吾国葵，使吾终岁不饱葵。鲁国有患，君臣父子被其辱，妇女独安所避乎？"见《列女传》卷三。这里以漆室女自比。

〔5〕 "难将"句：难用女子的装束换取战士的盔甲。意谓无法走出闺房，卫国杀敌。巾帼，古代妇女的头饰。兜鍪（dōu móu 哇谋），亦称"兜牟"，古代兵士打仗戴的帽子，古谓之"胄"，秦谓之"兜鍪"，俗称盔。

题松鹤图四章[1]

李翰平先生之王父小影

角巾羽扇旧谈兵[2]，笑赋归来薄宦情[3]。天与荣名兼寿考[4]，吟松饲鹤寄平生[5]。

小坐焚香看鹤嬉[6]，山林幸有谪仙司[7]。勋名浪说凌烟阁，争似商山歌采芝[8]？

传家清德有遗经[9]，薰沐披图仰典型[10]。自恨生来太迟暮，不曾亲拜少微星[11]。

清福如松古亦稀，遗图犹见静中机[12]。黄巾劫火神呵护[13]，夜夜灵光逐电飞[14]。

〔1〕 此篇是为李翰平祖父的小影《松鹤图》题的诗。李翰平，湖南湘潭人，光绪举人，曾任福建云霄厅主簿。其王父李韵园，曾在彭玉麟部下任盐道，晚年卜居湘潭城二十公里之古塘桥。有人为其绘图。秋瑾的祖父曾任福建云霄海防厅同知，两家可能为世交。秋瑾婚后居湘潭，又有诗名，故李翰平请秋瑾为其祖父的小影题诗。诗作于"壬寅年(1902)五月下浣"，时秋瑾居湘潭。

〔2〕 角巾：古代隐士常戴的一种有棱角的帽子。《晋书·羊祜传》："既定边事，当角巾东路归故里。"羽扇：用羽毛做成的扇子。《太平御览》卷七〇二引裴启《语林》："诸葛武侯与宣王(司马懿)在渭滨将战，武侯乘素舆，葛巾，白羽扇，指挥三军。"因之后来羽扇便成为儒将装束的标志。这句是说，现在图画中的这位隐士，原是过去指挥三军的儒将。

〔3〕 归来：即东晋大诗人陶渊明的名作《归去来辞》，它的主题是辞官归隐。

〔4〕 与：给予。荣名：令名、美名。

〔5〕 吟松饲鹤：多是隐者的所好。陶渊明归田后喜爱松，所谓"抚孤松而盘桓"。林和靖隐居后曾以梅妻鹤子为伴。

〔6〕 鹤嬉:鹤互相追逐玩耍。

〔7〕 谪仙司:谪仙住的地方。谪仙,旧时称誉才学优异的人,谓如谪降人世的神仙。李白《玉壶吟》:"世人不识东方朔,大隐金门是谪仙。"司,旧时官署的名称,这里泛指谪仙(指李之祖父)住的地方。

〔8〕 "勋名"二句:勋名图于凌烟阁,也算够大的了,但怎能比上歌《采芝》的商山四皓那样清心逍遥呢?这里是以商山四皓比李翰平的祖父。浪说,犹漫说。凌烟阁,皇帝将开国元勋、功臣图于凌烟阁以示表彰。见刘肃《大唐新语·褒赐》。争似,怎似,这里是怎比意。商山,山名,在今陕西商县东,地形险阻,景色幽胜,秦末汉初有四位年长德高的秦博士在此隐居,诗中商山即指商山四皓,亦称商山四公、商山四翁。秦末的四博士东园公、绮里季、夏黄公、甪里先生,为避秦乱,隐居商山,四公均年八十馀,须眉皓白,时称商山四皓。见《史记·留侯列传》。采芝,商山四皓曾作此歌,歌云:"莫莫高山,深谷逶迤。晔晔紫芝,可以疗饥。唐虞世远,吾将何归?驷马高盖,其忧甚大。高贵之畏人,不及贫贱之肆志。"见晋皇甫谧《高士传·四皓》。后便以"采芝"称退隐。

〔9〕 遗经:遗传的经典。李氏祖辈有著作流传。尊之为经,敬词。

〔10〕 "薰沐"句:诗人说,我薰香沐浴,披图瞻仰世人的典范。古代事前薰香、沐浴,表示虔诚、尊敬。典型,这里指典范人物。

〔11〕 少微星:星名,古代星象学家认为是象征士大夫或处士的星。《晋书·隐逸传·谢敷》:"初,月犯少微。少微一名处士星,占者以隐士当之。"后用以称处士。

〔12〕 遗图:指松鹤图。机:本意为灵巧,可引申为机智、智慧。

〔13〕 "黄巾"句:意为松鹤图虽经战乱,犹有神暗中保护,未遭劫火。黄巾,指东汉末张角等领导的农民起义军,因头裹黄巾,故称黄巾军。这里指太平天国农民起义军。劫火,佛家语,能使天地万物都毁灭的灾火。《仁王经》:"劫火洞然,大千俱坏。"诗中把农民战争视为劫火,反映了作者对太平天国农民运动的错误认识。

〔14〕 灵光:神灵的光辉。逐电飞:旧时迷信的人认为神仙夜间来临时有电光闪烁。

赤壁怀古[1]

潼潼水势向江东[2]，此地曾闻用火攻。怪道侬来凭吊日[3]，岸花焦灼尚馀红[4]。

〔1〕赤壁：山名，在今湖北蒲圻县城西北六十华里的长江南岸。见丁力《赤壁考》。公元208年（东汉建安十三年），曹操率领大军，顺长江而下，进攻吴国。吴帅周瑜，火烧曹操战舰于赤壁山对岸，这便是历史上有名的"赤壁之战"。见《三国志·周瑜传》。1903年（光绪二十九年），秋瑾由湖南湘潭随丈夫进京，途经赤壁山，大约她心有所感，写了这首七绝。诗通过凭吊赤壁古迹，表达了秋瑾对古代英雄豪杰的钦慕和崇敬。

〔2〕"潼潼"句：高高的水势滚滚流向东方。潼潼，高貌，长江中上游，高陡流急，故云。

〔3〕怪道：怪不得。侬：我。凭吊：对遗迹悼念古人或感慨往事。

〔4〕"岸花"句：至今长江南岸花朵的颜色还遗留着火烧的痕迹。这里诗人运用她丰富的想象力，从红色的花朵联想到当年火烧赤壁的盛状；又从这举世闻名的火烧赤壁，引起人们对周瑜这位"雄姿英发"的少年英雄的无限敬佩。

黄金台怀古[1]

蓟州城筑燕王台[2]，招士以财亦可哀[3]！多少贤才成底事？黄金便可广招徕[4]。

〔1〕 诗约作于秋瑾居京期间。卖官鬻爵，是清王朝吏治腐败的典型特征之一，同时代的李宝嘉在《官场现形记》中对此有真实而深刻的揭露。秋瑾居京期间，曾去黄金台游览，有感于此，反用黄金台招贤的历史典故，讽刺卖官鬻爵的清朝统治者。黄金台，故址在今河北易县东南，北易水南，相传此台是战国时代燕昭王所筑，置千金于台上，延请天下士，故名。见《战国策·燕策》。诗中的"黄金台"指后世慕此另在北京市东南筑的台。蒋一葵《长安客话》卷一："都城黄金台，出朝阳门循濠而南，至东南角，岿然一土阜是也。……京师八景有曰'金台夕照'，即此。"

〔2〕 蓟(jì 记)州城：即燕国的都城蓟城。据郦道元《水经注》卷十三云："昔周武王封尧后于蓟，今城内西北隅有蓟丘，因丘以名邑也。"经今人侯仁之考证，古蓟城约在今北京广安门附近一带。这里指北京。燕王台：亦称燕台，即黄金台。

〔3〕 "招士"句：黄金台招士历来传为美谈，其实这正是封建统治阶级笼络人心，让士大夫甘心为自已效劳，借以巩固其封建统治的手段之一。秋瑾能认识到这是"可哀"的事，正见出她的卓识远见和高贵品格。

〔4〕 "多少"二句：诗人对"黄金便可广招徕"的"贤才"持否定态度。成底事，能成就什么大事呢？招徕，招之使来。《汉书·公孙弘传》："招徕四方之士。"

第二期　留日时期(1904年夏—1905年)

泛东海歌[1]

登天骑白龙,走山跨猛虎。叱咤风云生[2],精神四飞舞。大人处世当与神物游[3],顾彼豚犬诸儿安足伍[4]!不见项羽酣呼钜鹿战[5],刘秀雷震昆阳鼓[6]。年约二十馀[7],而能兴汉楚[8];杀人莫敢当[9],万世钦英武[10]。愧我年廿七[11],于世尚无补[12]。空负时局忧[13],无策驱胡虏[14]。所幸在风尘,志气终不腐[15]。每闻鼓鼙声[16],心思辄震怒[17]。其奈势力孤[18],群才不为助?因之泛东海[19],冀得壮士辅[20]。

〔1〕 这首诗当秋案发生时,清绍兴府曾搜去作"罪状"公布。原诗题已失,今依《浙江办理秋瑾革命全案》题作《泛东海歌》。诗作于1905年(光绪三十一年)夏第二次赴日时。篇首,诗人以她丰富的想象力,通过一种神奇的境界,抒发自己的雄心壮志,从而联想到历史上的英雄豪杰,他们青年时代,已是功勋卓著,名满全国;而自己年已廿七,却对祖国无任何贡献,相形之下,惭愧之感,油然而生。但诗人此时已视救国为己任,无奈势单力薄,相助者少,故她决心留学日本,联络革命志士,共同寻求拯救祖国危亡的道路。

〔2〕 叱咤风云:形容声势威力极大。骆宾王《为徐敬业讨武氏檄》:"喑呜则山岳崩颓,叱咤则风云变色。"

〔3〕 大人:即大人物,非凡的人,此指英雄豪杰。神物:神奇的动

物，如上面所云“白龙”、“猛虎”之类。

〔4〕　豚（tún 屯）犬诸儿：猪狗之辈。曹操曾经说过刘表的儿子“若豚犬耳”。见《三国志·吴志·孙权传》裴松之注引《吴历》。此借指一般碌碌无能、苟且偷安的懦夫。豚，猪。以上六句诗人借助丰富的想象和比喻，表现她的雄心壮志、英雄气概，以及对碌碌庸俗之辈的轻蔑。

〔5〕　“不见”句：公元前207年（秦二世三年），秦将章邯围攻赵国，项羽率大军赴钜鹿（今河北平乡西南）救赵，当时项羽的军队士气高涨，呼声震天，大破秦军。见《史记·项羽本纪》。酣呼，大声喊叫。

〔6〕　“刘秀”句：公元23年（汉更始元年），绿林军进迫宛城，不断取得胜利。王莽派王寻、王邑率大军反扑绿林农民起义军，围攻昆阳（今河南省叶县），攻势甚猛，各地起义军都进援昆阳。刘秀乘王莽轻敌懈怠，率精兵三千，直冲王莽军之中坚，鸣锣击鼓，声闻数百里，在昆阳大败莽军。见《后汉书·光武帝纪》。刘秀，东汉第一个皇帝，称光武帝。雷震，这里是形容鼓声如雷震。

〔7〕　“年约”句：项羽生于公元前232年（秦始皇十五年），破秦时年二十六岁；刘秀生于公元前6年（汉建平元年），大破王莽时年二十九岁。

〔8〕　兴汉楚：刘秀打败王莽，建东汉；项羽破秦称楚。

〔9〕　莫敢当：无人能够抵抗。

〔10〕　“万世”句：世世代代的人们都敬佩项羽和刘秀英勇无敌。以上六句赞历史上的英雄豪杰，以此为喻，激励自己。

〔11〕　年廿七：年二十七岁。按：秋瑾生于1877年（光绪三年）夏历十月十一日，此云“年廿七”，当以周岁计。

〔12〕　无补：意为没有贡献。补，补益，可引申为贡献。

〔13〕　“空负”句：白白地为时局担忧。

〔14〕　胡虏：此指清统治者。

〔15〕　“所幸”二句：我所感到庆幸的是，虽生在污浊的社会中，但报国的志气终未泯灭。风尘，此指污浊动乱的社会。

〔16〕　鼓鼙（pí 皮）：大鼓和小鼓，古代军队中司号令的乐器。《礼记·乐记》：“君子听鼓鼙之声，则思将帅之臣。”

〔17〕 辄:就。

〔18〕 其奈:这里是"奈何"的意思。其,语助词,无实义。

〔19〕 因之:因为这。之,指示代词,代"其奈势力孤"二句。泛东海:指东渡日本留学。

〔20〕 冀:希望。壮士:这里指爱国豪杰。

红 毛 刀 歌[1]

一泓秋水净纤毫[2],远看不知光如刀[3]。直骇玉龙蟠匣内,待乘雷雨腾云霄[4]。传闻利器来红毛,大食日本羞同曹[5]。濡血便令骨节解,断头不俟锋刃交[6]。抽刀出鞘天为摇,日月星辰芒骤韬[7]。斫地一声海水立,露锋三寸阴风号。陆刳犀象水截蛟,魍魉惊避魑魅逃[8]。遭斯刃者凡几辈?髑髅成群血涌涛。刀头百万冤魂泣,腕底乾坤杀劫操[9]。朅来挂壁暂不用,夜夜鸣啸声疑鸮[10]?英灵渴欲饮战血,也如块磊需酒浇[11]。红毛红毛尔休骄,尔器诚利吾宁抛。自强在人不在器,区区一刀焉足豪[12]?

〔1〕 这首诗约是她留日时期的作品。诗运用夸张的手法,极赞红毛刀的明亮、锋利与威力,其主旨却在于"红毛红毛尔休骄,尔器诚利吾宁抛。自强在人不在器,区区一刀焉足豪?"这种认为人胜于武器的见解是十分光辉的。即使在今天,仍有其进步意义。红毛,《明史·外国六》:"和兰(即荷兰)又名红毛番……发眉须皆赤。"因英国人与荷兰人同种,毛发相似,所以后来又称英国人为"红毛"。这里"红毛刀"大约是指英国的刀。

〔2〕 "一泓(hóng 红)"句:那雪亮的刀如一湾清澈的秋水,连一根

毫毛都能照出来。泓,水清的样子。秋水,以秋水的清澈明亮比喻宝剑的光可鉴人。《越绝书》:“太阿剑色视之如秋水。”

〔3〕 如:或。此为还是的意思。

〔4〕 “直骇”二句:进而点出它是一把宝刀。玉龙,指剑。李岩《观道士磨剑》诗:“欲整锋芒敢惮劳,凌晨开匣玉龙嗥。”这里是同类借代,以剑代刀。蟠,盘曲而伏。

〔5〕 “传闻”二句:极言红毛刀的名贵,连大食、日本有名的宝刀都比不上它。大食,国名,即阿拉伯帝国。羞同曹,羞与为伍的意思。同曹,同辈。

〔6〕 “濡血”二句:极言刀的锋利。濡血,沾着点血,意为刀稍一接触肉体。“断头”句:刀还没放在脖子上,头就掉下来了。俟(sì 四),等待。

〔7〕 “抽刀”二句:极言刀的明亮。鞘(qiào 窍),装刀和剑的套子。天为摇,天也因刀的光亮而摇动。“日月”句:日月星辰的光芒也都顿时隐藏起来。意为它们的光芒和刀相比也骤然失去光辉。韬,隐藏。

〔8〕 “斫地”四句:极言刀的威力之大。斫,砍。号(háo 毫),此为怒吼意。刓(tuán 团),割,截断。犀(xī 息),犀牛。蛟,古代传说中能兴水的类似龙之类的动物,也有的说是指鼍类的爬虫动物。魍魉(wǎng liǎng 往两),传说中的山精木石之怪;魑魅(chī mèi 吃妹),传说中山泽的神怪。这里“魍魉魑魅”指一切妖魔鬼怪。

〔9〕 “遭斯”四句:言此刀杀人之多。凡几辈,共有多少人啊!髑(dú 独)髅,死人的头骨。“腕底”句:因为刀好,杀人多,所持刀者的手腕可以操纵杀劫。杀劫,杀人流血的劫数。

〔10〕 “朅(qiè 妾)来”二句:为什么挂在墙上暂不用它,它就夜夜发出凄厉的啸声呢?李白《独漉篇》诗:“雄剑挂壁,时时龙鸣。”朅来,朅,疑问代词,何;来,语助词,无义。啸,兽类拉长声音叫。鸮(xiāo 消),即鸱(chī 吃)鸮,一种类似猫头鹰的恶鸟,叫的声音很凄厉。

〔11〕 “英灵”二句:是上二句的答辞。英灵,英华灵秀之气所钟者,此指红毛刀。块磊,胸中瘀积的不平之气。《世说新语·任诞》:“阮籍胸中垒块,故须酒浇之。”

〔12〕 区区:小的意思。

吊吴烈士樾[1]

昆仑一脉传骄子,二百馀年汉声死[2]。低头异族胡衣冠[3],腥膻污人祖宗耻[4]。忽地西来送警钟[5],汉人聚哭昆仑东[6]。方知今日豚尾子[7],不是当年大汉风[8]。裂眦啮指争传檄[9],大叫同胞声激烈。积耻从头速洗清,毋令黄胄终沦灭[10]。大江南北群相和[11],英雄争挽鲁阳戈[12]。卢梭文笔波兰血[13],拚把头颅换凯歌[14]。年年岁月驹驰隙[15],有汉光复总无策[16]。志士奋呼东海东[17],胡儿虎踞北京北[18]。名曰同胞意未同,徒劳流血叹无功[19]。提防家贼计何酷[20]?愤起英雄出皖中[21]。皖中志士名吴樾,百炼刚肠如火热[22]。报仇直以酬祖宗[23],杀贼计先除羽翼[24]。爆裂同拚歼贼臣,男儿爱国已忘身。可怜懵懵天竟瞽,致使英雄志未伸[25]。电传噩耗风潮耸[26],同志相顾皆色动[27]。打破从前奴隶关,惊回大地繁华梦[28]。死殉同胞剩血痕,我今痛哭为招魂[29]。前仆后继人应在,如君不愧轩辕孙[30]!

〔1〕 诗作于1905年(光绪三十一年)。吴樾(1878—1905),字孟侠,安徽桐城人,是辛亥革命时期民主革命烈士。1905年,清政府派载泽、戴鸿慈、徐世昌、端方、绍英等五大臣出国考察宪政,想借此缓和当时人民反清的政治斗争。吴樾为了使这一骗局无法实现,便于9月24日,乘五大

臣坐火车南下时,身怀炸弹入车,但因火车震动,炸弹爆发,载泽、绍英受伤,吴樾被炸身死。这时秋瑾尚在日本,得此不幸消息,悲痛欲绝,长歌当哭,写了这首诗。诗从汉族被满洲贵族统治写起,旨在唤起人们不要忘记这耻辱的现实。诗人壮志虽在,而报国无路;此时又听到吴樾不幸殉难的消息,悲愤实难言喻,然而秋瑾并没有被悲痛压倒,她从沉痛中抬起头来,继续探索革命的道路,所以诗的基调是高昂悲壮的。诗赞扬了烈士的革命精神,肯定了吴樾殉国的意义,并号召人们继承革命先烈的遗志继续奋斗。

〔2〕“昆仑”二句:意为中华本应属于汉族,可是二百年来汉族却像死去一样的无声无息。这种看法含有诗人狭隘的大汉族主义偏见。昆仑,我国西北地区的一座大山。古代神话传说中,说昆仑山上有座宫殿,是黄帝下方的帝都,也是他常来游玩的行宫。见《山海经·西山经》,又见《穆天子传》。这里代指黄帝,他是华族即后来汉族的祖先。骄子,“天之骄子”的省称,本指胡人。见《汉书·匈奴传》。这里借指汉族子孙。死,沉寂。

〔3〕“低头”句:汉族人民受清朝统治,并穿戴满族的服装。胡,即匈奴,此借指满族。

〔4〕腥膻(shān 山):腥膻之气,这是对少数民族带污辱性的语言。膻,羊肉的气味,过去少数民族多以牛羊肉为食,故有膻气。祖宗耻:连汉族的祖先也感到羞耻。

〔5〕西来送警钟:指西方帝国主义的入侵给中国人民敲起了警钟。

〔6〕昆仑东:此即中国本土,因昆仑山在中国的西北部。

〔7〕豚尾子:猪尾巴,指当时男人留的发辫。按:满俗,男子剃发垂辫。清统治者入关后,强迫各族人民剃发留辫。

〔8〕大汉:汉代对朝廷的尊称,这里指汉族。

〔9〕“裂眦”句:革命志士愤怒而沉痛地争相发出讨伐清统治者的檄文。裂眦,见前《宝剑歌》注〔4〕。啮指,咬破手指头,用血写字,表示沉痛或发誓。啮(niè 聂),同“咬”。檄(xí 习),即檄文,古代官府用以征召或声讨的文书。

〔10〕 毋:副词,不要。黄胄:黄帝的后代,这里指汉族。

〔11〕 群相和:群起响应。

〔12〕 "英雄"句:此用鲁阳公挥戈的故事,表示革命志士斗志昂扬。鲁阳戈,春秋时,楚国鲁阳公和韩国打仗,战斗正激烈时,太阳要落山了,这时鲁阳公把戈一挥,太阳为之退回三舍。见《淮南子·览冥训》。三舍,是三星宿的距离。古代天文学家分周天的恒星为三垣,二十八宿。一宿为一舍。

〔13〕 "卢梭"句:指革命者用笔、鲜血与敌人进行斗争。卢梭文笔,法国十八世纪的资产阶级启蒙思想家卢梭(骚)(Jean Jacques Rousseau,1712—1778),曾著《不平等之起源》、《民约论》等书,主张人权平等,宣传民主思想,后来成为法国1789年资产阶级革命的宣传武器,在中国近代资产阶级民主革命运动中,也起过一定的启蒙作用。波兰血,波兰在十八世纪末叶被俄、普、奥三国瓜分后,国内曾经发生过多次革命,反对异族统治者,付出了很多鲜血。

〔14〕 "拚把"句:指甘愿用生命换取胜利。凯歌,因它是歌颂胜利或是战斗胜利时唱的歌,这里用它代胜利。

〔15〕 驹驰隙:喻光阴过得极快。《庄子·知北游》:"人生天地之间,若白驹之过郤(隙),忽然而已。"

〔16〕 "有汉"句:想光复汉族总是没有办法。有,语首助词,无义。

〔17〕 东海东:指日本。当时的革命者多聚集在日本。

〔18〕 北京北:满人的故乡,今辽宁、吉林一带。

〔19〕 "名曰"二句:表面上虽称同胞,但彼此并不同心合力,革命志士虽流血牺牲,也徒劳无益。

〔20〕 家贼:见前《普告同胞檄稿》注〔23〕。

〔21〕 皖中:安徽中部。吴樾是桐城人,桐城居安徽中部。

〔22〕 百炼刚:刘琨《重赠卢谌》诗:"何意百炼刚,化为绕指柔。"

〔23〕 直以:当用来。

〔24〕 贼:此指清最高统治者。羽翼:即爪牙、帮凶,此指端方等五大臣。

〔25〕 “爆裂”四句：说吴樾为国忘身，想与出洋五大臣同归于尽，可怜老天糊涂无眼，不从人愿，使英雄壮志未能实现。懵懵（měng 猛），糊涂。瞽，瞎。

〔26〕 “电传”句：吴樾不幸殉国的消息传到日本后，立即在留学生中掀起风潮。噩耗，凶信，一般指人死的消息。

〔27〕 相顾皆色动：喻极度的悲伤愤怒。色动：形于颜色。

〔28〕 “打破”二句：是说烈士的行动有惊醒人民的作用，可以打破从前甘心做奴隶的幻想，可以惊醒许多终日醉生梦死的人。

〔29〕 “我今”句：我今天写此诗就是为了招回死者的灵魂。痛哭，这里是“长歌当哭”意。《战国策》：“长歌之哀，过于恸哭。”

〔30〕 轩辕孙：黄帝的子孙。轩辕，见前《宝刀歌》注〔5〕。

日本铃木文学士宝刀歌[1]

铃木学士东方杰，磊落襟怀肝胆裂[2]。一寸常萦爱国心[3]，双臂能将万人敌。平生意气凌云霄，文惊坐客翻波涛[4]。睥睨一世何慷慨[5]？不握纤毫握宝刀[6]。宝刀如雪光如电，精铁熔成经百炼[7]。出匣铿然怒欲飞[8]，夜深疑共蛟龙战[9]。入手风雷绕腕生，眩睛射面色营营[10]。山中猛虎闻应遁，海上长鲸亦见惊[11]。君言出自安纲冶[12]，于载成川造成者[13]。神物流传七百年[14]，于今直等连城价[15]。昔闻我国名昆吾[16]，叱咤军前建壮图。摩挲肘后有吕氏[17]，佩之须作王肱股[18]。古人之物余未见，未免今生有遗憾。何幸获见此宝刀，顿使庸庸起壮胆[19]。万里乘风事壮游，如君奇节谁与俦[20]？更欲为君进祝语：他年执此取封侯[21]。

〔1〕 这首诗是诗人在日本留学时的作品。秋瑾喜爱宝剑、宝刀,她诗集中有多首咏宝剑、宝刀之作。这不仅仅是个人的爱好问题,也反映了诗人在祖国危亡之际对武力的重视。她曾在《宝刀歌》中说:"誓将死里求生路,世界和平赖武装。"这种尚武精神,正是诗人爱国主义思想的折射。此诗通过赞颂宝刀的光辉、犀利和威力,一方面抒发诗人蕴藏在胸中的英雄豪气,另方面对于处在外国侵略下的中国人民也是一种精神鼓舞。铃木,即当时在北京京师大学堂教日文的日本人铃木信太郎(1874—?),千叶县印幡郡公津村大字台方人。1902 年东京大学汉文学科毕业,翌年应聘京师大学堂,在总教习服部宇之吉手下工作。大约是 1904 年秋瑾经服部繁子介绍与铃木相识,秋瑾曾跟铃木学习日文。学士,学衔。明治维新后,日本政府学习西方的教育制度,大学毕业成绩合格,授学士学位。

〔2〕 磊落:光明正大。

〔3〕 一寸:指心。古人谓心为方寸之地,故称。

〔4〕 翻波涛:这里喻铃木的文章,汪洋恣肆,气势雄伟澎湃。

〔5〕 睥睨(pì nì 譬逆):斜视貌,此可引申藐视一切,傲视一切。

〔6〕 纤毫:指毛笔。

〔7〕 百炼:多次锻炼。

〔8〕 铿(kēng 坑)然:声音响亮貌。怒欲飞:形容宝刀出匣时光华四射,怒然想从匣中飞出。宝刀可以化龙飞上天,详见前《宝剑歌》注〔19〕。又,元稹《说剑》:"白虹坐上飞,青蛇匣中吼。"

〔9〕 "夜深"句:写宝刀的神奇。元稹《说剑》诗:"霆电满室光,蛟龙逐奋走。"

〔10〕 "入手"二句:宝刀入手,若有风雷,刀光闪闪,使人目眩色营。眩睛,耀眼,使人眼花。营营,营通"荧",因光极强,给人以迷惑之感。

〔11〕 "山中"二句:极言刀的威力。遁,逃跑。

〔12〕 安纲:日本古代的冶炼巧匠。

〔13〕 千载成川:日本十三世纪铸造刀剑的名匠。

〔14〕 神物：指宝刀。

〔15〕 直：价值。《战国策·齐策三》："象床之直千金。"连城：战国时，赵惠王得和氏璧，"价值连城"。事见《史记·廉颇蔺相如列传》。

〔16〕 昆吾：宝刀名。《海内十洲记·凤麟洲》："昔周穆王时，西胡献昆吾割玉刀及夜光常满杯，刀长一尺，杯受三升。刀切玉如切泥。"

〔17〕 吕氏：指吕虔刀。三国魏刺史有一把宝刀，铸工相之，以为必是三公才可佩带。吕虔以此刀赠王祥，祥后列三公。王祥临终，又把刀授给弟弟王览，王览后来也官至大中大夫。事见《晋书·王览传》。后人便以"吕虔刀"作为宝刀的美称。

〔18〕 王肱股：皇帝的辅佐大臣，也当位在三公之列。肱（gōng 宫），胳膊由肘至肩的部分，泛指胳膊。股，大腿。胳膊、大腿，均为身体行动的关键部位，故这里以肱股喻辅佐大臣。

〔19〕 庸庸：平庸之人，这里是自谦之词。

〔20〕 君：第二人称的敬词，此指铃木。谁与俦：谁能相比，无人可与比者之意。

〔21〕 "他年"句：来日凭借此宝刀建功封侯。封侯，封建时代对建有特殊功勋之人的一种奖誉。

日人石井君索和即用原韵〔1〕

漫云女子不英雄〔2〕，万里乘风独向东〔3〕。诗思一帆海空阔，梦魂三岛月玲珑〔4〕。铜驼已陷悲回首〔5〕，汗马终惭未有功〔6〕。如许伤心家国恨〔7〕，那堪客里度春风〔8〕？

〔1〕 诗作于1904年（光绪三十年）去日本留学途中。当时同船的日人石井索和，诗人便写了这首诗。诗表现了秋瑾作为一个女英雄的革

命气概，以及她对祖国危亡的热切关注。石井，一位日本友人，生平未详。索和(hè 贺)，要求别人和诗。原韵，指用原诗的韵。

〔2〕 漫云：如今言"甭说"。

〔3〕 乘风：即乘风而行的意思。《列子·黄帝篇》："(列子)乘风而归……随风东西，犹木叶干壳，竟不知风乘我邪？我乘风乎？"这里"万里乘风"亦兼用宗悫"愿乘长风破万里浪"的典事。见《宋书·宗悫传》。向东：指去日本。

〔4〕 "诗思"二句：横渡大海发人诗兴，三岛夜月又萦人梦魂。诗思，如今言作诗的灵感。三岛，参见《警告我同胞》注〔6〕。《明史·外国三·日本》："日本……有五畿、七道、三岛。"

〔5〕 铜驼：见前《宝刀歌》注〔9〕。

〔6〕 "汗马"句：言自己并未为祖国立下什么功绩。汗马，因战马疾驰而流汗，故称战功为汗马功劳，这里诗人以"汗马"自喻。"汗马"，语出《韩非子·五蠹》："弃私家之事，而必汗马之劳。"

〔7〕 如许：这些，这样。

〔8〕 "那堪"句：哪允许我袖手旁观、虚度年华呢？客里，此用其引申义。秋瑾此后将客居(留学)日本，故云。

有　怀〔1〕

日月无光天地昏，沉沉女界有谁援〔2〕？钗环典质浮沧海〔3〕，骨肉分离出玉门〔4〕。放足湔除千载毒〔5〕，热心唤起百花魂〔6〕。可怜一幅鲛绡帕〔7〕，半是血痕半泪痕！

〔1〕 这首诗的题下，作者自注"游日本时作"。从诗的内容看，可能是抵日后不久的作品，即约作于1904年(光绪三十年)。诗人慨叹中国死

气沉沉的女界无人援助，毅然离开祖国去寻求妇女解放的道路。诗人留日的主要目的，当然是为了反清救国，但其中也有拯救女界的意图，诗中“热心唤起百花魂”即是明证。

〔2〕 沉沉：这里是死气沉沉的意思。

〔3〕 “钗环”句：秋瑾赴日留学，婆家不同意，丈夫王子芳不供给学旅费，想借此阻挠她的东行。但诗人赴日留学的决心已定，并不因此向封建家庭妥协，于是她典当首饰、衣物，作为留日的学费。钗环，妇人首饰。典质，抵押。浮沧海，渡海去日本。

〔4〕 “骨肉”句：离开亲人出国。按：秋瑾赴日时，老母尚在，而她自己的一子一女（子沅德、女灿芝；时灿芝尚在襁褓）又必须留在家中。离开母亲和孩子，只身去日本，故言“骨肉分离”。玉门，宫阙。刘向《九叹·怨思》：“背玉门以奔骛兮。”王逸注：“玉门，君门。”这里指北京。秋瑾赴日前住在北京，她是1904年夏天离开北京的，此一说。另，玉门，也可能是指玉门关，在今甘肃敦煌县西北，古代玉门关是通西域的北方要道，出玉门也就是离开祖国的意思。此二说在诗中均讲得通。

〔5〕 “放足”句：秋瑾原是缠足的，留日时放了脚。湔（jiān 煎）除，洗雪清除。千载毒，指女子缠足。相传缠足始于南唐李后主（一说始于南齐东昏侯），距秋瑾生活的年代已近千年。

〔6〕 百花：此指妇女。

〔7〕 鲛绡：神话中鲛人所织的绡，一种不透水的龙纱，此泛指薄纱。

寄友书题后〔1〕

分离未见日相思，何事鱼鳞雁羽迟〔2〕？慰我好凭三寸管〔3〕，寄君惟有七言诗。风霜异国身无恙〔4〕，花月侨乡乐可知〔5〕。引领尺书从速降〔6〕，还将时局诉毛锥〔7〕。

〔1〕 这首诗从“风霜异国身无恙，花月侨乡乐可知”两句看，可能是诗人第一次赴日期间的作品，约作于1904年(光绪三十年)。诗题作“寄友书题后”，可知它是附在信尾寄给朋友的。秋瑾离开祖国日久，很想知道国内时局的变化情况，但又少有朋友的书信来往，故这首诗中表现了她待信急切的心情。

〔2〕 鱼鳞、雁羽：这里均指书信。见前《寄柬珵妹》注〔2〕。

〔3〕 三寸管：毛笔。

〔4〕 风霜：本喻艰苦，这里“风霜异国”就是住在外国的意思。无恙(yàng 样)：无病，很健康。

〔5〕 花月侨乡：与“风霜异国”同义。

〔6〕 引领：伸长脖子遥望，喻盼望之殷切。尺书：即书信。

〔7〕 “还将”句：还望您将国内时局的变化写在信里。毛锥，毛笔的别称。《新五代史·史弘肇传》：“弘肇曰：安朝廷，定祸乱，直须长枪大剑，若毛锥子安足用哉？”

感　　时二首〔1〕

忍把光阴付逝波，这般身世奈愁何〔2〕？楚囚相对无聊极〔3〕，樽酒悲歌泪涕多〔4〕。祖国河山频入梦〔5〕，中原名士孰挥戈〔6〕？雄心壮志销难尽〔7〕，惹得旁人笑热魔〔8〕。

炼石无方乞女娲〔9〕，白驹过隙感韶华〔10〕。瓜分惨祸依眉睫〔11〕，呼告徒劳费齿牙〔12〕。祖国陆沉人有责〔13〕，天涯飘泊我无家〔14〕。一腔热血愁回首〔15〕，肠断难为五月花[16]。

〔1〕 这两首诗从“祖国河山频入梦”句看，约作于留日期间。诗写作者对祖国危亡的感叹，虽有雄心壮志，然救国无术，呼唤不应；而年华易逝，不免唱出“一腔热血愁回首，肠断难为五月花”这样低沉、凄凉的调子。

〔2〕 “忍把”二句：哪忍把大好的时光付之流水，但这样的生活遭遇又怎能令人不愁呢？逝波，滚滚东去的流水。奈愁何，对愁无可奈何的意思。

〔3〕 楚囚相对：《左传·成公九年》：“晋侯观于军府，见锺仪，问之曰：‘南冠而絷者，谁也？’有司对曰：‘郑人所献楚囚也。’”此以“楚囚”喻不忘故乡。又据《世说新语·言语》记载，东晋一些由北方过江的士大夫们，经常在新亭饮宴，一次，周顗叹息说：风景还是这样，可是国家的河山却变样了。在座的人听了都不禁流下泪来，独王导不以为然地说：“当共戮力王室，克复神州，何至作楚囚相对！”诗用此意，指救国无术的人相聚在一起。

〔4〕 樽酒：对酒。樽，酒杯。

〔5〕 “祖国”句：言思念祖国之切。频，屡次。

〔6〕 中原：旧指黄河中下游一带汉族人民所住的地方，这里泛指中国。挥戈：见前《吊吴烈士樾》注〔12〕。这里以鲁阳公挥戈止日落，喻挽救祖国的危亡。

〔7〕 销难尽：难以消磨干净。

〔8〕 惹得：引起。热魔：本指热心欲狂，此喻诗人极度热心于革命事业。

〔9〕 “炼石”句：这句应视为“炼石乞女娲无方”，救国无术意。参见《季芝姊以诗相慰次韵答之》注〔7〕。

〔10〕 白驹过隙：见前《吊吴烈士樾》注〔15〕。韶华：美好的时光。

〔11〕 瓜分：喻国土被分割。《战国策·赵策三》：“天下将因秦之怒，乘赵之敝而瓜分之。”依眉睫：逼近眼前。

〔12〕 “呼告”句：想唤起民众，但也不过是白费唇舌，此可与邹容

《和西狩》诗“举世呼不应”句互参,均反映了资产阶级民主革命派看不到群众革命要求的思想弱点。

〔13〕 祖国陆沉:此为拯救祖国危亡意。陆沉,见前《致徐小淑绝命词》注〔2〕。

〔14〕 天涯:极远的地方,这里指四海之内。飘泊:此指为国事东奔西走,行止无定。

〔15〕 回首:回忆。李煜《虞美人》(春花秋月何时了)词:“故国不堪回首月明中。”

〔16〕 五月花:是美国女作家斯托夫人(Harriet Beecher Stowe,1811—1896)1843年出版的一部随笔作品 *The Mayflower* 的中文译名。由于中国近代翻译界在译介美国这位作家的传记(《批茶女士传》)时有意无意的误译以及读者的误读,把批茶(斯托父名 Beecher 不标准的音译)视为美国力主废除农奴制的作家,《五月花》成为呼唤黑奴脱离苦海的杰作。因此,批茶与《五月花》便成为近代读者心目中的女神和救世书,诚如《批茶女士传》中的译者在文末所说的:“我愿二万万女子,以批茶之事,为五月之花,而发生其热心也!”可以推想,秋瑾亦是批茶与《五月花》(按:将斯托夫人的另一部小说《汤姆叔叔的小屋》误为此书)的误读者。她在弹词《精卫石》中就把批茶与女英雄罗兰、马尼他、苏菲亚同等礼赞:“余日顶香拜祝女子之脱奴隶之范围,作自由舞台之女杰、女英雄、女豪杰,其速继罗兰、马尼他、苏菲亚、批茶、如安而兴起焉。”秋瑾这句诗的意为:最痛苦的是,我难以像写出《五月花》的作者批茶那样,激发国人的革命斗志(详见夏晓虹《批茶女士与斯托夫人》,《诗骚传统与文学改良》,浙江文艺出版社1998年版)。另,近代诗人徐畹兰《鬘华室诗选》中有诗云:“狂澜今日凭谁挽,此是批茶《五月花》。”也是对《五月花》的误读。

黄海舟中日人索句并见日俄战争地图〔1〕

万里乘风去复来〔2〕,只身东海挟春雷〔3〕。忍看图画移颜色[4]？肯使江山付劫灰[5]！浊酒不销忧国泪[6]，救时应仗出群才[7]。拚将十万头颅血，须把乾坤力挽回[8]。

〔1〕 这首诗《秋瑾史迹》题作《日人银澜使者索题并见日俄战地早见地图有感》。诗作于1905年(光绪三十一年)夏历十二月第二次由日归国途中。1904年2月，日俄战争爆发，次年9月结束。秋瑾是战争结束后的这年12月回国的，途中有人告诉她日俄海战的地方，又见日俄战争地图，心有所感，适值日人索句，故写了上面这首诗。诗表现了秋瑾不辞万里只身东渡的英雄气概，以及她关心祖国命运、积极拯救民族危亡的爱国主义思想和革命精神。

〔2〕 乘风：见前《日人石井君索和即用原韵》注〔3〕。去复来：秋瑾1904年夏东渡，翌年春回国；1905年夏再次赴日，同年12月返国。

〔3〕 春雷：春雷惊群蛰。见《礼记·月令》。这里借指启聩振聋的革命道理。

〔4〕 图画：指地图。图画移颜色，日俄战争时，日俄双方都把中国的东三省(即黑龙江、吉林和辽宁)作为战场。这里地图改变颜色，即指中国的领土被日、俄帝国主义侵吞。

〔5〕 "肯使"句：岂肯让祖国河山被日、俄帝国主义的侵略炮火化为灰烬！江山，这里指作为日俄战场的中国东三省。劫灰，劫火之灰，佛家语。梁朝释慧皎的《高僧传·竺法兰》云："昔汉武穿昆明池底，得黑灰，以问东方朔。朔云：'不知，可问西域胡人。'后法兰既至，众人追以问之。兰云：'世界终尽，劫火洞烧，此灰是也。'"这里借指被日、俄兵火焚毁后的残迹。

〔6〕 "浊酒"句：秋瑾性豪放，善饮酒；世人又有"以酒浇愁"的说法，可是连酒也不能消除诗人心头忧国忧民的愁苦，可见此愁苦之深。

〔7〕 出群才：出类拔萃的人物。

〔8〕 乾坤：天地，此指中国危亡、颓弱的局势。

对　酒[1]

不惜千金买宝刀，貂裘换酒也堪豪[2]。一腔热血勤珍重，洒去犹能化碧涛[3]。

〔1〕 吴芝瑛在《记秋女侠遗事》中提到，秋瑾在日本留学时曾购一宝刀，诗可能写于此时。雪莱在《诗辩》中说："一首诗则是生命的真正形象。"《对酒》可以说是革命诗人秋瑾豪侠形象的艺术体现。表现了她轻视金钱的豪侠性格和杀身成仁的革命精神。

〔2〕 貂裘换酒：历来传为美谈，汉代的司马相如和晋代的阮孚都有貂裘换酒的故事。李白《将进酒》诗："五花马，千金裘，呼儿将出换美酒。"秋瑾以一女子，而作如此语，其豪侠形象跃然纸上。

〔3〕 "一腔"二句：意谓要珍惜自己满腔的热血，将来献出它时，定能掀起革命的风暴。碧涛，《庄子·外物》："苌弘死于蜀，藏其血，三年而化为碧。"苌弘是周朝的大夫，忠于祖国，但遭奸臣陷害，自杀于蜀，当时的人把他的血用石匣藏起来，三年后化为碧玉。故后世多以碧血指烈士流的鲜血。

第三期　归国后直至就义（1906年—1907年）

寄徐寄尘[1]

不唱阳关曲，非因有故人[2]。柳条重绻缱，莺语太叮咛[3]。惜别阶前雨[4]，分携水上萍[5]。飘蓬经已惯[6]，感慨本纷纭[7]。忧国心先碎，合群力未曾[8]。空劳怜彼女，无奈系其亲[9]。万里还甘赴，孑身更莫论[10]。头颅原大好，志愿贵纵横[11]。权失当思复，时危敢顾身[12]？白狼须挂箭，青史不铭勋[13]。恩宗轻富贵[14]，为国作牺牲。只强同族势，岂是为浮名[15]。

〔1〕　这首诗是1906年（光绪三十二年）夏历四月秋瑾离浔溪女学后寄给她的好友徐寄尘的。诗表现了一个革命者达观、宽阔的胸怀和她献身革命、勇往直前的革命精神，篇末表明了自己功成身退、不慕虚名的高贵品质。徐寄尘（1873—1935），名自华，字寄尘，号忏慧，浙江石门（今浙江桐乡县）人，曾任浔溪女学校长，工诗词，与秋瑾为莫逆之交。

〔2〕　“不唱”二句：不让你为我唱送别的曲子，并非因为远方也有好友。阳关曲，唐代诗人王维《送元二使安西》诗：“渭城朝雨浥轻尘，客舍青青柳色新。劝君更尽一杯酒，西出阳关无故人。”后此诗谱入乐府，名“阳关曲”，人称送别之曲。

〔3〕　“柳条”二句：写与友人离别时依依难舍之情。柳条，古代用“杨柳依依”或“折柳枝”表示依依惜别之情。绻缱，即“缱绻”，喻情谊深厚，缠绵难分。下句语本杜甫《绝句漫兴九首》之一：“即遣花开深造次，便觉莺语太丁宁。”此处借用来写与好友别离时的千言万语。莺，亦名黄鹂，

俗称黄莺。叮咛,即“丁宁”,一再嘱咐。

〔4〕“惜别”句:为惜别而流出了眼泪。雨,此指眼泪。

〔5〕“分携”句:别后如水上的萍草,到处漂游。分携,分手,离别的意思。水上萍,萍为水面浮生植物,随水的波浪而浮动。故古人常用“水上萍”喻人的行踪不定。

〔6〕“飘蓬”句:言自己已经习惯于飘泊无定的生活了。蓬,草名,秋枯根拔,风卷而飞,故又称飞蓬、转蓬、飘蓬。曹植《杂诗》:“转蓬离本根,飘飖随长风。”此处喻四处奔波、行止无定的生活。此句诗可与“天涯飘泊我无家”(《感时》)句互参。

〔7〕纷纭:形容多而乱。

〔8〕“合群”句:言自己未能把女同胞组织起来。

〔9〕“空劳”二句:白白地爱怜那些女子,无奈她们系在亲人的身边,不出来参加革命斗争。彼女,指众女子,这里也有暗喻徐氏姊妹的意思。徐寄尘、徐小淑虽同情并支持革命,但由于受封建礼教的影响很深,又怕牵连家庭,在秋瑾生前她们都未亲身参加革命斗争。

〔10〕“万里”二句:曹植《杂诗》:“将骋万里途,东路安足由?……闲居非吾志,甘心赴国忧。”秋诗似由以上数句简括而成。孑身,只身。

〔11〕“头颅”二句:隋炀帝杨广曾引镜自照,感叹地说:“好头颈,谁当斫之!”见《资治通鉴》卷一八五。诗意是头颅虽好,但甘愿为革命粉身碎骨。曹植《求自试表》:“虽身分蜀境,首悬吴阙,犹生之年也。”秋诗与此文意同。纵横,交错貌,此为身首分离,即抛头颅、洒热血意。

〔12〕敢顾身:意为哪敢顾身。

〔13〕“白狼”二句:革命成功,功成身退,不愿青史留名。白狼,《艺文类聚》卷九十九“祥瑞部”下引《瑞应图》:“白狼,王者仁德明哲则见。一本曰:王者进退,动准法度则见。周宣王时,白狼见,犬戎灭。”这种封建迷信的说法并不可靠,秋瑾在诗中是借指所向往的太平世界,即革命成功之后。挂箭,借指不再使用武器。青史,古代在竹简上记事,故后世因之称史书为“青史”。铭,此为记载意。

〔14〕“恩宗”句:革命的目的是为了恢复汉族的天下(即“恢复中

华"),"富贵"二字我是轻视的。

〔15〕 "只强"二句:表明诗人革命的目的,只是为了中华民族的富强,并非想博得一个虚名。

秋风曲[1]

秋风起兮百草黄,秋风之性劲且刚,能使群花皆缩首,助他秋菊傲秋霜[2]。秋菊枝枝本黄种[3],重楼叠瓣风云涌[4]。秋月如镜照江明,一派清波敢摇动?昨夜风风雨雨秋,秋霜秋露尽含愁。青青有叶畏摇落,胡鸟悲鸣绕树头[5]。自是秋来最萧瑟[6],汉塞唐关秋思发[7]。塞外秋高马正肥,将军怒索黄金甲[8]。金甲披来战胡狗,胡奴百万回头走。将军大笑呼汉儿,痛饮黄龙自由酒[9]。

〔1〕 这首写秋的诗,一扫古典诗词中咏秋之作的暗淡色彩,成为诗人寄托豪情壮志、抒发爱国思想和革命精神的好题材。在这首诗中,作者通过"劲且刚"的秋风,"傲秋霜"的秋菊,歌颂了在艰苦环境中斗争的革命志士。"自是秋来最萧瑟",但我们坚强的女诗人,并未产生凄凉悲愁的伤感,而想到的是:在这"秋高马正肥"的季节,正是革命者卫国杀敌的好时机。诗人展开她想象的翅膀,想到战胜敌人后,与大家一起痛饮美酒,欢庆胜利。

〔2〕 "秋风"四句:通过"秋风"、"秋菊",歌颂了在严酷环境中斗争的革命志士。秋菊傲秋霜,《风土记》:"霜降之中,惟此草茂盛。"苏轼《赠刘景文》诗:"菊残犹有傲霜枝。"

〔3〕 秋菊:隐喻革命者。本黄种:菊花以黄为正,故云。这里语意

双关，实则是说革命者本是黄帝的子孙。

〔4〕 重（chóng崇）楼叠瓣：指菊花。菊花花冠为舌状，重重叠叠。风云涌：喻菊花盛开状。这里亦系语意双关，实则是写革命者意气风发、斗志昂扬。

〔5〕 “秋月”六句：诗人以象征和比喻的手法写清王朝的反动统治已面临末日。诗中的“清波”、“青青叶”、“胡鸟”似隐喻清统治者及其军队。“敢摇动”、“畏摇落”、“悲鸣绕树头”喻其日暮途穷。首二句，疑喻革命时机成熟、形势大好，清王朝正处在革命人民的怒视下，哪敢妄动？敢，正是不敢。“昨夜”二句：过去人民处在“风雨如磐”的黑暗之中，异常悲愤。昨夜，指过去。风风雨雨，风雨总是灾难、厄运、黑暗、动乱的象征，《诗经·郑风·风雨》有“风雨如晦”句，唐释贯休也有“黄昏风雨黑如磐”的断句，秋诗“风风雨雨秋”指黑暗的时代。秋霜秋露，喻清统治者奴役下的各族人民。愁，愁苦。秋瑾原稿手迹，“愁”改为“仇”，据此可解为悲愤。“胡鸟”句：曹操《短歌行》：“月明星稀，乌鹊南飞。绕树三匝，何枝可依？”秋诗用此后二句，但意义不同。此为胡鸟哀鸣，悲叹末日，徘徊惊惶，无枝可依（无处容身）意。

〔6〕 萧瑟：本是秋风吹拂树叶所发的声音，此喻秋色的寂寞凄凉。

〔7〕 汉塞唐关：此泛指塞外边境。中国汉、唐两代，国防强大，边境巩固，西汉有“胡人不敢南下而牧马”（贾谊《过秦论》）之说。诗中特言“汉塞唐关”，寓意明显。

〔8〕 “塞外”二句：岑参《走马川行奉送出师西征》诗：“匈奴草黄马正肥……将军金甲夜不脱。”秋诗由此脱化而出。秋高，秋季天高气清，故云。黄金甲，语出黄巢《不第后赋菊》诗：“冲天香阵透长安，满城尽带黄金甲。”此指作战时的护身衣。

〔9〕 “痛饮”句：言欢庆胜利。黄龙，府名，故城在今吉林省农安县境内。南宋抗金名将岳飞曾对其部下说：“直抵黄龙府，与诸君痛饮尔！”（见《宋史·岳飞传》）这里指推翻清王朝。孙中山《挽刘道一》诗“几时痛饮黄龙酒”，与秋诗同义。

赠蒋鹿珊先生言志且为他日成功之鸿爪也[1]

画工须画云中龙,为人须为人中雄。豪杰羞伍草木腐,怀抱岂与常人同[2]？久闻吾浙有蒋子[3],未见音容徒仰企[4]。何幸湖山获订交[5]？高谈宏论惊人耳。不惧仇人气焰高[6],频倾赤血救同胞[7]。诲人思涌粲花舌,化作钱塘十丈涛[8]。风潮奔腾复澎湃,保守急进本无派。协力同心驱满奴,宗旨同时意气洽[9]。危局如斯敢惜身[10]？愿将生命作牺牲。可怜大好神明胄[11],忍把江山付别人[12]？事机一失应难再[13],时乎时乎不我待[14]！休教他人锁键牢[15],从此沉沦汉世界[16]。天下英才数使君[17],据鞍把剑气纵横[18]。好将十万头颅血,一洗腥膻祖国尘[19]。我欲为君进一箸[20],时机已熟君休虑。成功最后十五分,拿破仑语殊足取[21]。霹雳一震阴霾开[22],光复祖业休徘徊。他年独立旗飞处,我愿为君击柝来[23]。

〔1〕 这首诗原题作"偶录旧作拙句数首,即请鹿珊先生词坛指正",诗末并附"拙句奉赠鹿珊先生侠鉴,并以言志,且为先生他日成功之鸿爪也。秋竞雄求正草"。(见王灿芝编《秋瑾女侠遗集》书前手迹)这里诗题从《秋瑾集》。诗约作于1907年(光绪三十三年)。据叶颂清《读陈去病〈鉴湖女侠秋瑾传〉书后》中关于当时光复军起义的记载,秋瑾与蒋氏相识约在1906年冬或1907年初。叶氏文中还说:"诗稿中有长歌题,乃赠蒋未

署名，大略为缓进激进皆无害之意。”按：本诗中有“风潮奔腾复澎湃，保守急进本无派”句，叶氏所云“长歌题”当指此诗。诗中秋瑾以钦敬的心情赞美了蒋鹿珊的革命精神和英雄气概，希望他在革命怒涛日趋汹涌澎湃的当时，不要有派别之见，应当同心协力，共同完成“驱除鞑虏、恢复中华”的神圣使命。诗人并充满信心地说：良机已到，切勿忧虑；时不可待，机不可失，应当记住拿破仑的名言，去迎接胜利的曙光和光明的未来。到那时候，诗人愿做一名小兵，为英雄们巡夜报更。蒋鹿珊，名乐山，字鹿珊，浙江兰溪人，岁贡生。他是浙江学界的人物，思想激进，倾向革命，暗中与秋瑾通声气，共谋起义。见秋宗章《大通学校党案》。鸿爪，苏轼《和子由渑池怀旧》诗：“人生到处知何似？应似飞鸿踏雪泥；泥上偶然留指爪，鸿飞那复计东西！”后即用“雪泥鸿爪”喻往事遗留下的陈迹，这里“鸿爪”是纪念的意思。

〔2〕“画工”四句：是比兴的手法，用以引出蒋鹿珊。云中龙，旧说“云从龙，风从虎”（见《易经·乾卦》），龙在云中最活跃，此指有生气的龙。

〔3〕吾浙：秋瑾与蒋鹿珊同为浙江人，故云。蒋子：即蒋鹿珊。子，古代对男子的美称和尊称。

〔4〕仰企：因敬仰而思念。企，同“跂”，举起脚跟，向往、思念意。

〔5〕湖山：可能指杭州西湖。

〔6〕仇人：此指清统治者。

〔7〕“频倾”句：多次用满腔的爱国热忱来拯救同胞，这里主要指爱国宣传，观下文可知。热血，此借指爱国热忱。

〔8〕“诲人”二句：说蒋的爱国宣传滔滔不绝，其感人之深，力量之大，犹如钱塘江的十丈浪涛。思涌，思如泉涌，形容内容丰富、层出不穷。粲花舌，称赞人善言谈，有口才。《开元天宝遗事》卷下：“李白天才俊逸，每与人谈论，皆成句读，如春葩丽藻，粲于齿牙之下，时人号曰李白粲花之论。”钱塘十丈涛，钱塘江潮汐势如万马奔腾，浪涛甚高。每年中秋，怒潮尤为壮观。

〔9〕“风潮”四句：在革命形势蓬勃发展的今天，不论是主张倾向保

守或倾向激进者，都应消除派别之见，同心合力，驱除清统治者。大家政治目标一致，自然彼此间意气也就融洽了。按：当时浙江各会党之间，同盟会与光复会之间，在某些问题上常有意见分歧。为了共同对敌，秋瑾于此可谓殊为有见。急进，今均写作“激进”。

〔10〕 敢惜身：此为反诘之词，即哪敢爱惜自己。

〔11〕 神明胄（zhòu 宙）：聪明有才智的人的后代，此指汉族人民。胄，后裔。

〔12〕 忍把：反诘词，岂忍之意。

〔13〕 应难再：就难再有了。

〔14〕 “时乎”句：即“时不我待”意。

〔15〕 锁键牢：锁在牢笼里，可理解为束缚得紧紧的。键，锁簧。

〔16〕 汉世界：即汉族的天下。

〔17〕 英才：杰出的人物。使君：《三国志·蜀志·先主传》：“曹公从容谓先主（刘备）曰：‘今天下英雄，惟使君与操耳。’”此处“使君”是借称蒋鹿珊。

〔18〕 据鞍：骑在马上。把（bǎ 靶）：拿。气纵横：此可解为气宇轩昂。

〔19〕 腥膻：见前《吊吴烈士樾》注〔4〕。

〔20〕 进一箸：“箸”同“筯”，筷子。《史记·留侯世家》载，刘邦在吃饭的时候曾向张良问计，张良说：“臣请藉前箸为大王筹之！”《史记集解》引张晏曰：“求借所食之箸，用指画也。”这里“进一箸”，即献一计的意思。

〔21〕 “成功”二句：拿破仑曾经说过：“战争最后十五分钟是成功的关键。”见《拿破仑回忆录》。殊，甚，很。

〔22〕 阴霾（mái 埋）：本指阴云密布，天色昏暗，此借喻清王朝的黑暗统治。

〔23〕 “他年”二句：意思是革命胜利后，我愿做一名小兵为你巡逻放哨。柝（tuò 唾），旧时巡夜的人报更时敲打的木梆子。

自题小照男装[1]

俨然在望此何人[2]？侠骨前生悔寄身[3]。过世形骸原是幻，未来景界却疑真[4]。相逢恨晚情应集[5]，仰屋嗟时气益振。他日见余旧时友，为言今已扫浮尘[6]。

〔1〕 这首诗约作于1906年（光绪三十二年）秋瑾自日本归国后。秋宗章《六六私乘》说："姊既归（按：时为1906年初），乃弃和装不御，制月白色竹衫一袭，梳辫着革履，盖俨然须眉焉。此种装束，直至就义，犹未更易。改装伊始，曾往邑中蒋子良照相馆，摄一小影，英气流露，神情毕肖。"

〔2〕 俨然：庄严的样子。《论语·子张》："望之俨然。"

〔3〕 "侠骨"句：前世造就的一副侠骨，后悔今生寄身于女子。

〔4〕 "过世"二句：在现实中生存的躯壳本是空幻的，未来理想的世界却觉得似乎是真的。

〔5〕 相逢恨晚：表面上是说与现在的男装小照（今天的我）相逢恨晚，实则是指恨自己走出闺门寻求革命生活道路的晚。

〔6〕 浮尘：这里指封建礼俗加给妇女的束缚。

赠语溪女士徐寄尘和原韵二首[1]

仙辞飞下五云端[2]，如此清才得接欢[3]。盛誉妄加真愧煞[4]，阳春欲和也知难[5]。英雄事业凭身造[6]，天职宁容袖手观[7]？廿纪风云争竞烈[8]，唤回闺梦说平权[9]。

客中何幸得逢君[10],互向窗前诉见闻。不栉何愁关进士[11],清新尤胜鲍参军[12]。欲从大地拯危局,先向同胞说爱群[13]。今日舞台新世界,国民责任总应分[14]。

〔1〕 这两首诗是秋瑾和徐寄尘的,约作于1906年(光绪三十二年)。诗除称赞寄尘的才学、诗作外,还表达了诗人对妇女解放的主张,以及对徐氏的期望。语溪,即语儿溪,古御儿。在浙江石门县城崇福镇,徐寄尘的家乡。和(hè贺)原韵,依他人诗的原韵和诗。徐寄尘原诗:"每疑仙子隔云端,何幸相逢握手欢。其志须眉咸莫及,此才巾帼见尤难。扶持祖国征同爱,遍历东瀛壮大观。多少蛾眉雌伏久,仗君收复自由权。""萍踪吹聚忽逢君,所见居然胜所闻。崇嘏奇才原易服(君易男装),木兰壮志可从军。光明女界开生面,组织平权好合群。笑我强颜思伏骥,国民义务与平分。"

〔2〕 五云:谓一云而备五色,俗称五色祥云,仙人所御。

〔3〕 如此清才:赞徐氏的诗才。清才,《晋书·刘舆传》:"时称越府有三才:潘滔大才,刘舆长才,裴邈清才。"

〔4〕 "盛誉"句:说徐寄尘在诗中对她或她的诗赞誉过高,使自己感到当之有愧。

〔5〕 阳春:即《阳春白雪》,见前《偶有所感用鱼玄机步光威裒三女子韵》注〔9〕,这里指徐诗。

〔6〕 凭身造:靠自己创造。

〔7〕 天职:这里大约是指拯救祖国危亡和振兴女界等内容。容:允许。

〔8〕 廿纪:二十世纪。

〔9〕 闺梦:旧时代妇女的理想。平权:此指男女平权。

〔10〕 "客中"句:秋徐相识是她在浔溪女学任教时,瑾此时系旅居他乡,所以说是客中相逢。

〔11〕 “不栉(zhì 志,旧读 jié 杰)”句:称赞寄尘的才学。不栉关进士,唐人朱揆《谐噱录》:“关图有妹能文,每语人曰:‘有一进士,所恨不栉耳。’”后因以“不栉进士”称有才学的女子。栉,梳头发。古代男子把头发梳成髻用簪绾住。

〔12〕 “清新”句:赞寄尘的诗。杜甫《春日忆李白》诗:“清新庾开府,俊逸鲍参军。”此当为秋诗所本,但把“俊逸”换成了“清新”。鲍参军,鲍照(约 415—470),字明远,东海(今山东郯城县)人,南北朝时代著名的诗人,因他在刘宋时曾做过前车参军的官,故云。秋瑾对鲍照颇赞赏,她另有“可怜谢道韫,不嫁鲍参军”(《谢道韫》)的诗句。

〔13〕 爱群:爱群众,爱社会,团结起来,携手共进。

〔14〕 “今日”二句:对徐寄尘的劝勉与期望。在今天这个新时代里,女子也应和男子一样担负起国民的责任。舞台,此指历史、时代,如言“历史舞台”。

病起谢徐寄尘小淑姊妹〔1〕

朋友天涯胜兄弟〔2〕,多君姊妹更深情〔3〕。知音契洽心先慰〔4〕,身世飘零感又生〔5〕。劝药每劳亲执盏,加餐常代我调羹〔6〕。病中忘却身为客,相对芝兰味自清〔7〕。

〔1〕 这首诗约作于 1906 年(光绪三十二年)秋瑾在浔溪女学病愈后。陈去病《鉴湖女侠秋瑾传》:“(1905 年底)率同志归。因得识石门徐夫人自华,留主浔溪女学,许异姓骨肉焉。是夏(1906 年夏)之浙东,阴求死士,得吕东升诸人。还至南浔,定计将往爪哇,会病未果。”诗写秋瑾对徐氏姊妹病中给予关照的感激深情。徐寄尘,见前《寄徐寄尘》注〔1〕。小淑,见前《致徐小淑绝命词》注〔1〕。

〔2〕 "朋友"句:秋瑾病居徐氏家,蒙寄尘姊妹多方照顾,觉得只身漂泊四方,身边的朋友胜过家中的亲人。

〔3〕 多:此为形容词用作动词,赞美的意思。

〔4〕 契洽:意气相合。

〔5〕 "身世"句:因长年飘零,不免又生感慨。飘零,飘泊,流落无依。

〔6〕 "劝药"二句:写徐氏姊妹对病中的秋瑾,侍汤奉药,无微不至的关怀和照顾。执,拿,端。盏,浅而小的杯子。羹(gēng 庚),汤。

〔7〕 "相对"句:病中与你们相处,心里感到清爽愉快。芝兰,均为香草名,此代指徐氏姊妹。

赠女弟子徐小淑和韵〔1〕

素笺一幅忽相遗〔2〕,字字簪花见俊姿〔3〕。丽句天生谢道韫,史才人目汉班姬〔4〕。愧无秦聂英雄骨〔5〕,有负阳春绝妙辞〔6〕。我欲期君为女杰,莫抛心力苦吟诗〔7〕。

〔1〕 这首诗是秋瑾和她的学生徐小淑的,约作于1906年(光绪三十二年)至1907年间。诗人在称赞徐小淑的书法、诗篇和史才的同时,热切盼望自己的女弟子和她一样,也走上革命的道路。

〔2〕 笺:古代称小幅而华贵,专供题咏和写信用的纸叫笺。相遗:相赠。

〔3〕 簪(zān 簪)花:袁昂《古今书评》:"卫恒书如插花美女,舞笑镜台。"后人因喻女子书法娟秀者为簪花格。

〔4〕 "丽句"二句:以谢道韫、班昭二才女赞小淑的诗才和史才。谢道韫,见前《偶有所感用鱼玄机步光威裒三女子韵》注〔8〕。汉班姬,东汉

才女班昭,字惠姬。兄班固著《汉书》未竣稿而卒,她代兄续成,世称有史才。

〔5〕 秦聂:即战国聂政之姊聂荣(一作荌)。战国时,韩国宰相韩傀与严仲子有仇,仲子密令勇士聂政刺杀韩傀。事后聂政恐连累亲人,便割面抉目而死,目的在不让外人认出是他。韩国统治者把聂政的尸体抛到街市上,并悬千金重赏访求凶手的姓名,很久没有结果。他的姐姐聂荣知道后,不肯因怕连累自己,而埋没了弟弟义侠的声名,便到市上说出聂政的姓名,抱尸痛哭,并自杀于弟弟身旁。聂政之所以名传后世,便是因他的姊姊不避杀身之祸而敢于扬名的结果(见《战国策·韩策》和《史记·刺客列传》),故后人赞聂荣有英雄骨。

〔6〕 阳春:即《阳春白雪》,详见前《偶有所感用鱼玄机步光威裒三女子韵》注〔9〕。

〔7〕 "我欲"二句:诗人对小淑的劝勉和期望:我希望您成为一名女英雄,不要把精力全用在吟诗上。

丁未二月四日偕寄尘泛舟西湖复登凤凰山绝顶望江相传此山南宋嫔妃葬地也口占志感〔1〕

怀古伤今一黯然〔2〕,东南天险好山川。武陵城郭围山势〔3〕,罗刹湖声咽暮烟〔4〕。啸傲不妨容我辈〔5〕,相看何处有林泉〔6〕?白杨荒冢同凭吊〔7〕,儿女英雄尽可怜!

〔1〕 丁未:清光绪三十三年(1907)。凤凰山:在浙江杭州市南,与吴山冈脉相接,山顶砥平,宋时曾设教场于此。登此山,杭州形势尽收眼底。这首诗写于1907年春,时秋瑾正在联络会党,准备反清起义。她与徐

自华登上凤凰山顶，一方面是欣赏西湖的美景，更重要的是，她是在观察杭州的地理形势。由凤凰山东望，就是当时清朝的浙江巡抚署和旗兵将军署，秋瑾与自华将这两大军政府署以及城厢内外出入径道绘成军事地图，以备将来武装起义、攻打杭州之用。

〔2〕 黯然：感伤的样子。

〔3〕 “武陵”句：写杭州被四周群山围绕着。武陵，此处疑为“武林”之误。武林，山名，在浙江杭州市西，以此杭州又别称武林。

〔4〕 “罗刹”句：写钱塘江的潮声吞没着一切声音。这是写傍晚的景色。暮烟，傍晚的烟霭。罗刹，钱塘江的别称。因江中有罗刹石而得名。明代陶宗仪《辍耕录·浙江潮候》：“浙江一名钱唐江，一名罗刹江。所谓罗刹者，江心有石，即秦望山脚，横截波涛中，商旅船到此，多值风涛所困而倾覆，遂呼云。”罗刹，印度又称恶鬼、恶魔为罗刹。

〔5〕 啸傲：放声长啸，傲然自得。

〔6〕 林泉：山林与泉石，这里指林泉约，即退隐之约。此句末自注云：“寄尘约余偕隐。”

〔7〕 白杨：此指白杨树间英雄人物的葬地。杭州有很多英雄忠烈的坟墓如岳坟、张苍水墓、于谦祠等。荒冢，荒坟，这里指女性的葬地，如苏小小墓等。诗题中还说“相传此山南宋嫔妃葬地也”，大约均为“荒冢”所指。

感　愤〔1〕

莽莽神州叹陆沉〔2〕，救时无计愧偷生〔3〕。抟沙有愿兴亡楚，博浪无椎击暴秦〔4〕。国破方知人种贱，义高不碍客囊贫〔5〕。经营恨未酬同志〔6〕，把剑悲歌涕泪横。

〔1〕 这首诗的题目各本不一。王芷馥编《秋瑾诗词》题作《感怀》，

《秋瑾史迹》题作《有所感》，现据《中国女报》题作《感愤》，约作于1907年（光绪三十三年）。诗表现了秋瑾献身革命的坚强意志和救国无术的苦痛。

〔2〕 莽莽：无边无际的样子。陆沉：见前《致徐小淑绝命词》注〔2〕。

〔3〕 "救时"句：无力挽救祖国危亡，偷生世上，自己感到很惭愧。

〔4〕 "抟沙"二句：有兴复中华的愿望，而无驱除鞑虏的机会。抟沙，把沙抟聚起来，此喻团结全国人民。亡楚，战国时秦始皇，吞并了楚国，但楚国人民具有复国的强烈愿望。楚南公曾预言道："楚虽三户，亡秦必楚也。"见《史记·项羽本纪》。后楚人果然灭亡了秦国。这里用"亡楚"，喻被灭亡的汉族中国。"博浪"句：韩国被秦灭亡后，张良招募刺客为韩国报仇，当时正值秦始皇东巡，张良便命力士暗怀铁椎，在博浪沙（今河南省原阳县东南）狙击秦始皇，但因事前未调查清楚，铁椎误中始皇副车。见《史记·留侯世家》。暴秦，此指清王朝。

〔5〕 "义高"句：因从事正义的事业（推翻清王朝）是高尚的，故不怕艰苦穷困。客囊贫，旅途穷困，盘川缺乏，这里喻人生的艰苦困窘。

〔6〕 经营：此指从事革命活动。恨未酬同志：指没有好消息报告同志。酬，此作动词，报答、报谢。

柬志群三首〔1〕

飘泊天涯无限感〔2〕，有生如此复何欢〔3〕？伤心铁铸九州错〔4〕，棘手棋争一着难〔5〕。大好江山供醉梦〔6〕，催人岁月易温寒〔7〕。陆沉危局凭谁挽〔8〕？莫向东风倚断栏〔9〕。

危局如斯百感生〔10〕，论交抚案泪纵横〔11〕。苍天有意磨英骨[12]，青眼何人识使君[13]？叹息风云多变幻[14]，存亡家国总关情[15]。英雄身世飘零惯，惆怅龙泉夜夜鸣[16]。

河山触目尽生哀[17]，太息神州几霸才[18]！牧马久惊侵禹域，蛰龙无术起风雷[19]。头颅肯使闲中老？祖国宁甘劫后灰[20]？无限伤心家国恨，长歌慷慨莫徘徊。

〔1〕 各本题名不一，《秋瑾史迹》题作《书感》（只有"飘泊天涯无限感"一首），《秋瑾女侠遗集》题作《柬某君》，今依《神州女报》创刊号题作《柬志群》。《神州女报》该题诗末并附陈志群志云："右诗系女侠于五月初七日（1907年6月17日）自绍兴寄记者者。……"故知此诗作于1907年（光绪三十三年）。秋瑾又有《致陈志群书》云："……聊录旧作一章呈政，俚句巴辞，何足当大方家一盼，亦聊以言志耳。"（见《秋瑾集》，第49页）此所谓"聊录旧作一章"，从《神州女报》影印手稿知，即指《秋瑾史迹》上题作《书感》的那一首，由此即可证这三首诗确是写给陈志群的。陈志群，《女子世界》记者，从秋瑾与他的信中知，当系一爱国志士。诗主要抒发作者对祖国命运的关切，希望人们起来拯救祖国危亡。

〔2〕 飘泊天涯：见前《感时》注〔14〕。

〔3〕 "有生"句：这样活着还有什么欢乐可言。陈去病《哭遯初》诗："豺狼当道生何益？"均为愤慨之言。

〔4〕 铁铸九州错：《资治通鉴》卷二六五记载：唐朝罗绍威联合朱全忠击败魏承嗣的部队以后，因供应朱部所需，把积蓄都花光了。罗对此非常后悔，他说："合六州四十三县铁，不能为此错也。"苏轼《赠钱道人》诗："不知几州铁，铸此一大错。"错，本指错刀，借用为错误。铁铸九州错，即九州之铁铸成此大错，喻错误极大，不可挽回。

〔5〕 "棘手"句：感到棘手的棋局，想走一步都很难。棘手，荆棘刺手，喻事情难办。

〔6〕 供醉梦:供人醉生梦死。此句颇含激愤。

〔7〕 “催人”句:这里含有时光易逝催人老的感叹。易温寒,季节的变换,岁月的推移。

〔8〕 陆沉:见前《致徐小淑绝命词》注〔2〕。

〔9〕 “莫向”句:不要光对着东风倚栏长叹。意思是说,不要苟且偷安,消极悲观。

〔10〕 百感生:各种感慨都因而生发出来,百感交集。

〔11〕 泪纵横:泪水纵横交流。

〔12〕 “苍天”句:《孟子·告子篇》:“故天将降大任于斯人也,必先苦其心志,劳其筋骨,饿其体肤……”秋诗即用此意而简括之。

〔13〕 “青眼”句:什么人才能认识真正的英雄呢?青眼,人喜悦时多正目而视,故以青眼珠看人表示对对方的敬重。见前《致徐小淑书》注〔6〕。使君,此泛指英雄,也兼指陈志群。详见前《赠蒋鹿珊先生言志且为他日成功之鸿爪也》注〔17〕。

〔14〕 风云:此指局势,如言“时代风云”。

〔15〕 “存亡”句:可视为“家国存亡总关情”,国家的存亡总是与每个人息息相关。

〔16〕 “英雄”二句:英雄豪杰生在世上,对飘泊四海本已感到习惯,只是那无法报仇雪耻而郁郁不快的宝剑夜夜哀鸣。飘零,飘泊,流落无依。龙泉,古宝剑名。龙泉县(今属浙江省)南有水名龙泉,此水可以淬剑,相传欧冶子曾在此铸过剑,剑将成时,淬水,剑化龙飞出,这只剑便名为“龙泉”(见《太平寰宇记》);又传,晋朝张华见天上有紫气,使雷焕观察,焕说:这是“宝剑之精上彻于天”,后雷焕果在丰城县牢中屋基掘得一石函,中有双剑,上刻文字,其一名“龙泉”(见《晋书·张华传》)。夜夜鸣,据《拾遗记》记载,古帝颛顼有剑,常于匣中作龙虎之吟。

〔17〕 “河山”句:看到祖国的山河就满目生哀。

〔18〕 太息:叹息。霸才:指有才略、能扭转乾坤的人才。

〔19〕 “牧马”二句:清统治者侵占中国已经很久了,但我们尚无法掀起革命的风暴。牧马,这里指异族侵扰。贾谊《过秦论》有“胡人不敢南下

而牧马”句，秋诗本此，而意稍变。按：秋诗中所谓“牧羊”（《宝剑歌》）、“牧马”、“腥膻”（《吊吴烈士樾》）、“腥风”（《宝剑歌》）等，均指满洲贵族统治中国，但含有狭隘的种族主义情绪。禹域，见前《宝剑歌》注〔21〕。蛰龙，是伏藏待动的龙，这里喻像秋瑾一样的革命者。

〔20〕 “头颅”二句：革命者哪肯让自己闲中衰老？谁又甘愿祖国被灭亡？肯使、宁甘，均为反诘之词。劫后灰，即劫火之灰，此指祖国被灭亡，详见前《黄海舟中日人索句并见日俄战争地图》注〔5〕。

寄徐伯荪〔1〕

十日九不出〔2〕，无端一雨秋〔3〕。苍生纷痛哭〔4〕，吾道例穷愁〔5〕！

〔1〕 这首诗是秋瑾写给徐锡麟的。约作于1906年（光绪三十二年）底。徐锡麟（1873—1907），字伯荪，浙江山阴（今绍兴）人。辛亥革命时期著名的革命先驱者之一，是秋瑾的亲密战友。1906年初冬秋瑾回绍兴，和浙江各会党取得联系，准备响应同盟会会员刘道一在江西、湖南发动的萍、浏、醴起义。不幸这次起义失败，秋瑾的革命计划也全部打乱，心中感到异常悲痛。《寄徐伯荪》这首五绝便是在这种情况下写的。诗表现了秋瑾对革命事业的忧虑和无法报国的苦闷心情。

〔2〕 “十日”句：这里以阴雨连绵喻革命正处于低潮。

〔3〕 无端：不料，表示事出意外。一雨秋：一雨成秋，这里可能是隐喻萍、浏、醴起义失败。

〔4〕 “苍生”句：人民因起义失败而悲痛。苍生，老百姓。

〔5〕 “吾道”句：我辈的革命壮志照例难以实现。

读徐寄尘小淑诗稿[1]

新诗读竟齿犹芬[2],大小徐名久已闻。今日骚坛逢劲敌[3],愿甘百拜作降军。

〔1〕 这首诗约作于1906年(光绪三十二年)。诗中赞扬了徐氏姊妹的诗才,同时也表现了诗人虚怀若谷的态度。

〔2〕 竟:毕,完。齿犹芬:口中尚有馀香,此喻徐氏姊妹的诗写得好。

〔3〕 骚坛:诗坛。劲(jìng 敬)敌:实力强大的对手,此指徐氏姊妹。

柬徐寄尘二首[1]

祖国沦亡已若斯[2],家庭苦恋太情痴。只愁转眼瓜分惨,百首空成花蕊词[3]。

何人慷慨说同仇[4]?谁识当年郭解流[5]?时局如斯危已甚,闺装愿尔换吴钩[6]。

〔1〕 这两首七绝是诗人劝勉她的好友徐寄尘的,约作于1906年(光绪三十二年)至1907年间。诗人希望寄尘在祖国危亡关头,不要苦恋家庭,空填诗词,而应脱下闺装,换上战袍,投身于民族解放斗争的行列。徐寄尘,1906年在浔溪女学与秋瑾相识,两人友情甚笃。她在秋瑾影响下,思想进步很快,同情当时的革命,并曾"悉倾奁中物,纳助瑾举义"。但

由于她受封建礼教影响较深，又怕因此连累自己的家庭，在秋瑾生前，她始终未能参加当时的革命斗争，所以诗人写了这两首劝勉她的诗。

〔2〕 沦亡：此指危亡。

〔3〕 “只愁”二句：仅仅担忧祖国被瓜分，不敢参加实际的革命斗争，坐在家里写诗填词；这样的诗词即使写得再多再好，也无补于祖国的危亡。瓜分：见前《感时》注〔11〕。花蕊，指花蕊夫人，姓徐，五代后蜀皇帝孟昶的妻子，善诗文，曾作有宫词百首。蜀亡后，被宋俘，为太宗赵匡义所杀。

〔4〕 同仇：同一个仇敌。《诗经·秦风·无衣》：“与子同仇。”

〔5〕 郭解：汉代的大侠客，常行侠仗义，当时敬慕、跟随他的人很多。这里“郭解流”大约是指像秋瑾一类的革命志士。按：秋瑾自号鉴湖女侠。

〔6〕 吴钩：兵器，形似剑而曲，相传原为吴王阖闾命国人所造（见《吴越春秋·阖闾内传》）。这里泛指武装。

临行留别寄尘小淑五章

临行赠我有新诗，更为君家进一辞〔2〕。不唱阳关非忍者〔3〕，实因无益漫含悲。

莽莽河山破碎时，天涯回首岂堪思？填胸万斛汪洋泪〔4〕，不到伤心总不垂。

此别深愁再见难，临歧握手嘱加餐〔5〕。从今莫把罗衣浣〔6〕，留取行行别泪看！

惺惺相惜二心知[7],得一知音死不辞。欲为同胞添臂助[8],只言良友莫言师[9]。

珍重香闺莫太痴[10],留君小影慰君思。不为无定河边骨,吹聚萍踪总有时[11]。

〔1〕 1907年(光绪三十三年)端阳节前后,秋瑾自绍兴去徐寄尘家乡石门商筹军饷,临行写此七绝五首作别。见徐双韵《记秋瑾》。这组诗反映了秋瑾与徐氏姊妹深厚的革命友谊。寄尘,见前《寄徐寄尘》注〔1〕。小淑,见前《致徐小淑绝命词》注〔1〕。

〔2〕 君家:敬词,这里指徐氏姊妹。

〔3〕 阳关:即《阳关三叠》,又称《渭城曲》,古代送别之曲。此因唐朝王维《送元二使安西》诗有"渭城朝雨浥轻尘,客舍青青柳色新。劝君更尽一杯酒,西出阳关无故人"而得名。此诗后入乐府,以为送别之曲,反复诵唱,遂谓之《阳关三叠》。

〔4〕 万斛:喻其眼泪之多。古时十斗为一斛。

〔5〕 临歧:临别。

〔6〕 浣:洗。

〔7〕 惺惺相惜:即"惺惺惜惺惺"。"惺惺"一词,唐代已有。《传灯录》卷五:"惺惺直然惺惺,历历直然历历。"闵遇五云:元乐府有"葫芦提懵懵,惺惺的惜惺惺"。《西厢记·第一本·第三折》:"方信道:'惺惺的自古惜惺惺。'"惺惺,指聪慧的人。二心,指秋瑾与徐小淑。

〔8〕 臂助:助手。

〔9〕 "只言"句:秋瑾在浔溪女学任教时,徐小淑是她的学生。

〔10〕 香闺:妇女住的屋子。

〔11〕 无定河边骨:原指死于战场的士兵。语本唐代诗人陈陶的《陇西行》:"誓扫匈奴不顾身,五千貂锦丧胡尘。可怜无定河边骨,犹是春闺梦里人。"二句诗的意思是:自己倘不为国牺牲,虽说行踪难料,但总还有

见面的时候。

登　吴　山[1]

老树扶疏夕照红[2]，石台高耸近天风[3]。茫茫灏气连江海[4]，一半青山是越中[5]。

〔1〕 吴山：俗名城隍山，又名胥山，在浙江杭州市西湖东南，春秋时代为吴国南界，故名。此山左临钱塘江，右瞰西湖，山势雄伟，峰峦相属，登其巅则襟江带湖，历历在目。当年金主亮慕其山色风景之美，有“立马吴山第一峰”之语。诗写吴山的灵秀。

〔2〕 “老树”句：写在吴山所见景象：老树枝叶茂盛，落日一片红光。扶疏，枝叶茂盛，分布四周。

〔3〕 “石台”句：写山高。石台，山上的岩石。田汝成《西湖游览志》卷十二“吴山”条云：“其陟山之径，有门曰‘登高览胜’，石磴斗折，可数百级许，元时平章答剌罕脱欢所甃也。”因石磴层层高起，接近青冥，故云“近天风”。天风，此指高空的风。

〔4〕 “茫茫”句：天边茫茫的灏气和大江大海连成一片。灏（hào浩）气，指天边清明之气。

〔5〕 越中：指绍兴一带。诗人东望所见。

阙　　题[1]

黄河源溯浙江潮，卫我中华汉族豪[2]。莫使满胡留片甲[3]，轩辕神胄是天骄[4]。

〔1〕 这首诗的文字诸书记录有出入，这里从《秋瑾集》。徐小淑《秋瑾烈士史略》稿云："为了统一浙江的秘密军事组织，秋侠就编制光复军制，并铸金指约，分刻文字在上面，颁给干部，其文字为一首七绝（按：即上面这首诗）。……金指约上所铸的字，都是干部的代名词，例如黄字为首领，推徐锡麟任之，河字为协领，推秋侠任之。"据此，诗当作于1907年（光绪三十三年）。

〔2〕 "黄河"二句：汉族人民开始从浙江起义，保卫我中华民族。黄河，黄河流域是汉族祖先住的地方，这里代称汉族。浙江潮，即钱塘潮，因浙江又名钱塘江（今指浙江下游），见前《赠蒋鹿珊先生言志且为他日成功之鸿爪也》注〔8〕。这里的"浙江潮"，指浙江的光复军起义。按：浙江是秘密会党历史悠久、富有革命传统的一个省份。自清贵族入关以来，反清斗争就一直没有停止。清初的白头军和以张煌言为首的抗清斗争都产生过很大影响，清前期的文字狱许多与浙江文人有关，反清的民族革命思想在浙江人民中间有广泛而深厚的基础。秋瑾认为浙江是反清的发源地，诗中"黄河"句本此。

〔3〕 "莫使"句：彻底消灭敌人，推翻清王朝。留片甲，剩一点残馀。

〔4〕 轩辕神胄：黄帝的子孙，汉族人民。轩辕，见前《宝刀歌》注〔5〕。天骄，天之骄子，见前《吊吴烈士樾》注〔2〕。

绝命词[1]

秋雨秋风愁煞人[2]。

〔1〕 这是秋瑾临刑前的绝命词。1907年（光绪三十三年）7月13日秋瑾被捕，清吏逼供，诗人仅写此断句作答（见秋宗章《前清山阴知县李钟岳事略》）。绝命词虽七字，然从中我们可以看出诗人对革命形势的忧虑，革命失败的惋惜，以及对反动的清王朝和整个黑暗时代的愤怒与控

诉,同时也表达了诗人对国家和民族的深情;调子虽悲凉凄切,但字里行间仍洋溢着一种不甘萧瑟沉寂的昂然之气。

〔2〕 汉乐府民歌有“秋风萧萧愁杀人”的诗句。秋雨秋风,秋风扫落叶,秋雨连绵,不见天日,象征黑暗的清王朝。这样黑暗的政府何时灭亡,诗人为此感到愁城难破,悲痛欲绝。按:“秋雨秋风愁煞人”七字曾出现于清代娄江人陶澹人所作的《秋暮遣怀诗》中,秋瑾未必读过此诗,作为绝命词,秋瑾书此七字已具有全新的意义。

词　　选

子 夜 歌

寒 食[1]

花朝过了逢寒食[2],恼人最是春时节[3]。窗外草如烟,幽闺懒卷帘[4]。 绛桃临水照[5],翠竹迎风笑。莺燕不知愁,双飞傍小楼[6]。

〔1〕 子夜歌:词牌名,即《菩萨蛮》。寒食:节日名。在清明前一天或两天。相传春秋时晋文公,有负功臣介子推,子推愤而隐于绵山。后文公悔悟,烧山逼令介子推出仕,之推抱树自焚。人们同情介子推的遭遇,相约在他的忌日这一天禁火冷食,以为纪念。以后相沿成俗,谓之"寒食"。词人抓住大自然中绿草、绛桃、翠竹、莺燕等等春天的景象,把寒食点缀成一幅生机盎然的图画。

〔2〕 花朝(zhāo 招):旧俗以农历二月十五日为百花生日,故称这天为花朝节。宋代吴自牧《梦粱录·二月望》:"仲春十五日为花朝节,浙间风俗,以为春序正中,百花争放之时,最堪游赏。"

〔3〕 "恼人"句:春天最易撩拨人的心绪。王安石《夜直》诗:"春色恼人眠不得,月移花影上阑干。"

〔4〕 幽闺:深闺,多指女子的卧室。

〔5〕 绛桃:这里指桃花,因桃花是红色,故云。

〔6〕 "莺燕"二句:春天最易引起人的愁,这里用莺燕双飞,喃喃细语,更反衬深闺人的愁情,与"恼人最是春时节"相呼应。词中写桃花、翠竹和莺燕均是用的拟人化手法。

清平乐

花朝是日风雨大作[1]

花朝序届[2]，风雨多勾碍[3]。莺儿窗外啼无奈，误了踏青挑菜[4]。　遮莫今岁春迟[5]，风雨相阻良宜[6]。且待桃花放候，清明时节堪期[7]。

〔1〕 这首词大约是秋瑾婚前的作品，反映了词人少女时代的欢乐生活。花朝，见前《子夜歌》注〔2〕。

〔2〕 序：时节。届：到。

〔3〕 勾碍：阻碍。

〔4〕 踏青：见前《踏青记事》注〔1〕。挑菜：挑菜节，旧俗定于夏历二月初二，仕女到郊外挑菜，士民游观，谓之挑菜节。

〔5〕 遮莫：尽管。

〔6〕 良宜：很相宜。

〔7〕 堪期：可以期待。

罗敷媚

春[1]

寒梅报道春风至：莺啼翠帘，蝶飞锦檐[2]，杨柳依依绿似烟[3]。　桃花还同人面好[4]：花映前川，人倚秋千，一曲清歌醉绮筵[5]。

〔1〕 这首词写庭院春色。上片用莺啼、蝶飞和烟柳这类富有特征性的景物，简练地点出春已到来；下片又通过艳丽的桃花、欢笑的人面，渲染春天那生机勃勃、一片欢快的气氛。罗敷媚，词牌名，通称《采桑子》。

〔2〕 翠帘：帘子；锦檐：房檐。翠、锦都是修饰语，是帘、檐的美称；也暗含春的意味。

〔3〕 杨柳依依：见前《去常德舟中感赋》注〔4〕。依依，此为摇曳多姿意。绿似烟：春柳新芽初发，远看犹如一片绿色的烟雾。

〔4〕 "桃花"句：唐朝诗人崔护《题都城南庄》诗："去年今日此门中，人面桃花相映红。人面不知何处去，桃花依旧笑春风。"秋词即从"人面桃花相映红"变化而来。按："同"字、"面"字失律。

〔5〕 一曲清歌：此为诗人自歌。清歌，此指不用乐器伴奏的独唱。绮筵：一般指华贵、讲究的筵席。"绮筵"为古典诗词中习用语，不一定是写实。

齐 天 乐

雪

朔风萧瑟侵帘户[1]，谁唤玉龙起舞[2]？万里云凝，千山雾合[3]，做就一天愁绪[4]。谢家娇女，正笑倚栏干，欲拈丽句[5]。访戴舟回[6]，襟怀多半为伊阻[7]。

应被风姨相妒，任飘零梨花，摧残柳絮[8]。玉宇琼楼，珠窗银瓦，疑在广寒仙府[9]。清香暗度[10]，知庭角梅开，寻时怕误。暖阁围炉[11]，刚好持樽俎[12]。

〔1〕 朔风:北风。

〔2〕 玉龙起舞:喻随风飘卷、正下着的雪花。玉龙,宋人张元《咏雪》诗中有“战罢玉龙三百万,败鳞残甲满天飞”的句子(见《诗人玉屑·知音·姚嗣宗》),这里以“玉龙”喻雪。

〔3〕 “万里”二句:喻阴云密布、雾气茫茫。

〔4〕 做就:造成。

〔5〕 “谢家”三句:咏雪典事。东晋谢安侄女谢道韫,聪明有才辩。一次下雪时,叔父谢安问:“用什么来比拟下雪最好呢?”安的侄儿朗说:“撒盐空中差可拟。”道韫说:“未若柳絮因风起。”安大悦。见《晋书·王凝之妻谢氏传》。谢家娇女,指谢道韫。丽句,指“未若柳絮因风起”句。

〔6〕 “访戴”句:王子猷住在山阴,一次下大雪,忽然思念起好友戴安道。当时戴住在剡溪,子猷当夜乘小船去探望,及至戴家门口,他并未入内见戴便回来了,人问其故,他说:“我乘兴而来,兴尽而归,何必一定要见戴安道呢?”见《世说新语·任诞篇》。

〔7〕 伊:彼,他,此指雪。

〔8〕 “应被”三句:写风吹雪。风姨,一作“封姨”,风神。梨花,指雪。岑参《白雪歌送武判官归京》诗:“忽如一夜春风来,千树万树梨花开。”

〔9〕 “玉宇”三句:“玉宇琼楼,珠窗银瓦”,本是传说中神仙住处,这里形容雪后房舍、楼阁皆成白色,犹如白玉盖成,使人仿佛置身于仙府。玉宇琼楼,月中宫殿。《大业拾遗记》:“瞿乾祐于江岸玩月,或谓此中何有。瞿笑曰:‘可随我观之。’俄见月规半天,琼楼玉宇烂然。”广寒仙府,即广寒宫,月中仙人住处。相传唐玄宗游月中,见一座大宫府门口有榜,上书“广寒清虚之府”。见柳宗元《龙城录》。

〔10〕 “清香”句:梅花的清香暗暗传来。林逋《山园小梅》诗中有“疏影横斜水清浅,暗香浮动月黄昏”的句子,故后人称梅香为暗香。

〔11〕 暖阁:设有火炉以取暖的小阁。

〔12〕 樽俎：樽，古代酒器；俎，古代盛肉的器具。

相见欢[1]

因书抛却金针[2]，笑相评；忘了窗前红日已西沉。
春衫薄，掩帘幕[3]，晚妆新；踏青明日女伴约邻人[4]。

〔1〕 这首词写踏青节前一天的事情，反映了诗人少女时代就喜爱诗书和欢乐的生活，调子明快欢畅，当是她婚前的作品。这首词的断句，《秋瑾集》有误，此参照清人万树《词律》格式重新断句。

〔2〕 "因书"句：因评论诗文而抛开针线。金针，传说郑侃女采娘在七月初七晚上祭织女时，织女送她一根金针，自此采娘刺绣的技能更加精巧。见冯翊《桂苑丛谈·史遗》。这里泛指缝衣用的针。

〔3〕 "掩帘幕"句：拉上门帘和窗帘。掩，关闭，此引申为拉上。

〔4〕 "踏青"句：明天去约女伴踏青。她另有《踏青记事》诗云："女邻寄到踏青书，来日清明定不虚。妆物隔宵齐打点，凤头鞋子绣罗襦。"可与此参读。踏青，见前《清明怀友》注〔2〕。

金缕曲

送季芝女兄赴粤[1]

凄唱阳关叠[2]，最伤心、渭城风雨[3]，灞陵柳色[4]。正喜闺中酬韵事[5]，同凭栏干伫月[6]；更订了、同心兰牒[7]。笑倩踏青携手处[8]，步苍苔赌印双弓迹[9]。几时料，匆匆别？　　罗襟泪渍凝红血，算者番、愁情恨绪，重重堆积。月满西楼谁伴我[10]？只有箫声怨咽；恐梦里、山河犹隔。事到无聊频转念，悔当初何苦与君识[11]：万种情，一枝笔[12]！

〔1〕　这是一首送别词，作于在湖南少女时期。季芝，即吴季芝，广东人，诗人少女时代的女友。秋集中有数首诗词是怀念她的。在秋瑾静处深闺时期，由于当时妇女生活圈子的狭窄，她只能和几个要好的姊妹唱和赏月，借以互慰；而一旦离别，其悲伤情绪，实难言喻，所以致使她说出“悔当初何苦与君识”的话来。这种矛盾的心情，正是诗人笃于友情、不忍离别的真实的思想反映，故全词写来哀婉凄切，真挚感人。粤，广东的简称。金缕曲，词牌名，亦称《贺新郎》。

〔2〕　阳关叠：即《阳关三叠》，送别之曲，歌此诗至“西出阳关无故人”时，反复三次，故云。详见前《寄徐寄尘》注〔2〕。

〔3〕　渭城：故址在咸阳，因王维《送元二使安西》诗，人称送别之曲，中有“渭城朝雨浥轻尘”句，故后人把“渭城”作为伤别的地方。

〔4〕　灞陵：在长安（今西安市）东，附近有灞桥。桥边柳树很多，古人送客至此，折柳赠别。

〔5〕　酬韵事：指诗词唱和。酬韵，按韵作诗、填词以酬和。

〔6〕　伫（zhù 注）月：久立望月。

〔7〕　同心兰牒：犹如同心兰谱，即金兰谱，或称金兰簿。相传戴弘正每交往一个密友，就写在编简上，焚香告祖先，号为金兰簿。见《云仙杂记》引《宣武盛事》。又《易经·系辞上》：“二人同心，其利断金。同心之言，其臭如兰。”牒，谱。此句指秋吴结拜姊妹。

〔8〕　笑倩：笑靥美好貌。《诗经·卫风·硕人》：“巧笑倩兮。”按：“笑倩踏青携手处”为忆往事，此可与她的诗《踏青记事》四章互参。

〔9〕　弓迹：旧时代女子缠足，脚成弓形，故称女子的足迹为“弓迹”。

〔10〕 月满西楼:李清照《一剪梅》(红藕香残玉簟秋)词:“雁字回时,月满西楼。”按:秋瑾前期诗词受李清照一定影响,他如“帘卷西风人比瘦”(《秋菊》诗);“非关病酒与伤别”〔《踏莎行》(对影喃喃)〕,均是例证。

〔11〕 “悔当初”句:《红楼梦》第二十八回:“宝玉在身后面叹道:‘既有今日,何必当初。’”

〔12〕 “万种”二句:这千丝万缕的离情别愁,只有诉诸这枝笔了(靠这首词来表达了)。

菩 萨 蛮

寄女伴二阕〔1〕(选一)

寒风料峭侵窗户〔2〕,垂帘懒向回廊步〔3〕。月色入高楼,相思两处愁。　　聊将心上事,托付浣花纸〔4〕。若遇早梅开,一枝应寄来〔5〕。

〔1〕 这首词有可能是写给岭南女友吴季芝的。吴季芝,见前《金缕曲》词注〔1〕。

〔2〕 料峭:见前《春寒》注〔2〕。

〔3〕 “垂帘”句:诗人在垂帘之内(室内),所以说“懒向回廊步”。

〔4〕 浣花纸:即浣花笺。唐薛涛命匠人取浣花溪水造纸,为深红彩笺,又名薛涛笺。这里指诗笺或信笺。

〔5〕 “若遇”二句:南朝宋陆凯《赠范晔诗》:“折梅逢驿使,寄与陇头人。江南无所有,聊赠一枝春。”岭南天气暖和,梅开得早。早梅,《神州女报》本作“岭梅”。

唐多令

秋雨[1]

肠断雨声秋[2],烟波湘水流[3],闷无言、独上妆楼[4]。忆到今宵人已去,谁伴我?数更筹[5]。　　寒重冷衾裯,风狂乱幕钩[6],挑灯重起倚熏篝[7]。窗内漏声窗外雨[8],频点滴[9],助人愁。

〔1〕 这首词是借秋雨抒发诗人怀友的愁苦心情。连绵不断的秋雨最易引发人们的愁情,而时值夜晚,好友已去,夜漏和雨声交相叩击着诗人的心扉,自然使她感到无限愁苦更难排遣了。

〔2〕 "肠断"句:淅淅沥沥的秋雨声,听了令人为之断肠。肠断,即"断肠",见前《独对次清明韵》注〔2〕。

〔3〕 烟波:水面上笼罩着如同烟一般的薄雾。湘水:湘江,湖南最大的河流。据此定这首词作于湖南少女时期。

〔4〕 妆楼:梳妆楼,此指诗人的住屋。

〔5〕 数:动词,点数。更筹:也叫更签,古代夜间计时报更的竹签。

〔6〕 "寒重"二句:秋季深夜,盖着被子仍觉很冷,西风狂吹,使帘幕的挂钩摇动不止。词下阕写夜深后的景况。冷和乱,这里都是形容词作动词用。衾裯,《诗经·召南·小星》:"抱衾与裯。"毛传:"衾,被也;裯,禅(单)被也。"后"衾裯"连用,泛指被褥等卧具。

〔7〕 熏篝:即熏笼。罩有笼子的熏炉,可取暖。

〔8〕 漏:古代滴水计时的器具。

〔9〕 频点滴:指雨点和滴漏交错不断的声音。李清照《声声慢》(寻寻觅觅):"到黄昏点点滴滴。这次第,怎一个愁字了得!"这里"频点滴"

二句是由李词点化而来。

踏莎行[1]

将锦遮花,栏烟护柳[2],苍苔小步低徊久。自怜往事惜流年,已忘夜月上窗牖[3]。　杏脸褪红,桃腮中酒[4],多情月姊蛾眉皱[5]。拍栏干欲问东风:明年池馆能来否?

〔1〕 这是一首少女伤春之作。在春夜月光下,诗人独自徘徊,叹息年华如流水般地逝去,并含有花落明年尚能开,岁月消逝不再来的感伤情绪。

〔2〕 "将锦"二句:写月夜中的花柳。宋人史达祖《绮罗香·咏春雨》词:"做冷欺花,将烟困柳。"秋词由此变化而来。

〔3〕 窗牖(yǒu 有):牖也是窗,此为复词单义。

〔4〕 "杏脸"二句:杏花凋谢,桃花盛开,写景中暗指春即将过去。杏脸、桃腮,拟人化的写法,指杏花、桃花。桃腮中(zhòng 众)酒,人饮酒过量谓"中酒"。中酒后脸上泛红晕,此借指桃花的艳丽。

〔5〕 蛾眉:本指女子眉毛弯曲状,此喻旧历月初月亮的形状。

临江仙

中　元[1]

秋风容易中元节,霜砧捣碎乡心[2]。蛩声凄楚不堪闻[3],空阶梧叶落,销尽去年魂!　何事眉峰频销翠？愁浓鹊尾慵熏[4]。栏干遍倚悄无人[5]，多情惟有影，和月伴黄昏[6]。

〔1〕 这首词大约是居湖南湘潭时的作品。由中元节引起了秋瑾的思乡之情。下片又抒发了她身在异乡的孤寂之感。

〔2〕 砧：捣衣服的石头，这里指捣衣声。

〔3〕 螿：寒蝉，蝉的一种，体小，色青赤。《礼记·月令》"（孟秋之月）凉风至，白露降，寒蝉鸣。"凄楚：凄凉悲哀。

〔4〕 鹊尾：即鹊尾炉，一种长柄的香炉。南朝齐人王琰《冥祥记》："（费崇先）每听经，常以鹊尾香炉置膝前。"这里泛指香炉。慵：懒。

〔5〕 悄：忧愁。

〔6〕 "多情"二句：写诗人的孤寂之感。这两句诗受到李白诗"举杯邀明月，对影成三人"（《月下独酌》）和李清照词"谁伴明窗独坐，我共影儿两个"（《如梦令》）的启示，但秋诗亦自有其创新处。

满　江　红

中秋夕无月，屈指三年。今年喜见之，不可无词以记，赋成此解[1]。

客里中秋[2]，大好是、庭前月色。想此夕、平分秋景[3]，桂香催发[4]。斗酒休辞花下醉[5]，双螯喜向樽前列[6]。算蟾光、难得似今宵[7]，清辉澈[8]。　移篱菊[9]，芬芳接。歌水调，唾壶缺[10]。问楼头谁倚？玉箫吹彻[11]。风味何人能领略[12]？襟怀自许同圆洁[13]。把幽情、暗自向嫦娥[14]，从容说。

〔1〕 词为中秋赏月之作,从"客里中秋"句看,大约是她居湘时期的作品。是词通过咏月表现了诗人高尚的情操和纯洁的胸怀。屈指,弯着指头计算。

〔2〕 "客里"句:旅居他乡过中秋。

〔3〕 平分秋景:即"平分秋色"。阴历八月十五在秋季的正中,故云。语出宋人李朴《中秋》诗:"平分秋色一轮满,长伴云衢千里明。"

〔4〕 "桂香"句:桂树多植庭院,秋天开花,八月最盛。词咏中秋,故云"桂香催发"。

〔5〕 花下醉:赏花饮酒,直至酣醉。秋瑾善饮酒,诗中有"绿蚁拚将花下醉"(《偶有所感用鱼玄机步光威裒三女子韵》)、"清酒三杯醉不辞"(《独对次清明韵》)句可参。

〔6〕 "双螯"句:用螃蟹做酒肴。双螯,螃蟹的第一对脚,此代蟹。

〔7〕 蟾光:即月光。传说月中有蟾蜍,故称。

〔8〕 清辉:明亮的月光。

〔9〕 篱菊:庭院中的菊花,详见前《梧叶》注〔5〕。

〔10〕 "歌水调"二句:唱着苏轼的《水调歌头》,因兴之所至,信手击唾壶为节,以至连壶口也打缺了。水调,《水调歌头》的简称,词牌名。苏轼填过一首咏月的《水调歌头》(明月几时有),时人赞不绝口,后成为咏月的代表作。唾壶,即痰盂。据说王处仲(敦)每次酒后,总是喜吟曹操《步出夏门行》中的"老骥伏枥,志在千里;烈士暮年,壮心不已"这几句诗,并一边唱,一边以如意击唾壶,以至连唾壶也打缺了。见《世说新语·豪爽》。

〔11〕 "问楼"二句:暗用萧史、弄玉的典故。秦穆公筑楼台,萧史在上面教弄玉吹箫。见《列仙传拾遗》。

〔12〕 风味:这里既指美好的自然景色,也指高超的情趣。

〔13〕 "襟怀"句:自信个人的胸怀,如同中秋夜月那样光明皎洁(光明磊落)。自许,自己赞许自己,内含自信意。

〔14〕 嫦娥:月中女神。

忆萝月

中秋初月皎洁，喜成前调，俄为云掩，戏填此解[1]。

桂香初揽[2]，袖角清芬染[3]。何故寒簧梳洗懒[4]？才得奁开重掩[5]。　多事却笑云痴[6]，不肯现出常仪[7]。定教十分圆了，绿窗方许人窥[8]。

〔1〕　这首词承上面那首咏月的《满江红》而来。时值中秋佳节，诗人观赏月色，兴致正浓，不巧月亮被浮云遮住，故又填这首《忆萝月》。忆萝月，词牌名，通称《清平乐》。俄，不久，旋即。

〔2〕　揽：用手采的意思。因传说月中有桂，故如此云。

〔3〕　“袖角”句：袖口上沾染了桂花的香气。

〔4〕　寒簧：月中仙女。传说她曾是西王母的散花女史，后来又任月宫中的侍书，向嫦娥学习紫云之歌、霓裳之舞。事见明人叶绍袁《续窈闻记》及清代尤侗《钧天乐》。《红楼梦》第七十八回贾宝玉的《芙蓉女儿诔》：“弄玉吹笙，寒簧击敔。”

〔5〕　奁（lián联）：镜匣。

〔6〕　“多事”句：即却笑痴云多事。

〔7〕　常仪：即嫦娥。汉朝人避文帝讳，“恒”（汉文帝名恒）字多改为“常”，姮娥也假借作常娥。“娥”古字通“仪”，故常娥又借作“常仪”。《晋书·天文志》有“黄帝使常仪占月”可证。

〔8〕　绿窗：绿色的窗纱。唐代贵族妇女于春、夏两季喜贴绿色的窗纱，蔚成风气，故后来诗人便称“绿窗”。此指坐在月宫绿窗前梳妆的嫦娥。窥：看。

贺 新 凉

戏贺佩妹合卺[1]

吉日良时卜[2],镜台前、丽娥妆就[3],早辞金屋[4]。恰是银河将七夕,一夜桥成乌鹊[5]。引凤曲、双和玉竹[6],屈指倚栏翘望处[7],计官衙今日花生烛[8]。遥把那,三多祝[9]。　蓝桥玉杵缘圆足[10],人争道、郎才女貌,天生嘉淑[11]。却扇筵开娇欲并[12],暗里偷回羞目。佐合卺、更饶芳卮[13]。添个吟诗仙伴侣[14],谱新声、因满芙蓉牍[15]。初学画,双眉绿[16]。

〔1〕 这首词写于1897年(光绪二十三年)。是年瑾妹秋珵出嫁。秋珵,原名闺珵,字佩卿,嫁钱塘(今杭州)人王守廉,字尧阶。《贺新凉》词是秋瑾为祝贺妹妹的婚礼而作。词人以无比喜悦的心情赞美了佩卿的美满姻缘。词中运用优美而动人的爱情神话传说,写得委婉蕴藉,而又情趣横生。全词几乎句句用典,而却毫无呆板生涩的痕迹,于此可以见出秋瑾的文学素养决非一般闺秀装点门面者可比。贺新凉,词牌名,《贺新郎》的异名。合卺(jǐn 仅),本为旧式婚礼仪式之一,《礼记·昏义》:"合卺而酳。"孔颖达疏:"以一瓠分为二瓢为之卺,婿之与妇各执一片以酳,故云合卺而酳。"酳,用酒漱口。故后称结婚为"合卺"。

〔2〕 卜:占卜。古人用火灼龟甲,以为从灼开的裂纹上可以推测出行事的吉凶,后用其他方法预测吉凶也叫"卜"。此为选择意。

〔3〕 丽娥:美女,此指佩卿。妆就:梳妆打扮完毕。

〔4〕 金屋:借用"金屋藏娇"的典故。相传汉武帝小时,他姑母长公

主指着自己的女儿问他:“阿娇好不好?”武帝说:“好!若得阿娇,当用金屋贮之。”见《汉武故事》。这里指佩卿嫁前的闺房。

〔5〕 “恰是”二句:相传每年七月七日晚上,乌鹊在天河上搭成彩桥,让牛郎织女在桥上相会。这里取夫妇结合的意思。

〔6〕 “引凤”句:用萧史、弄玉的典故。春秋时,萧史善吹箫作鸾凤之音,他娶了秦穆公的女儿弄玉为妻,婚后也教她吹箫,后果然把凤引来,弄玉乘凤,萧史乘龙,升天而去。事见《列仙传补遗》。后世以萧史、弄玉双和玉箫喻夫妇和美。玉竹,此指箫。

〔7〕 翘望:引颈而望。

〔8〕 官衙:即官署,官府的衙门,此指秋理婆家的住宅。秋理的公爹王哲夫在湖南做官,故以“官衙”代称。花生烛:即烛生花。旧时认为烛生花象征喜讯,象征夫妇相会。这句说今天是结婚的大喜之日。

〔9〕 三多:祝颂之词,即多福、多寿、多子。参见《庄子·天地》。

〔10〕 “蓝桥”句:蓝桥在今陕西省蓝田县东南蓝溪上。相传这里有仙窟,是唐代裴航遇仙女云英处。见《太平广记·裴航传》。缘圆足,喻因缘美满。

〔11〕 “天生”句:天生好一对的意思。嘉淑,字面意是美好贤淑,实指东汉人秦嘉和徐淑,二人结为夫妻,感情很好。秦嘉有《赠妇诗》三首传世,情深意挚。

〔12〕 却扇筵:结婚喜筵,这里指成婚时新郎新娘洞房饮酒的仪式。却扇,古代婚礼,行礼时新妇以扇遮面,交拜后去扇,称却扇。考“却扇”一词,六朝和唐人均用过。北周诗人庾信《为梁上黄侯世子与新妇书》:“分杯帐里,却扇床前。”唐代诗人李商隐有《代董秀才却扇》诗,唐人封演《封氏闻见记》卷五“花烛条”云:“近代婚嫁,有障车、下婿、却扇及观花烛之事。”注家多认为“却扇”源于《世说新语》的“纱扇”,该书《假谲篇》记温峤婚事云:“既婚,交礼,女以手披纱扇,笑曰:‘我固疑是老奴,果如所卜。’”

〔13〕 “佐合卺”句:意思是为贺新婚,双方满饮一杯。佐,辅助。饶,富裕,此引申为满。芳卮,此指和婚酒。卮,酒杯。按:此应叶仄声韵。“卮”字声韵均不合律。

〔14〕 吟诗仙伴侣:此指佩卿的夫婿。

〔15〕 谱新声:作诗填词。芙蓉牍(dú 独):芙蓉笺,一种精美的浅红色的供题诗用的小幅的纸。

〔16〕 "初学"二句:相传张敞夫妻恩爱,他曾替妇画眉。见《汉书·张敞传》。诗用此典。双眉绿,古代女子用翠黛(青绿色)石画眉,故云。崔豹《古今注》:"魏宫人多作翠眉、警鹤髻。"晏殊《红窗听》词:"澹薄梳妆轻结束,天付与脸红眉绿。"

减字木兰花

夏〔1〕

又送春去,子规啼彻庭前树〔2〕。夏昼初长,纨扇轻携纳晚凉〔3〕。　　含桃落尽,莺语心惊蝶褪粉〔4〕。浴罢兰泉〔5〕,斜插茉花映翠钿〔6〕。

〔1〕 这是一首咏夏的词,从初夏的景物,写到夏天人们的生活。大约是婚后的作品。

〔2〕 子规:杜鹃鸟的别名,相传为古蜀帝杜宇之魂所化,春末夏初即鸣。

〔3〕 纨扇:用薄细的绢制成的团扇。江淹《班婕妤咏扇》诗:"纨扇如团月,出自机中素。"纳晚凉:晚上乘凉。湖南暑来早,初夏即很热,故云。

〔4〕 "含桃"二句:写初夏的景象。含桃,即樱桃。《吕氏春秋·仲夏记》:"羞以含桃。"高诱注:"含桃,莺桃,莺鸟所含食,故言含桃。"樱桃,江南春天开花,色白如梅,初夏花已全谢,故词中云"含桃落尽"。莺语心惊,这里是人心惊,莺啼令人心里难以平静。蝶褪粉,初夏蝶的变化。据

《道经》云:“蝶交则粉退。”古诗词常以“蝶褪粉”表示夏的到来。

〔5〕 兰泉:浴水。古代贵族女子用香汤沐浴,后便以“兰泉”作浴水的美称。

〔6〕 茉花:茉莉花,白色,香甚浓,旧时代的妇女常插在头上。翠钿:本指唐代贵族妇女的一种面部化妆,即把绿色的“花子”粘在眉心,增加美观,叫“翠钿”。这里指用翡翠制成的形如花朵的妇人首饰。

丑 奴 儿

望家书未至〔1〕

困人天气日徘徊〔2〕,慵扫蛾眉,懒插金钗〔3〕:蕉叶为心卷未开〔4〕。　　沉沉所事挂胸怀〔5〕,划遍炉灰,倚遍廊回〔6〕:盼煞音书雁不来〔7〕。

〔1〕 这首词大约是她婚后思亲、盼家书不到、抒发愁苦相思的作品。丑奴儿,词牌名,通称《采桑子》。

〔2〕 困人天气:使人感到烦闷的天气。日徘徊:诗人因心中烦闷,故终日徘徊。朱淑真《送春》诗:“困人天气日初长”,秋诗本此。

〔3〕 “慵扫”二句:无心梳妆。慵扫,懒得描。

〔4〕 “蕉叶”句:喻愁情。典出唐李商隐《代赠》:“芭蕉不展丁香结,同向春风各自愁。”

〔5〕 沉沉所事:心中思虑的深沉往事。所,此为语中助词,无义。

〔6〕 “划遍”二句:喻诗人百无聊赖的情态。廊回,即回廊,曲折的走廊。

〔7〕 雁:此指雁足,传送书信人的代词。见前《寄柬理妹》注〔2〕。

满 江 红[1]

小住京华,早又是、中秋佳节。为篱下、黄花开遍,秋容如拭[2]。四面歌残终破楚[3],八年风味徒思浙[4]。苦将侬、强派作蛾眉[5],殊未屑!　　身不得,男儿列,心却比,男儿烈。算平生肝胆,因人常热。俗子胸襟谁识我?英雄末路当磨折[6]。莽红尘、何处觅知音[7]?青衫湿[8]!

〔1〕 这首词作于1903年(光绪二十九年)秋诗人寓京期间。词表现了作者身不甘为女子的英雄襟怀,激越愤慨之情,充溢词间。

〔2〕 "为篱"二句:因有篱下盛开的菊花点缀,秋容显得更加明净。黄花,菊花。拭,擦。

〔3〕 "四面"句:用"四面楚歌"的典故,见前《普告同胞檄稿》注〔5〕,但意义稍有变化。此系感叹外国的侵略、清廷的腐败,中国前途已很危险。

〔4〕 八年:诗人1896年(光绪二十二年)在湖南结婚,至写此词,恰为八年。徒思浙:空想故乡浙江。

〔5〕 侬:我。蛾眉:借称女子,见前《题芝龛记》注〔9〕。

〔6〕 "算平生"四句:同年所写《致琴文书》云:"于时世而行古道,处冷地而举热肠,必知音之难遇,更同调而无人。"可作此数句的注脚。另,"热肠古道宜多毁,英雄末路徒尔尔"(《剑歌》)与此词可参读。俗子,庸俗之辈。

〔7〕 莽:即莽莽,广大无边际。红尘:僧道称人间世事为红尘,这里指社会。

〔8〕 青衫湿:白居易《琵琶行》诗:"江州司马青衫湿。"白氏因同情

琵琶女的遭遇泪湿青衫，秋瑾于此是因感叹无知音而落泪。

踏莎行

陶　荻[1]

对影喃喃[2]，书空咄咄[3]，非关病酒与伤别[4]。愁城一座筑心头[5]，此情没个人堪说。　志量徒雄，生机太窄[6]，襟怀枉自多豪侠。拟将厄运问天公[7]，蛾眉遭忌同词客[8]！

〔1〕 这首诗是写给陶荻子的。《秋瑾集》作“陶萩”，可能有误。陶荻子(1881—1916)，原名倪荻漪，淮北人，系陶大均妾。陶大均(1858—1910)，因曾赴日本学习过，故给他的妻、妾均起了日本名字，陶荻子是倪荻漪的日本名字。秋瑾与陶大均既是同乡又有点远房亲戚，她与陶荻子相识是在居京期间。据此推定这首词作于1903至1904年间。词抒发了作者宏伟远大抱负难以实现的苦闷。

〔2〕 喃喃：低语声。

〔3〕 书空咄（duō 多）咄：晋朝殷浩被流放到信安，口无怨言，但终日书空，作“咄咄怪事”四字。见《晋书·殷浩传》。咄咄，叹词，表示惊诧。

〔4〕 “非关”句：不是因为酒吃多了，也不是因为伤别。李清照《凤凰台上忆吹箫》（香冷金猊）：“新来瘦，非干病酒，不是悲秋。”秋词由此变化而来。

〔5〕 愁城：见前《独对次清明韵》注〔3〕。

〔6〕 生机：生活的境遇。

〔7〕 厄运：困窘苦难的命运。

〔8〕 “蛾眉”句：屈原《离骚》：“众女嫉余之蛾眉兮。”这里用此意。

蛾眉,古代常指美女,此为诗人自称。遭忌,遭到忌妒。词客,犹言词人。《楚辞》的作者古代称词人。扬雄《法言·吾子》:"诗人之赋丽以则,词人之赋丽以淫。"这里"词客"指屈原。屈原一生境遇与秋瑾有相似处,故云"蛾眉遭忌同词客"。她在《吊屈原》诗中,曾哀悼其不幸的遭遇,并以屈原自况。

临江仙[1]

陶荻子夫人邀集陶然亭话别[2]。紫英盟姊作擘窠书一联以志别绪[3]:"驹隙光阴[4],聚无一载[5];风流云散[6],天各一方。"不禁黯然,于焉有感[7],时余游日留学,紫英又欲南归[8]。

把酒论文欢正好[9],同心况有同情[10]。阳关一曲暗飞声[11],离愁随马足,别恨绕江城[12]。　铁画银钩两行字[13],岐言无限丁宁[14]。相逢异日可能凭[15]?河梁携手处,千里暮云横[16]。

〔1〕 这首词作于1904年(光绪三十年)春秋瑾留学出国前夕。秋宗章《六六私乘补遗》云:"姊东渡留学,诸女友置酒陶然亭祖帐,即席谱《临江仙》一阕,系一小引云:'陶荻子夫人……(小引全文如上,兹从略)'。"词抒写诗人与女友昔日的友谊和话别时的心情。虽是悲别,但并无消极的感伤情绪,自然这与当时诗人积极进取的精神面貌有关。

〔2〕 陶荻子:见前《踏莎行》(对影喃喃)注〔1〕。陶然亭:即江亭,公元1695年(康熙三十四年)江藻所建,取白居易诗"更待菊花家酿熟,与君一醉一陶然"意,名陶然亭,在今北京市永定门内,为当时文人、女士游

宴之地。

〔3〕 紫英:即吴芝瑛,见前《赠盟姊吴芝瑛》注〔1〕。擘窠书:指大字。

〔4〕 驹隙光阴:形容时间过得很快,见前《吊吴烈士樾》注〔15〕。

〔5〕 "聚无"句:秋瑾系1903年春夏之交入京,次年春天离京南下省亲,写此词时居北京不足一年。

〔6〕 风流云散:喻飘零分散。《红楼梦》第一〇六回:"众姊妹风流云散,一日少似一日。"

〔7〕 焉:此为指示代词,同"之",指话别。

〔8〕 南归:指吴芝瑛去上海。

〔9〕 把酒论文:手执酒杯,谈论诗文。宋王十朋《蓬莱阁赋》:"簪盖良朋,把酒论文。"文,古代也指诗,杜甫《春日忆李白》诗"何时一樽酒,重与细论文"可证。

〔10〕 "同心"句:不仅有共同的思想,更有共同的情趣和爱好。况,更。

〔11〕 阳关:送别的曲子。见前《寄徐寄尘》注〔2〕。

〔12〕 "离愁"二句:喻离愁别恨将长时间萦绕在行者的心头。上句指秋瑾乘车马出京,下句指吴芝瑛回上海。上海境内有黄浦江,故云"江城"。

〔13〕 铁画银钩:喻书法的刚劲而遒媚。欧阳询《用笔论》:"徘徊俯仰,容与风流,刚则铁画,媚若银钩。"吴芝瑛是当时著名的女书法家,故如此赞云。

〔14〕 岐言:即歧言。临别赠言。岐同"歧",刘禹锡《发华州留别张侍御》诗:"临岐无限意,相视却忘言。"

〔15〕 凭:依据,引申为靠得住的意思。

〔16〕 "河梁"二句:汉朝李陵在送别苏武时曾赋《与苏武诗》云:"携手上河梁,游子暮何之。"后因称"河梁"为送别之地。又同诗:"浮云日千里,安知我心悲。"(篇名又作《拟苏李诗》)秋词末句用此意。

鹧　鸪　天[1]

祖国沉沦感不禁[2]，闲来海外觅知音[3]。金瓯已缺总须补[4]，为国牺牲敢惜身[5]？　　嗟险阻[6]，叹飘零[7]，关山万里作雄行[8]。休言女子非英物[9]，夜夜龙泉壁上鸣[10]！

〔1〕 这首词当为赴日后不久的作品，约作于1904年（光绪三十年）。词中表现了诗人甘赴国难的雄心和不辞万里东渡的壮志。

〔2〕 沉沦：沉没，这里是危亡意。不禁（jīn 今）：忍不住。

〔3〕 闲来：特来。《广韵》训"闲"为大，可引申为特。此句意思可与"因之泛东海，冀得壮士辅"（《泛东海歌》）二句互参。

〔4〕 金瓯（ōu 欧）：本系酒器，古代多比喻完整的疆土。《南史·朱导传》："我国家犹若金瓯，无一伤缺。"全句意为要收复失地，维护祖国领土的完整。

〔5〕 敢：这里是"岂敢"、"哪敢"意。此句可与"危局如斯敢惜身？愿将生命作牺牲"（《赠蒋鹿珊先生言志且为他日成功之鸿爪也》）二句互参。

〔6〕 嗟险阻：叹路途之艰险梗塞。

〔7〕 叹飘零：感叹自身的飘泊无依。

〔8〕 "关山"句：指赴日留学。关山万里，《木兰诗》："万里赴戎机，关山度若飞。"

〔9〕 英物：杰出的人物。《晋书·桓温传》："温生未期，温峤见之曰：'此儿有奇骨，可试使啼。'及闻其声，曰：'真英物也。'"

〔10〕 "夜夜"句：用剑鸣喻诗人的报国壮志未伸。龙泉壁上鸣，见前《柬志群》注〔16〕。此句可与"惆怅龙泉夜夜鸣"（《柬志群》）句互参。

望 海 潮

送陈彦安、孙多琨二姊回国[1]

惜别多思，伤时有泪，内绌外侮交讧[2]。世局堪惊，前车可惧[3]，同胞何事懵懵[4]？感此独心忡[5]。羡中流先我[6]，破浪乘风[7]。半月比肩[8]，一时分手叹匆匆。

从今劳燕西东[9]，算此行归国，立起疲癃[10]。智欲萌芽，权犹未复[11]，期君立挽颓风[12]，化痼学应隆[13]。仗粲花莲舌[14]，启聩振聋[15]。唤起大千姊妹[16]，一听五更钟[17]！

〔1〕 这是一首送别词，约作于1904年（光绪三十年）夏历六月中旬。因秋瑾六月初进实践女校，词中又有“半月比肩”句，知此词当写于秋瑾进实践女校后不久。诗人希望陈、孙二女士在祖国日趋危亡的当时，归国后能尽力致身于妇女解放运动，唤起全国女同胞，积极参加民主革命斗争。陈彦安，江苏元和人，系浙江乌程章宗祥（字仲和，日本留学生）的未婚妻，1902年9月赴日留学，她和孙多琨均系我国早期赴日留学的女性，就读于日本下田歌子创办的华族女校（即后来的实践女校）。孙多琨，生平未详。

〔2〕 “内绌”句：指祖国危亡的局势：国内政治腐败，外遭帝国主义欺侮，二者交相而来。内绌，内忧。绌作屈解。交讧（hòng 哄），即交错。讧，乱。

〔3〕 前车：比喻可以引为教训的往事。《荀子·成相》：“前车已覆，后未知更何觉时。”此指1894年的中日战争和1900年的庚子事变。这两

次战争均以中国失败告终，从此中国更加陷于被帝国主义瓜分和奴役的地步。“世局”二句：是诗人要人们认清当前的形势，记住以往的耻辱。

〔4〕 懵（měng猛）懵：糊涂，不明事理。

〔5〕 忡（chōng充）：忧虑不安。

〔6〕 “羡中”句：晋时刘琨和祖逖二人友好，互相期许，祖逖首先被用，刘琨给亲友写信说：“吾枕戈待旦，志枭逆虏，常恐祖生先吾著鞭。”又，祖逖率兵北伐，过江时，中流击楫而誓曰：“祖逖不能清中原而复济者，有如此江。”见《晋书·祖逖传》。此处意为羡慕你们先我为祖国效劳。

〔7〕 破浪乘风：这里有两层意思，表面上是说陈、孙二人乘风破浪地归国，实则指她们胸怀大志。《宋书·宗悫传》：“悫少时，炳问其志，悫答曰：‘愿乘长风，破万里浪。’”

〔8〕 比肩：并肩，这里指友好相处。此既云“半月比肩”，可见陈、孙二人归国是在秋瑾首次东渡后不久，并以此定此词作期。

〔9〕 劳燕西东：即劳燕分飞。劳，伯劳鸟。古乐府《东飞伯劳歌》：“东飞伯劳西飞燕，黄姑织女时相见。”用以喻离别。

〔10〕 “立起”句：立刻使老病好转。意为立即可挽救危亡的祖国和振兴女界，此为祝愿语。疲癃，衰颓老病。

〔11〕 “智欲”二句：女子的求知欲已开始萌芽，但男女平权仍未获得。欲，欲望。

〔12〕 颓风：日趋败坏的风俗，此指封建礼教束缚妇女的种种恶风败俗。如重男轻女、缠足等等。

〔13〕 化痼：本指医好经久难治的病，这里指清除上面所说的那些“颓风”。学应隆：大约是指兴办女学。全句意为：要想“化痼”必先兴办女学。此可与她的弹词《精卫石》第六回中“文明学必隆”句互参。秋瑾很重视兴女学，以为这是妇女解放的必由之路。她在《致湖南第一女学堂书》中云：“欲脱男子之范围，非自立不可；欲自立，非求学艺不可，非合群不可。东洋女学之兴，日见其盛，人人皆执一艺以谋身，上可以扶助父母，下可以助夫教子，使男女无坐食之人，其国焉能不强也？”亦可与此句互参。

〔14〕 粲花莲舌：称赞人有口辩，见前《赠蒋鹿珊先生言志且为他日

成功之鸿爪也》注〔8〕。

〔15〕 启聩振聋:此为启迪、振兴女界意。聩,天生而聋称聩。聋聩,也喻愚昧无知。

〔16〕 大千:即“大千世界”,佛家以一千个人类世界,合称小千世界;一千个小千世界,合称中千世界;一千个中千世界,合称大千世界。见《维摩经》。此指全中国。

〔17〕 “一听”句:意为迎接男女平等新时代的曙光。五更钟,即晨钟,见前《中国女报发刊辞》注〔40〕。

满　江　红〔1〕

肮脏尘寰〔2〕,问几个、男儿英哲〔3〕?算只有、蛾眉队里〔4〕,时闻杰出〔5〕。良玉勋名襟上泪〔6〕,云英事业心头血〔7〕。醉摩挲、长剑作龙吟〔8〕,声悲咽。　自由香,常思爇〔9〕;家国恨,何时雪?劝吾侪今日〔10〕,各宜努力。振拔须思安种类〔11〕,繁华莫但夸衣玦〔12〕。算弓鞋、三寸太无为〔13〕,宜改革。

〔1〕 这首词约为秋瑾留日后的作品。词中秋瑾以勇敢的叛逆精神,指出英雄女儿并不亚于男子。“肮脏尘寰,问几个、男儿英哲?”正是诗人对封建社会重男轻女那种旧传统观念的挑战和讽刺,以及她要求男女平等的民主思想的折光反映。更可贵的是,诗人并未把男女平权、妇女解放的理想和主张,仅仅局限于家庭生活的小圈子里,而是把它和当时波澜壮阔的民族解放运动结合了起来。她期望妇女能以国家民族为重,在拯救中华民族危亡的斗争中,贡献出自己的智慧和力量。

〔2〕 尘寰:尘世。

〔3〕 英哲：才能高超、见解卓越的人。

〔4〕 蛾眉：借称女子。见前《题芝龛记》注〔9〕。

〔5〕 "时闻"句：经常听说有英雄豪杰出现。

〔6〕 良玉：即秦良玉，女中豪杰，见前《题芝龛记》注〔4〕。

〔7〕 云英：即沈云英，见前《题芝龛记》注〔4〕。按：关于秦良玉和沈云英的功过评价，见前《题芝龛记》注〔1〕。

〔8〕 摩挲：用手抚摸。黄遵宪《慷慨》诗："龙泉腰下剑，一看一摩挲。"龙吟：见前《柬志群》注〔16〕。

〔9〕 "自由"二句：自由香常思点燃，喻诗人热爱自由、平等的胸怀时常为之热血沸腾。爇（ruò 弱），点燃，焚烧。

〔10〕 吾侪（chái 柴）：我辈。

〔11〕 振拔：振兴。种类：此指汉族。全句意为要振兴女界必须以民族安危为计。她在《敬告中国二万万女同胞》中说："我们自己要不振作，到国亡的时候，那就迟了。"可与此句互参。

〔12〕 "繁华"句：意思是说不要只讲究穿戴打扮。玦（jué 决），环形有缺口的佩玉，此泛指妇女的装饰品。

〔13〕 弓鞋：旧时缠足妇女穿的鞋子，此指缠足。三寸：过去有"三寸金莲"之说，极言脚小。

如此江山〔1〕

萧斋谢女吟愁赋〔2〕，潇潇滴檐剩雨〔3〕。知己难逢，年光似瞬，双鬓飘零如许〔4〕。愁情怕诉，算日暮穷途〔5〕，此身独苦〔6〕。世界凄凉，可怜生个凄凉女〔7〕。 曰"归也"、归何处？猛回头祖国〔8〕，鼾眠如故〔9〕。外侮侵陵〔10〕，内容腐败〔11〕，没个英雄作主。天乎太瞀〔12〕！看如此江山，忍归胡虏〔13〕？豆剖瓜分〔14〕，都为吾故土[15]。

〔1〕 这首词大约是诗人留日时的作品。上片抒发诗人对时光易逝、知己难逢的感慨。“世界凄凉,可怜生个凄凉女”,正是诗人对黑暗社会现实和自身遭遇最深切的感受。下片从个人的感慨转向对祖国危亡的忧虑,充分表现了诗人爱国忧民的思想,洋溢着浓郁的爱国主义热情。如此江山,词牌名,亦称《齐天乐》。

〔2〕 萧斋:南朝书法家萧子云,在建业寺的墙上以飞白作一“萧”字。后来寺毁而墙仍存,唐人李约载壁归,特建精室陈置,名曰“萧斋”。见张弘靖《萧斋记》。此泛指书房。谢女:即才女谢道韫,见前《偶有所感用鱼玄机步光威裒三女子韵》注〔8〕。此为秋瑾自比。愁赋:北朝诗人庾信作有《愁赋》,全文已失传,今从宋叶廷珪《海录碎事》卷九《愁乐门》所引,仅能辑得十句。详见中华书局版《庾子山集注》附录。姜夔《齐天乐》首句“庾郎先自吟愁赋”。

〔3〕 潇潇:小雨貌。李清照《蝶恋花》(泪湿罗衣脂粉满)词:“潇潇微雨闻孤馆”。

〔4〕 双鬓飘零:两鬓的发脱落。

〔5〕 日暮穷途:此喻计穷力尽,见前《致徐小淑绝命词》注〔3〕。

〔6〕 此身:指诗人。

〔7〕 凄凉女:诗人自称。

〔8〕 祖国:《秋瑾集》“祖国”二字属下,今依《词律》格式重新断句。

〔9〕 鼾眠:熟睡而发鼾声,意同“沉睡”、“睡狮”,喻中国人民不觉醒。

〔10〕 外侮:指帝国主义的侵略。陵,同“凌”,欺侮。

〔11〕 内容:此泛指内政。

〔12〕 乎:语助词。瞽:瞎。

〔13〕 胡虏:指清统治者。

〔14〕 豆剖瓜分:此喻国土被帝国主义瓜分。鲍照《芜城赋》:“出入三代,五百馀载,竟瓜剖而豆分。”

〔15〕 故土:祖国的领土。

满　江　红

题郑叔进名沅孤帆细雨下潇湘图[1]

尺幅丹青[2],藏多少辛酸痛泪[3]？想那时帘纤细雨,魂销帆驶[4]。画荻欢成永叔业[5],导舆不获崔邠侍[6]。恸慈晖一去见无从[7],伤心始。　课儿声,长已矣[8]！思亲泪,何时止？剩潇湘诗句[9],兰闺遗志[10]。纵有虎头灵妙笔,难传仁杰缠绵思[11]。盼何时懿像画甘泉,荣青史[12]。

〔1〕 郑沅(？—1940稍后),字叔进,号习叟,室名独笑斋,有《独笑斋金石题跋记》。光绪二十年(1894)甲午恩科探花,湖南长沙人。光绪十九年,秋瑾父秋益三来湖南,居长沙,大约此时,郑沅为秋益三的携眷来湘画了一幅《孤帆细雨下潇湘图》。光绪三十二年(1906)夏历十二月下旬,秋母病逝。瑾回绍兴奔丧。她看到这幅画,异常悲伤,便为此画题了这首《满江红》。词中倾注着秋瑾对母亲单氏深挚的悼念之情。

〔2〕 丹青:指图画。

〔3〕 藏:蕴含。

〔4〕 "想那"二句:指《孤帆细雨下潇湘图》上画着:在一叶小舟上,一位母亲抱着孩子独坐在帘内船舱里,外面下着细雨,舟在江中行进急速,视之令人神驰魂销。

〔5〕 "画荻"句:宋代政治家、文学家欧阳修四岁丧父,家贫无钱买纸买笔,母亲便用芦荻作笔在沙地上教儿子习书认字。欧阳修后至宰相,

成就大业。事见《宋史·欧阳修传》。永叔,欧阳修字永叔。

〔6〕 “导舆”句:写诗人生前未能亲自侍奉母亲,感到有愧。导舆,《唐书·崔邠传》:“(崔)邠拜太常卿,……导母舆,公卿见皆避道,都人荣之。”导,引,拉。舆,车。

〔7〕 慈晖:指母亲。孟郊《游子吟》诗中有“谁言寸草心,报得三春晖”句,后因称母亲为“慈晖”。

〔8〕 长已矣:永远停止了。

〔9〕 潇湘诗句:瑾母能诗,她当年在湖南时写有诗篇。

〔10〕 兰闺遗志:指瑾母望女儿成材的教导。兰闺,妇女住的房子。

〔11〕 “纵有”二句:纵有传神的画笔也难以表达对母亲深挚的爱。虎头:东晋画家顾恺之(约345—406),他小字虎头。恺之,博学多才,尤擅绘画。仁杰,即唐代大臣狄仁杰(630—700)。一次,他登太行山,见白云孤飞,想起自己的母亲。他对母亲怀有深挚的爱,故诗云“缠绵思”。

〔12〕 “盼何”二句:盼望何时才能把母亲的懿像画在甘泉宫,留名青史呢!懿,美好和善意。甘泉,即甘泉宫。在陕西淳化县甘泉山上,本为秦宫,汉武帝又增筑扩建,成为朝见诸侯、宴外宾的地方。将像绘在甘泉宫,当然应是有功于国之人了。荣,此作动词用。

临江仙

题秋灯课诗图〔1〕

懿范当年传画荻,辛勤慈母兼师〔2〕。丸熊篝火课儿时,三迁媲孟氏,折葼授羲之〔3〕。 佳句不辞千遍读,秋宵真个宜诗〔4〕。讲帏已邈悔生迟〔5〕,宣文遗志在,盥手仰仪徽〔6〕。

〔1〕 这首词写于秋母逝世后,1907年春作。徐双韵在《记秋瑾》中说:"秋瑾失恃后,为了纪念慈母的辛勤教诲,曾托人绘了一幅《秋灯课诗图》,并题了一阕《临江仙》以寄其深刻的怀念。"(《辛亥革命回忆录》第三集)这首词是秋瑾成仁前数月写的。

〔2〕 "懿范"二句:用欧阳修母亲教子的佳话喻母亲对自己的教育。懿范,美好的道德风范,多用来赞妇女的美德。画荻,见前《满江红·题郑叔进名沅孤帆细雨下潇湘图》注〔5〕。

〔3〕 "丸熊"三句:用历史上母亲教子有方的事例喻秋母对女儿的教诲。丸熊,用熊胆制成的药丸。柳仲郢幼嗜学,母亲韩氏,教子有方,制熊胆丸,让他夜间咀咽此丸以助勤。事见《新唐书·柳仲郢传》。后来"丸熊"便作为"母教"的典故。篝火,用竹笼罩着的火,较暗。这里用"丸熊篝火",指夜间教子。三迁媲孟氏,指孟母三迁教子的故事。孟子幼时,家近墓地,孟轲便常常做墓间的游戏,孟母以为不可;便迁到市上,孟轲又学商人做生意玩,孟母仍以为不可;后又迁至学校附近,儿子才知道读书和学习礼节。事见刘向《列女传·邹孟轲母》。折葼授羲之,王羲之的母亲曾折细树枝教儿子写字要有恒心,不可半途而废。王羲之后来成为著名的书法家,与母亲的教诲有一定的关系。

〔4〕 秋宵真个宜诗:即"真个宜诗秋宵",颠倒是为了平仄的关系。

〔5〕 "讲帏"句:古代那些贤母已远离人世,后悔我生得太迟了。讲帏,泛指讲坛。据《汉书·董仲舒传》:董仲舒给弟子讲课时,把室内帏幕落下来,故讲坛又称讲帏。这里指上面提到的欧阳修母、孟轲母等母亲。邈(miǎo 秒),远。

〔6〕 宣文:即宣文君(283—?),前秦女经学家,姓宋,名失传,籍贯也不可考。苻坚曾令学生一百二十人从她学习,使周代官学得以保存流传。这里代指词人的母亲。盥手:洗手。古代做事前以洗手(使手洁)表示敬重。仪徽,即徽仪(倒置为了押韵),美好的仪容。这里指画中秋瑾母亲的像。

昭　君　怨[1]

恨煞回天无力[2]，只学子规啼血[3]。愁恨感千端[4]，拍危栏。　杠把栏干拍遍，难诉一腔幽怨[5]。残雨一声声，不堪听！

〔1〕 这首词抒写诗人幽怨难诉的悲愤心情。秋瑾在祖国日趋危亡的关头，想做一番扭转乾坤的事业，无奈壮志虽存而报国无术，故词的调子显得悲凉低沉。

〔2〕 "恨煞"句：诗人恨自己无力拯救祖国危亡。回天，喻扭转极难挽回的局势。《新唐书·张玄素传》："张公论事有回天之力。"

〔3〕 子规啼血：子规是杜鹃鸟的别名，杜鹃叫时声音极凄惨悲苦，常常叫出血来，故有"杜鹃啼血"的说法。此句意为只能为祖国悲伤和哭泣。

〔4〕 千端：千头万绪。

〔5〕 "枉把"二句：喻诗人满腔的悲愤无法排遣。辛弃疾《水龙吟》(楚天千里清秋)："江南游子，把吴钩看了，栏干拍遍，无人会，登临意。"

歌　　选

读《警钟》感赋[1]

此钟何为铸[2]？铸以警睡狮[3]。狮魂快归来，来兮来兮莫再迟！我为同胞贺，更为同胞宣祝词。祝此《警钟》命悠久，贺我同胞得护持。遂见高撞自由钟[4]，树起独立旗，革除奴隶性，抖擞英雄姿。伟哉伟哉人与事，万口同声齐称《警钟》所恩施！

〔1〕 这首歌词约作于1904年(光绪三十年)。诗人通过对《警钟》的礼赞，借以唤起沉睡的中国，希望人民觉醒过来，摆脱奴隶的枷锁，在《警钟》的召唤与激励下奋勇前进。《警钟》，即《警钟日报》，原名《俄事警闻》，1904年创刊于上海，蔡元培等人主编。该报最初专录帝俄侵占我国东北的消息，以及抨击清廷外交失败的文章，作为"警钟"，以唤起国人的注意。后来对英、德、法等帝国主义国家侵凌中国主权的行为，也时加抨击。是继《苏报》后重要的革命报刊之一。1905年(光绪三十一年)二月二十五日被清政府和帝国主义封闭。

〔2〕 何为：即为何，为什么。

〔3〕 睡狮：指当时沉睡的中国，喻人民处于封建专制统治之下而不觉醒。

〔4〕 自由钟：这是一个举世闻名的钟，挂在美国菲拉得菲亚城的独立堂内。1776年，美国正式签订《独立宣言》，曾撞此钟致敬。见柯柏年主编《美国手册》，第514页。这里的"自由钟"和下文的"独立旗"，意为争取民主、自由、独立、解放。这是欧美资产阶级民主革命惯于提出的政治口号。秋瑾在此也是因袭东西方资产阶级的革命理论。

同胞苦[1]

同胞苦，同胞之苦苦如苦黄连[2]。压力千钧难自便[3]，鬼泣神号实堪怜。吁嗟乎[4]！地方虐政猛如虎[5]，何日复见太平年？厘卡遍地如林立[6]，巡丁司事亿万千[7]。凶如豺狼毒如蛇，一见财物口流涎[8]。我今必必必兴师[9]，扫荡毒雾见青天。手提白刃觅民贼[10]，舍身救民是圣贤。

同胞苦，同胞之苦苦如苦黄连。暴政四播逞奸蠹[11]，民贼相继民呜咽。庚子创祸一二臣[12]，今日同胞受熬煎。赔款四百五十兆[13]，竭我膏脂以付钱[14]。我今必必必兴师，扫荡毒雾见青天。手提白刃觅民贼，舍身救民是圣贤。

同胞苦，同胞之苦苦如苦黄连。鞭笞同胞同犬马[15]，民贼自待若神仙。烟膏有捐酒有捐，房捐铺捐无不全。袜履之微皆取捐[16]，一草一木不宽便。我今必必必兴师，扫荡毒雾见青天。手提白刃觅民贼[17]，舍身救民是圣贤。

同胞苦，同胞之苦苦如苦黄连。苛敛一倍复数倍[18]，托名赔款自私焉[19]。吁嗟乎！天日惨淡冤气塞，此罪此恶难洗湔[20]。愿我同胞振精神，勿勿勿勿再醉眠。我今必必必兴师，扫荡毒雾见青天。手提白刃觅民贼，舍身救民是圣贤。

〔1〕 这是一首歌词，约作于秋瑾留日归国后。它尖锐、深刻地揭露了清统治者残酷地剥削和压迫人民的罪恶。歌词分四节，每节开头都写道："同胞苦，同胞之苦苦如苦黄连。"字里行间，洋溢着诗人对人民深切的同情。接着作者又从地方虐政、割地赔款、苛捐杂税、横征暴敛诸方面，揭露了清统治者的残酷、暴虐和凶狠，歌词每节末尾都号召人民起来推翻清王朝的反动统治。革命的思想内容决定了这首歌词丰富的人民性和强烈的战斗色彩，在当时日益高涨的民主革命斗争中，产生过巨大的号召作用和鼓舞力量。歌词语言通俗易懂，在章法上学习民歌中重章叠句的形式，通过反复吟咏，突出、深化了作品的主题，增强了作品的战斗力量。

〔2〕 黄连：多年生草本植物，根可入药，味极苦，俗称苦黄连。

〔3〕 压力千钧：极言压力之大、之重。钧，古代重量单位，三十斤为一钧。自便：意近自由、自安。

〔4〕 吁嗟乎：感叹词。

〔5〕 "地方"句：孔子曾说过"苛政猛于虎"的话。见《礼记·檀弓》。诗用此意。虐政，指对人民实行残酷统治的种种政策。

〔6〕 厘卡：收厘金之所，此指清王朝征收苛捐杂税的机关。如林立：喻"厘卡"之多。

〔7〕 巡丁、司事：地方上征收捐税的人。

〔8〕 "一见"句：极力形容巡丁、司事的贪婪。涎，口水。

〔9〕 必：一定的意思。此连用三个"必"字，表示语气的坚定。

〔10〕 民贼：人民的敌人，此指清统治者。

〔11〕 四播：四处传播，到处推行。逞：肆行，放任。

〔12〕 庚子：即庚子事变。八国联军之役发生在1900年（光绪二十六年），古代用天干地支纪年，是年岁次庚子，故又称庚子事变。歌词中作者认为庚子事变是由清廷几个大官引起的，这种看法有缺陷。

〔13〕 "赔款"句：庚子事变，清政府被迫签订了《辛丑条约》，规定中国向各帝国主义国家赔款四万万五千万两。兆，古代的数词单位，一百万为"兆"。

〔14〕 竭我膏脂：刮尽民脂民膏。

〔15〕 鞭笞：鞭打（本意为用鞭子或板子打）。

〔16〕 履：鞋。

〔17〕 手提：《秋瑾史迹》影印手稿，此节缺“手提”二字，第四节缺“见青天”以下文字，但就歌词一般章法看，疑有夺文。为保持歌词结构的完整，今依王灿芝编《秋瑾女侠遗集》补上。

〔18〕 “苛敛”句：指实际要缴的捐税比法定的多数倍。所谓“浮收之数，有数倍于正额者，且有私收折价至十数倍者”（安徽情况，转引自戴逸《中国近代史稿》第一卷，第49页），龚自珍《己亥杂诗》（不论盐铁不筹河）中有“国赋三升民一斗”句，可与此互参。

〔19〕 “托名”句：清廷征收捐税，名义上说是为了赔款，实则借此贪污自肥。

〔20〕 洗湔（jiān尖）：复词单义，洗。

勉女权歌[1]

吾辈爱自由，勉励自由一杯酒。男女平权天赋就[2]，岂甘居牛后[3]？愿奋然自拔，一洗从前羞耻垢[4]。若安作同俦[5]，恢复江山劳素手[6]。

旧习最堪羞，女子竟同牛马偶[7]。曙光新放文明候，独立占头筹[8]。愿奴隶根除，智识学问历练就[9]。责任上肩头，国民女杰期无负。

〔1〕 这是秋瑾宣传男女平权、妇女解放的一首歌词，原载《中国女报》第二期，约作于1907年（光绪三十三年）。作者认为，女子要想求得解放，必须自己起来解放自己，必须争取妇女的人格独立和经济独立。所谓

"欲脱男子之范围,非自立不可;欲自立,非求学艺不可,非合群不可"(《致湖南第一女学堂书》)。并且认为,女子也应和男子一样,担负起拯救祖国危亡的神圣职责。

〔2〕 天赋:天所给予,生来就具备意。

〔3〕 牛后:喻从属的地位。语出《战国策·韩策一》:"臣(苏秦)闻鄙语曰:'宁为鸡口,无为牛后。'今大王西面交臂而臣事秦,何以异于牛后乎?"元稹《酬翰林白学士代书一百韵》诗:"那能居牛后,更拟助洪基。"

〔4〕 垢(gòu 够):灰尘。

〔5〕 同俦:同伴。

〔6〕 素手:指女子的手。《古诗十九首·青青河畔草》:"纤纤出素手。"素,喻肤白。

〔7〕 牛马偶:同牛马一样。高旭《女子唱歌》诗:"人不学,犬马俦。"此处意为不把妇女当人看待。

〔8〕 "独立"句:意为妇女要求解放,人格独立和经济独立最为重要。占头筹,占头一位,是第一条。

〔9〕 智识:知识。

弹　　词

精　卫　石[1]

序

余也处此过渡时代，趁文明一线之曙光，摆脱范围，稍具智识[2]。每痛我女同胞处此黑暗之世界，如醉如梦，不识不知，虽有学堂而能来入校者、求学者，寥寥无几。试问二万万之女子，呻吟蜷伏于专制男子之下者不知凡几。呜呼！尚日以搽脂抹粉，评头束足，饰满髻之金珠，衣周身之锦绣，胁肩谄笑，献媚于男子之前，呼牛亦应，呼马亦应，作男子之玩物、奴隶而不知耻，受万重之压制而不知痛，受凌虐折辱而不知羞，盲其双目，不识一个[3]，懵懵然[4]，恬恬然[5]，安之曰：命也。奴颜婢膝，觍颜不以为耻辱[6]。遇有兴设女学工艺者，不思助我同胞，反从旁听其夫子而摧折之[7]。亦有富室娇姿、贵家玉女，量珠盈斗，贮金满簏[8]，甘事无知之偶像，斋僧施尼以祈福[9]，见同样之女子陷于泥犁之地狱[10]，而未闻一援手[11]。呜呼！是何心哉？

余惑不解，沉思久之，恍然大悟，曰：吾女子中何地无女英雄及慈善家及特别之人物乎？学界中，余不具论，因彼已受文明之薰陶也，仅就黑暗界中言之，岂遂无英杰乎？苦于智识毫无，见闻未广，虽有各种书籍，苦文字不能索解者多。故余也谱以弹词，写以俗语，欲使人人能解，由黑暗而登文明。逐层演出，并尽写女子社会之恶习及痛苦耻辱，欲使读者触目惊心，爽然自失[12]，奋然自振，以为我女界之普放光明也。

余日顶香拜祝女子之脱奴隶之范围，作自由舞台之女杰、女英雄、女豪杰，其速继罗兰[13]、马尼他[14]、苏菲亚[15]、批茶[16]、如安而兴起焉[17]。余愿呕心滴血以拜求之[18]，祈余二万万女同胞无负此国民责任也。速振！速振！女界其速振！

〔改造汉宫春〕极目伤心，叹中华祖国，黑暗沉沦。大好江山，忍归异族鲸吞？空有四万万后裔，奴隶根深。甘屈伏他人胯下[19]，腼颜献媚争荣。幸得重生忠义士，从头收拾旧乾坤。　　可怜女界无光彩，只恹恹待毙，恨海愁城。湮没木兰壮胆[20]，红玉雄心[21]。蓦地驰来，欧风美雨返精魂。脱范围奋然自拔，都成女杰雌英。飞上舞台新世界，天教红粉定神京[22]。

〔1〕 弹词《精卫石》，署名汉侠女儿。因秋瑾当时正忙于革命活动，故此篇的写作时断时续，大约1905年写成第一至第三回，1906年写第四、第五回，第六回写于1907年。根据秋瑾所拟《精卫石》目录，原计划写二十回，未完。秋瑾为什么把自己的这部弹词命名为《精卫石》呢？据《山海经·北山经》记载，精卫是神话中的鸟名。相传古代有一位少女，她是炎帝的女儿，名女娃，因游东海淹死，化为精卫。她天天衔西山的木头和石子去填东海，久而久之，果然把她心目中的这个"恨海"填平了。这石头也就是精卫石。秋瑾将自己的这部弹词取名《精卫石》，意在说明要争取妇女解放，必须有精卫填海的那种坚忍不拔、百折不回的毅力和勇气；妇女们倘都能成为一块精卫石，迫害妇女的这个"恨海"就能填平。《精卫石》是一部带有自传体性质的作品，主人公黄鞠瑞（后改名黄汉雄）是秋瑾的艺术化身。弹词主题系宣传男女平权，妇女解放。弹词以黄鞠瑞反抗买办婚姻、留学日本、投身于民主革命运动为主线，形象地反映了旧社会妇女的种种痛苦与不幸，体现了秋瑾关于妇女解放的正确主张：即把妇女解放与当前的民族解放运动结合起来。这在资产阶级民主主义革命运动蓬

勃发展的当时，是有巨大的进步意义的。《精卫石》在艺术上也很有特色，作品的故事情节完整而生动，人物塑造较好，特别是作品中黄鞠瑞这个艺术形象写得比较成功，作品语言生动活泼，清新流畅，是用北方普通话写成的"国语弹词"，南北方人均可欣赏，目的在扩大作品的革命影响。它不仅是研究秋瑾思想和创作的重要资料，而且也是近代俗文学中的珍品。

〔2〕 范围：界限，这里有束缚的意思。

〔3〕 "盲其"二句：意为不识字的睁眼瞎。盲，用为动词。

〔4〕 懵(měng 猛)懵然：糊糊涂涂的样子。

〔5〕 恬恬然：安然处之、满不在乎的样子。

〔6〕 觍颜：厚颜。

〔7〕 夫子：丈夫。

〔8〕 籝(yíng 营)：箱子。

〔9〕 斋僧施尼：谓以斋饭施舍给僧人尼姑。

〔10〕 泥犁：佛教语，梵语 Niraya 的译音。这里"泥犁地狱"，意思是地狱的最低层、最恶劣处。

〔11〕 援手：伸手拉人一把以解救其困厄。

〔12〕 爽然自失：本形容茫无主见，无所适从。秋瑾在这里是取豁然明了义。

〔13〕 罗兰：此指法国政治家让马里·罗兰的妻子罗兰夫人(Jeanne-Marie Roland，1754—1793)，近代又译为朗兰夫人、玛利或玛利侬。法国大革命时之女英雄，后为激进之雅各宾党人所害，在法国影响很大。

〔14〕 马尼他：意大利女杰，加里波的夫人。。

〔15〕 苏菲亚(1854—1881)：俄国著名的虚无党女英雄，贵族出身，因刺杀沙皇二世而献身。是当时中国资产阶级革命党人和进步青年最崇拜的女英雄之一。

〔16〕 批茶：即写《汤姆叔叔的小屋》的作者斯托夫人(H. B. Stowe，1811—1896)，美国 19 世纪中期著名的女作家。近代人由于视野的局限，把她和她的另一译名批茶(父名)视为两人，于此北京大学夏晓虹著文《批茶女士与斯托夫人》辨之甚详。另见前《感时》诗注〔16〕。

〔17〕 如安:即法国女英雄贞德在中国近代的另一译名。贞德(Jeanne d'Arc,1412—1431),是一位在英法战争中因抗击英军牺牲的法国农家少女,又称“奥尔良贞女”,法国爱国领袖。在法国和全世界影响很大。在近代,她的名字曾被译为如安、若安、冉达克、惹安达克、如安达克等。

〔18〕 呕心滴血:现一般作呕心沥血。极言费尽心思和精力。

〔19〕 胯下:原指汉代韩信受辱胯下之事。见《史记·淮阴侯列传》。后用来比喻受别人的欺辱。胯,指腰的两侧和大腿之间的部分。

〔20〕 木兰:花木兰。见前《题芝龛记》注〔26〕。

〔21〕 红玉:梁红玉。南宋名将韩世忠的妻子。宋高宗建炎四年(1130),韩世忠与侵犯宋朝的金兵战于江宁东北之黄天荡,梁红玉亲自擂鼓助战,鼓舞士气,金兵大败。后来韩世忠屯兵楚州,当时荆棘遍地,梁红玉又织蒲为屋,与兵士同甘苦,共劳役。时人誉为女中豪杰。

〔22〕 红粉:妇女化妆用的胭脂和铅粉,此代指女子。

精卫石目录

第一回

睡国昏昏妇女痛埋黑暗狱
觉天炯炯英雌齐下白云乡

爱国情深意欲痴，偶从灯下谱弹词。已教时局如斯急，无奈同胞懵不知。叹从前几多志士抛生命，亦只欲恢复江山死不辞。更有一班徒好虚名者，自命非凡妄骄侈：假肝胆，方见坛前夸义勇；真面目，已闻花下拥妖姬。保赏举人威赫赫〔1〕，钦加主事笑嬉嬉〔2〕。惟自利，但营私，博得身荣利亦随。作时髦，志士雄材称革命；趋大老[3]，奴才走狗也遵依！众人诮骂何曾恤[4]？三等奴衔任我为。不念祖宗同一脉，甘为虎伥戕连枝[5]。徒劳志士心如火，可奈同胞蠢似豕！托迹扶桑空愤愤[6]，挽营家国恨迟迟。算吾身，亦是国民一分子，岂堪坐视责难辞。无奈是志量徒雄生趣窄[7]；然而亦壮怀未肯让须眉。博浪有椎怀勇士，抟沙无计哭男儿[8]。又苦是我国素来称黑暗，侠女儿有志力难为。无可奈，且待时，执笔填成精卫词，以供有心诸姊妹，茶馀灯下一评之。

却说东方有个华胥国[9]，到如今也记不起有多少年数了，只晓得国王姓黄，尊为汉皇，是一统传下来的。从前的汉皇都是很英明的，谁知后来的子孙，生性好睡，弄到一代重一代，竟有常常睡着不晓得醒的；并且会不知不觉的一睡死了的时候都有，龙位往往为外人偷去坐了，他国人尚不知道的。这是甚么缘故呢？却不知这朝内外的臣子都有个糊涂病，并且生一对极近的近视眼，所以外人篡了位去，尚是天天磕头，称皇上英明神武、深仁厚泽、食毛践土[10]、天高地厚的话，摇尾献媚，并不知道朝上换了非我同族的人，天天凌虐我们同族的人民百姓，抽饷加税，图专制之尊享，以鱼肉小民，颐指官吏。官吏因有私利可图，顶戴可染[11]，也就奉之惟勤，不惜杀同胞以媚异族了。若有心里不糊涂、眼光远的，看见异族篡夺土地，去告诉他们，这一班臣子吓得屁滚尿流，反说告诉的人大逆不道，拿去杀了。然而官吏中如有不糊涂、不近视的，一定不能安其位的。说也奇怪，明明的好好一个人，一入了官途，不知如何,就会生出糊涂病及近视眼来,曾有人批评过的:实因利欲薰心,污臭入目,大概就生这两种毛病了。外人见他们自己这样糊涂,就人人来想他这个土地,这个这里割一块,那个那里分一处,各各霸占了去。君臣却全不要紧,天天的歌舞梨园,粉饰升平的快乐,还专只搜寻不糊涂、不近视的志士来杀。这就是华胥近日政府的情状了。并且数千年传下来一最不平等[12]、最不自由的重男轻女之恶俗。这些男人专会想些野蛮书籍、礼法,行些野蛮压制手段来束缚女子,愚弄女子,设出"女子无才便是德"之话出来,欲使女子不读书,一无知识,男子便可自尊自大的起来,竟把女子看得如男子的奴隶、牛马一样。殊不知天生男女,四肢五官、才智见识、聪明勇力,俱是同的;天职权利,亦是同的。只因女子不读书,不出外阅历,不出头做事,惟晓得死守闺门,老死窗下,把自己能力放弃得一点都没有了,让男子占了优胜地位,一步一步的想法子来压制女子。你说可恨不可恨呢?

造言设法把人欺,却说道天赋男尊女本卑。外事女儿何可道,家庭中又须夫唱妇方随。闺门不出方为美,内言出阃众人讥[13]。女子无才便是德,读书识字不相宜。只合中馈供饮食[14],搓麻织布与缝衣。三从自古牢为例,四德由来不可移[15]。女儿守节须从一[16],男子无妨置众妻。亦有嫌妻刚烈者,诳言七出弃如遗[17]。恍如撒下瞒天谎,无非要女子无谋服彼低。更恐怕隐谋妇女潜来听[18],所以道下堂定欲佩声鸣[19]。保姆相随无乱步,晚间行路必持灯。更遇昏庸李后主,荒唐作事太离经,一时间好戏偶将妃足裹,束为新月步生金[20]。

此言一入狂夫耳，喜了欺凌妇女的人，诈言束足非凡美，方称袅袅与婷婷。此言一出人皆效，娶妻先以小为云[21]。女子已成奴隶性，一身荣辱靠夫君。一闻喜小皆争裹，纤纤束缚日求新。纵然是，母亲爱惜如珍宝，缠足时，那管娇儿痛与疼；泪淋淋，哀告求饶全不听，宛然仇敌对头人。戕残骨肉何其忍，一似犴庭受刖刑[22]。痛女子，自小何辜受此罪，模糊血肉步伶仃[23]。

唉！可怜自从缠了双足，每日只能坐在房中，不能动作，往往有能做的事情，为了足不能行，亦不能做了，真正像个死了半截的人。面黄肌瘦，筋骨缩小，终日枯坐，血脉不能流通，所以容易致成痨病，就不成痨病[24]，也是四肢无力，一身骨节酸痛。若是那生气痛病的都是女子，你看万没有男子生气痛病的。产难[25]，妇人视为畏途，生死只争一刻。这都是缠足之害，使血脉不活，骨骼痹塞不灵之故。如是天足，常常运动，自由自在，谋自立之生业，我包你就没有这等病了。从来不听见东西洋各国有产难死了多少人的话，又不听见有那一个外国有气痛的毛病[26]，惟有中国一国的女子才有这病，可见这缠足之害无穷了。我们女子为甚么甘心把性命痛苦送在一双受痛受疼、骨断筋缩的脚上？往往妇女的病百倍难治，岂真难治么？只怪自己把自己看得太不值钱，不去求自己生活的艺业学问，只晓靠男子，反死命的奉承巴结，谄谀男子，千方百计，想出法子去男子前讨好。听见喜欢小脚，就连自己性命都不顾，去紧紧的裹起来。缠了近丈的裹脚布，还要加扎带子，再加上紧箍箍的尖袜套、窄窄的鞋，弄到扶墙摸壁，一步三扭，一足挪不了半寸，唯有终日如残废的瘸子、泥塑来的美人，坐在房间。就搽了满脸脂粉，穿了周身的绫罗，能够使丈夫爱你，亦无非将你作玩具、花鸟般看待，何曾有点自主的权柄？况且亦未必丈夫就因你脚小，会打扮，真的始终爱你。如日久生厌了，男子就另娶他人，把妻子丢在一边，不瞅不睬，坐冷宫〔27〕，闭长门〔28〕，那就凄凉哭叹，挨日如年了。若抱怨了几句，丈夫就可打可骂，也没有人说他不应该的。如去告诉他人，反要说你是妒妇，捻酸吃醋，传为笑柄。并且把你关得紧紧，如幽囚犯人一样，有苦无门可诉，气死了，凌虐了，旁人也不能说句公平冤苦话。若又遇了恶的姑嫜〔29〕，讨了一房媳妇，好似牢头增了一个罪囚，又似南美洲的人增了一口□□〔30〕，种种虐待，务使你毫无生人之趣。儿子有罪，都归在媳妇身上；东西不见了，就说媳妇偷了，送娘家去了；儿子本不成材料的坏东西，反说我儿子本是好的，都是媳妇来了教坏了；家中或是生意折了本，或是死了人，有不顺遂之事，就是媳妇命不好的缘故。真如眼中钉、肉中刺一般，欲置之死地而后已。更挑唆儿子虐待妻子，磨折死了，横竖是别人的骨血，不心痛的，只往北邙山一送〔31〕，媒人一请，不几时，居然有填死的新人进了房了。那男子已是将女子看成玩物、牛马之物，得新弃故，是其常情，生尚如此，死更可知。今日鼓盆初歌〔32〕，明日便新人如玉，何曾有一点痛惜及夫妇之情？并且有三年不死老婆便是晦气的话呢。那童养媳是更不必说了，非刑毒打，也不知凌虐死了多少，直成了一个女子惨世界了。这都是女子不谋自己养活自己的学问艺业，反去讲究缠脚妆扮去媚男子，一身唯知依靠男子，毫无自立的性质的缘故，所以受此惨毒苦楚。有一种女子得丈夫喜欢的，不曾受此苦处，也就安富尊荣，以为无上的快乐，并不知同样女子有受此惨苦；即使有人对他说了，却以为别人的痛苦与我什么相干，我又没有受罪。殊不知天天去烧香拜菩萨的人，应为菩萨能救苦救难。诸位太太奶奶们呀！你既不肯慈悲慈悲救救苦难，已大背菩萨的心了，还求得甚么福呢？若能够诸位有福的、有钱的太太奶奶们发个慈悲心，或助钱财，或助势力，开女工艺厂也好，开女学堂也好，使女子皆能自己学习学问手艺，有了生业，就可养活自己，不致再受这样的惨苦。这样的功德，比烧香、念经、拜菩萨，要大几千倍、几万倍呢。我想后来这些多女子脱了苦海，纪念感恩，朝拜这些太太奶奶们，比拜菩萨还要多呢。这真是千年万载的名誉，车量斗数的功德，为甚么倒无人肯做呢？我的同胞姊妹呀！不能自立的，快些立志图自立；能自立的，须发个救天下苦海中姊妹的心，不可再因循了〔33〕。我们女子，受那万重压制，实在苦嘘！待我慢慢再讲来与诸位听听，那压制女子的苛法，犹如：

重重地网与天罗，幽闭深闺莫奈何！凌虐难当图自尽，服砒吊颈与投河。昏惨惨，枉死城中冤鬼哭；黑沉沉，祈天闺内罪囚多。真地狱，赛森罗〔34〕，痛惜我女子何辜受折磨！

更可恨、可哭、可痛、可笑的是：

父母全凭媒妁言，婚姻草草便相联。只贪图今日门楣温饱足〔35〕；那管你此生佳配是冤牵。空劳爱惜如珍宝，不择儿郎但择钱！一自过门为妇矣，此身荣辱付于天。随鸦彩凤难飞展〔36〕，入狱的囚徒遇赦难。怨气冲天弥大地，却使那瑶池王母也心寒。

且说这遗毒已有二千馀年。朝廷上的皇帝常常昏睡不醒，民间称为睡王，外国称为睡国。谁知这皇帝死，太子又小，却被那几个糊涂臣子交讧，为一个什么爱亲王篡了位去。若说这王子，却不是汉皇祖宗血脉的正派，是三御弟私下相好的一个姓秦的妓女所生。这妓却同姓金、姓胡、姓元的皆十分相好，私通得了孕，生下个儿子，便硬说是三御弟的。这三御弟本性糊涂，认以为真，便将他母子接了进来，认为妻子。谁知他母子久蓄奸心，暗结党羽。三御弟死了，此子便糊里糊涂袭了王位，又广布心腹，乘此机会便篡了皇帝的宝位。那班糊涂臣子，横竖只要你是皇帝，不管你姓张姓李，尽可磕头称臣，奉承得屁滚尿流，舐痔吮痈都来的[37]。谁知这亲王登了殿，有时竟致发昏不醒，民间就叫他昏王，朝事都归了太后，临朝执政。这且按下慢说。

且说那瑶池王母在宫中，只见那下界漫漫怨气冲。打听方知诸妇女，十分磨折理难容。况且是天生男女原无别，岂独男儿气概雄？忍使毒手恣凌虐，即上界我亦旁观气满胸。二千年毒氛怨气弥天地，惜妇女何辜罹苦衷？速使扫除荆棘地，光明开拨一重重。因思那尘寰妇女无能者，挽颓风，必须差遣众仙童。况且汉室行将灭，须遣英才降世中。

务使男女平权，一洗旧恨。宫女何在？速宣召诸男女仙童，下界做过英雄事业及有名者，进宫领旨。

一声领旨不迟挨，顷刻诸仙应召来。木兰携手秦良玉，沈氏云英联袂偕[38]。红玉荀灌诸葛妇[39]，锦伞夫人洗氏随〔40〕。平阳公主黄崇嘏〔41〕,舌辩临风道韫才〔42〕。卫娘持笔含春到〔43〕,红线隐娘仗剑来〔44〕。青州歃血三奇女〔45〕,费氏韩娥共一堆〔46〕。牛氏应贞能讲义〔47〕,若兰苏蕙善机裁〔48〕。赵女雪华宋蕙湘〔49〕,淑英刘氏任妾崔〔50〕。明末杨娥宋末金义妇〔51〕,齐王氏共唐赛儿〔52〕。封绚邵续符毛氏〔53〕,邹保英之妻奚氏随〔54〕。关妹左芬刘氏妹〔55〕,班姬伏女一同排〔56〕。更有魏娥高张陆〔57〕,尽是忠魂毅魄魁。皇甫规妻同诸女伴〔58〕,相携济济赴瑶台〔59〕。

男仙无非是岳武穆〔60〕、文天祥〔61〕、谢枋得〔62〕、黄道周〔63〕、孙嘉绩〔64〕、熊汝霖〔65〕、张国维〔66〕、钱肃乐〔67〕、郑成功〔68〕、韩世忠〔69〕、张世杰〔70〕、陆秀夫〔71〕、宗泽〔72〕、李纲〔73〕、史可法〔74〕、张煌言〔75〕、张名振〔76〕、章钦臣〔77〕等数百人。一齐来到,参见已毕。

当时王母便开言,细把下界情形说一番:“差遣尔等非为别,大家整顿旧江山。扫尽胡氛安社稷〔78〕,由来男女要平权。人权天赋原无别,男女还须一例担。女的是生前未展胸中志,此去好各继前心世界间,务使光明新世界,休教那毒氛怨气再迷漫。男的是胡虏未灭遗恨在,今番好去报前冤。男和女同心协力方为美,四万万男女无分彼此焉。唤醒痴聋光睡国,和衷共济勿畏难〔79〕。锦绣江山须整顿,休使那胡尘腥臊满中原。”

王母吩咐已毕。只见人人鼓舞,个个欢欣,一齐拜辞而去。

众仙陆续下凡尘，各去投胎且慢云。做书人并非故意谈神怪，明知道神仙佛鬼尽虚云。况且是我国妇人多佞佛[80]，念经修庙与斋僧，每以疑心喧有鬼，更将木偶敬为神，身受欺凌称罪孽，求神保护怕神嗔。般般无不祟虚妄，不惜金钱事偶人。更可笑婚姻大事终身配，但卜神前筊几巡[81]。疾病贫穷委之命，不思自立卫生身。人生原是最灵物，土木何能有性灵？终日礼拜何益处，反因此潦倒困终身！神仙鬼佛诸般说，尽是谣言哄弄人。骗得那愚夫愚妇来相信，借端便可骗金银。试问你遭逢水火刀兵事，几曾见有个神仙佛救人？昔年甚么红灯照[82]，圣母原来妓扮成。甚么师兄甚么法，反被那洋人杀得没头奔。虚言造语都为假，却不道朝内糊涂信了真。闯成大祸难收拾，外洋的八国联军进北京，只杀得血流遍地尸堆积，最多是小足伶仃妇女们。一桩可见诸般假，再莫虚佞木偶人。只有英雄忠义辈，肉身虽死性灵存。姓名遍布人钦慕，功业巍巍救我民。卫国卫民留正气，这般人物万年尊。若得同生斯世界，却能够保种保国保家庭。何能压制由异族，奴我同胞四亿人！若能得男女都如古人辈，经文纬武幸何深。驱除异族真容易，何难光复旧乾坤？岂如今恹恹待死无人救，内施压制外施兵；汉族尽为人奴隶，凄凄惨惨血痕新。这几年志士杀了多多少，尽是同胞作汉魂。矿山铁路和海口，一齐奉送与洋人。民间疾苦何曾问？终朝歌舞乐升平。颐和园共宫前路，活剥民脂供彼身。年年赔款如斯巨，亦是搜罗百姓身。叹民间流离颠沛贫穷极，朝廷方梨园歌舞宴洋臣。若有不忍微言者，捉将菜市便施刑[83]。如斯暴虐如斯恶，甘把江山送别人。如何这样来施设，却原来旗下人非汉族人。他只要般般图得洋人喜，宝位龙廷稳坐成。即使后来中国灭，他原不失小朝廷。苦只苦汉族同胞四万万，一遭惨祸尽难存。劝汉人快些醒悟休担搁，洗除积耻振精神。大家协力图保守，他年方幸早徙薪[84]。悔吾身，从前懵懵今方觉，苦把言论劝众人。大家及早图生计，莫使他年悔太昏。叮咛几句规诸位，心头热血欲奔腾！言归正传无担搁，如今却说一家门。浙江氏族黄为姓，名叫思华知府身。少年得志青云士，不愧书香世族人。祖先历代为官职，又是闽中关道身。清风两袖居官俭，传子惟遗授一经[85]。但是那传家历代皆清正，性情古板不求新。女子从来不使学，读书专重是男身。前言按下谈知府，夫人桑氏甚贤能。本兹姑表联姻眷，苦伴儿夫读五经。黄母当年逝世早，惟遗膝下子三人。长子即是黄知府，二弟年俱在幼龄。桑氏过门年十八，奉姑循顺有贤声。姑死勤劳抚小叔，宛同兹母一般形。二叔年长为彼娶，艰难家事一身承。从前受尽千般苦，今日荣华不负人。谁知天不从人愿，纵享荣华不称心。若云何故权停歇，下卷书中再续云。

〔1〕 保赏举人：清政府考试留学生，成绩合格者，授予“文科（法科、医科、理科）举人”。见前《中国女报发刊辞》注〔34〕。

〔2〕 主事：清政府各部司官中设主事，为正六品，与郎中、员外郎并列为六部司官。

〔3〕 大老:称高官。

〔4〕 诮(qiào 俏)骂:讥笑和谩骂。恤:顾及。

〔5〕 为虎伥(chāng 昌):即"为虎作伥",意指替坏人做帮凶。连枝:两树的枝条连在一起,这里喻同胞。

〔6〕 扶桑:我国对日本的旧称。

〔7〕 生趣:生活的情趣,这里指生路。

〔8〕 "博浪"二句:由《感愤》诗句化出,参正文及注〔4〕。

〔9〕 华胥国:这里指中国。传说华胥是中华祖先伏羲的母亲,故又以华胥称古代的中国。

〔10〕 食毛践土:形容臣子对皇帝感恩戴德的话,比喻一切所需均为皇帝所赐。毛,指五谷蔬菜等植物。践,踩。

〔11〕 "顶戴"句:意为有官可升。古代官吏戴的顶子以质料和颜色区别官阶。一二品高官戴红色珊瑚珠的顶子。染红了顶子,意为升官。

〔12〕 千:原稿"千"字下脱"年"字。

〔13〕 阃(kǔn 捆):指妇女居住的内室。

〔14〕 中馈(kuì 愧):古时指妇女在家主持饮食之事。这里借指家庭主妇。

〔15〕 "三从"二句:指以封建礼教束缚、奴役女子。三从,指幼从父兄,出嫁从夫,夫死从子。四德,指妇德、妇言、妇容、妇功。

〔16〕 从一:即从一而终。谓女子不事二夫,即使丈夫死了也不能再嫁。

〔17〕 七出:封建社会丈夫遗弃妻子的七种理由:一、无子,二、淫泆,三、不事舅姑,四、口舌,五、盗窃,六、妒忌,七、恶疾。

〔18〕 隐谋:这里是偷偷的、暗中的意思。

〔19〕 下堂定欲佩声鸣:古代妇女佩有饰物,如玉珮。女子走动时则发出声音。蒲松龄《聊斋志异·莲花公主》:"移时,珮环声近,兰麝香浓,则公主至矣。"

〔20〕 "更遇"四句:写女子缠足事。相传缠足始于李后主,见前《敬告中国二万万女同胞》注〔12〕。新月,缠足女子的脚为新月形。步生金,

《南史·齐东昏侯纪》:“又凿金为莲花以帖地,令潘妃行其上,曰:‘此步步生莲花也。’”后人因此专以金莲指女子纤足。这里是形容女子缠足行路的姿态美。

〔21〕 小:这里指足小。

〔22〕 犴(àn岸)庭:法庭。刖(yuè月)刑:古代砍掉脚的酷刑。

〔23〕 伶仃(líng dīng零丁):这里指走路摇摆不稳的样子。

〔24〕 痨病:结核病,亦专指肺结核。

〔25〕 产难:即今之产科中的“难产”。

〔26〕 气:原稿“气”下脱“痛”字,今依《秋瑾集》补上。

〔27〕 冷宫:封建时代的后妃失宠后就打入冷宫。此喻旧时代结婚女子失宠后的处境。

〔28〕 长门:汉宫名。汉武帝之陈皇后失宠于汉武帝,居长门宫,陈皇后以黄金百斤求司马相如作《长门赋》,以悟武帝,复得宠。后用长门比喻女子失宠于丈夫。

〔29〕 姑嫜:古时称丈夫的父母为姑嫜。

〔30〕 □□:意为“黑奴”二字。

〔31〕 北邙山:山名,也叫芒山、北山等,在今河南洛阳市东北。汉魏以来,王侯公卿多葬于此,后常以此地泛称墓地。

〔32〕 鼓盆:叩击瓦器。《庄子·至乐》:“庄子妻死,惠子吊之,庄子则方箕踞鼓盆而歌。”后因以鼓盆代称妻死之戚。

〔33〕 因循:此为犹豫意。《续资治通鉴·宋理宗绍定五年》:“右司谏陈岢上书请战,其略曰:‘今日之事,皆由陛下不断,将相怯懦,若因循不决,一旦无如之何,恐君臣相对涕泣而已。’”

〔34〕 森罗:即森罗殿,传说阴间阎罗王住的殿。

〔35〕 门楣:门第。明叶宪祖《素梅玉蟾》第五折:“两家都是好门楣,结下朱陈事更宜。”

〔36〕 随鸦彩凤:即“彩凤随鸦”。比喻才貌双全的淑女嫁鄙男。

〔37〕 舐痔吮痈:比喻无耻的谄媚行为。舐,添。吮,吸。痈,一种恶疮。《庄子·列御寇》:“秦王有病召医,破痈溃痤者得车一乘,舐痔者得车

五乘。”

〔38〕 “木兰”二句:木兰、秦良玉、沈云英,均见前《题芝龛记》注〔4〕、注〔26〕。

〔39〕 红玉:梁红玉。荀灌:晋荀崧小女,颍川颍阴(今河南许昌)人。荀崧任襄城太守时,为叛将杜曾所围。当时荀灌年十三,率勇士数十人夜晚突围而出,乞师请援。后贼闻救兵至,散走。历史上传为佳话。诸葛妇:即诸葛亮之妻黄氏,沔南名士黄承彦之女,襄阳人,貌丑有才。

〔40〕 锦伞夫人冼氏:即冼夫人(512—602)。隋代高凉俚族,世为南越首领。《北史·谯国夫人冼氏传》有“夫人亲被甲,乘介马,张锦伞,领彀骑卫”的载记,故以“锦伞夫人”称之。她有军事才能,后嫁高凉太守冯宝为妻。曾击败刺史李迁仕叛乱。冯宝死后,岭表大乱,为了国家的统一,她设法安抚岭南。当地人尊为圣母。隋文帝以其功封她为谯国夫人。

〔41〕 平阳公主:唐高祖李渊女,嫁于柴绍。隋大业十三年(617),柴绍往太原随李渊起兵反隋,她在鄠县(今陕西户县)散家财招募军队响应,发展至七万人,时称“娘子军”。后亲率部队与李世民的军队会师于渭北。黄崇嘏:五代前蜀王建执政时人。自幼聪慧,性格豪爽,她身穿男子装,游历两川。后因被人诬陷下狱,献诗蜀相周庠,为其平反。庠爱其才又荐为司户参军,政事明敏。庠欲以女妻之。黄崇嘏作诗表其苦衷:“幕府若容为坦腹,愿天速变作男儿。”庠大惊。后归故乡临邛,不知所终。

〔42〕 道韫:谢道韫。见前《偶有所感用鱼幺机步光威裒三女子韵》注〔8〕。

〔43〕 卫娘:即卫夫人(272—349),东晋女书法家。名铄,字茂漪,河东安邑(今山西夏县西北)人,汝阴太守李矩妻,人称“卫夫人”。工隶书和楷书,师从锺繇。王羲之少时,曾从之学。她还著有论书法之作《笔阵图》。

〔44〕 红线:唐代袁郊的传奇小说《红线传》(载《甘泽谣》)中的女主人公,是唐潞州(治今山西长治)节度使薛嵩的青衣女(侍女),通经史,善弹阮咸(琵琶一类的乐器),替薛嵩掌管文牍章奏,号曰“内记室”。当时魏博节度使田承嗣欲并潞州,薛嵩为此日夜忧闷,红线自告奋勇,黑夜潜入

魏郡,盗取了田承嗣枕边金合,以是两郡得以和睦相处。明代戏剧家梁辰鱼将此事写成杂剧《红线女》。隐娘:即聂隐娘,唐代裴铏的传奇小说《聂隐娘》中的主人公,唐贞元年间魏博大将聂锋之女。十岁时为一女尼窃去,学道五年,身轻如飞,善剑术,能白天刺人于集市,而人莫能见。后隐娘为魏州元帅去刺杀陈许节度使刘昌裔,刘能神算,已知其来,礼遇之,隐娘便归顺于刘,并帮助刘几次挫败刺客。后便入山寻访有道高人去了。清人尤侗的杂剧《黑白卫》即据此改编。红线、隐娘皆古代侠女的代表。

〔45〕 青州歃血三奇女:具体所指三女子,不详待考。青州,今山东青州市。歃血:古人盟会时,嘴唇上涂上牲畜的血,以示诚意。

〔46〕 费氏:明庄烈帝(崇祯)之宫人。崇祯末年(1644),李自成攻陷北京时,费氏十六岁,自投井中,但被农民军救出,争相占有她。她谎称是长公主,人们不敢逼她,送去见李自成,被人识破并赏给罗某。她假装让罗某择日成礼。罗某高兴,置酒取乐,费氏怀利刃,等罗醉后,断其喉,遂自尽。《秋瑾集》中即有《某宫人传》记此事。韩娥(1345—?):元末花木兰式的女英雄。四川阆中人。父母早亡,寄居叔父家,十二岁时女扮男装,取名韩关保,参加红巾军,战斗勇敢,英名远扬。后来恢复了女装,嫁给了红巾军部将马复宗。

〔47〕 牛氏应贞:即牛应贞(一作牛应真)。唐代牛肃长女,嫁弘农杨唐源。少年聪颖,年十三,能诵佛经二百馀卷,儒家经典数百卷。她曾于梦中背诵《左传》,一字不漏。并经常在睡梦中与文人谈诗论文,几夜不停。她英年早逝,年仅二十四岁,著有《遗芳集》,现在除了一篇《魍魉问影赋》外,全部失传了。

〔48〕 苏蕙:十六国时前秦女诗人。字若兰,武功(今属陕西)人。苏道质第三女,嫁窦滔。苻坚时窦滔为秦州刺史,被徙流沙。蕙因思念丈夫,织锦为《回文旋图诗》以赠滔,宛转循环以读之,词甚凄惋,凡八百四十字。事见《晋书·列女传》。历代以才女视之。

〔49〕 赵雪华:明末吴中女子。清兵入关后,进军江南,抢掠民女。江南女子赵雪华被清军虏掠后写诗抒愤,有题壁诗云:"不画双蛾向碧纱,谁从马上拨琵琶。离亭空有归乡梦,惊破啼声是夜笳。"宋蕙湘:秦淮女

子,在清兵南下被掠后于郧城题壁诗曰:"风动江空羯鼓催,降旗飘飐凤城开。将军战死君王系,薄命红颜马上来。"她们虽身为女子,均于国破家亡时抒发不甘降清的民族意识。见柳亚子《女雄谈屑》(《磨剑室文集》)。

〔50〕 淑英刘氏:即刘淑英,庐陵(今江西吉安)人,清代王蔼之妻,能诗善书,精通禅学、剑术、兵法,年十八而寡。李自成攻陷北京后,刘淑英散家财募士卒,与湖南驻永新守将张先璧约定,同心协力,恢复中原。后张先璧艳其美,欲娶之,淑英不应。先璧解散其军队,淑英忿恨而病,临终仍呼杀贼。事见《国朝耆献类征·媛一》。任妾崔:唐代崔宁妾任氏。崔宁与杨子琳交战多次,均失利。其妾任氏有谋略,出家资数十万,招募精兵良将以击杨子琳,乃大破杨部。

〔51〕 杨娥:明末云南女子,有武功,丈夫张某是黔国公沐天波的护卫。南明永历帝朱由榔为吴三桂所迫,由云南逃往缅甸,沐天波命杨娥夫妇护送,后吴三桂杀永历帝,杨娥的丈夫愤而死,杨娥归昆明,在吴三桂府侧设店卖酒,艳妆当垆,身怀匕首,准备伺机刺杀吴三桂,以复国仇。惜志未逮而病逝。清人刘钧撰有《杨娥传》。宋末金义妇:未详。

〔52〕 齐王氏:即王聪儿(1777—1798),清代中叶湖北襄阳地区白莲教女首领。1796年(嘉庆元年)曾与姚之富发动农民起义反抗清王朝,后斗争失利,寡不敌众,突围不成,毅然跳崖殉难,年仅二十二岁。唐赛儿:明初山东农民起义首领,蒲台人林三之妻,自称佛母。以白莲教组织群众。1420年(明永乐八年),以益都县西南的卸石棚为根据地发动起义,声势浩大,遭清军镇压后失败。明成祖为了搜捕她,曾大捕尼姑、女道士入京,但终未获其踪迹。

〔53〕 封绚:唐人殷保晦妻,名绚,字景文,能文善书,乡里有名的才女。黄巢入长安,与其夫共匿长安兰陵里。后保晦逃,黄巢悦封氏貌,欲强占,力拒。黄巢多方诱说,封氏不答。贼怒曰:"从则生,不从杀汝!"封氏义正辞严曰:"我,公卿子,守正而死,犹生也。"终不辱逆贼手,后遇害(见《新唐书》卷二〇七《列女传》)。邵续:此处当指邵续之女、晋代名将刘遐之妻邵氏。刘遐在一次战役中被石季龙包围,她率数骑于万人丛中将丈夫救出。符毛氏:应作"苻毛氏",苻登之妻毛氏。善骑射,为女中豪

杰。丈夫苻登为姚苌所袭，营垒既陷，毛氏犹弯弓跨马与姚苌战，因众寡不敌，被姚苌执。姚苌欲纳之，毛氏临敌大骂，无惧色，被杀（事见《晋书·列女传》）。

〔54〕 奚氏：唐代刺史邹保英之妻，巾帼女杰。唐万岁通天元年（696），契丹命李尽忠犯平州，保英领兵讨击。既而平州城孤援寡，势将欲陷，奚氏乃率家僮及城内女丁相助固守。契丹兵退，封为诚节夫人（事见《旧唐书·列女传》）。

〔55〕 关妹：大约是指关盼盼，中唐时期彭州（今江苏徐州）人，尚书张建封的妾，善诗词，有诗《燕子楼三首》传世。左芬：西晋女文学家，字兰芝，临淄（今山东淄博）人。她是文学家左思的妹妹，有才学，善诗文，原著有《左九嫔集》四卷，已佚，今传于世者有《答兄思诗书》及诗、赋、颂、赞、诔等二十馀篇。刘氏妹：可能指刘妙容。刘妙容，字雅华，据宋人郭茂倩编的《乐府诗集》云：她是晋代吴令刘惠明之女，早逝。有《宛转歌》传世。

〔56〕 班姬：即班昭（约 49—约 120），汉代女学者，班固妹。班昭又名姬，字惠班，东汉扶风安陵（今陕西咸阳市东）人。大哥班固是东汉著名的历史学家，曾著《汉书》，后因被诬陷，死于洛阳狱中，她继承兄志，完成《汉书》的工作。班昭还有《曹大姑集》三卷，后失传，仅有《东征赋》、《大雀赋》等八篇行世。另有《女诫》一卷行世。伏女：伏胜女名羲娥，济南人。父伏胜因年老不能言，伏女代父向晁错传《尚书》二十九篇，即今所谓《古文尚书》。

〔57〕 魏娥高张陆：亦为女中豪杰，具体所指何人不详。

〔58〕 皇甫规妻：皇甫规，汉人，有兵略，官至弘农太守。其妻善属文，能草书。皇甫规死后，应董卓聘，卓非礼，她怒斥董卓，遇害，死不屈。

〔59〕 瑶台：传说中的神仙住处。

〔60〕 岳武穆：宋代抗金名将岳飞，字鹏举，相州汤阴（今属河南）人。南宋王朝建立，他上书指责奸臣误国，反对南迁，力主高宗亲率大军恢复中原。他在战斗中屡建大功，后被秦桧等卖国贼诬陷致死。

〔61〕 文天祥：南宋末年著名的民族英雄，吉水（今江西省）人。他曾出使元军议和，在元人面前保持了高度的民族气节。后他转战浙江、福

建、江西等地,被俘,元人多方劝降,他忠贞不屈,英勇就义。

〔62〕 谢枋得:南宋末年的爱国志士、诗人。字君直,号叠山,弋阳(今属江西)人。入元后,拒不应荐,著名的《却聘书》表现了他大义凛然的气节,为后人所景仰。

〔63〕 黄道周:字幼平,明代福建漳浦人。南明弘光帝时任礼部尚书。清兵攻下南京后,他与郑芝龙在福建拥立隆武帝,自请赴江西征集军队抗清,行至婺源时为清军所俘,在南京英勇就义。

〔64〕 孙嘉绩:字硕肤,崇祯进士。南明时鲁王监国,封东阁大学士,随鲁王至舟山抗清。

〔65〕 熊汝霖:字雨殷,浙江馀姚人。鲁王监国,督师防江,任兵部尚书。

〔66〕 张国维:字九一,号玉笥,明末东阳人。南明鲁王监国,任兵部尚书,督师江上,继续抗清,后还守东阳,以势不可支,赴水死。

〔67〕 钱肃乐,字希声,号止亭,浙江鄞县人,南明大臣。弘光元年(1645),清军攻破杭州,宁波诸生董志宁等组织群众,拥钱氏起兵抗清。次年,浙闽失守,他飘泊海岛,拥鲁王继续抗清,官东阁大学士、兵部尚书。

〔68〕 郑成功:本名森,字大木,南安(今属福建)人,郑芝龙子。明清之际收复台湾的名将。

〔69〕 韩世忠:字良臣,陕西延安人。南宋抗金名将。战功卓著。绍兴十一年(1141)宋金议和,他被解除兵权,授枢密使。他反对向金屈膝,并上疏抗言秦桧误国,为岳飞鸣冤。

〔70〕 张世杰:南宋末年著名抗元将领。范阳(今河北涿县)人。南宋亡后,他在福建与文天祥、陆秀夫立赵昰为帝,联合畲族陈吊眼、许夫人继续抗元,赵昰死,又立赵昺为帝。1279 年,与元将弘范在海上决战,大败,拥杨太后突围,遇台风溺死。

〔71〕 陆秀夫:南宋大臣、爱国志士。他字君实,楚州盐城(今属江苏)人。南宋亡后,与文天祥、张世杰等人继续组织抗元。1279 年,元军攻厓山(今属广东新会南海中),抵抗失败后,背负九岁的小皇帝赵昺投海而死。

〔72〕 宗泽:宋名将。字汝霖,婺州乌义(今属浙江)人。他一生抗金,并用岳飞为将,屡败金兵。他多次上书力请宋高宗还都,收复失地,但均遭投降派阻挠。他忧愤成疾,临终时犹连呼"过河"者三。

〔73〕 李纲:宋代大臣。字伯纪,邵武(今属福建)人。靖康元年(1126)金兵初围开封时,他就阻止钦宗迁都,团结军民,抗击金兵,不久即为投降派所排斥。高宗继位后,他被任命为宰相,主张用两河义军收复失地,但仍受到排斥。他多次上疏言抗金大计,均未被采纳。

〔74〕 史可法:明末清初著名的民族英雄。他在清军大兵南下时,守扬州,与扬州共存亡。城破,自刎未死,被俘,拒绝劝降,从容就义。扬州人民为纪念并表彰他的忠贞,在城外梅花岭筑衣冠冢。著有《史忠正公集》。

〔75〕 张煌言:明末清初著名的民族英雄。他字玄著,号苍水,浙江鄞县人。明亡后,他继续组织力量在浙江山地和沿海一带抗清,战败后,拒绝降清,从容就义,表现了崇高的民族气节,为后人赞颂。著有《张苍水集》。

〔76〕 张名振:明末清初抗清将领。字侯服,江宁(今南京)人。南明鲁王加富平将军,从鲁王航海,屡率水军出击,永历八年(1654)攻入长江。苦劳成疾,次年卒于舟山,临终前留有遗言:以所部归张煌言统率,抗清到底。

〔77〕 章钦臣:他大约是明末清初的抗清志士,生平不详。

〔78〕 胡:泛指北方少数民族,这里指清贵族统治者。

〔79〕 和衷共济:同心协力。《书·皋陶谟》:"同寅协恭和衷哉。"《国语·鲁语下》:"夫苦匏不材于人,共济而已。"表示同心协力,克服困难。

〔80〕 佞佛:谄媚佛,讨好佛。这里是信佛、拜佛的意思。

〔81〕 筊(jiǎo 佼):杯筊。古代占卜吉凶的用具。

〔82〕 红灯照:近代义和团运动中的女青年组织。参加者从十二三岁到十七八岁不等,身着红衣、红鞋,左手执红灯,右手执红纸折叠扇,登坛拜神,尊崇黄莲圣母。"红灯照"中确实有迷信成分,参加者也身份不

一,但她们反对外国侵略的爱国主义立场还是应当肯定的。下文中的“圣母原来妓扮成”,表现了秋瑾对义和团运动偏激的看法。

〔83〕 菜市:即北京菜市口,清末处决犯人的刑场即在此。

〔84〕 徙薪:移动柴草。典出“曲突徙薪”。见《汉书·霍光传》。

〔85〕 一经:一种经书。《汉书·韦贤传》:“遗子黄金满籯,不如一经。”汉初儒者重家法,专通一经,后才兼通诸经,故《史记》、《汉书》常言一经,这里实指儒家经典。

第二回

恨海迷津黄鞠瑞出世
香闺绣阁梁小玉含悲

剪剪轻风阵阵寒〔1〕,东瀛景物感千端〔2〕。回怜祖国危如卵,未有英雄挽世艰。感触太多难习课,灯前提笔续前谈。书中曾说桑贤妇,纵享荣华境不堪,却原来思华好色天生性,野草墙花一例攀。因此家庭常龃龉〔3〕,常常反目一堂间。并非桑氏闲寻气,乃是思华太野蛮。弃旧怜新男惯性,居官人更不容谈。患难夫妻犹若此,怎叫桑氏不心酸?曾生四儿唯剩一,祖荫为名第四男。独子夫人多爱惜,掌中珠玉一般看。

黄知府字古之,兹分发来山东候补。宦途是竞尚钻营请托,如不去请托钻谋,任你材能之士,只得袖手赋闲。古之起家寒素,又性狷介〔4〕,不去营谋,虽是甲榜出身〔5〕,故尚赋闲,日惟以诗酒及青楼作消遣计而已。其时祖荫已六岁,幼年多病，身体甚弱。夫人又怀身孕，已将近足月临盆时候了。岁月匆匆，正是季秋天气。

又遇佳节重阳九月时，庭篱菊吐傲霜枝。棱棱傲雪凌霜骨，落落堆黄压紫姿。千枝烂熳成异彩，三径繁华逞瑰奇[6]。如矜晚节开偏艳[7]，独占秋英数妙思。古之即对夫人道："今岁庭花异旧时。开来不是从前样，异彩奇葩炫此墀[8]。况值登高佳节好[9]，赏花速命备壶卮[10]。"丫鬟传命厨房晓，顷刻庭前小宴施。夫妇当时同入座，旁边祖荫婢侍之。传杯弄盏多欢悦，忽地夫人皱双眉，阵阵腹痛推座起，归房仆妇尽惊疑。问之方晓将临产，慌忙的收生接到不延迟。伺候夫人临产蓐[11]，参汤服下数分时，满室红光恍耀眼，呱呱生下一娇姿。他年备历艰辛客，今日栖乌借一枝[12]。丫鬟报喜主人晓，知府当时怒气滋："生个女儿何足道？也须这样喜孜孜。无非是个赔钱货，岂有荣宗耀祖时？"手举金杯容不乐，夫人房内已闻之。未免心头生暗气，夫妻情分忒差池[13]，不到房中亲一视，反教口出此言辞。问看官，生男生女皆亲系，何故看承却两歧[14]？却原来睡国习成轻女俗，男生欢喜女生悲，所以黄公深不乐，夫人虽不重娇姿，从来慈母和严父，分别由来母意慈。况时亲生身上肉，虽非珍爱亦怜之。取名鞠瑞怀中女，因生时刚值黄花烂熳时。

唉！可怜生作华胥国中女子，自幼至老，一生之境遇亦可想而知的了。并且重男轻女的风俗，男尊女卑的训语，数千年，父传子，兄诏弟[15]，已成一种牢不可破的例规。读书世族的女子不自由更甚。黄鞠瑞恰恰投生在此睡国及最讲究古礼之家，不知他后来自己如何能振拔出自由之舞台，因一失足成千古恨也。闲文按下，言归正传。

光阴如箭又如梭，转瞬光阴驹隙过[16]。桑夫人，隔年又得裙钗女，淑仁名字性情和。容易年华催过客，鞠瑞已是年交七岁多。祖荫是早行上学攻书史，授业师为俞竹坡。却与黄公为表戚，温温长者四旬过，最好扶危和济困，绰号人称老佛婆。膝下无儿妻已逝，家无长物自奔波[17]。黄公倩彼司书札[18]，虽兼授业事无多。终朝吟咏新诗句，更将那新奇书籍广搜罗。平生最爱小儿女，所以甚爱惜黄孩妹与哥。其中最喜鞠瑞女，常引其欢笑与吟哦。忽地上司下委札，促黄公济南署理勿延俄。黄公得缺多忙碌，僚友纷纷贺客多。

谢委接印[19]，盘查拜客，自然有一番忙碌应酬。百忙中又娶了两个妾：一个姓侯，是小家女子；一个姓陶，是私开门的妓女。一同到任，其时鞠瑞虽只有七岁。

却是生来有侠肠，年龄虽小性情刚。眉目含有英俊气，傲骨羞为浊世妆。每闻见妇女受欺和被虐，不平暗地独心伤。又见父亲所娶妾，行为奸狡又乖张：常常背地挑唆父，使计无端辱我娘。母本性情多懦弱，不能抵敌更猖狂。因此鞠瑞心中忿，无奈是不平无计处强梁，只得暗中施巧计，周旋言语效趋跄[20]。欲使夫人消气恼，恐因成疾更难当。随兄常到书房内，偷诵琅琅书几章。

竹坡见彼人聪俊，亦行授业在书房。谁知过目皆成诵，一目真能下十行。俞老不胜心大悦，便对黄公表女长。

说道："侄女之聪明罕有，只怕你黄家又要出第二个黄崇嘏了。"黄公闻之，诧异道："怎么鞠瑞也读起书来了？女子无才便是德，何必读甚么书？这又是她母亲的混账主意了。待我去讲她一顿[21]，叫进鞠瑞去学针黹[22]！女孩子又读甚么书呢？"说罢便欲走。

俞老慌忙把表弟呼："请尔稍停且听吾。侄女并非其母使，是兄叫彼读诗书。因彼聪明且俊秀，玉如不琢恨何如[23]？若云女子无才好，为甚么今古曾传曹大姑[24]？古来才女多多少，未见当年不羡渠。况是女为贤内助，岂宜不识一个乎？愚兄忝为君家戚，不比他人男女殊。侄女侄男同授读，算来却不费功夫。"黄公当下回言道："表兄作事太多馀，女子读书何所用，难同男子耀门闾。纵使才高夸八斗[25]，朝廷曾设女科无？[26]"

竹坡道："女科虽没有，却听得要设女学堂了。表弟，你曾见过有一位广东人，自称甚么曼大忠臣的，不是上了条陈，要求施行新政么？并且他的帮手极多，都叫甚么饱狂党呀[27]！并且有好多维新的，说道：'国家养就人才，非学堂不可，须要普设学堂；女子为文明之母，家庭教育又非女子不可，男女学堂非并兴不可。'这样看起来，女学之设也就不远了。还不与侄女读些书？后来也不致落于人下，辜负他的才能知识呢，至小也可做个教习嘘！"

古之即把表兄嗤："此等妖语也凭之！祖宗旧例岂容

改,夷俗蛮风安可施？书院若教都毁弃,岂非辱没孔先师？男女若然无区别,岂非紊乱遗人讥？若是改装和剪发,岂非辱煞汉官仪[28]？”黄公正欲滔滔说,俞竹坡大笑哈哈即阻之,手指自身衣辫等,问表弟:“此装是否汉时衣？纱帽幞头斜领服[29],就是那戏子穿的古时衣,方是我人汉官服;如今换了别朝的,辫发剃头和窄袖,花翎顶戴与补儿[30],这些都是胡人服,贤弟穿之反不奇！太后临朝行霸道[31],反奉为圣母颂仁慈。臭名声传扬各地人皆晓,他何曾入学无分男女时？今之学堂非昔比,男女的教育由来一例施,学问深时人自贵,断无淫乱败风徽[32]。试问弟,娼妓濮上桑间者[33],文字书经并不知;才女古来原不少,未闻中冓有微词[34]。若是如兹来比例,女如不学不相宜。”黄公闻语生长叹:“表兄言此吾何辞？但是纵教学得才如谢[35],亦无非添个佳人薄命诗！”

竹坡哈哈大笑道:“表弟如何信此虚诬的话？袁子才赠浣青夫人的诗句[36],表弟想见过,可知‘清才浓福两无妨’呢！后来乘龙之选[37],此权操之吾弟,当留意为之相攸[38],毋使有才女嫁大腹贾之叹才是。微闻此女,吾弟不甚爱惜,恐后来误适匪人[39],未免有明珠投暗之叹耳。”黄公默然半晌道:“天下父母之心,岂有不爱儿女的道理的？但是吾兄教读却可,切不可将甚么革命流血、平等自由的乱话对他们讲。我黄家是世代忠良,不要弄出些叛逆的名声,遗祸家族。如表兄从前讲的甚么胡人的衣服,这样的话讲不得的嚧！”竹坡道:“表弟放心,岂能遗害你家？但是你家能够出个女英雄、女豪杰，使世界的人崇拜赞扬还不好吗？我只怕你家没有这样福气罢！”说着，一笑走了。

俞公当下到书房，鞠瑞闻知喜气扬。此后用心勤诵读，惊心如驰是年光。转眼已交十四岁，琳琅满腹锦成章。俞老不胜心大悦，得徒如此不寻常。其时祖荫年二十，前二年娶了张氏作妻房，已生一子方周岁，刚是哑哑学语长。鞠瑞正好攻书史，不愁娘处要相帮。一朝伏案挥毫处，来了娘房婢小香，道言有客请相见，告禀先生便起行。来到堂前举目视，左边一客锦云装，朝珠补褂多严厉〔40〕，旁侧还多一女郎，眉清目秀身伶俐，锦绣周身璎珞长〔41〕，约莫年华十五六，英风秀气内中藏。令人一见生怜惜，恍似前生相见常。心中转辗频思索，夫人命女速登堂，参见来宾梁伯母，深深下礼站中央。梁氏夫人携玉手，从头至足细观详。只见那黄女生来貌不低，容如美玉口如脂；淡淡春山含侠气〔42〕，冷冷秋水显威仪〔43〕；举目自如无俗态，谦和举措不骄侈；傲骨英风藏欲露，行为如不受拘羁。闻道读书曾上学，如斯聪俊恰相宜。旁边叫过多姣女，相见黄家女俊姿，同拜罢时携手视，似曾相识各生疑。问芳名，方知小玉为闺字，鞠瑞殷勤便致词：“姊姊呀！莫是三生有宿缘，今朝得见此堂前。此后望君无我弃，相亲相爱两相怜。”小玉闻言生感慨，玉容凄绝泪将潸〔44〕，低首相携呼姊姊：“君言使妹铭心田〔45〕。况闻咏雪才华富〔46〕，可能够收妹为徒拜座前？但恐妹儿无福分！”黄鞠瑞慌忙便道：“语何谦。姊与妹，相逢休作寻常语，客语虚言尽可捐[47]。”桑氏笑对梁氏道：“听他姊妹话长编，相携如此多亲热，应是他生有宿缘。”当下便云“鞠瑞女，可同姊到汝房间，讨教姊姊书和史，叫排小点作消闲。”鞠瑞当时心大悦，梁女视母却无言，并肩曲室行将去[48]，到一处三字题名栖凤轩。

却是鞠瑞姊妹的房间。淑仁稍有微恙[49]，避风在房，所以没有出来。左边的便是鞠瑞的房。进去只见纸帐竹床[50]，窗前放一书案，满列文具诗书，傍侧数口书箱，几把几椅，又朴素，又清雅，衬着鞠瑞一身冷淡衣服，英风傲骨，恰是此房之主。令人慕富贵的心思，可一洗而淡了。

并肩同坐话喁喁[51]，尽诉家庭枯与荣。方知小玉为庶出，嫡母生有三弟兄，性情嫉妒多严厉，侍妾妆前未克容[52]，打骂时加凌虐甚，小玉父生成惧内又疲癃[53]。此妾亦由嫡母买，人前欲博量宽洪，内中看待如囚婢，在外面自道看成姊妹同，善工掩饰人难晓，外施揖让内兵戎。小玉生来多命苦，在家胜是鸟居笼，嫡母看承多刻薄，二兄相遇更狂凶。母女若共他人语，丫鬟仆妇便随踪，提防一似囚和盗，从未曾夫人出外许相从。“只因伯母鱼轩过[54]，欲妹登堂见范容[55]，并蒙当面殷勤嘱，欲妹常来尊府中，因此母亲难却命，今朝过府胜登龙[56]。黄家姊姊呀！今朝此语吐尊前，此语勿向外人传。嫡母若然知道了，必然怒气又冲天。妹受责时无所怨，恐教生母受熬煎。”鞠瑞点头称勿虑：“妹岂无知口不缄？但是我家双父妾，炎炎势力竟薰天，百般事件由心欲，不如意时叱婢呼奴变面颜，家人们趋奉争先还恐后，还胜似十倍娘亲手内权。挑唆父亲同母闹，这般方始意欣然，我母诸般惟退让，他二人常常尚欲起争端。谁知尊宅姨娘好，伯母如斯又不贤。莫是天心留缺陷？不平我欲问苍天。但想姊身遭此劫，香闺绣阁胜牢犴[57]，何以遣？岂能堪？辜负了聪明心与肝。不学此生难自立，靠他人总是没相干。苦海沉沦何日出，这般压制太难堪，不能自由真可恨，愿只愿时时努力跳奴圈。深恨妹身无力助，又不能朝朝相见话盘桓。因思姊姊同妹妹，聪明才智岂输男，见那般缩头无耻诸男子，反不及昂昂女子焉。如古来奇才勇女无其数，红玉荀灌与木兰，明末云英秦良玉，百战军前法律严，虏盗闻名皆丧胆，毅力忠肝独占先。投降献地都是男儿做，羞煞须眉作汉奸。如斯比譬男和女，无耻无羞最是男。女子应居优等位，何苦的甘为婢媵与奴颜？不思自立谋生计，反是低头过矮檐。我鞠瑞但有机缘能自立，必思共姊出此陷人澜[58]。惟吾姊如兹压制何能受，欺凌作贱太难堪。虽然说苦中磨炼成英杰，在那牛马圈中度日却如年。如此人才如此质，受此厄难实心酸。”说罢长叹生感慨，盈盈两泪滴衣衫。小玉闻言心触动，千愁万恨压眉尖，自知志量非庸碌，何事沉沦到这般？作客人家难恸哭，只有那纷纷珠泪眼中含。暗思黄女多肝胆，侠骨英风非等闲；若订金兰为义友[59]，他年患难必相关。低首沉吟未启口，鞠瑞生疑便促言：

"姊姊为何欲言不语？我等已是情投意合，有话何妨直告。"

小玉当时吐此词，黄姝一语不推辞，不同世俗排香案，同跪窗前出誓词："富贵不忘贫贱共，死生患难共扶持；若使他年忘此语，刀剑亡身天鉴之。[60]"拜罢起身携手立，相亲相爱胜当时。呼姊姊，叫妹儿，已为手足胜连枝。海涸石烂情无改，正欲归坐续言词，恰逢小婢传言入："梁府夫人欲告辞。因有远亲已到府，请小姐速行归去勿迟迟。"二人无奈慌忙出，已见夫人拂绣衣[61]。小玉随娘同作别，梁夫人回首致言词："黄小姐几时请到舍间去，更及高堂令母慈，望勿行客气常来往，我两家交谊原非泛泛之[62]。"黄女诺诺连声应，小玉相视惨别离，没奈何分手同归去，又谁知又遇佼佼数女儿。新奇事业知多少？待我从容一一提。书到此间权歇歇，欲知情节下回题。

〔1〕"剪剪"句：用王安石《夜直》诗成句。剪剪，形容轻风拂面。

〔2〕东瀛：此指日本。

〔3〕龃龉（jǔ yǔ 矩禹）：上下齿不相对应，比喻夫妻间不谐和。

〔4〕狷介：拘谨自守。

〔5〕甲榜：明清以来称进士为甲榜。

〔6〕三径：西汉末，王莽专权，兖州刺史蒋诩告病辞官，隐居乡里，于院中辟三径，唯与求仲、羊仲来往。事见晋赵岐《三辅决录·逃名》。后常用三径指归隐者的家园。这里泛指家园或庭园。

〔7〕矜：夸耀。

〔8〕墀：房前空地。

〔9〕登高：这里指重阳佳节，每年的夏历九月九日。

〔10〕 壶卮:古代盛酒的器皿。

〔11〕 产蓐(rù 入):指产妇分娩时的床铺。

〔12〕 栖乌:晚宿的归鸦。

〔13〕 差池:差劲。这里指情分浅。

〔14〕 两歧:两样,大不相同。

〔15〕 诏:告知。

〔16〕 光阴驹隙过:即"白驹过隙"意,见前《感时》注〔10〕。

〔17〕 长物:剩馀之物。

〔18〕 倩:请。

〔19〕 谢委:旧时官员受委任后,要谒见上司拜谢。

〔20〕 趋跄:谓行步快慢有节奏。这里指掌握得有分寸。

〔21〕 讲:训斥。

〔22〕 针黹:针线。

〔23〕 玉如不琢:《礼记·学记》:"玉不琢,不成器;人不学,不知道。"后用来比喻人不经过培养、锻炼不能成材。

〔24〕 曹大姑:亦作曹大家,即班昭,见第一回注〔56〕。

〔25〕 才高夸八斗:形容人富有文才。语出宋无名氏《释常谈·八斗之才》:"文章多谓之八斗之才,谢灵运尝曰:'天下才共一石,曹子建独占八斗,我得一斗,天下共分一斗。'"

〔26〕 女科:女子科举。

〔27〕 饱狂党:保皇党的谐音。

〔28〕 汉官仪:汉官威仪。

〔29〕 幞头:包头软巾。

〔30〕 花翎:即孔雀花翎,清代官员的冠饰,有三眼、双眼及单眼三种。顶戴:用以区别官员等级的服饰。清制,官品以帽上顶珠色质为别,也称顶子,有红宝石、珊瑚、蓝宝石、青金石、水晶、砗磲、金之别。见《清史稿·舆服志二》。补儿:即补服。古代官府的前胸及后背缀有用金线或彩丝绣成的图像徽识,亦称补子、补褂。故官服称补服,补子标明官阶。

〔31〕 太后:这里指慈禧。

〔32〕 风徽:风范,美德。

〔33〕 濮上桑间:《礼·乐记》:“桑间濮上之音,亡国之音也。”注:“濮水之上,地有桑间者,亡国之音,于此之水出也。昔殷纣使师延作靡靡之乐,已而自沉于濮水。”《汉书·地理志下》:“卫地……有桑间濮上之阻,男女亦亟聚会,声色生焉,故俗称郑卫之音。”后以桑间濮上指男女幽会之地,这里用来指烟花之地。

〔34〕 中冓(gòu 垢):妇女内室。

〔35〕 才如谢:才如谢道韫。见前《偶有所感用鱼玄机步光威裒三女子韵》注〔8〕。

〔36〕 袁子才:即清代诗人袁枚,字子才,号简斋,浙江钱塘人。论诗倡性灵说。有《随园全书》。浣青夫人:即钱孟钿,字冠之,号浣青,江苏武进人。尚书钱维城之女,适巡道崔龙见。她是清代诗人,著有《浣青诗草》八卷、《鸣秋合籁集》。袁枚有《题浣青夫人诗册》七绝五首,其第三首云:“已随夫婿绾银黄,更见娇儿步玉堂。天为佳人破常例,清才浓福两无妨。”(《小仓山房诗集》卷三十一)

〔37〕 乘龙之选:即为女儿选丈夫。理想的女婿称乘龙快婿。

〔38〕 相攸:指择婿。《诗·大雅·韩奕》:“为韩姞相攸,莫如韩乐。”朱熹集传:“相攸,择可嫁之所也。”

〔39〕 匪人:品行不正之人。

〔40〕 朝珠:清代官服上佩戴的串珠,共一百零八颗。凡文官五品、武官四品以上,军机处、侍卫、礼部、国子监所属官,以及受封五品官命妇以上皆可佩戴。

〔41〕 璎珞:珠玉穿成的装饰物,多用作颈饰。

〔42〕 春山:春天山色黛青,喻女子美丽的眉毛。

〔43〕 秋水:喻明澈的眼波。

〔44〕 潸:形容流泪。

〔45〕 铭心田:牢记心间。

〔46〕 咏雪才华富:借谢道韫“咏雪”之事,喻才华之富。

〔47〕 捐:舍去。

〔48〕 曲室:深邃的密室,即内室。视上下文意,这里是指走廊之类曲折的通道。

〔49〕 微恙:小病。

〔50〕 纸帐:古代以藤皮茧纸缝制的帐子。苏轼《自金山放船至焦山》诗:“困眠得就纸帐暖,饱食未厌山蔬甘。”这里泛指帐子。

〔51〕 喁喁:低声。

〔52〕 克:能。

〔53〕 疲癃(lóng 隆):指衰老或有残疾之人。这里指衰弱无能。

〔54〕 鱼轩:以鱼皮为饰的车子。古时贵妇人所乘用的车子,以鱼皮为饰。这里有屈尊到我家之意。

〔55〕 范容:对人仪容的尊称。

〔56〕 登龙:也称“登龙门”,原指科举中第或得到有声望之人的提携,这里用来形容小玉到黄府来拜访之难得和荣幸。

〔57〕 牢犴(àn 岸):监狱。

〔58〕 澜:大波浪,此为深渊意。

〔59〕 金兰:即金兰谱,旧时代结拜异姓兄弟、异姓姊妹时,即订金兰谱,见前《金缕曲》(凄唱阳关叠)注〔7〕。

〔60〕 鉴:察见、证明意。

〔61〕 拂绣衣:提起或撩起衣襟,准备起身意。

〔62〕 泛泛:一般。

第　三　回

施压制婚姻由父母
削平权兄妹起萋菲[1]

海外风波日逼人,回头祖国更伤心。临门大祸犹鼾睡,万叫千呼总不应。前书说到梁家事,母女回归共入厅。仆妇丫鬟皆出接,姨娘梁老尽来临。诉言来了姨太太,更同公子与千金。夫人当下忙行进,已见迎出妹儿身。当下登堂同见礼,又转过膝前儿女拜尊亲。

原来梁夫人娘家姓关,胞兄叫关固,在江南候补,膝下一儿一女,儿名关瑞,女名不群。胞妹嫁与鲍家,亦生一儿一女:儿名儒珍,二十岁;女名爱群,十七岁。不幸夫已于五年前亡故,家资尚富。其夫亦有一胞妹,嫁与左家,丈夫亦在山东候补,是个寒士,全靠着鲍家周济。左夫人自从丈夫到山东去后,即住在娘家的,膝下亦有一儿一女:儿名左文,女名醒华。左老爷到了山东,即写信去接家眷。鲍夫人姑嫂甚相得,叫家人送来不放心,所以自己亲自送来,又可顺便探望胞姊,岂非一举两便。故此前日到了山东,今日就带了儿女来望阿姊,刚遇梁夫人出去拜客,梁老爷即忙叫个家人去请太太回家。姊妹相见,自然有一番问慰欢悦的情形。

若言这位鲍夫人,待人和霭性宽洪。不同乃姊多急躁,姊妹生来性不同。当下大家皆入座,谈谈别后各情衷。梁氏夫人留妹住,畅叙年来离别胸。鲍氏夫人称领命,差人左府告情踪。须臾送到随身物,更及多能婢秀蓉。仆妇丫鬟皆至候,登时筵席洗尘风。席散时已交酉正〔2〕,房间是铺设西边夹弄中。

却是前后三间排的一进,阶侧两旁两厢房,一个圆门。出门往左首走去,一门通上房;右首下去,一门外间,十分方便。鲍夫人甚喜其清静,便住了左首房间,小姐住了右首后房,及一间厢房住了丫鬟、仆妇,一间做了小厨房,以便自己弄点可口的饮食。公子年纪已大，却往在外间书房里。

姊妹朝朝相叙欢，鲍爱群却与小玉甚相安，朝来携手花间步，到晚时玩月同倚窗外栏。或是论文教识字，小玉聪明甚不凡。爱群才学真佳好，从此后朝朝授妹几书编。本有宿根梁小玉，稍加指点便通焉。姊妹相得如胶漆，真个言无不尽谈。一朝并坐妆台畔，叹息年光又半月宽。提起“左家有表姊，醒华名字性情贤。更多义气和情分，与姊同年体格坚。虽然没有如花貌，作赋才高不等闲。与我同居又同砚，朝朝携手共盘桓[3]。相离半月相思甚，曾说道明日来过小住焉。表妹见之因合意，性情言语尽无嫌。不知表妹居此久，可有佳朋得二三？”小玉便言“休说起，妹身好似槛中猿[4]，家室尚然难乱步，更休言交友出门阑。只有姊来那一日，算来是生来第一次出重关，到本府黄衙参伯母，逢其女相逢如故订金兰。名叫鞠瑞多豪爽，侠骨英风见面含。虽非国色天香艳，秀目修眉樱口鲜，面如鸡蛋红间白，姣妍终究带威严。行为好义和怜苦，装饰惟求朴素焉。上学攻书已数载，那行为不是寻常脂粉班。一自相逢同结义，令人终日意悬悬[5]。十馀日未闻消息也，相思无日不相关。黄妹不来人不至，姊处又无可人遣问平安。身无寸柄真堪闷！[6]”说罢嗟吁锁远山[7]。爱群携手称贤妹：“何必如兹气恼添？姊处差人可访问，但不知黄母为人好与堪，可如姨母拘贤妹？”小玉回言却两般：“黄伯母谦和多客气，虽无二姨母这般宽；尚还不至如同妹，包你人去断不嫌。”鲍女点头称告母，明朝差婢探平安。

当下晚间，爱群告之于母。鲍夫人答应，便差秀蓉去，因彼灵利聪明，做事稳当也。那秀蓉是：

次日朝来晓日红，唤来小轿去如风。行来不远黄衙内，只见衙前碌乱哄。通达情由呼请入，相随已到内堂中。夫人正在多忙碌，有二人旁侧相帮带妒容。喜果多般桌上放，细观此景像传红[8]。千金年纪原还幼，如何便是选乘龙？暗暗沉吟忙走上，深深下礼叩堂中。

说道：“梁府小姐差来，候安夫人小姐！”

夫人闻语略沉吟，命小婢相同去见女千金。当下丫鬟称晓得，秀蓉随步下阶庭。只听小婢自语道：“不知在内或书林，近来连日多烦恼，碰了钉儿就晦气深。”秀蓉闻言呼姊姊：“不知几岁甚芳龄？”黄家小婢回言道：“我叫春香十一春。”秀蓉再把言词问：“小姐因何烦恼生？”快嘴春香呼姊姊：“我今一一说你听。有个财主苟百万，家中新发广金银。公子今年十六岁，闻言像貌尚堪憎。闻我家大小姐多才貌，特请了魏大人君之作媒人。老爷太太多情愿，一个作怪的俞爷却说不相应。小姐亦是多烦恼，曾把微词谏母亲。太太因为苟家富，无非爱惜女儿身，回言‘自己休多管，作主还须父母亲，岂有自己羞不怕，三从古礼岂无闻？’小姐始此生了气，终朝至夕不欢欣。日来虽是攻书史，每看愁锁远山春。可恨俞爷常叹息，倒言才女配匪人。人家富有门楣好，不知趣的俞爷偏爱嚼舌根。更有小姐来相信，每天背地泪淋淋，常叹气，每生嗔，兀坐还如泥塑形。这样人家偏不喜，真正呆到尽头根。偏偏苟家多性急，十馀日之间聘便行，因此小姐饭不吃，一天躲得影无形。太太道彼含羞态，不许多言嘱我们。我是太太身边者，所以不晓千金在那厅。”秀蓉闻语心明白：怪道梁家未去行。料因苟子人非类[9]，不堪匹配贵千金。可怜父母行压制，苦了亲生儿女身。我家太太多慈善，少爷小姐爱维新。料因没有如斯事，枉了黄家小姐身，正在胸中如辘转[10]，忽闻小婢语高声：

“瑞莲妹，大小姐可在房中？”只见那丫头答应道：“在自己房中呢。”春香便同秀蓉到鞠瑞房中，只见一个丫头坐在小椅上睡着，床上亦帐子低垂，原来鞠瑞睡了。秀蓉忙低道：“不要讲话，小姐睡了。”鞠瑞早已听见，便问：“何人？”春香道：“大小姐，梁府差了姐姐来看望呢。”

鞠瑞闻言便起来，秀蓉走过叩尘埃[11]。慌得鞠瑞忙挽住，叫醒了小环移凳靠床台：“请坐。”秀蓉称不敢：“小环侍立正应该。”鞠瑞便言“休若此，人无贵贱请休推。”秀蓉只得斜签坐[12]，春香自去把主人回。鞠瑞坐中举目视，只见此女好身材：脸似芙蓉腰似柳，削肩樱口翠生眉；眉目俏而含勇气，不同凡俗贱人胎；品格端严伤沦落，莫不是红颜薄命数应该？心中顿起无穷感，默默相思口不开。

秀蓉亦把鞠瑞一看，只觉侠骨棱棱，英风拂拂；目虽美而有威，眉虽疏而含彩；精神豪快，身体端庄。却为何有此厄难？

当下便致小玉之命。鞠瑞亦问小玉近状，秀蓉便一一告知。

鞠瑞闻言叹一声，便言"多感贵千金。梁妹有人相伴处，料因可少受众欺凌。回时与我传言告，余身无恙勿萦心[13]。只因别有无谓事，恼得人近日心中懊闷生，过日登堂携手诉，及拜望尊主贵千金。不知蓉姐尊庚几，何时身入鲍家门，主人相待如何样，可曾识字读书文？如此人材真屈辱，名花落溷恨难平[14]。若得与君受教育，何难为当世一名人。他年若有自由日，必誓拔尔出奴坑，结为姊妹相磋切[15]，造成必是女中英。"说罢喟然生太息，秀蓉知己感深恩，暗思自己身落井，反如此多情爱我身。热心令我多感激，我却正为你愁烦愤不平。当下回言"侬主母，更同公子与千金，一般多似仁人样，不似他家待婢形。婢身更是蒙优待，也曾小姐教书文，略知一二诗和句，于今年已十五龄。七岁卖于鲍家内，主人相待自多恩，自身无计能自拔，只因是身卖人家没话论，多谢今朝青眼视[16]，毕生知己感深情。"

鞠瑞微笑道："这就更妙了。能有鲍千金这样诗人，教出来弟子自必不弱，有了学问，后日必可自立的。但我说要想救你出火坑的话，只怕秀蓉姐暗中要笑我痴人说梦话呢！因为我如今反不能如你呢。"秀蓉连声称"不敢"，又说了几句安命达时的勉强解劝话，更劝他到梁府去散散闷。鞠瑞冷笑道："我却不晓得安命，只怕安不下去呢。我本想来探望小姐们，明天不来，后天准来。"秀蓉便告辞出外，又辞了太太，太太便发了赏钱及果子，叫转候夫人、小姐。

衙前上轿便归家，已见飞飞噪暮鸦。到了家中身入内，不见主人静碧纱[17]。回身便到梁家去，只听得小玉房中人语哗。忙进去，只见主母和小姐，双双同坐帐中纱。小玉卧床惟痛泣，秀蓉一见大惊讶，慌忙便问“因何事，莫是欠安发了痧？[18]”爱群便道“你去后，此间闹得乱如麻。事因只为薛姨起，忽地平空发了痧。表妹不胜心内急，买药慌忙恳老妈，未曾告禀堂上晓，况是姨母性格差，未必肯为料理药，稍迟人必赴黄沙[19]。所以暗恳金老姆，买药偏偏有了差。误了之时盘问起，方知买药走长街。姨母骂‘何不告我？’旁边钻出二王爷，便骂‘小玉真胆大，眼内何曾有母耶，莫非倚了妖娆势，欺凌母子霸当家！’梁小姐刚刚身走到，慌忙辩道‘兄言邪，一时急得无主意，未禀娘亲是我差。’言未毕时兄走过，夹脸兜头一嘴巴。小玉不防身跌倒，二少爷更将拳脚一齐加，口中不住唠叨骂：‘今朝打死小淫娃，拼得我来偿了命，免气娘亲挑拨爷。’可是冤枉真气煞，你看这几处伤使我嗟。若非秀锦飞来报，我母女忙来救护他，若是少顷迟一刻，真教打杀赴阴衙。”

秀蓉道：“难道薛姨奶也不出来救救么？”爱群叹道：“你还说薛姨娘呢！一则病刚好，二则上去亦无用，不过同挨一顿好打罢，还敢讲甚么话？”秀蓉道：“难道太太也不说姨太太不应该的么？”鲍夫人道：“我何曾不讲？姨太太说是：‘儿子气强，不能忍受，叫我做娘也没法，难道我叫儿子欺凌女儿么？我待薛姨并没有错处。女儿虽是妾生的，同我生的一样。横竖兄妹生气，大家都有错处，叫我也不能说那一个好，那一个不好。’你想想，一派光明正大的好看话，难道我姊妹好翻脸不成么?”爱群忙道:“莫多讲，提防窗外有人窃听。”随叫了几声秀云，不见答应，骂道:“这东西又不知跑了那里去了。”

“表妹一自起纷争，至今痛泣未曾停。薛姨娘又到堂前去，伺候主母未归门。你去黄家如许久，到底是黄家小姐若何云？明朝去请他来此，谈谈以解妹胸襟。”秀蓉便道“休说起，他今烦恼十分深。”小玉住悲惊问道:“却因何事这般形?”秀蓉便诉今朝事:“只见挂彩与张灯，夫人正在多忙碌，般般果点配时新。访问丫头知底细，传庚今日聘千金[20]。原来射雀乘龙选[21]，无端中了苟家门。”鲍夫人连声叹说道:“原来是苟才做了雀屏人。其父名叫苟巫义，为人刻薄广金银。从前本是窭人子[22]，开爿饭铺作营生。不知因了何人力，结识了同里忠奴魏大清。从此改营钱店业，提携平地上青云。家资暴富多骄傲，是个怕强欺弱人。一毛不拔真鄙吝，苟才更是不成人！从小就嫖赌为事书懒读，终朝捧屁有淫朋[23]。刻待亲族如其父母样，只除是赌嫖便不惜金银。为人无信更无义，满口雌黄乱改更。虽只年华十六岁，嫖游赌博不成形。妄自尊大欺贫弱，自恃豪华不理人。亲族视同婢仆等，一言不合便生嗔。要人人趋奉方欢喜，眼内何曾有长亲？如斯行动岂佳物，纵有银钱保不成。相女配夫从古说，如何却将才女配庸人?”爱群问母因何晓，夫人道:“今朝左府表兄身，到此闲谈曾及此，深嗟彩凤配凡禽。未曾提及女家姓，所以为娘尚不明。今闻秀蓉言荀宅,方知就是姓黄人。但不知黄家夫妇因何事,掌中珠许这般人!”秀蓉便道“为媒者,亦是忠奴魏族人。于彼乡中为世族,闻与荀家同伙作营生。名叫君之排作五,人说是率直无欺魏大人。黄府是一来闻道荀家富,免叫娇女受清贫;二因魏宅为媒介,道彼无欺一口应。也曾差家仆出探问,归来俱说甚相应。料因人地生疏难访出,况复家丁是小人。但知豪富余非要,又遇荀家性急便传庚。黄家小姐微词谏,谁知难挽母之心。因此十分生气恼,婢去见彼卧枕寝。”鲍夫人道“魏君之外貌真诚谲诈深〔24〕。可惜黄家好女子,已结婚姻无话论。”小玉爱群齐痛惜,连声叹息咸伤深。不知鞠瑞后来如何样,可得飞腾出火坑?此卷书中权一歇,详言且听下回云。

〔1〕 萋菲:花纹错杂貌。这里指磨擦、矛盾。

〔2〕 酉正:即酉时,指十七时至十九时。

〔3〕 盘桓:徘徊,可以引申为交往。

〔4〕 槛中猿:笼中之猿,失去自由者。

〔5〕 意悬悬:心里挂念。悬悬,挂念。

〔6〕 寸柄:喻点滴的权力。

〔7〕 锁远山:这里指眉毛紧缩。远山,过去女子用黛画眉,如远山,后用来比喻眉毛。

〔8〕 传红:旧时订婚男子到女子家行聘礼。

〔9〕 非类:志向不同、志趣不同的人。嵇康《井丹赞》:“井丹高洁,不慕荣贵,抗节五王,不交非类。”

〔10〕 如辘转:像辘轳一样转动,形容在思考。

〔11〕 叩尘埃:即叩头,以头叩地,古时最敬重的礼节。

〔12〕 斜签:侧身。

〔13〕 萦心:牵挂。

〔14〕 溷(hùn 混):厕所,肮脏、污浊的地方。

〔15〕 磋切:即切磋,倒置为了押韵。切磋,互相探讨勉励。语出《诗经·卫风·淇奥》:“如切如磋,如琢如磨。”

〔16〕 青眼:重视意。眼睛有青白之分,正视别人则青眼,斜视则白眼。据说晋阮籍能为青白眼,凡见俗士,则白眼;嵇康来访,则青眼。事见《世说新语·简傲》。

〔17〕 碧纱:即“碧纱橱”。以木做架,顶及四周用绿纱蒙,夏天用之避蚊蝇。

〔18〕 发痧:患中暑或霍乱等急性病。

〔19〕 黄沙:指人死后的墓地。

〔20〕 传庚:下庚贴,即订婚帖,写订婚人出生的年、月、日、时。

〔21〕 射雀:隋末窦毅为其女择婿,于屏上画二孔雀,请求婚者射两箭,暗中约定中一目则许之。射者数人,皆不中。李渊(唐高祖)最后射,两孔雀各中一目,遂中选。后称选婿为射雀。

〔22〕 窭(jù 剧)人:贫穷之人。

〔23〕 捧屁:比喻人溜须拍马,极尽谄媚之丑态。

〔24〕 谲(jué 绝)诈:诡诈。

第 四 回

痛煞女儿身通宵不寐
悲谈社会习四美同愁

风潮蓦地起扶桑,争约归来气未降,寄语同心诸志士,一腔热血总难凉。偶留湖地为授教〔1〕,课馀偷暇再开场。

前文说到梁小玉，受兄凌侮实堪伤，一到黄昏鲍女去，一人独卧更凄凉。薛姨慰女同伤感，起更时节亦归房。闭门小玉身归寝，面对银灯怨恨长，无限伤心来五内，反覆倚枕一思量：已悲身世无生趣，不死还因为了娘。自恨身非作男子，不能腾达与飞黄；不然奉母他乡去，免在如兹气恼场，亦可清贫供菽水[2]，却怜生作女儿郎。出门寸步无行处，人地生疏难远扬。手内更无钱与钞，可怜身世怎凄凉。频转辗，再思量，泪滴千行与万行。唉！梁小玉呀！难道今生是这般？母兄残虐更何堪！自怜身亦非庸俗，志气常期花木兰。心亦雄时胆亦壮，识人双目每非凡。何苦天教遭此境？无才不学后来难！幸喜鲍家表姊至，连朝讲解授书编。过目不忘侬自许，只愁那鲍姊难常在此间。去后依然无学处，父亲是女儿竟作等闲看。二兄暴虐如斯恶，未见他身出一言然[3]。难怪父亲原惧母，但何苦作孽纳偏焉[4]？若无生母何生我？沦落生涯不值钱！各处都侧室专权欺结发，目无正室惯使奸。男子喜妾皆护彼，一家吵得不安然。嫡房子女皆靠后，惟彼堂皇掌大权。如此妾妇原不好，难怪人人切齿焉。家室不和皆为此，夫妻反目受熬煎。但是我母胆小多柔顺，断然不是此等偏。怪嫡母何须博甚宽洪号，却使有今日娘儿受苦端。梁女痴想无言泣，忽地寻思一惨然。唉！黄家妹妹呀！可惜貌佳才更佳，这般际遇实堪嗟。英风傲骨成何用，侠义如山埋没他。爱姊情深思救姊，谁知自身落井仗谁耶？莫是姊身多厄运，结义后，致连妹亦受波喳[5]；莫是红颜诚薄命，空劳志大愿难奢[6];莫是生前冤孽重,今生受报不相差;莫是才高遭神鬼忌,不容消受好韶华[7]。

小玉呀!你后来不知怎样结局呢!

一声长叹更思寻:自身他日若连姻,亦难得有如花眷,比翼无非是孽冤。嫡母长兄同作恶,喂狼喂狗岂相怜,若然误配终身恨,不若当时一命捐。自知小玉如兹命,难得今生结好缘,倒不如奉母天年寻自尽,此身无挂亦无牵。更思黄女多豪爽,志大才高情更坚,劝我常思图自立,我愁你此生难出此重圈。婚姻已定难更改,空自嗟吁气恼添。遇人不淑真堪痛,彩凤随鸦飞展难。唱和无人谁共语,俗奴浪子配才媛。冰炭岂堪同炉灶?今生境遇万难安!他是亲生父母犹如此,何况儿家更不足言。终身大事如兹重,岂可轻凭媒妁谈。黄家伯母人和婉,为甚么遇事行为这样蛮?鞠妹谏时何不听?反行压制强牵联。须知女的一生事,苦乐荣辱尽相关;岂堪草草来许配,不问人家好与堪?纵他家广有钱财成何用?与媳妇由来半点不相干。况且是暴发人家无礼仪,必定是妄自骄侈大似天。夜郎自大何须说,看得他人不值钱。那知道怜才与爱士,识人双眼似盲然。美玉明珠何能识?礼义无知只晓钱。何曾晓得文和句,俗子庸夫是等闲。马粪如香添细细,怨诗空记赵飞鸾[8]。彩凤随鸦鸦打凤,前车之辙断人肝。淑真枉有才如锦,遇人不淑恨难填[9]。道韫文章男不及,偏遇个天壤王郎冤不冤[10]。袁家三妹空能句,配一个高子真如禽兽般[11]。

难道是真个才人多命薄，都无非父母连姻不择贤。若是黄家鞠瑞妹，他日收场也这般，令人想起身惊战。埋没了如此人才欲问天，空教结义多相爱，愧无力能为妹助焉。真可叹，实堪怜，不平最是这苍天。何苦生了人才又作贱？只落得名花落溷鸟呼冤。衔泥有愿难填海，炼石无才莫补天[12]。若都是这般来结果，不如不生反安然。小玉愁人兼愁自，嗟吁直到五更天。须臾晓日笼窗际，起身下帐拔门闩。生母房中忙问询，方知昨夜甚安然。薛姨举目观亲女，消尽红颐两颊妍[13]，面似黄花眼似肿，不胜痛惜珠泪弹。泥人土佛同相慰，一壁言时两泪含。归房草草忙梳洗，爱群来了问平安。一观消瘦连声叹，料因一夜未安眠。劝慰殷勤携玉手，问安同到母姨间。并言欲要表妹妹，同到儿家玩一天。关氏无言点首应，稍坐待，相携素手到西边。鲍母亦同相劝慰，早餐用罢献清泉。谈谈说说无多刻，跑入丫鬟小秀莲，报言来了左小姐，爱群命接甚心欢。须臾走进多娇女，万福深深见礼完，并言新得闺房友，今日同来尊府间。鲍夫人慌忙问道何不见，左女回言轿慢焉，母女忙差侍婢候，到来迎入勿迟延。丫鬟答应飞跑去，少刻时闪入风流一玉颜，明眸皓齿多风韵，明秀难描体态妍。大家见礼通问字，方知江女籍江南；振华名字年十五，父亲候补本城间。一见如故诸女伴，大家联坐笑言谈。左女问道"梁家姊，何事容颜瘦这般？莫是玉体违和也[14]？"爱群闻语叹声连，"何曾疾病沾身体"，便诉欺凌事一端。二人听了皆生愤，江家小姐便开言：

"唉！我们女子生在世上，那一种不是卑贱的？大小事情，连讲句话都是无分的。"

左女当时叹一声："可怜女子不如人！生下若然为女子，便称晦气别家人。父母明道犹相爱，不明理之人见便憎，总说女为无用物，无非赔嫁贴金银。男子生时多爱惜，上学攻书读五经；女儿不许亲书史，反道是女子多才命不辰[15]。细想起来我们女子何曾弱？才识同男一样平。若能读就书和史，能出外挣钱养二亲。苦只苦，女儿无地谋生计，幽闭闺房了一生。妹身幸得家庭好，阿兄教读五经文。虽然不得称才女，较胜愚夫两目盲。心中常愤世轻女，胸中壮志日飞腾，实因女子无生计，出外难能四处行。身欲奋时行不得，叫人恨煞女儿身！鲍妹多才人尽晓，江家妹妹更超群。梁家姊姊如兹聪俊质，想来才学定胜人。比他不学诸男子，算起高他几十分，如何俱是甘雌伏，想起令人愤不平。[16]"

江振华叹道："女子苦处多呢！最可痛的是：

婚姻误配与俗儿，惨煞佳人薄命辞。说甚夫为妻纲之谬语，妄自尊大便骄侈。流连花酒憎妻子[17]，深闭长门损玉姿[18]。打骂凌虐常有事，宠妾凌妻多见之。或有那一自经商去外省，娶妻讨妾撇家妻；冻饿不关情义绝，一任你啼饥号苦叹无依。或有那曾自从前伴苦读，清贫受尽耐寒微；一朝得志为官日，便娶美妾与娇姬；把妻撇在九霄云外去，前日恩情尽不提。忘恩负义无情辈，弃旧怜新本惯的。更有那公婆遇了凶恶辈，阎王殿上不差池。憎媳妇，宠孩儿，任儿游荡反帮之。亦有夫妻和合者，反说道媳来儿不似先时，骂忤逆时嗔及媳[19]，挑唆是你怪妖姿；务使其夫嫌妻子，方遂私欲喜孜孜。亦有夫本轻薄子，嫖游赌博尽来之，嫌妻妻已无生趣，恶姑嫜，尚更挑唆虐待妻。更有才女嫁于大腹贾，随鸦彩凤更堪悲！空有满腹才如锦，徒将怨恨托吟诗；更无有个人儿解，独守空房泪万丝。性情暴虐庸夫蠢，岂识梅花幽雅枝？知己不逢归俗子，终身长恨咽深闺。叹古来，埋没多少才能女，空对东风怨子规。思量此景令人惨，恨煞苍天懵不知。忍待我女子如斯酷，既忌之而又厄之！[20]”说到此间眉紧蹙，一回眸，又观梁女泪淋漓。

即问道：“小玉姊姊如此伤悲，必有所感，何妨说与妹儿听听。”小玉道：“姊姊，小妹有个义妹，就是本府黄太尊之女，名叫鞠瑞，从七岁起到如今十四岁，真个是满腹文才，罗胸锦绣，为人又英武又义侠，谁知近日父母许配了大腹贾荀家儿子，恰恰的是个纨绔无赖子弟。这不是千古的憾事么？”

不觉唏嘘叹息连：“不平最是这苍天，既生黄妹如斯质，忍使狂风损玉颜？不知今日如何样，只恐怕消瘦容颜更不堪。痛惜嫩芽初发候，妒花风雨便摧残。邯郸才人嫁走卒[21]，不使文箫配彩鸾[22]。此恨怎消真可痛，叩阍无计欲呼天[23]。彼自亲生犹若此，他人何计解冤牵。”无限感怀无限恨，盈盈珠泪滴衣衫。诸人闻语皆凄惨，鲍女长吁吐玉言：

“女子那一种不是苦的？

一世幽闺闭此生，有主何能作一分，寸柄毫无惟受制，宛似孤儿把主跟。在家父母无教育，从来不准出闺门，终朝督责攻针黹，弯得腰驼背也疼。绣过枕头还裤脚，作完镜搭又茶瓶。帐檐帐挂和围锦，裙幅裙边更画屏，表袋刚成加扇插，袖儿绣罢绣衣衿。更有诸般生活等，穿针配线日求精，终朝无暇闲行走，待得完时脑已昏，或成痨病难医治，即不成病，也是肩耸背曲作畸形。绣来实是全无用，枉费银钱买苦辛，无非陪嫁图好看，试问她遇夫不淑枉时新。或是儿夫无用者，繁华难救彼身贫；遇了丈夫轻薄者，后来弃作路旁尘。立身无计徒受苦，难将衣物过平生〔24〕。若是丈夫浮荡者，卖将赌博作输赢，徒劳低首朝朝绣，此刻何曾抵一文。”小玉接口称贤姊：“世事言来尽不平。最恨古人行毒制，女何卑贱子何尊？纵有百万产业女无分，尽归儿子一身承。分明都是亲生养，一般骨肉两看承。嫁出门时由你去，任人凌虐当无闻，反目常占非偶配，反言是汝命生成。三从更是荒唐话，把丈夫抬得恍如天帝尊。虽然名曰称夫妇，内主何能任己行〔25〕。般般须听夫之命，一事自为众口腾〔26〕。夫若责时惟婉应，事事卑微博顺名，由夫游荡由夫喜，吵闹人讥妒妇人。吃尽艰劳受尽苦，到贵时眼前姬妾早成群。更有游荡家不顾，另营金屋贮新人〔27〕。家妻纵是能娇妒，外事由来岂得闻。或是家庭常反目，凌虐妻房不当人。闺中气死还啼死，夫已逍遥花柳行〔28〕。若是下等人家的，堪为仆妇另营生，免教受此肮脏气；若是生为上等人，寸步出门须轿子，丫头仆妇要随跟。外事一些不知道,又无才学作营生,出外又难为仆妇,真个是气煞身儿怨恨深。南院笙歌北院哭,新人欢喜旧人颦,花月青春等闲度,带愁带病度晨昏。稍行抗拒夫无礼,外人尽道不贤名。家事何能由自主,产业等尽为夫物妇无分。一生好似为牛马,又似那买断奴才把主跟,死时一物非妻有,都是他家有主人。百金作主都不能够,有事情出头不欲妇人身,若无男子来出面,女子无人信汝云。养女不使谋生计,嫁过去,夫自豪华母自贫,欲思周济娘和父,便是夫门大罪人。夫家若是多贫困,母宅豪华岂指囤[29]?女身左右无权柄,何事卑微若此形?世间只有男女界,气煞人来最不平。只因女子不能自立谋生活,倚靠他人是贱人。吾身偏是居于女,又遇家庭苦厄人[30]。不能自立谋生计,他年难得好收成。空教愤世何能够,救我同胞离火坑。我母身为姬妾队,此生那有出头辰,我不怨嫡母相待酷,但是你既妒何须置妾身?吾身今生何希望,无非奴隶锢终身。老天既是无公理,何苦生成我辈人?"说到伤心成一恸,千行珠泪湿衣衿。三女思至诸痛苦,尤恐他年身自经,女界中如兹惨像何人脱,忍不住一齐痛泣默无声。却逢秀蓉端盆入,排来佳点享佳宾,一睹此情心内讶,不能相询但沉吟。

好端端的,大家这样伤心,必有甚事,问又不好问,放又放不下,十分纳闷,只得排好碟子,请小姐入坐。说道:"太太因来客人,有事商议,不能奉陪,请小姐们不要客气,随意用点罢!"

众人收泪各抬身，勉强相让用点心，半块香糕吞不下，清茶慢饮各无声。半晌默然皆不语，低头各自弄衣衿。爱群只得将言岔，便问江家姊姊身："诗才久仰如谢女，清过梅花香过芸[31]。前日里拜读佳编真羡慕，可肯收妹作门生？"振华当下忙谦逊："姊姊如何客套深？妹虽学吟知一二，那能如姊有才名？拜倒不遑妹真佩服[32]，咏絮才高独数君[33]。"醒华便道"都休逊，二位诗章尽有名。如妹真堪遗笑者，涂鸦初学亦惺惺[34]，打油之作真惭愧，说起叫人笑破唇。怎如表妹和江姊，丽句清词俊逸新？佳句不厌千遍读。"振华忙道"莫虚文[35]，久闻诗赋文章好，到处扬名胜左芬[36]。高才博学人难及，何必今朝挖苦人？"醒华正欲回言答，忽闻得鬟言"鞠瑞已登门，现在梁家太太处，叫人来请小姐身。"小玉起身忙欲走，三人拖住道稍停。不知说出何言语，下卷出了惊天动地文。书至此间权一按，喝口香茶再诉明。

〔1〕 湖地：这里指吴兴县南浔镇，秋瑾曾在这里任教。吴兴濒临太湖，故云湖地。

〔2〕 菽水：豆和水，代指粗茶淡饭。仅用于晚辈对长辈的供养。

〔3〕 身出一言：亲自说过一句话。

〔4〕 纳偏：纳偏房，娶妾。

〔5〕 波喳：折磨。《王兰卿》第二出〔脱布衫〕曲夹白："你怎知道这做官的有许多波喳。"

〔6〕 奢：胜过，此引申为满足。

〔7〕 消受：享用、受用。

〔8〕“马粪”二句：写才女嫁庸夫的故事。赵飞鸾，疑为赵鸾鸾之误。此人为《剪灯馀话·鸾鸾传》中的人物。鸾鸾幼年时，家人以香屑杂饮食中啖之，长而通体生香，故又名“香儿”。她貌美而有才，喜文词，父欲以嫁近邻才子柳颖，鸾亦心许。后柳家破产，鸾母悔之，将女儿嫁与富室缪氏。缪为村夫，目不知书，且有生理缺陷，琴瑟不谐，鸾鸾郁郁不得志。目良辰美景，哀婚姻之不幸，心有所感，均寓之于诗，积而成帙，名曰《破琴稿》。

〔9〕“淑真”二句：宋代女词人朱淑真，出身仕宦之家，有才华，但嫁于商人，琴瑟不和，终生不满，抑郁而死。

〔10〕“道韫”二句：东晋才女谢道韫，嫁于王郎（王凝之），夫妇不相得。道韫曾哀叹曰：“不意天壤之中，乃有王郎！”事见《晋书·列女传·王凝之妻谢氏》。秋瑾亦有诗《谢道韫》云：“可怜谢道韫，不嫁鲍参军。”

〔11〕“袁家”二句：袁家三妹指袁机，字素文，系清代著名诗人袁枚之妹，能诗文，幼年许字于不肖子高氏，婚后受尽折磨而死。

〔12〕“炼石”句：女娲炼石补天。见前《季芝姊以诗相慰次韵答之》二章注〔7〕。

〔13〕颐：腮。

〔14〕违和：身体失于调理而不适，一般作为他人患病的婉词。

〔15〕不辰：命运不好。

〔16〕雌伏：屈居下位。

〔17〕花酒：在妓院中狎妓饮宴。

〔18〕长门：汉宫名。见第一回注〔28〕。

〔19〕忤逆：不孝顺。

〔20〕忌：猜忌。厄：压制。

〔21〕“邯郸”句：事未详。

〔22〕文箫配彩鸾：文箫，小说中的人物。传说唐大和年间，书生文箫中秋佳节游钟陵西山，遇一美丽少女，口吟：“若能相伴陟仙坛，应得文箫嫁彩鸾。自有绣襦兼甲帐，琼台不怕雪霜寒。”二人一见钟情，相互爱慕。忽有仙童到来宣布天判：“吴彩鸾以私欲而泄天机，谪为民妻一纪。”于是二人遂成夫妇，后来双双骑虎仙去。事见唐传奇《文箫》。

〔23〕 叩阍:吏民因冤屈直接向朝廷申诉谓之“叩阍”。

〔24〕 过平生:过一生。

〔25〕 内主:在内响应的人。这里指妻子。

〔26〕 众口腾:这里指众人都说谴责的话。

〔27〕 金屋贮新人:即金屋贮娇意。见前《贺新凉》(吉日良时卜)注〔4〕。原故事是讲汉武帝以金屋置阿娇作妻,后也以“金屋贮娇”指置外室纳妾。

〔28〕 花柳行:指寻花问柳,寻欢作乐。

〔29〕 指囤:指望、依靠的意思。

〔30〕 苦厄:苦苦压制。

〔31〕 香过芸:比芸香还香。芸,芸香。草本植物,花叶有强烈气味,可入药,也可用于避蠹驱虫。

〔32〕 不遑:来不及。

〔33〕 咏絮才高:借用谢道韫咏雪事。

〔34〕 涂鸦:唐代卢仝《示添丁》诗:“忽来案上翻墨汁,涂抹诗书如老鸦。”后来便以涂鸦比喻书画或文字稚劣,多用为谦词。惺惺:惺惺惜惺惺,意谓性格和境遇相同的人相互爱惜、同情。

〔35〕 莫虚文:不要客套的意思。

〔36〕 左芬:字兰芝,左思妹,好学能文。见前第一回注〔55〕。

第 五 回

美雨欧风顿起沉疴宿疾
发聋振聩造成儿女英雄〔1〕

中华黑暗数千年,女子全无尺寸权;今日辟开男女界,舞台飞上振螺鬟〔2〕。前文诸女所谈事,料看官看了也心酸。愧无彩笔生花手，不能将女人痛苦说完全。不知缺漏多多少，总一句女子生为牛马般，受苦受囚还受气，一生荣辱靠夫男。西洋人说道我国的女子，任人搬弄任人玩。若比男子低去五百级，呼牛呼马尽无嫌。无学问，工艺学科都不学；媚男子，不愁婢膝与奴颜。闻此言，令人无限伤心甚，几度临风血泪弹。叹同胞，不知何事甘卑贱，为奴为畜也心甘。反言女子本无用，不思量亦是四肢与五官，才智何曾逊男子，不求自立但偷安。说到我国之社会，由来男女未平权。说到女人诸苦处，作书人那禁痛泪一潺湲。但祈看者须细味，莫作寻常小说看，其中血泪多多少，无非要惊醒我同胞出火坎。但愿我姊妹人人图自立，勿再倚男儿作靠山。闲言按下书归正，前文说到鞠瑞到门阑，小玉刚欲回身走，三人扯住说情端："何妨差个丫鬟去，请黄家姊姊到此间。我等畅谈真爽快，何必拘拘到那边？"小玉便言防母说，爱群道："何妨便说我娘言，姨母须知怪不得，木梢自有母亲掮〔3〕。"当下出来忙告母，叫秀蓉速去勿迟延。秀蓉去了无多刻，来了黄家女俊贤，堂前先见鲍家母，走过了四家姊妹立齐肩，大家平礼来相唤，然后邀进卧房间。鲍母因有客人在，故而其时不得闲，叫女相陪身自去，众姊妹大家逊座各相观〔4〕。鞠瑞携手梁小玉，惊讶他何事容颜瘦这般。

"呀！姊姊为甚么这般消瘦？昨日我问秀蓉，说没有病呀？"

小玉闻言诉此端："姊身命舛复何言[5]！但是妹亦多消瘦，还劝你善自宽怀保重焉，这也叫无可奈何事，父母为之悔亦难。"鞠瑞不胜心气愤，红霞飞上颊腮间，冷笑一声称义姊："妹儿是作兹奴隶实难甘。虽然父母曾生我，本应该孝敬堂前博父母欢，名誉无伤身自贵，不至淫乱削亲颜，这般便是儿无错，父母须使儿无缺得完全。却如何婚姻大事终身配，不择儿郎但择钱，谬云撞命真堪笑，难道是女子生来牛马般？并未见彼子人何若，学问行为好与奸，一些不察其中细，但听无凭媒妁言。说起又笑又好气，我却须知不服焉。近日得观欧美国，许多书说自由权，并言男女皆平等，天赋无偏利与权。强国强种全靠女，家庭教育尽娘传。女子并且能自立，人人盛唱女之权。女英女杰知多少，男子犹且不及焉。学校皆同男子等，各般科学尽完全。不同我国但学经和史，彼国分门各有专：普通先学诸科目，再进高等学校间，大学专门诸学备，哲学理化学并然，工艺更加美术画，师范工科农业完。般般学业非常盛，男和女竞胜求精日究研，所以人人能自活，独立精神似火燃。男子尊之如贵者，见女子起立躬身礼数谦。

凡茶楼酒馆，如男子先坐，见女子须起立致敬。如坐车人满了，见女子入来，必须起身让坐。女子则不然。彼国之女子何等尊贵？因人人能独立，不倚靠男子，一也。凡事皆能拼命去做，所以女英雄甚多，使人生敬畏之心，二也。家庭教育非母不可，诞育国民非女不可，故文明国的男子皆明男女关系，又利权均一，三也。

此生若是结婚姻，自由自主不因亲，男女无分堪作友，互相敬重不相轻，平日并无苟且事，学堂知己结婚姻。一来是品行学问心皆晓，二来是情性志愿尽知闻，爱情深切方为偶，不比那一面无亲陌路人。平日间相亲相爱多尊重，自然是宜家宜室两无嗔。更遇女权多发达，人人独立有精神。出外经商女亦有，学堂教习更多人。养身执业全无缺，男女权衡一样平。爱国心肠如火烈，国自强而家不贫。我国女子相比并，一居地狱一天门。相去何只千百丈，难道是我辈生来不是人？无非自己甘卑贱，愿为奴隶牛马群，受他压制甘如饴，但将那梳妆衣饰讲时新。身做幽囚无怨恨，沉沦地狱不翻身。不思自己求学业，不思自立免求人；不思脱此奴隶网，不思作个女中英；不思名誉扬中外，不思勋业染丹青〔6〕；不思烈烈轰轰做，使千载人俱慕姓名；不思身受千般苦，不思跳出陷人坑。妹今觉悟从前梦，遂我雄心事可行。槛鸾谁解怜文彩〔7〕，有日飞腾入九冥〔8〕。冲破痴迷求自立，妹今要求学向东瀛。所以今朝来问姊，未知道可肯相同一起行？”鞠瑞说罢一夕话〔9〕，在座诸人喜又惊。

乱哄哄问道：“真有此等好事么？使我等如梦初醒。但未知女子求学已曾有人否？”鞠瑞道：“已见载有某女士去矣。”众人大喜道：“我们正在悲痛我们女子不能自立，辜负才华志向呢，这却好了！但是黄姊姊从何处得此消息呢？”鞠瑞道：“妹的先生甚喜维新，近购得此种书报示妹，并为指点外间情形；若是家中，何能得有此种书看。”小玉道：“我何曾不想同妹妹去，但那里来的钱呢？”鞠瑞道：“姊姊勿忧，妹已思得一款。因苟宅急欲娶亲，以十七岁过门，母亲早已措出千金，为备衣饰之用，此银可窃取到手，与其拿来喂狗，不如妹拿来作学费，不好么？亦够我姊妹二年之用。后之接济，俞先生云为我设法，这就不要紧了。”

爱群当下便开声：“黄姊姊所言令我意难平，只思梁妹相同去，难道是我等三人不是人？虽是无才智又短，也堪附骥竞风云[10]。今岂有甘居后者，但是须有个男儿同道行，不然是人地生疏诸不便，恐使失道或迷津。”鞠瑞慌忙呼姊姊：“妹岂不愿诸姊一同行？一则恐诸姊难脱家庭缚，二来未有许多银。若云迷道请休虑，一路航轮路坦平，何须依赖于男子，难道吾人未克行？责任妹甘身独任，须知不误姊姊们。诸计妹已筹划好，方能决计脱身行。但是银钱须措办，倘无资斧事难成[11]。”

左醒华、江振华齐道：“我等亦稍有衣饰，尽可变卖，但一时苦无受主耳。”鞠瑞道：“这容易，盘费妹处共用，物件暗地交我先生，托他售去。”二人皆喜道：“甚好。”小玉即问爱群道：“姊姊如何呢？”爱群道：“我母亲处亦可窃得多金，并金珠首饰等，四五人并在一处，亦可得数千金，大约我们姊妹三年学费是不要愁的了。但大家都要同心合德，不分彼此才好呢。”众人齐声道：“姊姊之言不错，若不同心合德，共患难甘苦，怀二心者，不得善终！”振华道：“我们怎样集合，并设何法子脱身呢？”醒华道：“五月八日是舅母寿诞，借此集合，并可多携首饰，但如何脱身却要问黄姊姊了。”鞠瑞道：“妹已预备一切了，如此如此，不好么？”众人低声喝彩道：“妙！”鞠瑞道：“此日任何阻力，务必齐集。一人不到，即不能待矣。”众皆点首。鞠瑞又说起放脚的话，众人答应，振华稍有难色，恐放了不雅观。鞠瑞便把缠足的害处开解与他听，又道：

“缠足由来最可羞，戕残自体作莲钩。骨断筋缩多痛苦，行走何能得自由，积弱成痨因此足，无能不学更何尤[12]？自顾不暇行不得，扶持全要仗丫头。行路若然过数里，脚儿痛得像脓抽。终朝兀坐如泥塑[13]，患难来时作死囚。身欲逃时行不动，受人凌虐自家求。更有一般无耻者，因夫喜小便将足布狠加收，束成三寸夸莲瓣，行如风摆柳枝头，自道十分真好看，倚门盼望命风流，不图振作反自喜，甘为儿夫作马牛。谁知道弃旧怜新男子惯，岂因足小便难丢？再去讨个妖娆女，便把你从前恩爱一齐勾。宠小妾，买丫头，终朝调笑乐温柔，可笑讨好无处讨，只落得长门冷落作幽囚！可怜受尽千般气，小足何能解尔愁？更有那花柳陶情家不顾，一双小足亦难留。争如放足多爽快？行道路，艰难从不皱眉头，身体运动多强壮，不似从前姣又柔，诸般事业皆堪做，出外无须把男子求。求得学问堪自食，手工工艺尽堪谋，教习学堂堪自养，经商执业亦不难筹。自活成时堪自立，女儿资格自然优。尖尖双足成何用，他日文明遍我洲，小足断然人唾弃，贱观等作马而牛。”鞠瑞言时众称然，振华一笑啭莺喉：“不是一言相激动，那里来这般妙论若潮流？唤醒痴迷真拜服，愿将此语遍传邮[14]，使我等闺中姊妹多惊醒，撇却了从前丑习事雄猷[15]。奴隶心肠一洗尽，跳出重牢把学业修。方知女子非无用物，独立精神男子侔[16]。从今打破愁城府，改革何需戈与矛？学艺成时皆可自立，无靠无依不用愁。若是与今燕雀处[17]，何似他年鸾凤俦？自由花放文明好，平步青云十二楼[18]。我今醒了繁华梦，独立心肠坚更遒[19]，任教压制千钧重，不求学时死便休。”众人赞道真英物，从此闺人痼疾瘳。大家议定多高兴，谁知属垣有丫头[20]。

且说秀蓉因见众小姐悲恸，十分疑惑，当下在套间内蹑足贴耳潜听，恰恰听了一个明白，心中不胜感动，因思道：主母甚爱小姐，何妨待我以言试探主母，如肯，亦免得典钗质钏；若不听从时，暗中当冒险以助一臂。因太太此来，拟为少爷捐官，携有万馀金银票，惟我知其处，窃来为学费，数年足足有馀。况且主母家资甚富，此区区者，亦无足贫富，拚得我受几顿打骂便了。

当时想定在胸前，便来主母卧房间，客人已去房栊静，便言道：“小姐都在痛泪潸。”鲍母惊问因何故？秀蓉便诉此情端：“只因女子皆受苦，又无学问又无权。嫁出去，公婆凌虐许多苦，又恐误配失所天，才女婚姻归俗子，后来必定受熬煎。说起大家皆痛苦，所以伤心尽泪弹。”鲍母便言真可笑：“他们未免太痴憨，若是我同左姑太，断不致将儿误配为银钱，必为选个多才婿，却欲他年凤配鸾；不同黄宅之父母，红丝乱许苟儿牵，何须背地偷弹泪，这也希奇事一端。”秀蓉便道：“非因此，却是其中有别端。只因来的黄小姐，说起外国女同男，大家都入学堂的，教育无非彼此间，救得学艺堪自立，女儿执业亦同焉。有许多女子经商或教习，电局司机亦玉颜。铁道售票皆女子，报馆医院更多焉，银行及各样商家店，开设经营女尽专，哲学理化师范等，普通教习尽婵娟。人人独立精神足，不用依人作靠山。美国近来人考较，女的有七十二份教习权。各处女权多发达，平权男女两无嫌；不似我国之受苦，一生荣辱靠夫男。所以小姐都感动，亦思求学到外边。

恐怕太太不肯，所以忧愁。我想太太何不顺从小姐，使他到东洋留学三年回来。一来遂了小姐的心，免得忧出病来，有伤玉体，使太太又着急；二则求了学问，小姐有了名誉，岂不是太太的光荣么？

小姐从来情性坚，每恨自身不作男。志量徒宏生计窄，跳不出重重奴隶圈。今朝听了这番话，真好比花木逢春月又圆，分明死去重苏醒，恍似醍醐灌顶间[21]。求成学问和工艺，自由男女说平权，脱离地狱登天阙，扫除苦厄自欣然。从此后灵苗善果能成熟，又岂肯湮没才华不占先？若是不许来束缚，恐教弄出别情端。夫人爱惜贤小姐，还请三思详细参。”

鲍夫人道：“胡说！女儿家晓得吟诗作赋便了，还到甚么外边求学？他从来不曾离我，难道我舍得把他远去么？”

秀蓉重再禀夫人：“妾渎言词望下听。若怕分离情不舍，须知总要结婚姻。自然嫁到他家去，母女总难聚一生。倘遇姑嫜多恶狠，或然夫婿木无情，那时节太太痛惜亦无可奈，只落得两地悲伤泪满襟。何如使小姐能自立，此身生活不求人。不依靠他人人自贵，方是文明幸福深。他年进了文明界，千古传扬贤母名。成就千金雄大志，方算夫人爱女心。”鲍母听完一夕话，半晌无言喝一声：

“你这个丫头莫非疯了？我家广有钱财，亦不致要小姐自谋衣食；若是后来许配，我只招女婿进门，不嫁女儿出去，难道也有气受么？小姐不过一时听了黄小姐话，所以说说。我且问你：“路远迢迢，几个女孩子怎么出去，不是你胡说么？不必多言，快去端整开席！”〔22〕

秀蓉无言退出来，不胜失意叹声唉。暗想夫人犹未晓，这般执拗不应该。忍看志士飘零去，必须暗地为调排，一为小姐相待好，二为黄家女俊才，知己恩深思报答，这间接的功夫表我怀。况且青年女志士，都是同作女裙钗，我可助之时焉不助？同胞同种是应该。慢言小婢怀雄志，不知道可有风波生出来。书到此间权一歇，欲听情由下卷裁〔23〕。

〔1〕 发聋振聩：发出很大的声音，使耳聋的人也能听得见，这里是喻黄鞠瑞的一席话惊醒了众姊妹。

〔2〕 螺鬟：螺髻，这里代指妇女。

〔3〕 “木梢”句：言责任由母亲来承担。

〔4〕 逊座：让座，请客人入座。

〔5〕 命舛（chuǎn 喘）：命运不幸。

〔6〕 丹青：古代丹册纪勋，青史纪事，丹青指史书、史册。

〔7〕 槛鸾：笼中之鸾，喻鞠瑞一类女子。

〔8〕 九冥:九天,高空。

〔9〕 一夕话:犹今之一席话。

〔10〕 附骥:即附骥尾,蚊蝇附在马的尾巴上,可以远行千里,比喻依附名人之后而成名,这里是说自己跟随在鞠瑞之后。

〔11〕 资斧:旅费。

〔12〕 尤:责备、怪罪。

〔13〕 兀坐:独自端坐。

〔14〕 传邮:传播。

〔15〕 猷:计谋,这里指事业、行为。

〔16〕 侔:相等。

〔17〕 燕雀:燕雀皆为小鸟,常喻无足轻重的小人物。

〔18〕 十二楼:神话传说中仙人住的地方。

〔19〕 坚更遒:更加坚固。

〔20〕 属垣:窃听。

〔21〕 醍醐灌顶:佛家以醍醐灌人之顶,喻输入人以智慧,使人头脑清醒。

〔22〕 端整:备办,收拾。

〔23〕 裁:原本作"哉"。

第　六　回

摆脱范围雄心游海岛
披指暴虐志士倡壮谋

兀坐闲窗百感生〔1〕,救时奋志属何人〔2〕? 樽前髀肉徒兴叹〔3〕,肘后刚刀术未灵〔4〕。肠断英雄闲里老,情伤故国愧难禁。伤心万斛汪洋泪,几度临风愤不平。前文说到鲍家里，诸人定计脱身行。其时五月初八日，鲍家老母庆生辰，虽然作客无亲友，亦有来宾三两人。左家母女和江女，更有黄衙鞠瑞身。大家叩拜何须说，俗礼繁文最累人。爱群告禀生身母："道今朝祈福拜观音，保佑我娘无疾病，以见儿身一片心。"鲍母平生多佞佛，点头当下便应承，便叫秀蓉相随去，立起黄江左女身，便言同去相随去，游玩片刻便回程。鲍女便携梁小玉："姊身可亦一同行？"小玉当时称领命，梁夫人含怒不开声。左夫人因碍诸女面，当时勉强便应承。众人不待尊人命，当时出外便登厅。鲍夫人嘱咐速回转，莫使筵开等尔们。小姐诺诺连声应，轿上肩头去似云。

到了庙中，诸人下轿，秀蓉嘱咐轿夫在前厅侍候。大家进内假意拜了菩萨，便云随喜[5]，不要和尚跟随；来到后门，只见俞老已同轿子在。大家嘱咐秀蓉几句，秀蓉含泪叫小姐们保重，看上了轿，呆呆支吾到日落回去，家中自有一番大乱。后鲍夫人拷问秀蓉，方知其细，然众人亦无可奈何，怒骂的怒骂、悲泣的悲泣，各家父母亦无可奈何了。

且言诸女下船行，汽笛三声便鼓轮[6]。携手栏杆回首望，家乡千里暮云横。同是知音谈自合，临风抵掌语平生[7]。做书人见此不觉心欢喜，俚句巴言信口吟[8]：

踏破范围去，女子志何雄？千里开础界，万里快乘风。引领人皆望，文明学必隆，他时扶祖国，身作自由钟！

一路无词到日东[9]，有同乡招待员迎车站中。安顿房间权住下，改装一切自从容。请一女师教言语，大家相聚用心功。更有各人同乡会[10],一体欢迎赞叹同。诸女登台皆演说,灿花莲舌自生风[11]。自中首数黄鞠瑞,改做名儿黄汉雄,侠胆雄心皆莫及,言谈卓见利如锋。梁女英风多毅力,二人有志励兵戎。左江鲍三女微嫌弱,八斗才高气亦雄。如此女儿男莫及,拜到须眉愧未宏。常常有人来访问,觉言语气概俱皆不同。

诸学生皆不胜佩服,名誉大振。其时诸女皆进学校,因人多,校中不便畅叙,故另租一室,日常走读。

如驰年光十月天,此一日星期无课且盘桓,忽见下女持名刺[12],有客前来请一观。一姓陆名本秀,一名竞欧史氏焉。当下传言速请入,来了昂昂二少年[13]。大家席地团团坐,送茶一盏是清泉。大家是谈谈学问和国事,忽地里陆氏长吁吐一言:

"我国已亡于胡,以今日时事言之,恐又须为白种之奴了,而我内地同胞及各地志士,尚如醉梦一般,奈何!"江振华忙问道:"怎么已亡于胡呢?"史竟欧急答道:"君以为朝廷之皇帝,为我汉族么?彼乃游牧曼珠之族,暗地乘我朝内讧之时篡了位,并且三太子逃至缅甸,都为他所杀,大太子、二太子不用说了,早就为他杀了,如今只留一小太子在逃,不知在何处去,还有这一班不要脸的奴隶,日搜杀自己同族,为邀异族恩荣的地步呢。"黄、梁二人拍地大怒道:"我竟不知朝中为胡人所坐,彼非我汉人之仇人乎?反戴之为皇帝,愧哉!今我等虽无能力,然誓死以逐此丑虏,但恨无团体,此事非数人可成者,奈何!"说罢长叹数声,抆泪无言[14]。陆、史二人暗喜,方欲开言,忽听爱群问道:"内地之人心,及各处之志士如何呢?”陆本秀道:“内地的人不分清种族,一味拍胡人马屁,自命为忠君爱国,叫甚‘保皇党’,专以奉仇为父,残害同种的各处志士,又分为保皇、革命两党。保皇的不必说他,都是为名利心,熏黑了良心,惟知巴结胡人,以图富贵,谁知胡人倒心中有个界限,不是他同族的,随你怎么巴结,还要杀他们呢。胡臣姓刚的曾说过:‘将土地送与奴仆,不如送与朋友〔15〕。’朋友就指外国,奴仆就说我们汉人了。你说可恨不可恨呢!乃革命却分数种,却又不外真假两种:一种假的,专只纸上谈兵,以博一虚名誉,为敛钱地步,与内地懵懵懂懂的人及‘保皇党’,无非为自私自利起见,如胡人有数百银子一月,或赏他一个主事、进士,便奴颜婢膝、争先恐后,把排胡耶、革命耶这些话,丢到爪哇国去了,还要洋洋得意,你说可杀不可杀?如真革命党,惟以报祖宗的仇,光复祖宗的土地,为自己的汉人造幸福,不求虚名誉,不惧生死,不畏艰难,必要取回所失的土地为目的,不愿为他族之奴隶,此方为真革命家。”黄汉雄卒然问道:“此等真革命党,君知之否?若有,吾愿入之,甘为同胞一掷此血肉之躯而不惜。”史竟欧道:“尚有诸君何?”梁、左、江、鲍四人齐声道:“黄妹如何,吾等必从,无分贰之心。〔16〕”史、陆二人相顾惊异道:“竟不知诸君有此毅力,有此同心。然吾二人,即当众派出访求同志,诸君若能起誓,吾必为介绍。”五人即指天起誓。陆、史二人大喜。

当时便告会中情:“光复为名已数春,创立之人身姓岳,即是武穆岳王孙。名叫汉忠多勇武,会长今推韩氏君。亦是世忠蕲王裔〔17〕,后辈名字武超群。更有那文思宋和谢光赵,黄复更同章汉臣。李齐赵武张祖杰,钱山肃共熊希霖[18]。张氏继权宗希祖，更有慕嘉姓是孙。郑绳武君张又振，更有忠遗张煌生。皆是忠臣之后裔，尽为会中得力人。我祖即是史可法，为明梅岭葬忠魂，陆苏君祖秀夫者，亦为国亡身死水滨[19]。宋亡于元亦胡虏，今日里又见胡人坐殿庭。思之痛哭皆流涕，无奈同胞实太昏。”汉雄问道“除此外，会内曾否有别人？”竞欧便道“人多甚，此十馀人为首领，名尽智勇兼全者，最上须推韩岳君。散会计有数千众，势力年年日有增。惟有一种最困难，手内无钱事不成。党中略有微资者，惟有文君第一名。此外岳韩章李耳，五人已毁家助党；但举事粮草如兹巨，即平日营谋也要银。入不敷出真无奈，杯水何能救巨薪？近日营谋一件事，未知可成不可成。我二人专任招同志，内地机关尽有人。广东史氏又坚任，他兄前已殉同群，湖南孙化和马慨，湖北事归贾其铭。安徽吴自强和万又复，江南招待派封云。浙江柴氏和齐氏，四川邹氏小容君。甘肃陕西河南地，王李陈三人尽是勇闻名。山西卢曾身任事，山东徐谢作经营。贵州云南地偏僻，云是杨郎贵是金。”（未完）

〔1〕 兀坐：独自端坐。

〔2〕 原本“奋”下脱“志”，今依《秋瑾集》补。

〔3〕 髀（bì 必）：指髀肉复生事。《三国志·蜀志·先主传》：“（刘）表疑其心，阴御之。”裴松之注引《九州春秋》：“（刘备）尝于表坐起至厕，见髀里肉生，慨然流涕。还坐，表怪问备，备曰：‘吾常身不离鞍，髀肉皆消。今不复骑，髀里肉生。日月若驰，老将至矣，而功业不建，是以悲耳！’”后常用作自慨久处安逸、壮志渐消、不能有所作为之辞。

〔4〕 刚刀：即钢刀。汉人李尤《金马书刀铭》："巧冶炼刚，金马托形。"

〔5〕 随喜：佛家语，因欢喜随瞻拜佛像而生，故称游谒寺院为随喜。

〔6〕 笛：原本作"苗"，误，径改。

〔7〕 抵掌：击掌。《战国策·秦策》："(苏秦)见说赵王于华屋之下，抵掌而谈，赵王大悦。"这里用来形容无拘无束地交谈。

〔8〕 巴言：与俚语同义，均为下里巴人之词，此为家常话的意思。

〔9〕 日东：这里指日本。

〔10〕 同乡会：日本留学生以省或县的名义组织同乡会，如浙江同乡会。

〔11〕 灿花莲舌：形容人的口才很好。见前《赠蒋鹿珊先生言志且为他日成功之鸿爪也》注〔8〕。

〔12〕 名刺：即名片。古时未有纸前，削竹片写上自己的名字，拜访时用来通名报姓。西汉时叫谒，东汉时叫刺。后来虽改用纸，仍沿用刺或名刺。

〔13〕 昂昂：形容志行高超。

〔14〕 抆(wěn 吻)：擦，拭。

〔15〕 "将土"二句：庚子事变后慈禧说过："宁赠友邦，毋与家奴。"

〔16〕 分贰之心：其他之心。

〔17〕 "会长"二句：说韩君系抗金名将韩世忠的后裔。世忠，即韩世忠。见第一回注〔69〕。韩世忠死后被宋孝宗追封为蕲王。

〔18〕 熊希霖：徐锡林的谐音。本文中英杰志士的名字，多为历代民族英雄和爱国志士的谐音和改写，一望而知，不再注明。

〔19〕 "陆苏"二句：指宋末爱国志士陆秀夫，他抗清失败后，背负小皇帝投海而死，故下句云"死水滨"。见第一回注〔71〕。

附　　录

秋瑾年谱简编

秋瑾(1877—1907),原名闺瑾,乳名玉姑,字璿卿,号旦吾,别署鉴湖女侠;留学日本时易名瑾,字竞雄,又署汉侠女儿和秋千,浙江山阴县(今绍兴市)人。

秋瑾先世 东汉会稽守秋君是其始祖,宋文帝时中书舍人秋当是其始迁祖,一世祖秋连成明朝初年始居山阴城西南二十五里之福全山(今绍兴市五星乡);瑾二世祖良德至十二世祖勤和均务农;十三世祖标,赠文林郎;十五世祖汝秀,邑庠生;十六世祖系瑾高祖讳学礼(1744—1819),字立亭,乾隆己酉科(1789)乡试第四名举人,官浙江秀水教谕,著有《补斋文集》、《仪礼节读》;曾祖金,改名家丞,字砚云,嘉庆癸酉科(1813)举人,分发江苏,补奉贤知县,调补华亭知县,历任砀山、东台、兴化、江宁、江阴、上海、元和、吴县等地知县,官至邳州知州,丙午科(1846)江南同考官,著有《八一编》;祖嘉禾(1831—1894),字露轩,别号诲老人,同治乙丑(1865)举人,历任福建云霄、厦门等地知县、知州,鹿港厅同知,祖母山阴俞氏(?—1875,名畴姑,江宁龙港使俞云翔之女);父寿南,原名官谦,字研孙,号益山,又号星侯,生于道光三十年八月十五日(1850年9月20日),卒于光绪二十七年十月十六日(1901年11月26日),同治癸酉科(1873)举人,官至湖南桂阳州知州,辑有《又补斋画册》;母单氏,浙江萧山城内望族,系安徽候补县丞单良翰之长女,国学生单锡麒之胞姊。善诗文,生于道光二十五年(1845),卒于光绪三十二年(1906),享年六十二岁。

瑾兄妹凡四人：长兄誉章（1873—1909），字徕稷（一作来吉、徕绩），号莱子，淑名应奎，附生，候补训导，宣统元年八月二十六日（1909年10月9日）病逝于天津，著有《秋雨一宵恨满楼诗草》；妹闺珵，后易名珵，字珮卿，适钱塘王守廉，卒于1942年；弟，宗章（1896—1952），生于湘潭，孙氏庶出；瑾行次居二。

1877年（清光绪三年丁丑） 一岁

1840年鸦片战争后第三十七年，1851年洪秀全金田村起义后第二十六年，是年夏历十月十一日（11月15日），秋瑾诞生于福建南部某地，时瑾祖父嘉禾在福建、台湾等地做官，瑾父母俱随侍任所。是年瑾祖父四十六岁，父年二十八岁，母三十三岁，兄誉章五岁。按秋瑾生年史书记载不一，徐寄尘《鉴湖女侠秋君墓表》、秋宗章《六六私乘》和《秋女侠史实考证》说瑾卒年三十三，生于1875年；吴芝瑛《秋女侠传》、陶成章《秋瑾传》、冯自由《鉴湖女侠秋瑾传》、王时泽《回忆秋瑾》说瑾卒年三十一，生于1877年；有人又据《浙江办理秋瑾革命全案》中秋瑾供词“年二十九岁”，推生年为1879年①；此外生年尚有作1876年②和1878年者③。考以上诸说，除吴芝瑛等人的1877年说外，均缺乏直接史料根据，或为回忆，或为推论。考前人生年，一般当以本人亲笔为据，在这方面，秋瑾恰恰给我们留下了最珍贵的史

① 此说始见于吴小如《秋瑾烈士生年考》（载《文汇报》1961年10月24日），又见邵雯《秋瑾出生年代初考》（载《历史研究》1978年第11期），又有人说1879年秋，秋嘉禾在云霄县任上生一女孙，即秋瑾，详见吴秀峰、张瑞莹《关于秋瑾烈士出生地的考据》（载《云霄县文史资料》第三辑）。

② 见北京师范大学中文系三、四年级及古典文学教研组教师合编《中国文学史讲稿》近代部分。

③ 见游国恩等主编《中国文学史》（四），人民文学出版社1979年版，第369页。

料，即光绪三十年（1904）正月七日（2月22日）秋瑾写给吴芝瑛的《兰谱》，《兰谱》云："年二十八岁，十月十一日卯时生"，《兰谱》卷子卷末附有民国元年（1912）夏历六月初四（7月17日）吴芝瑛致秋社主任徐自华的信："甲辰正月，芝瑛为烈士筹画学费，以便东游，烈士于人日（按：即正月初七日）写兰谱一通以来曰：我欲与姐结为兄弟"云云。据此知瑾1904年二十八岁，则生年当为1877年。我认为此说可信：秋瑾与吴芝瑛拜交，此可征诸瑾诗《赠盟姊吴芝瑛》；瑾弟秋宗章《六六私乘》亦云："（吴与姊）结金兰之契，女士稍长，妹之。"而这一《兰谱》又系秋瑾亲笔填写，现藏浙江省博物馆，有实物可证。此外与秋诗中"愧我年廿七"（《泛东海歌》）和"供词"（按：据《浙案纪略》云："口供则由贵福使幕友为之"，是假的，年龄当是真的）中"年二十九岁"并不矛盾。后两处所记年龄，均为瑾留日后事，当是以周岁计。瑾生于1877年11月15日（十月十一日），二次东渡（1905年6月）为二十七周岁，殉难时（1907年6月）为二十九周岁。据如上考证，拙谱简编定秋瑾生年为1877年。

孙中山十二岁。　　唐才常十一岁。
蔡元培十一岁。　　吴芝瑛十岁。
章炳麟十岁。　　沈荩六岁。
徐锡麟五岁。　　徐自华五岁。
梁启超五岁。　　黄兴四岁。
陈去病四岁。　　敖嘉熊四岁。
陈天华三岁。

李钟岳二十二岁。　　汤寿潜二十一岁。
胡道南十五岁。　　蒋继云三岁。

1878年(光绪四年戊寅)　二岁

瑾居厦门。

八月二十一日(9月17日)　祖父露轩公署理云霄厅同知，冬至后家眷自厦门赴云霄，瑾亦随往。

吴樾生。

陶成章生。

1879年(光绪五年己卯)　三岁

瑾居云霄。

夏历九月间二妹闺珵生。

王子芳生(1879—1908)，是年生于湖南湘潭十八总由义巷十三号，系王黻臣(1853—1908，字大兴，原籍湘乡县，今属双峰县)第三子，字廷钧。

史坚如生。

吕公望生。

1880年(光绪六年庚辰)　四岁

瑾居云霄。

1881年(光绪七年辛巳)　五岁

四月初十(5月7日)　瑾祖嘉禾调任，瑾随之离云霄。

周树人(鲁迅)生。

在圣彼得堡签订《中俄伊犁条约》。

1882年(光绪八年壬午)　六岁

瑾居闽。

宋教仁生。

冯自由生。

开平煤矿工人罢工。

法军侵占越南河内。

1883年(光绪九年癸未)　七岁

居闽,是年开始读书。“幼与兄妹同读家塾,天资颖慧,过目成诵。”

江亢虎生。

王金发生。

刘永福攻河内,败法军,击毙法将李威利。

法国强迫越南封建统治者屈服,订立《顺化条约》,把越南变为法国保护国。

1884年(光绪一〇年甲申)　八岁

居闽。

刘道一生。

马宗汉生。

清政府对法宣战,中法战争开始。

1885年(光绪一一年乙酉)　九岁

居闽。

陈伯平生。

中法战争继续进行,清廷起用老将冯子材、王德榜,多次大败法军,但腐败的清政府与法国签订了屈辱的《中法新约》(又称《天津条约》),承认法国占领越南,并允许其侵略势力伸入华南地区。中法战争结束。

台湾始改为行省，命刘铭传任台湾巡抚。

1886 年（光绪一二年丙戌）　一〇岁

居闽。

瑾祖父秋嘉禾本年任福建南平县知县。秋，南平大水入城，水高尺馀，嘉禾捐米煮粥，设法救济灾民①。

王时泽生。

重庆居民三千多人，捣毁英、法两国教堂，驱逐教士。

1887 年（光绪一三年丁亥）　一一岁

居闽。

瑾天资聪慧，十一岁已习作诗，“偶成小诗，清丽可喜。”②并时常“捧着杜少陵、辛稼轩等诗词集，吟哦不已。”③

柳亚子生。

福建福安县三十馀乡青壮年组成义军，提出“为国复仇”的口号，与传教士及教民展开斗争。

1888 年（光绪一四年戊子）　一二岁

居闽。

康有为首次进京上书，建议变成法、通下情、慎左右，以图祖国富强，为顽固派所阻，未能上达。

第一次国际妇女大会在华盛顿举行。

---

① 吴栻主修，蔡建贤总纂：《南平县志》，民国十七年（1928）印行，第 90 页。

② 秋宗章《六六私乘》。

③ 徐双韵《记秋瑾》。

1889年（光绪一五年己丑）　一三岁

四月，瑾祖嘉禾再度署理云霄厅事，瑾亦随往。

"女士富天才，自幼即好翰墨，流播人间，一时有女才子之目。"①

程毅生。

清廷命各省将军、督抚议兴办铁路事。

1890年（光绪一六年庚寅）　一四岁

正月　兄誉章，年十八，与张淳芝在绍兴城内老浒桥秋氏旧宅结婚。张淳芝（1869—1955），绍兴府山阴县峡山村（后迁至漓渚镇小步村）人，乳名顺姑，通文，喜画，与瑾姑嫂情笃，瑾在大通时，相助甚多。

三月　瑾祖嘉禾卸任，瑾随之离闽返浙，在绍兴南门租和畅堂居住。按：和畅堂原为明朝神宗时大学士朱赓别墅，系明代建筑形式，三间四进，后临龟山，山上耸立一座七层古塔，名为天塔，环境幽雅清净，瑾即住在第二进左边楼下，后成为光复会革命同志秘密会议室。和畅堂东隅，有小楼一角，楼梯下光线黑暗，后来瑾从事革命活动之秘密文件，俱藏于此。和畅堂西面客厅，光复会同志王金发、竺绍康、赵卓经常乘骑而来，在此聚会议事。1957年为纪念烈士就义五十周年，绍兴市人民委员会将和畅堂辟为"秋瑾故居"。

不久，瑾随母去萧山外祖家，向四表兄单宝勋学习骑马击剑。这时期的武术锻炼对她后来从事繁重的革命工作，有不少帮助。

哥老会周子意等人计划在石埭起事，被捕杀。

---

① 陶在东《秋瑾遗闻》。

1891 年（光绪一七年辛卯） 一五岁

瑾父寿南应邵友濂（字筱村，官台湾巡抚）之聘为台湾巡抚文案，瑾随往。按：瑾赴台时间，山石《秋瑾年谱》①作 1885 年。然据徐双韵（名蕴华，字小淑）《记秋瑾》②云：瑾 1890 年始随祖父离闽返浙，由此看，瑾赴台必在 1890 年之后。查秋宗章《六六私乘》云："光绪十年以后（按：此据上海图书馆手抄资料，疑'十'字下有夺文，或记载有误），先君膺馀姚邵筱村中丞友濂之聘任台湾巡抚文案。"查《清史稿·疆臣年表》，邵友濂任台湾巡抚是在光绪十七年（1891）四月初二；《福建通纪卷二十·光绪十七年》云："三月刘铭传（按时为福建台湾巡抚）奏：（臣）病仍未痊，恳请开缺。奉旨准其开缺。"又同上书："四月以邵友濂为福建台湾巡抚。"据此定秋寿南任台湾巡抚文案必在邵氏任巡抚之后，山石《秋瑾年谱》所记有误，兹姑系于本年，阙疑待考。

尹锐志生。

1890 至 1891 年间，以四川大足、长江中下游和热河三个地区为中心爆发了大规模的反教会斗争，影响所及，遍达全国十九个省区。在长江中下游各省反教会斗争中，哥老会成员是积极参加者，他们焚毁安徽芜湖、江苏丹阳、湖北武穴镇等地耶稣教堂。清政府命严缉哥老会。

1892 年（光绪一八年壬辰） 一六岁

瑾居台湾。

大侄秋复（原名锡辰，字壬林，1892—1958）生。

---

① 载《史学月刊》1957 年第 6 期。

② 载《辛亥革命回忆录》第四集。

郭沫若生。

萍乡芦溪哥老会起事，谋袭袁州、萍乡，事泄失败。

1893年（光绪一九年癸巳）　一七岁

冬　瑾自台湾随父来湘。按：瑾赴湘时间，山石《秋瑾年谱》作1890年；而秋宗章《六六私乘》云："先君膺馀姚邵筱村中丞友濂之聘为台湾巡抚文案，中丞调湘，先君亦以直刺听鼓楚南。"查《清史稿·疆臣年表》、《福建通纪·卷二十》、《台湾省通志》卷首下《大事记》均云：光绪二十年九月，调邵友濂署湖南巡抚。据此知瑾父亦当于此时调湘。考瑾父秋寿南为李维翰《慕莱堂诗文征存》题七言长诗云："忆我听鼓到湘东，敦州滥厕癸巳冬。"寿南明确说自己癸巳（1893）冬来湘，可知秋宗章所记不确。兹定瑾随父来湘在是年冬。

广州辅仁文社支社成立，孙中山建议改称兴中会。

1894年（光绪二〇年甲午）　一八岁

春　瑾因祖父逝世（上年夏历十二月十二日）随父奔丧回绍；秋，再来长沙，父寿南仍后补。适值甲午海战起，瑾有诗《赠曾筱石》其四云："海气苍茫刁斗多，微闻绣幕动吴歌。绿娥蹙损因家国，系表名流竟若何？"诗抒写了她关心祖国危亡的爱国情怀，这是瑾现存诗词中最早的一首爱国诗歌。

编年诗：《赠曾筱石》四章、《题郭诇白（宗熙）〈湘上题襟集〉即用集中杜公亭韵》、《旧游重过有不胜今昔之感》、《吊屈原》。

中日战争爆发。

孙中山在檀香山组织兴中会。这是中国最早的资产阶级革命团体。

1895年(光绪二一年乙未)　一九岁

春　居长沙,清明携女友踏青,赋《踏青记事》四章,诗见《秋瑾集》中。

春夏间　瑾父签分常德,任厘金局总办,瑾随侍。

夏　寿南调湘乡厘金局,瑾随往。

约于是年冬或翌年春,与湘乡王氏联姻,将瑾许字王子芳。按:王子芳父王黻臣,系湘乡神冲(今属双峰县)人。因经营当铺发家,全家迁至湘潭,系当地豪富三鼎足之一。王氏闻瑾"丰貌英美",由李润生作伐,厚礼聘之。

编年诗:《踏青记事》四章、《去常德舟中感赋》、《题芝龛记》八章①、《咏燕》、《残菊》、《春寒》、《杂兴》二章、《分韵赋柳》、《梅》、《玫瑰》、《秋海棠》、《杜鹃花》、《芍药》、《桃花》、《登宜月楼》、《春日偶占》、《读书口号》、《月夜怀故人》、《春暮》、《惜鸾》、《寄季芝》三章、《白梅》、《送别》、《月》、《咏白梅》、《题潇湘馆集》二章、《重过女伴芷香居》、《送别》(深闺聚散太匆匆)、《秋雁》、《春柳》四章、《白莲》、《水仙花》、《送别》(杨柳中庭月)等。

编年词:《子夜歌》(花朝过了逢寒食)②、《清平乐》(花朝序届)、《罗敷媚》(寒梅报道春风至)、《玉交枝》(金针度)、《更漏子》(起严霜)、《相见欢》(因书抛却金针)、《菩萨蛮·寄女伴二阕》、《踏莎行》(将锦遮花)、《金缕曲》(凄唱阳关叠)、《齐天乐》(朔风萧瑟侵帘户)、《唐多令》(肠断雨声秋)、《喝火令》(带月松常健)、《满江红》(客里中秋)、《深院月》(凭伫月)、《南浦月》

---

① 《题芝龛记》以下诸作,考其内容均为少女时代作品,惟具体作年难辨,兹一并姑系于嫁年之前。

② 《子夜歌》以下词内容同上,均系于是年。

(喜得蟾光)、《忆萝月》(桂香初揽)等。

中日战争结束,中国败。这次战争的失败更进一步暴露了清政府的腐败无能。清政府被迫求和,签订《马关条约》。它标志着外国资本主义对中国的侵略进入了一个新的阶段。条约规定将辽东半岛、台湾及澎湖诸岛割让给日本,并赔银二万万两。

孙中山回国,设"兴中会"总部于香港。

康有为联合在京会试的各省举人,发起著名的"公车上书",请求拒和、迁都、变法图强。

1896年(光绪二二年丙申)　二〇岁

春　瑾居湘乡。

四月五日(5月17日)　瑾在湘潭结婚,"以父命,非其本愿"。丈夫王子芳,字廷钧,曾就读于长沙岳麓书院,庚子事变入京捐官,任工部及户部主事、郎中。王子芳为典型的没落阶级的纨绔子弟。瑾秉性端庄凝重,性格又热情豪放,与王氏纨绔气格格不入,因此夫妇不相得。"可怜谢道韫,不嫁鲍参军";"知己不逢归俗子,终身长恨咽深闺",正是她婚姻不幸、所嫁匪人之哀叹。

九月初十(10月16日)　弟宗章(1896—1952)生于湘潭,孙氏庶出。

编年诗:《旧游重过不胜今昔之感口号》、《乍别忆家》、《思亲兼柬大兄》二章、《寄柬珵妹》、《秋日感别》二章、《秋菊》、《九日感赋》。

编年词:《念奴娇》(最无聊赖)、《临江仙》(秋风容易中元节)。

《苏报》在上海创刊,始为日人设,继由陈范出资承办,后倾向革命，成为资产阶级革命派的宣传刊物。

李鸿章代表清政府在莫斯科签订《中俄密约》。

1897年（光绪二三年丁酉）　二一岁

瑾居湘潭。

五月二十八日（6月27日）　生子元德（后写作沅德），字仲瀛，号艾潭，后易号重民。元德毕业于上海正风大学，曾任报社经理、中学教员等职。解放后任湖南省文史研究馆秘书，1955年在长沙病逝，终年五十九岁。王元德先后娶妻妾四人，生女二，长女王家栋（1918—1936），次女王家梁（1920—1980），适福建人赖敬箴。第四房妾张云卿，婚前有女王玉琳，随母来王家。

秋　妹闺珵适钱塘王守廉（字尧阶），此时王守廉之父王哲夫在湖南做官，故秋珵在湘出嫁。

编年诗：《清明怀友》、《独对次清明韵》。

编年词：《临江仙》（忆昔椿萱同茂日）。

山东曹州巨野毁教堂，民众以积忿杀德教士二人，德国藉此强占胶州湾。

俄舰驶入旅顺湾。占据旅大，于翌年签订《旅大租界条约》。黄遵宪、唐才常等创《湘学新报》于长沙。

1898年（光绪二四年戊戌）　二二岁

瑾居湘潭。瑾自1893年来湘后，先后住过长沙、常德、湘潭等地，适值新政在湖南大力推广时期。瑾来湘第三年（1895），陈宝箴（1831—1900）署湖南巡抚，与按察使黄遵宪（1848—1905）、学政江标（1860—1899）大力推行新政，三四年内（1895—1898）湖南新学盛行，学会林立，《湘学报》、《湘报》相继刊行，时务学堂、校经学堂、致用学堂（以上长沙）、明达学堂（常德)、算艺学堂(浏阳)、南学会(长沙设总会,县有分会)、任学会(衡州)、不缠足会(长沙)先后成立,这对推行新政、传播维新变法思想起了重大作用,当时的"湖南成为全国最富朝气的一省"。维新变法虽系改良主义性质,有其局限性,但鼓吹救亡爱国、提倡新学、宣传民权,在当时自有它的进步意义,这对秋瑾的思想也当有一定的影响。后来她在《致王时泽书》中还曾提到湖南维新派人士唐才常和沈荩。

光绪帝诏定国是,宣布变法。百日后,慈禧太后再出训政,幽禁光绪皇帝于瀛台;谭嗣同、林旭、刘光第、杨锐、杨深秀、康广仁被杀,戊戌变法宣告失败。

1899 年(光绪二五年己亥)　二三岁

瑾居湘潭。

山东义和团朱红灯部起义,这是农民群众自发的反帝爱国斗争。

美国政府提出"门户开放政策",实质上是把中国变为各帝国主义共有的殖民地。

1900 年(光绪二六年庚子)　二四岁

正月　瑾父寿南任湖南桂阳直隶州知州。

19 世纪末,中国北方兴起了义和团反帝爱国运动。帝国主义为镇压义和团运动,扩大对华侵略,借口清政府"排外",八个帝国主义国家联合起来进攻中国,这便是八国联军之役。瑾是年身居湘潭,遥隔千里,对战争进展情况不十分清楚,但真挚的爱国热情促使她终日为国事担忧,本年所写《杞人忧》云:"幽燕烽火几时收,闻道中洋战未休。漆室空怀忧国恨,难将巾帼易兜鳌。”诗人迫于封建礼教，难以身披战袍、驰骋疆场、征战杀敌，因而心中感到无限忧虑，其关心国事的爱国热忱洋溢于字里行间。《感事》又云：“竟有危巢燕，应怜故国驼！东侵忧未已，西望计如何？儒士思投笔，闺人欲负戈。谁为济时彦？相与挽颓波。”面对东、西方帝国主义的侵略，“闺人欲负戈”的爱国情感是真挚感人的。从她1894年写的《赠曾筱石》，到本年所写的《杞人忧》、《感事》，说明秋瑾思想中很早就孕育着爱国主义种子，此即她尔后献身革命、成为为资产阶级民主革命流血牺牲的女英雄的思想基础。

编年诗：《杞人忧》、《感事》。

义和团运动在直隶、山西蓬勃发展，清政府改变政策，由镇压转为利用。义和团提出了“扶清灭洋”的口号，严重地打击了帝国主义的侵略势力。八国联军进占北京，慈禧太后逃往西安，并派李鸿章为全权代表北上谈判，中外反动派勾结起来镇压义和团运动。翌年订《辛丑条约》，中国赔款四万万五千万两。

唐才常组织自立军，起兵“勤王”，事泄被捕，唐死难。

兴中会领导会党，在惠州三洲田袭击清军，起义队伍曾发展到两万多人，后失败。

1901年（光绪二七年辛丑）　二五岁

瑾居湘潭。

八月二十五日（10月7日）　生女桂芬，字灿芝。王灿芝中学毕业后，曾在上海主持“竞雄女校”，后赴美国留学，学习航空，1967年逝世于台湾，终年六十七岁。编有《秋瑾女侠遗集》、《秋瑾革命传》。

十月十六日（11月26日）　瑾父秋寿南逝世于湖南省桂阳

知州任上，卒年五十二。因路途遥远，瑾未及奔丧，瑾兄誉章、弟宗章扶柩至湘潭，择地安厝，秋氏全家即侨寓湘潭。

清廷严禁仇教集会，地方官不立行惩办者，一概革职，永不叙用。

清廷命各省选派留学生，若学成，分别赏给进士、举人各项出身。

1902年（光绪二八年壬寅）　二六岁

年初　秋家和王家在湘潭城内十三总开设“和济钱庄”，因用人不当，经理陈玉萱利用职权大肆贪污肥己，岁末钱庄倒闭。自此秋家即告破产，瑾在王宅也更受冷遇。

编年诗：《题松鹤图》四章、《季芝姊以诗相慰次韵答之》二章①、《重阳志感》、《望乡》、《风雨口号》、《菊》、《剪春罗》、《寄珵妹》、《秋雨》、《梧叶》、《吟琴志感》、《独坐》、《梅》十章、《春草》、《咏琴》、《谢道韫》、《秋声》、《春暮口号》、《喜雨漫赋》、《咏白梅》（淡妆别具好丰神）等。

编年词：《减字木兰花》（又送春去）②、《浪淘沙》（窗外落梧声）、《七娘子》（褪红帘外东风晚）、《满江红》（鹈鴂声哀）、《丑奴儿》（困人天气日徘徊）、《贺新凉》（吉日良时卜）、《意难忘》（幽恨无涯）、《东风第一枝》（冻雾初含）等。

梁启超在日本东京创刊《新民丛报》，这是后来与《民报》相对立的资产阶级改良派的主要宣传阵地。

蔡元培、章炳麟等发起成立中国教育会于上海，同年冬

---

① 自《季芝姊以诗相慰次韵答之》以下十九题，约为婚后至入京前所作，惟具体作年难辨，今姑一并系于秋瑾入京之前一年。

② 自《减字木兰花》以下八阕，约为婚后至入京前所作，惟具体作年难辨，姑一并系于是年。

又组织爱国学社。

1903年(光绪二九年癸卯)　二七岁

春　王子芳捐官户部主事,瑾随夫进京。途经沪上稍留,结识琴文。相识后言谈颇投机,琴文旅费告绌,瑾慨助若干,此可见瑾尚侠之一斑。

春末　瑾抵京,居绳匠胡同,此次偕瑾来京者尚有婆母屈氏、子元德等。

四月九日(5月5日)　有致琴文书,书末附七律一首(即《赠琴文伯母》),俱见《秋瑾集》。

五月　秋家全眷自湘潭返绍兴。

夏　瑾婆母屈氏不乐北居,元德又为祖母钟爱,瑾因之侍婆母携子南旋。不久,瑾复携女北上,途经上海有诗《重上京华申江题壁》,见《秋瑾集》。

途中经沪返绍省亲,时间甚短,又匆匆北上。

瑾入京后,更加关心国事,阅读新的书报,视野开阔了,思想也日趋先进。在京她结识了吴芝瑛,两人日夕过从,情同姊妹,大有相见恨晚之感,互许为知己,后结拜为姊妹。吴芝瑛(1867—1934),字紫英,号万柳,安徽桐城人,吴汝纶之侄女,工书法,善诗文,思想倾向维新,在京中女界亦属凤毛麟角;又在京中结识女友陶荻子、宋湘妩等。

中秋　瑾和丈夫第一次公开冲突。她愤然离家,住在泰顺客栈,后经王子芳派仆妇甘辞诱回。按:王子芳其人为清末典型的没落阶级纨绔子弟,瑾曾概括他为"无信义、无情谊、嫖赌、虚言、损人利己、凌侮亲戚、夜郎自大、铜臭纨绔之恶习丑态"集于一身。又说,"子芳之人,行为禽兽之不若,人之无良,莫此为甚!""彼无礼实甚,天良丧尽,其居心直欲置妹于死地也。""况在彼家相待之情形，直奴仆不如！……一闻此人，令人怒发冲冠……待妹之情义，若有虚言，皇天不佑。”由此可了解秋瑾婚姻之极大不幸，以及在封建家庭中身受的摧残和痛苦，这亦是促其觉醒，毅然与封建家庭决裂，最后献身民族解放和妇女解放运动的动因之一。

同日 瑾填词《满江红》（小住京华）。词抒发了“身不得，男儿列，心却比，男儿烈”的感慨，以及“俗子胸襟谁识我”、“莽红尘、何处觅知音”的苦闷。

瑾居京时期喜读梁启超编的《新民丛报》和《新小说》，对其具有爱国精神和民主思想的作品，如《近世第一女杰罗兰夫人传》、《意大利建国三杰》、《东欧女豪杰》、《新中国未来记》等爱不释手。

编年文：《致琴文书》。

编年诗：《挽故人陈阕生》、《赤壁怀古》、《红莲》、《兰花》、《杂咏》二章、《赠琴文伯母》、《重上京华申江题壁》、《偶有所感用鱼玄机步光威裒三女子韵》、《上陈先生梅生索书室联》、《见月》、《寄家书》、《秋日独坐》、《黄金台怀古》、《剑歌》、《宝剑歌》。

编年词：《满江红》（小住京华）、《踏莎行》（对影喃喃）、《翠楼怨》（寂寞庭寮）。

陶成章、周树人等在东京发函回绍兴，动员同乡知识青年赴日留学。

邹容《革命军》出版，《苏报》为之介绍，章炳麟又在《苏报》上发表《驳康有为论革命书》，清廷害怕革命思想的传播，封闭《苏报》，并通过上海租界帝国主义的“会审公廨”，将章、邹逮捕审讯，这就是著名的苏报案。

留日学生创办之革命刊物《浙江潮》、《湖北学生界》、

《江苏》等在东京出版。

夏历年底日俄战争爆发,外务部宣布中国严守中立。

1904年(光绪三〇年甲辰) 二八岁

正月七日(2月22日) 瑾与吴芝瑛订文字之交,写同心兰谱。

八日 瑾作男子装见芝瑛,赋《赠盟姊吴芝瑛》七律一首,并赠自御之补鞋一,裙一,曰:"此我嫁时物,因改装无用,今以贻姐,为别后相思之资。"

二月 参加由吴芝瑛、欧阳夫人(京师大学堂副教授欧阳弁元的妻子)发起的"妇女谈话会"第二次集会,会上认识日人服部繁子。服部繁子(1872—1952)系京师大学堂日籍教习服部宇之吉(1867—1939)的妻子,随丈夫来中国,1904年夏,秋瑾曾与她一同乘船去日本,抵日后,秋瑾在她家住过一个星期左右。

在京中还认识李希圣、刘少少、陶大均、陶在东等。

在京师作有《宝刀歌》、《剑歌》等篇,一时和者甚众。

春 瑾为寻求救国道路,毅然与封建家庭决裂,准备东渡留学。出京前,陶大均妾倪荻漪在陶然亭为瑾饯行,与会者还有吴芝瑛等。时芝瑛将去上海,写对联一幅送瑾:"驹隙光阴,聚无一载;风流云散,天各一方。"瑾填词调寄《临江仙》答之,题下小引记之甚详,见《秋瑾集》。

对瑾东渡留学,王子芳极不赞同,试图以经济封锁阻其行,甚至无耻地窃取瑾私蓄首饰。但瑾留日决心已定,不为此动摇,故又托倪荻漪变卖剩馀首饰,筹备学费。

方欲启程,闻王照因戊戌事入狱,正需钱打点,瑾虽不赞成其改良主义的政治主张,但钦佩戊戌党人的爱国热忱,便将学费之一部分托人送入狱中，并嘱勿告己名。后王照会赦出狱，始知此事，王氏登门致谢，时瑾已去日本。王照每与人谈起，辄为涕零。瑾与王照素昧平生，而能如此慷慨助人，在当时社会中实为罕见。

离开北京时，瑾写有《宝刀歌》。“几番回首京华望，亡国悲歌泪涕多。北上联军八国众，把我江山又赠送。”概括地反映了1900年以来中国被列强瓜分的社会现实。诗人表示“誓将死里求生路，世界和平赖武装”，“愿从兹以天地为炉、阴阳为炭兮，铁聚六洲。铸造出千柄万柄宝刀兮，澄清神州。上继我祖黄帝赫赫之威名兮，一洗数千数百年国史之奇羞！”反映了诗人一踏上探索拯救祖国危亡的道路，便主张用革命的办法完成改造祖国的历史任务。

瑾因资助王照出狱，学费告绌，又为丈夫阻挠，离京后曾随吴芝瑛在上海小住数日，此时有《申江题壁》诗以记当时心情，对当时上海奢侈豪华、醉生梦死的生活极表不满，旋即离沪，经杭州返绍兴省亲，再次筹措学费并告别亲友。

三月，自绍返杭，游西湖，谒水仙祠。旋即返京。

四月二十七日（6月10日），秋瑾自北京去天津《大公报》社访吕碧城，就文学问题交换意见，四月三十日（6月13日）回京。

五月十五日（6月28日）[①] 秋瑾乘火车自北京到塘沽，乘日本大阪“独立号”商船，经过仁川、釜山抵日本神户，再改乘火车去东京。在去日船上，日人石井索和，瑾赋诗《日人石井君索和即用原韵》云：“漫云女子不英雄，万里乘风独向东。诗思一

---

① 此据日人服部繁子的《回忆秋瑾女士》（刊郭延礼编《秋瑾研究资料》，山东教育出版社1987年版）；《大公报》1904年7月22日载：秋瑾于1904年夏历五月初九（6月22日）自北京启程赴日。何者为是，待考。

帆海空阔，梦魂三岛月玲珑。铜驼已陷悲回首，汗马终惭未有功。如许伤心家国恨，那堪客里度春风？”诗表现了秋瑾作为女中豪杰的英雄气概，以及悲叹祖国危亡，关心国事的爱国主义精神。

五月二十日（7月3日） 瑾抵日东京，即入神田区骏河台中国留学生会馆日语讲习所补习日语。

六月上旬 送留日女生陈彦安、孙多琨回国，瑾填词《望海潮》赠别。

秋 瑾由东京至横滨，经李自平介绍，加入冯自由、梁慕光组织的“三合会”；宗旨是“推翻满清、恢复中华”，瑾被封为“白扇”（俗称军师），同时参加的刘道一被封为“草鞋”（俗称将军），刘复权被封为“洪棍”（立坛执家法），是谓“洪门三及第”。与瑾同日加入“三合会”者凡十人：秋瑾、刘道一、刘复权、仇亮、彭竹阳、曾贞、龚宝铨、王时泽八人，其馀二人待考，故或曰瑾还加入过“十人会”，误。

秋 秋瑾又与留日同志组织“演说练习会”。订《演说练习会简章》十三条。每月开会演说一次。瑾著文称赞演说的五大好处：（一）“随便什么地方，都可随时演说”；（二）“不要钱，听的人必多”；（三）“人人都能听得懂，虽是不识字的妇女、小孩子，都可听的”；（四）“只须三寸不烂的舌头，又不要兴师动众，捐什么钱”；（五）“天下的事情，都可以晓得。”并进而指出：“唤醒国民开化知识，就可以算得这个演说会开端的了。”

八月十三日（9月22日） 东京中国留学生举行“戊戌六君子”殉难纪念会，瑾到会演说，词意沉痛，闻者泣下。

中秋（9月24日） 秋瑾所创刊的《白话》杂志第一期问世。她认为：“欲图光复，非普及知识不可”，乃“仿欧美新闻纸之例，以俚俗语为文，……以为妇人孺子之先导”，故创办此杂志。内容以鼓吹民主革命为主，兼及妇女解放。第一期瑾撰有《演说的好处》，见《秋瑾集》。

九月十五日(10月23日)　《白话》第二期在东京出版，瑾撰有《敬告中国二万万女同胞》，文章控诉了封建礼教对妇女的摧残，批判了男尊女卑、女子无才便是德、夫为妻纲等传统观念，主张妇女要有志气，要学习文化，求一个谋生的艺业，以为自立的基础。

十月十五日(11月21日)　瑾在《白话》杂志上撰《警告我同胞》，刊第三(1904年11月21日)、第四期(1904年12月21日)。文章以资本主义国家的日本重视军人的社会风气，批判了封建的旧中国轻视兵勇，视当兵为贱业的错误观点，在当时具有进步意义。

十月　瑾与留日女生陈撷芬等在留学生会馆召开大会，重组"共爱会"，名之曰"实行共爱会"，"宗旨是连络同志，互换知识，团结团体，振兴女学"。同时通信国内女子，要求推广。众推陈撷芬为会长，潘英为书记，瑾任招待。

冬　瑾致书湖南第一女学堂，对其遭顽固派破坏深表关切，并鼓励全体师生"切勿因此一挫自颓其志，而永永沉埋男子压制之下"。书见《秋瑾集》。

十二月八日(1905年1月13日)　宋教仁来瑾寓(东京本乡元町元日馆)，谈良久。宋氏提出愿加入演说练习会，瑾同意。

十二月十八日(1905年1月23日)　瑾等中国女留学生在中国留学生会馆举行徐毓华追悼会，与会者尚有林宗素、潘英、刘震权等。追悼会由林宗素读祭文，秋瑾演讲，"演说内容主要是要争取女权，妇女也要为救国救民作出贡献"。

十二月　陶成章以事东渡，经陈静斋之子介绍，瑾与陶成章识。

二十六日(1905年1月31日) 晤宋教仁,坐谈一刻。

本年瑾在日本还与周树人、江亢虎、陈威、欧阳予倩等人相识。

编年文:《演说的好处》、《敬告中国二万万女同胞》、《警告我同胞》、《致湖南第一女学堂书》。

编年诗:《赠盟姊吴芝瑛》、《宝刀歌》、《题乐天词丈春郊试马图》、《轮船记事》、《日人石井君索和即用原韵》、《有怀》、《寄友书题后》、《日本服部夫人属作日本海军凯歌》等。

编年词:《临江仙》(把酒论文欢正好)、《望海潮》(惜别多思)、《鹧鸪天》(祖国沉沦感不禁)。

歌词:《读〈警钟〉感赋》。

清廷特赦戊戌党人,除康有为、梁启超外,所有通缉、监禁及交地方官管制者一律释放,恢复自由,已革职者并准复原职。

华兴会黄兴、马福益等谋于湖南起义,事泄被捕。

光复会在上海成立,推蔡元培为会长。

《警钟日报》(原名《俄事警闻》)在上海创刊。该报主要刊登帝国主义对中国的侵略行为,兼抨击清廷外交的失败,作为"警钟",以唤起国人的注意。翌年春被清政府和帝国主义封闭。

清廷电令驻日公使杨枢密查留日学生设立同仇会事。

日俄开战后,日本陆军即侵入朝鲜汉城,随北占定州,侵入中国,占九连城等处。同时日海军进攻旅顺,又与俄舰战于黄海;另以陆军于翌年春攻陷沈阳城,迫俄军全部退出。

1905 年(光绪三一年乙巳)　二九岁

正月初一(2 月 4 日)　瑾与湘乡留日同乡摄影。

初八(2 月 11 日)午后　宋教仁、刘林生至瑾寓本乡元町元日馆议事。

晚饭后　宋教仁复至瑾寓,前来者尚有彭竹阳、沈琳。谈至八时,宋等离去。

十一日(2 月 14 日)午后　宋教仁来,坐良久,留晚餐。

二十一日(2 月 24 日)下午　宋教仁来瑾寓。

本月,瑾在东京与陶成章磋商革命工作。

二月十八日(3 月 23 日)下午　宋教仁来瑾寓。

二、三月间　瑾首次归国省亲,并携一蔡姓女子同归。蔡氏名竞,为夫所弃,瑾悯其遇,在东京为其筹款归国。

抵沪后,瑾致函居京之长兄誉章云:"妹因师范尚未开班,大约四月开学,暑假不放,故于近日归家一行。"

三月上旬　瑾持陶成章绍介函谒蔡元培于上海爱国女学校。

三月中旬　瑾赴南京,运动大资本家之子辛汉资助革命。

十六日(4 月 20 日)　瑾在南京大功坊辛汉寓所见周作人,夜至悦生公司会餐,同席者尚有沈琳、封燮臣、顾琪、孙铭等人。瑾运动辛汉未成,复归上海。

初夏　瑾自沪返绍省亲,叙别后之情。瑾母单氏颇以其"孑身飘泊为念",瑾"强慰解之"。

在绍兴,见徐锡麟于东浦热诚学校,瑾出陶成章绍介函,徐氏以同志视之,后遂结为战友。

夏　在绍兴印《实践女校附属清国女子师范工艺速成科略章启事》,散发江浙诸大城市,号召女子留学,希望祖国姊妹"束轻便之行装,出幽密之闺房,乘快乐之汽船,吸自由之空气,络绎东渡，予备修业。而毕业以后委身教育，或任教师，或任褓姆，灿祖国文明之花，为庄严之国民之母，家庭教育之改良，社会精神之演进，无量事业、无量幸福，安知不胚胎于今日少数之女子。此诸君成立速成师范之热心，而秋竞报告姊妹之希望也”。

四月二十五日（5月27日） 瑾在绍兴致函居京的兄长誉章云：“近因欲运动一官费及绍中多去几女学生留学，以备学堂师范之用，奈妹多年未回，事事隔膜，亲友又无一人，恐难达望。”

五月十七日（6月19日） 瑾在绍致函居京之长兄誉章，谈及婚后苦痛和王子芳人品之恶劣，痛愤已极，云：“怨毒中人者深，以国士待我，以国士报之；以常人待我，以常人报之，非妹不情也。一闻此人，令人怒发冲冠；是可忍，孰不可忍！……待妹之情义，若有虚言，皇天不佑。”信尾云：“日校又复来催促，故定月底动身也。”

五月二十六日（6月28日） 瑾离绍兴。

五月底 来上海。会陶成章自日本归，由陶氏介绍见“温台处会馆”执事丁嵘、吕熊祥，是瑾与会党发生关系之始。瑾出绍兴同志公函，促陶氏归绍。

六月上旬 由徐锡麟介绍，瑾在上海加入光复会。时会长为蔡元培。

六月十五日（7月17日） 瑾自沪乘三等舱二次东渡。见《致秋誉章书》其四。

途中作《泛东海歌》，诗人以其丰富的想象力，通过一种神奇的境界，抒发自己的雄心壮志，从而联想到历史上的英雄豪杰，青年时代就功勋卓著，名震海内：“不见项羽酣呼钜鹿战，刘秀雷震昆阳鼓。年约二十馀，而能兴汉楚；杀人莫敢当，万世钦英武。”而自己年已廿七周岁，对祖国尚无贡献，思之惭愧。此时的秋瑾，主要活动于知识分子中，她看不到广大人民自发的革命力量，因之感到“其奈势力孤，群才不为助”，这是当时资产阶级革命家共同的认识局限，故“因之泛东海，冀得壮士辅”。于此可见瑾留日旨在联络革命同志，从事推翻清王朝的革命斗争。这种思想在二次东渡时（此时已加入光复会）更加明确。全诗较长，不俱引，见《秋瑾集》。

六月二十一日（7 月 23 日） 抵东京，时值盛暑，途中颠簸，病。

下旬 自东京寄函兄誉章，报告已平安抵日，信中提请誉章考虑其女的学习问题云：“父母既误妹，我兄嫂切不可再误侄女。”又述志云：“水激石则鸣，人激志则宏，他日得于书记中留一名，则平生愿足矣。”

六月二十八日（7 月 30 日） 同盟会在东京赤坂区桧町三番黑龙会召开筹备会，参加者七十馀人（按：瑾因病未出席），孙中山提议以“驱除鞑虏，恢复中华，建立民国，平均地权”为会纲。同盟会的成立，使过去分散的地方性组织——兴中会、光复会、华兴会等改建成统一的全国性的近代资产阶级革命政党，提出了比较完整的资产阶级民主革命的纲领，标志着资产阶级领导的民主革命进入了一个新阶段。

七月五日（8 月 5 日） 瑾入青山实践女校附设师范班学习。按：该师范班系中国留学生监督范源廉和日本近代著名女教育家、实践女校校长下田歌子创办，专为中国留学生所设。课程有修身、日语、教育、心理、理科、地理、历史、算术、几何、图画、体操、手艺、英语、家政、唱歌等，修业期限三年。教师除国文教师章士钊外，馀均系日人，用翻译上课。学校学规甚严，每周三十三节课，自习六节。瑾在校学习期间，刻苦顽强，异常用功，经常研读革命书籍，并写作至深夜。她还经常到东京麹町区神乐坂武术会练习体操、剑击和射击技术。此时她已看到国内革命形势的发展,为日后从事武装斗争做必要的准备。

七月十三日(8月13日) 留日学生在东京麴町区富士见楼举行盛大集会欢迎孙中山莅日,到会者一千三百馀人,座无虚席,秋瑾也参加。

七月十四日(8月14日) 瑾由冯自由介绍在黄兴寓所正式加入同盟会。她是浙江入同盟会的第二人。

初秋,王时泽偕母谭莲生来日,瑾热情接待,并劝谭氏留在日本学习。

七月二十日(8月20日)下午二时 同盟会在东京赤坂区灵南坂坂本金弥邸开正式成立大会,加盟者数百人,籍贯包括全国十七省,惟因甘肃省无留学生暂阙。大会通过《中国同盟会总章》,选孙中山为总理,瑾被推为浙江分会主盟人和评议部评议员。

初秋 瑾在浙江留日同学中募捐,帮助陈范二妾湘芬、信芳脱离其夫范围,并助以学费,使其独立。

陈范将女陈撷芬许婚粤商廖翼朋为妾,瑾召集全体女留日学生大会,鼓励撷芬反抗父命,迫使其父解除婚约。

八月十四日(9月12日) 瑾自东京致函兄誉章,除揭露王子芳恶德外,尚有如下三点值得注意:(一)反对铺张浪费之丧葬:"如父亲冥寿之用度,妹甚不赞成,但须一桌菜祭之,必恭必敬,即尽人子之孺慕,又何必驱使锡木(箔)作无益之费用者,反不如将钱为老母食用,反为有益乎?"(二)主张择交宜贫贱之交:"何况富贵中人耶?……如我家稍有势力,彼必趋奉之不暇,故择交尚宜贫贱之交。""交人不(必)于贫贱交以恩谊,则后日必收其效果;若于富贵时交人,及望富贵招顾,素无来往,则难乎其难。"(三)注意体育锻炼及生活之节俭:"妹近在学校,身体甚耐劳，日习体操，能使身躯壮健。每月费用则限止若干，不多用一钱，惟买书参考须多用钱耳。”

八月二十六日（9月24日） 吴樾因炸出洋考察宪政五大臣以身殉国。噩耗传至日本，瑾悲痛万分，作《吊吴烈士樾》诗哀之。

秋 曾去横滨学习制造炸药技术，并与刘道一、刘佛船、王慕周、侯菊园、冯焕明、黄人障、于琛、成邦杰、李秉章等十人结成“十人团”。按：“十人团”之宗旨，未详待考，但它与史书所误记之“十人会”并非一事。

九月初八（10月6日） 瑾自东京致函长兄誉章云：“吾哥何妨写一函告知清墅叔，能否一年帮四五百金，而吾哥留学日本数年再归，当可扩张势力，不然，恐谋事不易。”又建议“二侄、祥弟明年可进东浦热诚学堂，以造成彼后来自立地步，切不可使其失此读书之年时。官立学堂多腐败，不如私立学堂之佳，况东浦学堂甚办有成效也”。

冬初 徐锡麟偕妻王振汉、友人陈伯平、马宗汉等来日本，瑾热情接待。

十月六日（11月2日） 日本文部省颁布《关于清国人学之公私立学校章程》（即《取缔清韩留日学生规则》，留日学生对此非常愤怒。

十月初十（11月6日） 瑾自东京致函长兄誉章，问及来日留学办理情况如何，并云：“如今时事，谋事非出洋一回不可也。”信中谈到在日留学，学费每月十六元，买参考书甚贵，外加衣服、零用、纸笔等每月须三十元之谱，“尚不敢奢侈一点，出门行路，并未坐过人力车也”。

十月二十四日（11月20日） 瑾自东京致函长兄誉章，仍谈论兄之留学及家中弟、侄进学堂之事。书云：“家中侄等进学堂亦必需款，二弟亦非进学校不可，如许经费，实难筹得。惟有将公款提出，作为诸人学费，不作别用，以期造就人材。因各处卖田求学者甚多，如不自立，坐吃山空，此区区者亦归乌有，不如求学业之为计得。”又云：“祖父等于明年暑假时落葬，死者落土为是，不必好地，风水之话，实不可信。……小姐嫁妆费不如为之求学（入女学堂）。”

十一月初二（11月28日） 瑾自东京致函长兄誉章云：“二侄进学堂甚善。……哥宜函劝子序弟设法进学堂学实业。……（吾哥）他日至东可进蚕业或实业学科，以期实事求是耳。”

十一月八日（12月4日） 留学生开始罢课，以示抗议。当时在日本的留学生总数约八千馀人，对此事的意见显分两派：一派主张立即退学回国，表示抗议；一派主张暂时妥协，忍辱就学。双方各争一词，互有辩驳，争之至烈，秋瑾属前一派。她在反对《取缔清韩留日学生规则》运动中异常活跃，一度担任女留学生代表。

十一月十二日（12月8日） 陈天华为抗议日本政府无理颁布《取缔清韩留日学生规则》，于东京大森海湾蹈海自杀，并遗《绝命词》和《致留日学生总会诸干事书》以激励生者，望留日同学以国事为重，不可忍辱就学。陈天华的蹈海，对秋瑾刺激很大，她决心立即回国，另谋出路。

十一月十三日（12月9日） 在陈天华投海之翌日，瑾致兄秋誉章书云：“今留学界因取缔规则，俱发义愤，全体归国，此后请勿来函，大约十二月须归来也。”

十一月上半月 瑾自东京寄函大侄秋复云：“但虽入学堂，中文亦宜通达，断无丢去中文，专学英文之理。但凡爱国之心，人不可不有，若不知本国文字、历史，即不能生爱国心也。”

十一月二十六日（12月22日） 瑾又致函长兄誉章云：“近

日留学界全体同盟罢课，力争规则之辱，不取销则归国交涉，因公使不为助力，难达第一之目的，故决议全体归国，故纷纷内渡已及二千馀人。妹已定此月归国。”

瑾在日本还与何香凝、张任天、王阴藩等人相识。

十二月初 瑾回国。

行前，赠日人坂寄美都子《白香词谱》一本。

抵沪后，自上海寄留日同学王时泽一信云：“吾归国后，亦当尽力筹划，以期光复旧物，与君相见于中原。成败虽未可知，然苟留此未死之馀生，则吾志不敢一日息也。吾自庚子以来，已置吾生命于不顾，即不获成功而死，亦吾所不悔也。”日本之行，更加提高了她的认识水平，坚定了她的革命信念，她此时已从过去一般的具有爱国主义思想的家庭妇女，发展成为自觉的、坚强的革命战士。至此，她已把全部精力乃至生命，都贡献给了为争取民族解放和妇女解放的伟大事业。信中又说：“且光复之事，不可一日缓，而男子之死于谋光复者，则自唐才常以后，若沈荩、史坚如、吴樾诸君子，不乏其人，而女子则无闻焉，亦吾女界之羞也，愿与诸君交勉之。”很显然，她是想做中国第一个为资产阶级民主革命流血的女英雄。

是年始做弹词《精卫石》，署名汉侠女儿，成一至三回；翌年成四、五两回；第六回（未完）约写于 1907 年。它是一部带有自传体性质的作品，主人公黄鞠瑞（后改名黄汉雄）是秋瑾的化身，弹词主题在于宣传男女平权，妇女解放。

编年文：《实践女学校附属清国女子师范工艺速成科略章启事》、《致秋誉章书》其一至其十一，《致秋壬林书》、《致王时泽书》。

编年诗：《泛东海歌》、《红毛刀歌》、《对酒》、《日本铃木文学士宝刀歌》、《吊吴烈士樾》、《感时》二首、《黄海舟中日人索句并见日俄战争地图》、《失题》(自别西湖后)。

编年词:《如此江山》(萧斋谢女吟愁赋)、《满江红》(肮脏尘寰)。

歌词:《支那逐魔歌》、《叹中国》、《我羡欧美人民啊》。

邹容在国内外反动派折磨下病死狱中。

反美华工禁约运动以上海为中心在全国(尤其是南方各省)广泛展开,这是中国人民第一次大规模的群众性的反美斗争。清廷下诏废止科举,推广学堂。

徐锡麟在绍兴创办大通学堂,这是一个暗中训练中下级革命干部的学校。

同盟会机关报《民报》在日本东京创刊。

日俄战争结束,俄国败,双方签订《朴茨茅斯条约》。

1906 年(光绪三二年丙午) 三〇岁

正月 瑾在绍城赴仓桥街蒋子良照相馆(今绍兴市红旗路284 号)摄男装小影并赋《自题小照》(男装)七律一首:“俨然在望此何人?侠骨前生悔寄身。过世形骸原是幻,未来景界却疑真。相逢恨晚情应集,仰屋嗟时气益振。他日见余旧时友,为言今已扫浮尘。”

正、二月间 瑾等人在绍兴建议设立学务公所,以促进绍兴府八县之教育事业,致函沪上催促蔡元培返绍,并公举蔡氏任绍兴府学务公所总理。

二月 以嘉兴褚辅成介绍,应湖州南浔镇浔溪女学之聘为教员,担任日文、理科、卫生等课程。她不仅在教学上诲人不倦,而于学生革命之熏陶、精神之感化,成效尤为显著。

在浔溪识徐自华,互为知己,此时瑾有《赠语溪女士徐寄尘和原韵》、《迟春偕寄尘联句》、《愤时叠前韵》、《戏寄尘再叠前韵》、《赠小淑三叠韵》等，俱见《秋瑾集》。按：徐自华（1873—1935），字寄尘，号忏慧，浙江石门（今桐乡县）崇福镇人，适吴兴南浔梅韵笙，曾任浔溪女校校长，南社女诗人。后在瑾熏陶与帮助下，亦参加光复会与同盟会。

三月上旬　瑾因教学劳累，旧病复发，病中徐氏姊妹关照甚周，不久愈，瑾写诗《病起谢徐寄尘小淑姊妹》谢之，诗云："朋友天涯胜兄弟，多君姊妹更深情。知音契洽心先慰，身世飘零感又生。劝药每劳亲执盏，加餐常代我调羹。病中忘却身为客，相对芝兰味自清。"

四月　瑾辞职，离开浔溪。徐自华、蕴华姊妹有诗赠别，瑾赋《寄徐寄尘》作答，诗见《秋瑾集》。

初夏　瑾至上海，于中国公学助力甚多，又荐陈伯平为中国公学教员，居中联络。

五月　孙中山化名高野，乘法国邮轮自日本经上海去南洋，急需一千元，瑾筹款后亲自送去。

夏　在沪，瑾由龚宝铨介绍识陈华，陈华劝瑾赴爪哇兴女学，瑾许之，以告陶成章、龚宝铨，二人力阻之，未行。

瑾又赴浙东，阴求死士，长途跋涉，还至南浔。

六月　瑾偕徐自华同轮抵沪，欢聚半月，自华忽接家书离沪，临行有诗《沪上返里留别璿卿》。

瑾自南浔来沪，徐锡麟此时已先期北上，瑾致函锡麟，望在京加紧活动，并附为锡麟绍介廉泉书，锡麟旋即复信。

七月　瑾在上海虹口厚德里，与陈伯平、张剑崖、姚勇忱等同志，以"蠡城学社"为名，联系会党首领敖嘉熊、吕熊祥等人，进行革命活动。

八月　瑾与陈伯平等在虹口厚德里研制炸药，为起义准备军火。一日，不慎，炸药爆炸，伯平伤目，瑾伤手，为怕敌人发现，忍痛将炸药隐藏起来，事后警察搜查，因无发现佐证脱险。

八月二十二日(10月9日) 孙中山自西贡至日本，船泊吴淞口，秋瑾与宁调元、陈其美等人至船上会见孙先生。

九月 因徐自华丧父，瑾专程赴石门慰问徐氏姊妹。返上海，拟赴扬州访友，未果。

初冬 瑾赁庑于上海北四川路厚德里九十一号，筹创《中国女报》。瑾撰《创办〈中国女报〉之草章及意旨广告》，登于上海《中外日报》。招募股金，但响应者寥寥。此时徐自华有诗《问女报入股未见踊跃感而有作》云："医国谁谋补救方，提倡女报费周章。刬除奴性成团体，此后娥眉当自强。""明珠翠羽日争妍，公益输财谁肯先，我劝红闺诸姊妹，添妆略省买珠钱。"

十月上旬 徐锡麟纳赀授安徽后补道员，偕陈伯平赴皖，道出杭州，住西湖白云庵，瑾偕吕公望往见锡麟，商议皖浙配合以及大通学校事。徐氏离浙后，秋瑾便成了光复会浙江方面的主要领导人。

十月十九日(12月4日) 江西萍乡、湖南浏阳、醴陵爆发了会党、矿工的武装起义，光复会会员集议上海，准备起义响应。瑾以浙事自任，回绍兴住大通学校。

冬 瑾来杭州，住过军桥南首路西荣庆堂客栈，在军界和学界中发展光复会会员，目的在为起义准备军事干部。在军界中她先后吸收为光复会会员者有朱瑞、叶颂清、俞炜、周凤岐、许耀、虞廷、夏超、叶焕华、顾乃斌、徐士镳、傅孟、周亚卫、吕公望、黄凤之、魏励劲、张健、陈钝等数十人。

冬 某星期日下午，瑾至绍兴府中学堂讲演，题为《雪国耻》。

十二月初一(1907年1月14日) 《中国女报》创刊号问世，瑾撰《中国女报发刊辞》。

十二月上半月　瑾亲走内地,发动会党,由诸暨经义乌赴金华。

十二月十九日(1907年2月1日)　抵金华,寓党人金阿狗家。在金华见徐顺达,知其能,授职参谋,使其专管金华党军。旋即偕王军(即王文庆,台州人)至兰溪见蒋乐山(即蒋鹿珊,1848—1925,秋瑾曾有诗《赠蒋鹿珊先生言志且为他日成功之鸿爪也》),是为运动秘密会党之始。

十二月下旬初　返绍兴。

十二月　瑾母病逝,瑾作《挽母联》云:"树欲宁而风不静,子欲养而亲不待,奉母百年岂足?哀哉数朝卧病,何意撒手竟长逝?祇享春秋六二;爱我国矣志未酬,育我身矣恩未报,愧儿七尺微躯,幸也他日流芳,应是慈容无再见,难寻瑶岛三千。"母伤国忧,情深意挚,血泪悲愤,俱溢其间,决非一般失亲之恸、哭母之泪可比。

本年译《看护学教程》。是书为一般看护(即今之所言"护理")常识介绍,系原著之节译,现仅见发表在《中国女报》一、二期之第一、二两节。

编年文:《创办〈中国女报〉之草章及意旨广告》、《中国女报发刊辞》、《敬告姊妹们》、《致女子世界记者书》。

编年诗:《自题小照》、《赠语溪女士徐寄尘和原韵》二首、《迟春偕寄尘联句》、《愤时叠前韵》二章、《戏寄尘再叠前韵》、《赠小淑三叠韵》、《读徐寄尘小淑诗稿》、《赠女弟子徐小淑和韵》、《寄徐寄尘》、《病起谢徐寄尘小淑姊妹》、《秋风曲》、《寄徐伯荪》、联语《挽母联》。

编年词:《满江红》(尺幅丹青)。

法国传教士王安之行凶,南昌人民毁教堂,毙法教士、英教士多人,发生南昌教案。

革命家章太炎刑满出狱抵日，在数千名中国留学生为他举办的欢迎会上发表长篇演说，对促进留学生中间派倒向革命方面起了积极推动作用。

出国考察宪政大臣载泽归国，清廷颁诏预备立宪，声明俟数年后察看民智，再定实行年限。这是欺骗人民、抵制革命的骗局。

安徽宣城、江苏南翔发生饥民起义。

1907 年（光绪三三年丁未） 三一岁

正月 大通学校公举瑾主持校务。

二十日（3 月 4 日） 《中国女报》第二期出版。瑾在此期刊出《勉女权歌》云："吾辈爱自由，勉励自由一杯酒。男女平权天赋就，岂甘居牛后？愿奋然自拔，一洗从前羞耻垢。若安作同俦，恢复江山劳素手。 旧习最堪羞，女子竟同牛马偶。曙光新放文明候，独立占头筹。愿奴隶根除，智识学问历练就。责任上肩头，国民女杰期无负。"它表达了秋瑾妇女解放的正确主张——投身于当前的革命洪流，与男子并肩战斗。秋瑾这一闪烁着时代光辉的卓越见解，对尔后辛亥革命时期女子从军参政有一定的影响。

下旬 瑾二次运动会党，由诸暨经义乌至金华见徐顺达，寓金阿狗家，欲往见张恭，不果而去。

二月初四（3 月 17 日） 瑾在杭州偕徐自华泛舟西湖，并登上凤凰山巅，凭吊南宋故宫遗址，感慨往事，指点江山，倾吐抱负。瑾俯瞰杭州全景，将城厢、街道、路口和地形绘成地图，为日后进军杭城做必要的准备；然后和自华一同瞻仰岳坟，留恋不忍去，与徐氏在此订"埋骨湖山之约"。

二月初十（3 月 23 日） 大通学校行开学典礼。瑾为掩护大通的革命面貌，尽量联络地方官吏，故于是日邀请绍兴府知府贵福、山阴县知县李钟岳和绍兴府教育会会长王佐莅堂致颂词，贵福赠瑾一对联曰："竞争世界，雄冠地球"。

二月十三日(3月26日) 大通学校正式开课。课程除国文、英文、日语、舆地、历史、教育、伦理、理化、算术、博物、音乐、图画外，非常重视机械体操和兵式体操，旨在为革命培训军事干部。

正、二月间 瑾又以办学为名，屡去沪杭，运动军界和学界(如浙江武备学堂和弁目学堂师生)，其目的"不外藉会党之声气，以鼓舞军学界，复以军学界之名义，歆动会党"。瑾在沪之联络点有天保客栈(五马路口)、人和煤号(新闸路仁和里)和浙江旅沪学会等；在杭州联络点有过军桥荣庆堂客栈、西湖岳坟街"刘果敏公(即湖南人刘典)祠"内镜清楼(辛亥后，"秋社"同志改名"秋心楼")、白云庵、紫阳山顶、将台山顶、悦济衣庄(徐自华家在杭州大井巷口开设的商店)和西湖船中。

二月二十一日(4月3日) 瑾自绍兴寄函《女子世界》记者陈志群，谈及妇女报刊情况云："近日女界之报，已寥寥如晨星，□□之杂志，直可谓之无意识之出版，在东尚不敢放言耶！文明之界中乃出此奴隶卑劣之报，不足以进化中国女界，实足以闭塞中国女界耳，可胜叹息哉！各处虽不时偶有报纸出现，实一无可取者"。前陈志群曾提议将《女子世界》与《中国女报》合并，瑾未允，函中又云："然鄙人为愤世之人，国事繁多，诸务蝟集，奔走不暇，恐绵力不胜重任，有负女报界之责任；不如分办，则长有君等之一师团，为女同胞决最后之胜负，何如？"后陈志群多次来信要求两报合办，瑾云："如君实意合办，尚祈三思而后之决定，则瑾亦只可惟命是从，勉力而为之耳。"

春 瑾在绍城内仓桥诸暨册局(今绍兴市红旗路295号—

带)设立体育会,瑾任会长。欲令女学生皆习军事体操,编成女国民军,瑾任教练,着黑色制服,骑马率学生赴野外打靶训练,时人赋诗赞秋瑾云:“强权世界女英雄,尚武精神贯浙东。博得儿女都拜倒,热心体育有谁同。”

春 瑾会见杭州弁目学堂来绍野外演习之全体师生,为瑾运动军学界又创造了有利条件。

春 瑾复函徐小淑谈《中国女报》经费之困难。

三月初 瑾第三次赴内地运动会党。出诸暨道东阳过永康,以入缙云,转壶镇,经新昌、嵊县,以归绍兴,时为本月上旬末,至嵊县,过天姥山,谒动石夫人庙。“相传南渡时金兵到此,夫人大显威灵,山巅巨石,滚滚而下。金兵触石而死者无数,馀兵竟不得过。”瑾有感于此,走笔成联云:“如斯巾帼女儿,有志复仇能动石;多少须眉男子,无人倡议敢排金!”按:瑾自去岁冬至今,三、四个月中三次赴金华、处州、绍兴三府之诸暨、义乌、兰溪、金华、武义、缙云、永康、新昌、嵊县等十馀县,餐风饮露,不畏险阻,不惧艰苦,其革命之志亦可谓感天动地矣。

三月十一日(4月23日) 自绍兴致函陈志群,函云:“吾人处此时世而无坚毅之力,则于一切事皆等于纸上谈兵耳!”又云:“(《中国女报》)三期拟有数题,尚未草就,敢以质之,并希担任一篇,目如下:社说:《论学部之严定女学章程》、《呜呼二十世纪之女子》;演坛:《专制毒焰之澎涨》(馀略)。”

三月中旬 瑾在绍兴复函召各会党首领来绍计议,并令其在仓桥体育会习兵操,前后相继者有百馀人。按:当时浙江会党主要是以沈荣卿、张恭、周华昌为首的龙华会,以竺绍康、王金发为首的平阳党,以敖嘉熊为首的祖宗教,和以王金宝为首的双龙会等。瑾所依赖为大本营者主要是龙华会和平阳党。其间瑾得力于王金发、竺绍康、吴琳谦、徐顺达、周华昌诸人为多。瑾又先后命徐顺达为参谋(已见1906年谱),命倪金为交通部部长,命刘耀勋为参谋,命吕阿荣专任永康党军事务。在此之前,浙江军界干部周凤岐、朱瑞等十馀人也先后加入了光复会(已见1906年谱),至此声势更大。秋瑾也经常在和畅堂西面客厅会见光复会战友,商讨军机要事。因此时瑾有大通学校董事名义的掩护,虽宾客往来如织,邻里亦毫不为怪。

同时 瑾为统一浙江的秘密军事组织,决定组成光复军,并着手拟定"光复军制",分干部为十六级,铸成金指约,其上分刻文字颁给干部,文字为一首七绝:"黄河源溯浙江潮,卫我中华汉族豪;莫使满胡留片甲,轩辕神胄是天骄。"金指约上所铸字,均系干部代号。如"黄"字为首领,推徐锡麟任之;"河"字为协领,推秋瑾任之;"源"字为分统,推王金发、竺绍康、张恭、吕熊祥分任;"溯"字为参谋等等。自分统以下,一职数人,故在"源"字旁加A、B、C、D……符号,因此分统指约便有"源A"、"源B"、"源C"、"源D"。

光复军其势力所及,上达处州之缙云,亘金华全府,而下及绍兴府之嵊县;金华府之金华、兰溪、武义、永康、浦江五县,实为其中心。

三月二十三日(5月5日) 瑾在绍兴寄函陈志群云:"近日志士类多口是心非,稍有风潮,非脱身事外,即变其立志,平时徒慕虚名,毫无实际,互相排挤,互相欺骗,损人以利己者,滔滔皆是;而同心同德,互相扶助,牺牲个人,为大众谋幸福者,则未之闻也。呜呼!吾族其何以兴?予也不求他人之知,惟行吾志;惟臂助少人,见徒论空言以欺世及自私自利宗旨不坚者,又不屑与语,故人以瑾为目空一世者,訾也,实悲中国之无主人也。'忍言眼内无馀子,大好江山少主人!'君以为然耶?否耶?"

春末 瑾为"光复军"筹饷,购置武器,曾去湖南湘潭一带劝捐,并回王宅看其子女。

四月初 瑾复制各洪门部下为八军,用“光复汉族,大振国权”八字分别表记。每军下又分委统带“光”字军大将、统带“光”字军副将、行军参谋、行军副参谋、“光”字中军、左军、右军、“光”字中佐、左佐、右佐、“光”字中尉、左尉、右尉;“复”字、“汉”字、“族”字同上,馀类推。并对光复军的“服制”、“旗”、“顺旗”、“铃记”、“令”、“文书”(电报密码),均作了详细规定。

同时与各军干部约定:先由金华起义,处州应之,待杭州清兵出攻金华、处州,即以绍兴义军渡江袭击杭州,以杭州军、学界为内应;若攻杭州不克,义军返师绍兴,入金华,经处州,出江西以通安庆,和徐锡麟所统帅的皖部相呼应;随后皖、浙两路起义军即可会师南京。

起义路线既定,约行期为五月二十六日(7 月 6 日),后又改为六月初十(7 月 19 日),皖、浙同时进军。进军时兵分北路、中路、南路三路:北路总元帅统辖第一、第二、第三师团,中路总元帅统辖第四、第五、第六、第七师团,南路总元帅统辖第八、第九师团。

秋瑾作为同盟会浙江分会的负责人,她的起兵也是为了响应同盟会组织的黄冈、惠州等地的武装暴动,对此孙中山在《心理建设》中云:“其时慕义之士,闻风兴起,当仁不让,独树一帜以建义者,踵相接也。其最著者,如徐锡麟、熊成基、秋瑾等是也。”

四月十一日(5 月 22 日) 瑾为光复军物色人材,在绍兴致函上海陈志群云:“君同志有谙外交、法政者否?有谙东文而热心时局者否?须可靠者,祈示我数人。”

四月 在一切部署就绪之后,瑾开始起草两个重要文件:《普告同胞檄稿》和《光复军起义檄稿》,文俱见《秋瑾集》。

四月二十三日(6月3日)　在杭州致函上海陈志群,催志群和他物色之同志速来大通,并说明来者"须牺牲一切而尽义务"云云。

五月七日(6月17日)　瑾自绍兴致函陈志群云:"接读手书,悉近日君未行;惟暑假在何时,如迟则恐瑾有事须他行耳,甚盼望君早来,何意未果,其中岂有天为主持乎?"信中语言晦涩吞吐,大约内含举义机密,所称"瑾有事需他行耳",可能是指五月中旬去沪杭运动事。

同日　有诗《柬志群》三章寄志群,其第三首云:"河山触目尽生哀,太息神州几霸才! 牧马久惊侵禹域,蛰龙无术起风雷。头颅肯使闲中老? 祖国宁甘劫后灰? 无限伤心家国恨,长歌慷慨莫徘徊。"诗抒发了秋瑾对祖国危亡的热切关注和深沉的爱国热情;也表现了诗人至死不渝、坚贞不屈的革命精神。

五月上旬　《中国女报》第三期编辑已就,准备付印。后因皖、浙案发,三期未能问世。

五月十日或十一日(6月20日或21日)夜半①　瑾自杭州来石门县崇福镇(俗称语溪)徐自华家,与自华商筹军饷,徐自华倾全部首饰,约值黄金三十两相助,瑾异常感激,赠所佩翠钏留念。临行以"埋骨西泠"旧约相嘱,并赋《临行留别寄尘小淑》

---

① 关于秋瑾来崇福镇时间,徐自华在同年秋瑾殉国后所写的《秋女士历史》中云:"五月中旬,便道语溪,过宿余家,连留三日。……"但未指明秋瑾来崇福镇(语溪)为五月何日。1927年她在《返钏记》中又说:"丁未夏至,余方居父忧,在语溪亲舍,忽璇卿自杭州来。"指明秋瑾来崇福镇时间是"丁未夏至",即"五月十二日",徐自华《西泠吊秋和吴芝瑛女士原韵》中有小注云:"五月十三夜,君欲上轮",和此处"连留三日",稍有抵牾,故我定瑾赴语溪时间大约在五月十日夜或五月十一日,以云"五月中旬"为宜。按:自华此处云"丁未夏至"乃记忆的大概时间(夏至前后),且《返钏记》是写于此事发生后的二十年,难免记忆不太确切。

七绝五章作别，时在十三日晚。

十三日晚 瑾自语溪乘轮返杭州，途经嘉兴，会褚慧僧于南湖小学，旋去。

五月中旬 瑾赴沪，适陈伯平由安庆来上海购机器，瑾以约定五月二十六日师期相告，并言“危急已露”，伯平即以此事函告锡麟。

同时 在沪赴爱国女学访徐蕴华，蕴华问以起义准备情况，秋瑾奋书两断句“此别不须忧党祸，千秋金石证同盟”作答，别无他语。

光复军五月二十六日起义令既下，武义党人刘耀勋通知龙华会巡风聂李唐作戒备。聂氏保密不严，传至武义县城，此时适谣传革命党“有快枪二千，自绍兴运来藏于聂李唐家中”，武义县令钱宝熔和参将沈棋山闻讯急报浙江巡抚求援，并亲率兵夜赴聂李唐家搜查，掘地殆遍，并无寸铁，仅搜出党人名簿数册，以此牵连大通学校。

五月十九日(6月29日) 武义党案发。

二十日 瑾为应付新形势，将仓桥之体育会移入大通学校内。

二十二日 武义党人刘耀勋及其战友二人死难。

二十二、二十四日 金华党案发，倪金、徐顺达死难。

时瑾已自沪返杭，二十四日，在杭州致函陈志群，要陈氏辞掉朱某等三人，虑其“恐难共患难”。在革命失利的情况下，瑾在用人方面异常慎重，反复斟酌，定其取舍。

二十五日 陈伯平偕马宗汉自上海回安庆，伯平即刻将浙江方面“危急已露”和连日失利事告锡麟。徐氏知事已迫在眉睫。

二十六日(7月6日)上午八时 徐锡麟在安庆乘巡警学堂

甲班学生毕业典礼之际,枪击安徽巡抚恩铭,宣布起义。不幸,安庆起义失败,锡麟英勇就义。徐锡麟(1873—1907),字伯荪,浙江山阴(今绍兴)人,光复会首领之一,近代著名的民主革命烈士。经陶成章介绍,与秋瑾相识于1905年,瑾即于此时由锡麟介绍入光复会,结为战友。锡麟蓄谋革命有年,为培养革命干部,曾创建大通学校。又认为"欲革命成功,非握有军权,不能达到目的"。以是曾东渡日本,欲进军事学校,以眼近视不及格未果。后捐道员赴安徽进行革命活动,任安徽巡警学堂监督并兼任安徽巡警处会办,在师生中秘密开展革命宣传和组织工作,与秋瑾相约在皖、浙同时起义。五月二十六日安庆起义失败,不幸殉难。传见陶成章《浙案纪略·徐锡麟传》和章炳麟《徐锡麟陈伯平马宗汉传》。安庆起义,使清廷大为惊慌,起义发生当日,仅两江总督端方为此事向上下级官员发出的电报就达十八次之多。后来袁世凯对其亲信云:"我不怕南军反攻,就怕南军暗杀。"端方亦声称:"令人防不胜防,时局如斯,惟守死生有命一语,坐卧庶可稍安。"按:暗杀手段实不足称,而烈士之革命精神及影响可谓大矣。

同日 瑾在绍致函陈志群云:"君速来(大通)勿迟,因有要事也。"

二十七日(7月7日) 绍兴知府贵福(满人)得绍兴劣绅、山阴劝学所所长胡道南等密报云:"大通体育会女教员革命党秋瑾及吕凤樵(即吕熊祥,字凤樵)、竺绍康等,谋于六月初十日起事。……羽党万人,近已往嵊县纠约来郡,请预防。"贵福星夜赴杭面禀浙江巡抚张曾扬,张氏问浙江巨绅汤寿潜,因汤素恶瑾,力怂恿之。

二十九日(7月9日) 大通学校教员许则华暑假赴杭州,瑾送别。

六月一日(7月10日)　瑾于报上始悉安庆之役和徐锡麟死难消息,悲痛万分,坐泣于室。

同日　大通学校师生相议提前起义,先杀贵福,占领绍城,而后再图其他,瑾坚持六月十日起义令既下,必遵从。并遣学生二三十人往杭州分头埋伏,以为内应。

二日　瑾自绍兴寄徐蕴华信(按:即《致徐小淑绝命词》)云:"痛同胞之醉梦犹昏,悲祖国之陆沉谁挽。日暮穷途,徒下新亭之泪;残山剩水,谁招志士之魂?不须三尺孤坟,中国已无干净土;好持一杯鲁酒,他年共唱摆仑歌。虽死犹生,牺牲尽我责任;即此永别,风潮取彼头颅。壮志犹虚,雄心未渝,中原回首肠堪断!"徐小淑《秋瑾烈士史略》稿云:"此为秋瑾殉国前五日寄给作者之绝笔,缄内并无别简。"由此文知瑾此时已抱定为国牺牲之决心。为掩护浙江数千义军,保存革命实力,她决定挺身暴露。

同日　浙抚张曾扬密令新军星夜渡江前来围剿大通,为怕新军与革命党有联系,出发前曾严密检查士兵,以是造成营中分扰,事为杭州武备学堂学生探知,即赴绍兴密报。

三日　瑾得杭州密报,即指挥大通师生掩藏武器,焚毁名册,疏散学生;然后回家,与吴惠秋将和畅堂西南隅小楼密室所藏文件、信札及革命书籍或烧或转移,处理完毕。

同日　王金发来大通。知情势危急,与瑾协商对策,并劝瑾走,瑾不许,促王金发火速离开。

四日上午　蒋继云、王植槐来大通,蒋氏随即向秋瑾商借银洋,瑾未允,留蒋、王午膳。

午后　侦探密报清兵抵绍,众学生再次劝瑾隐避,仍不许。瑾遣散最后一批同志,而程毅等数人坚不肯走,愿共存亡。正在情况紧急时,叛徒蒋继云向瑾纠缠川费,正交涉中,由常备军第一标第一营管带徐方诏率领三百馀名清兵，突然包围大通学校，荷枪实弹，如临大敌，时间为下午四时许。此时学生又劝瑾从后门逃走，瑾神色自若，仍不许。秋瑾、程毅、徐颂扬、钱应仁、吕植松、王植槐、石宝煦和叛徒蒋继云等人被捕，搜去文件、枪支弹药多件，瑾被押送绍兴知府衙门（今绍兴市府山横街258号府山公园东，越王台至北侧后进一带），系于卧龙山女监狱内。

同日　绍兴知府贵福升堂审讯，瑾不语，后讯以同党姓名，瑾答曰："你也常到大通，并赠我以'竞争世界，雄冠地球'的对联，同在大通拍过照片。"贵福不敢再问，退堂。

五日　贵福命山阴县知县李钟岳提审，秋瑾"坚不吐供"，只书"秋雨秋风愁煞人"七字。贵福以李氏不肯用刑，又改派其幕友余某严讯，瑾仍只云"论说稿是我所做，日记手摺亦是我物，革命党之事不必多问"，咬牙闭目，忍酷刑。余某等均无计可施，只得伪造供词，强捺指印结案。

同日　绍兴府贵福致电浙抚云："探得该匪等因徐匪刺皖抚后，谋俟竺匪纠党到，开会追悼，即行起事。知其事者，惊惶万状。现讯秋瑾供，坚不供实。查看该匪亲笔讲义，斥本朝为异族，证据确。馀党程毅等，亦供秋瑾为首，惟尚无起事准期。若竺匪一到，恐有他变。恳请将秋瑾先行正法……"

夜　浙抚张曾扬在其幕僚章介眉参谋下立即复电云："秋瑾即行正法。速严讯程毅等，各头目姓名踪迹。"

六日（7月15日）晨　贵福令山阴县令李钟岳向监狱提人。就义前瑾向李氏提出三条：一、准其写家书诀别；二、临刑不得脱去衣服；三、不能以首级示众。李氏允其二三条，秋瑾乃于是日晨四时英勇就义于绍兴古轩亭口，为资产阶级民主革命献出了她宝贵的生命，也实践了自己生前的誓言："且光复之事，不可一日缓，而男子之死于谋光复者，则自唐才常以后，若沈荩、史坚如、吴樾诸君子，不乏其人，而女子则无闻焉，亦吾女界之羞也。”有之，自瑾始。

瑾遗有子女各一，子王元德（一作王沅德），时年十一岁；女王灿芝，时年七岁。

编年文：《某宫人传》、《爱华说》、《普告同胞檄稿》、《光复军起义檄稿》、《光复军军制稿》、《致徐小淑书》、《致陈志群书》、《致女子世界记者书》其二至其十一、《致徐小淑绝命词》。

编年诗：《春寒看花》、《登吴山》、《丁未二月四日偕寄尘泛舟西湖复登凤凰山绝顶望江……口占志感》、《柬徐寄尘》二章、《赠蒋鹿珊先生言志且为他日成功之鸿爪也》、《柬志群》三章、《临行留别寄尘小淑》五章、《赠徐小淑》二章、《宝剑诗》、《阙题》（黄河源溯浙江潮）、《失题》（大好时光一刹过）、断句《柬志群》、《别徐小淑女弟》、《绝命词》、联语《题动石夫人庙》。

编年词：《临江仙》（懿范当年传画荻）、《昭君怨》（恨煞回天无力）。

歌词：《勉女权歌》、《同胞苦》。

是年同盟会先后组织发动了潮州黄冈起义、惠州七女湖起义、钦州防城起义和镇南关起义，几次起义虽均告失败，但对鼓舞全国人民的革命精神，起了很大作用。

江苏高邮、阜宁，浙江馀杭、象山、绍兴、萧山、杭州和广东东莞等地居民聚众抢米。

清廷学部拟定女子师范学堂章程三十六条、女子小学堂章程二十六条。

于右任、杨守仁在上海创办《神州日报》。

日本应清使杨枢请，以革命党关系，斥退早稻田、中央等大学中国留学生数十名。

中国文库·文学类

（已出书目）

【第一辑】

贺敬之诗选　贺敬之著……………………………人民出版社
郭小川诗选　郭小川著……………………………人民出版社
余光中诗选　余光中著…………………………中国青年出版社
沈从文散文选　沈从文著…………………………人民出版社
白洋淀纪事　孙犁著………………………………人民出版社
可爱的中国　方志敏著……………………………人民出版社
随想录　巴金著……………………生活·读书·新知三联书店
文化苦旅　余秋雨著……………………………东方出版中心
欧洲文论简史　伍蠡甫　翁义钦著………………人民出版社
欧洲文学史（上下册）　杨周翰著………………人民出版社
中国文学史（共四册）　游国恩等主编…………人民出版社

【第二辑】

丁玲选集　丁玲著…………………………………人民出版社
戴望舒选集　戴望舒著……………………………人民出版社
沙汀选集　沙汀著…………………………………人民出版社
艾芜选集　艾芜著…………………………………人民出版社
林徽因选集　林徽因著……………………………人民出版社
骆驼祥子　老舍著…………………………………人民出版社
懒寻旧梦录（增补本）　夏衍著………生活·读书·新知三联书店
胡风回忆录　胡风著………………………………人民出版社
保卫延安　杜鹏程著………………………………人民出版社
野火春风斗古城　李英儒著………………………人民出版社
上海的早晨（共四部）　周而复著………………人民出版社
烈火金刚　刘流著………………………………中国青年出版社
一代风流（共四册）　欧阳山著…………………人民出版社
创业史　柳青著…………………………………中国青年出版社
李自成（第一卷：上下册）　姚雪垠著………中国青年出版社
青春万岁　王蒙著…………………………………人民出版社
将军吟　莫应丰著…………………………………人民出版社
野葫芦引：南渡记　东藏记　宗璞著……………人民出版社
钟鼓楼　刘心武著…………………………………人民出版社
尘埃落定　阿来著…………………………………人民出版社
白门柳（全三册）　刘斯奋著…………………中国青年出版社
梁遇春散文选　梁遇春著…………………………人民出版社
孙犁散文选　孙犁著………………………………人民出版社
季羡林散文选　季羡林著…………………………人民出版社

周涛散文选　　周涛著 ……………………………… 人民出版社
史铁生散文选　　史铁生著 ……………………… 人民出版社
北京乎——现代作家笔下的北京(上下册)
　　姜德明编 …………………………… 生活·读书·新知三联书店
臧克家诗选　　臧克家著 ………………………… 人民出版社
舒婷的诗　　舒婷著 ……………………………… 人民出版社
海子的诗　　海子著 ……………………………… 人民出版社
张天翼童话选　　张天翼著 ……………………… 人民出版社
高士其童话选　　高士其著 ……………………… 人民出版社
中国俗文学史　　郑振铎著 ……………………… 商务印书馆
中国鲁迅学通史(共六册)　　张梦阳著 ………… 广东教育出版社
论红楼梦思想　　冯其庸著 ……………………… 黑龙江教育出版社
中国现代小说史(全三册)　　杨义著 …………… 人民出版社

【第三辑】

废名选集　　废名著 ……………………………… 人民出版社
陈映真自选集　　陈映真著 ……………… 生活·读书·新知三联书店
京华烟云(上下册)　　林语堂著 ……………… 现代教育出版社
大波(共三部)　　李劼人著 ……………………… 人民出版社
六十年的变迁(共三部)　　李六如著 …………… 人民出版社
小城春秋　　高云览著 …………………………… 人民出版社
苦菜花　　冯德英著 ……………………………… 人民出版社
黄河东流去　　李準著 …………………………… 人民出版社
平凡的世界　　路遥著 …………………………… 人民出版社
芙蓉镇　　古华著 ………………………………… 人民出版社
浮躁　　贾平凹著 ………………………………… 人民出版社
绿化树　　张贤亮著 ……………………………… 人民出版社
曾国藩　　唐浩明著 ……………………………… 人民出版社
古船　　张炜著 …………………………………… 人民出版社
第二十幕(上中下册)　　周大新著 ……………… 人民出版社
刘以鬯小说自选集　　刘以鬯著 ……………… 百花文艺出版社
金牧场　　张承志著 ……………………………… 人民出版社
红高粱家族　　莫言著 …………………………… 人民出版社
梦家诗集　　陈梦家著 …………………………… 中华书局
穆旦诗文集(一、二)　　穆旦著 ………………… 人民出版社
周作人散文　　周作人著 ………………………… 人民出版社
何其芳散文选集　　何其芳著 ………………… 百花文艺出版社

上海屋檐下法西斯细菌　　夏衍著 ……………………… 人民出版社
风雪夜归人闯江湖　　吴祖光著 ……………………… 人民出版社
王国维文学论著三种　　王国维著 ……………………… 商务印书馆
中国小说史略　　鲁迅著 ……………………………… 人民出版社
咀华集咀华二集　　李健吾著 ………………………… 人民出版社
现代中国文学史　　钱基博著 ……………… 中国人民大学出版社
中国文学批评　中国散文概论
　　方孝岳著 ……………………… 生活·读书·新知三联书店
鲁迅和中国文化　　林非著 ………………… 南开大学出版社
唐代科举与文学　　傅璇琮著 ……………… 陕西人民出版社
中国诗学　　叶维廉著 ……………………………… 人民出版社
迦陵论诗丛稿　　叶嘉莹著 …………………………… 中华书局
台湾文学史
　　刘登翰　庄明萱　黄重添　林承璜主编 ……… 现代教育出版社

【第四辑】

马烽小说选　　马烽著 ……………………………… 作家出版社
周立波小说选　　周立波著 ………………… 湖南文艺出版社
玛拉沁夫小说选　　玛拉沁夫著 ……………………… 作家出版社
王愿坚小说选　　王愿坚著 ………………… 中国青年出版社
李凖小说选　　李凖著 ……………………… 人民文学出版社
王蒙小说选　　王蒙著 ……………………… 人民文学出版社
汪曾祺小说选　　汪曾祺著 ………………… 人民文学出版社
林斤澜小说选　　林斤澜著 ………………… 人民文学出版社
李国文小说选　　李国文著 ………………… 人民文学出版社
邓友梅小说选　　邓友梅著 ………………… 人民文学出版社
陆文夫小说选　　陆文夫著 ………………… 江苏文艺出版社
高晓声小说选　　高晓声著 ………………… 江苏文艺出版社
茹志鹃小说选　　茹志鹃著 ………………… 江苏文艺出版社
王安忆小说选　　王安忆著 ………………… 人民文学出版社
铁凝小说选　　铁凝著 ……………………… 人民文学出版社
史铁生小说选　　史铁生著 ………………… 人民文学出版社
闻捷诗选　　闻捷著 ………………………… 人民文学出版社
昌耀诗选　　昌耀著 ………………………… 人民文学出版社
食指诗选　　食指著 ………………………… 人民文学出版社
天安门诗抄　　童怀周编选 ………………… 人民文学出版社

朦胧诗选　杨克　陈亮编选…………………… 中国青年出版社
杨朔散文选　杨朔著…………………………… 人民文学出版社
秦牧散文选　秦牧著…………………………… 人民文学出版社
刘白羽散文选　刘白羽著……………………… 人民文学出版社
萧乾散文选　萧乾著…………………………… 人民文学出版社
柯灵散文选　柯灵著…………………………… 人民文学出版社
杨绛散文选　杨绛著…………………………… 人民文学出版社
贾平凹散文选　贾平凹著……………………… 人民文学出版社
邵燕祥散文选　邵燕祥著……………………… 人民文学出版社
1949～2009 剧作选　老舍等著……………… 人民文学出版社
1949～2009 报告文学选　刘白羽等著……… 人民文学出版社
1949～2009 儿童文学选　冰心等著………… 中国青年出版社
周扬文论选　周扬著…………………………… 人民文学出版社
陈涌文论选　陈涌著…………………………… 人民文学出版社
张光年文论选　张光年著……………………… 人民文学出版社
唐弢文论选　唐弢著　刘纳编选……………… 人民文学出版社
王瑶文论选　王瑶著　陈平原编选…………… 人民文学出版社
钱谷融文论选　钱谷融著……………………… 上海文艺出版社
王元化文论选　王元化著……………………… 上海文艺出版社
蔡仪美学文选　蔡仪著　杜书瀛编…………… 河南文艺出版社
1949～2009 文论选
　　钱锺书等著　贺绍俊编选………………… 人民文学出版社